王子君 著

夏小米
XIA
XIAO
MI

中国文史出版社

图书在版编目（ＣＩＰ）数据

夏小米 / 王子君 著. -- 北京 ： 中国文史出版社，
2019.11
　ISBN 978-7-5205-1445-3

　Ⅰ．①夏… Ⅱ．①王… Ⅲ．①长篇小说－中国－当代
Ⅳ．①I247.5

中国版本图书馆 CIP 数据核字(2019)第 246218 号

责任编辑：全秋生

出版发行：中国文史出版社
地　　址：北京市海淀区西八里庄路 69 号　　邮编：100142
电　　话：010－81136602　　81136603　　81136606（发行部）
传　　真：010－81136655
印　　装：北京温林源印刷有限公司
经　　销：全国新华书店
开　　本：787×1092　　　1/16
印　　张：18.75　　字数：280 千字
版　　次：2020 年 1 月北京第 1 版
印　　次：2020 年 1 月第 1 次印刷
定　　价：55.00 元

引　子

　　窗帘已经拉上，海南岛下午三点多炽白灼热的太阳光被挡在了窗外。室内沁凉惬意的环境与窗外热浪翻滚的高温气候形成鲜明对比，室内室外，俨然两个世界。

　　在才试业没多少天的阳光海岸大酒店一间豪华套间里，夏小米安静地靠在沙发上，齐肩的长发刚刚洗过，卷曲着，随意松散地披拂在脸庞周围，使她的脸在灯光下看上去有些忧郁的阴影。她未着妆，穿一件丝质的淡绿色睡裙，与房间里暖色调的装修正好相互衬托着，显出几分恬淡与超逸。

　　刚出浴的女人，在等待着男人的到来。这个男人，她已认识了十二年，十二年后的今天，她要与他造爱。

　　想到"造爱"这个词，夏小米微微颤抖了一下，眉头轻轻地皱了皱。在自己即将离开海南之际，选择这样一种方式与李亿军告别，也许会有损于自己的形象，但她顾不得那么多了。如果不是得知了李亿军风头将尽的消息，她是不会迈出这令她自己也不能持肯定态度的一步棋的，她没有更好的办法、更多的时间来表达自己长期以来对他的一份感恩。而且，在她内心深处，是希望借此将一切彻底打破，彻底告别这块土地，无所亏欠，无所依恋。更重要的是，她要借此彻底背叛与抛弃自己心中的那份欲罢不能的爱情，像当年踏上这块土地一样，不带任何情感负累地离去，只有这样，才能开始新一轮生活。

　　虚掩的门被推开了，夏小米不安地站起来。李亿军闪身进来，看到夏小米的装束，不由怔了一下。"嗬，小米，今天怎么这么散漫，刚睡醒？还是在美国洗过脑子了？"他调侃地说着，将手中的皮手袋往茶几上一放，顺势坐到小米对面的单座沙发上，拿出烟来，点着了。他那张微黑的、圆实的娃娃脸，加上纯白的 T 恤衫，让人看不出他的真实年龄，只是那微微凸起的肚皮，在坐下去的那一刻不太洒脱，显出了他已进中年。了解李亿军的人都知道，他不过四十四岁，这些年是腾云驾雾、春风得意，要名望有名望，要财力有财力，要官运有官运，真正是要什么有什么。

夏小米的脸腾地红了，"看你李大哥说的，难道我是铁女人一个，永远只能是一副不可侵犯的面孔？不过，你要是看不惯，我马上换掉好了。"她从冰箱里取出一听嘉士伯啤酒，打开，倒在玻璃杯里，递给李亿军。

"我是随便说的，你不用介意。其实，你这样更显得有女人味，更可爱。"李亿军指指沙发，示意小米坐下，同时，他欠欠身，以便坐得更舒服些，"怎么样，说说你的美国之行吧。但是我弄不懂，为什么非要在酒店里见面呢？"

夏小米并不回答，也不坐。她双手交叉着抱在胸前，看了李亿军一会儿，然后突然绕过茶几一端站到他的面前，眼里起了一层温情的迷茫："亿军，你说你爱着我的，是吗？"

李亿军惊讶于夏小米这一系列动作，更惊讶于她的问话。她是极少直呼他的名字的，她今天怎么了？但他是精明的，也是世故的，他并没有将这惊讶表露出来，甚至，在他的内心里，还有一丝窃喜。他已明白了小米做出了重大决定，具体是什么，他还不清楚，但其中一部分肯定与自己的情感有关系，也就是说，他多年盼望的结果终于要来了。李亿军将刚刚点着的香烟掐灭，一只手轻轻放到小米的头上，撩拨着她那还有些湿润的卷发，"小米，我爱你，已不是一天两天，也不是一年两年。你不是不知道，怎么会想到问这么一个问题？"他的声音非常温柔，但不知为什么，还透出几分疲倦。

"……"

夏小米欲言又止。她站起来，在房间里浮躁不安地踱步。李亿军的目光随着她身子的移动而移动，而且也变得越来越不安。与往常比起来，他似乎不那么轻松，但夏小米并未觉察出他的情绪有什么不对。

她终于在他面前停止了踱步，"那你就要我吧。"她朝李亿军飞快地吐出几个字，语气异常冷静而坚定。

李亿军紧紧盯着她，企图弄清她的真实目的，两手却忍不住环住她的腰，心情也激动起来："告诉我，到底发生了什么事？"他关切地问。他实在想不通，夏小米，这个十二年来一直尊他为兄，以此扼制他不能越雷池一步的女人，怎么会突然发起了进攻？

"没什么。"夏小米回答着，神情中掠过一丝不快。李亿军发觉了，连忙将她的头扳近自己，很亲密地望着她。他不愿意放弃与这个自己爱慕已久的女人亲近的机会。

房间里静极了，只听见李亿军渐渐急促的呼吸声。

夏小米的脑海里突然晃过了张化冰的身影，"噢，亿军，我不能……真是对不起……"她挣脱掉李亿军的拥抱，坐到一旁，显得很颓丧。

李亿军呆呆地站了一会儿，对小米的举止一时反应不过来。但欲望之火已被点燃，他无法克制住那奔涌而起的情潮。他跟过去，伸手拉住小米，一用力，就将她拽到了自己的怀里。

"不……"夏小米双手推着他的胸，仍然想挣脱。她的眼里噙满了泪水。

然而野性的欲望已经烧灼了李亿军。他不等小米说完，就用嘴唇堵住了她的话语。他把她放平在床上，开始热烈地吻她，一手揽着她的腰背，一手很熟练地解开了她的内衣挂扣。她的睡裙从肩上滑落下去，露出了圆滑的肩肌。夏小米在他的抚摸与亲吻中渐渐激荡起来，她开始迎合他，令李亿军更加冲动与亢奋。在他看来，多年的梦幻与追求，等待与无奈，以及这些天来的紧张与烦恼，全在这短暂却激烈的性爱里得到了满足与解脱。

"小米，我们真应该早这样做了，你说呢？这多好！你不仅需要，你也喜欢，不是吗？"李亿军从小米身上下来，倦累而快乐地说。

夏小米却听出了一丝揶揄，她感到有些恼怒。张化冰的身影再一次晃过。她紧闭双眼，不让泪水流出来。一种强烈的后悔心情压迫着她。人有时候非得让情欲毁灭了来证明自身的脆弱与无知！她讪讪地笑了一声，躺到另一张床上，背对着他，淡淡地说道："睡一会儿吧，我累了。"她伸手关掉了灯光。

李亿军很快就鼾声大作，而夏小米却怎么也睡不着。昏昏沉沉地躺了好久，她轻轻起来，冲了个凉，在客厅里的沙发上躺下，点燃一支烟，然后眼睛定定地看着窗帘，脸上又浮起了一层迷茫。

就这样，夏小米一直保持着这个姿势，直到被一声电话铃声惊醒。她拿起话筒"喂"了一声，对方就"啪"地将电话挂断了，不用说，是那种特殊的女人打来的，她们期望的是男人的声音。夏小米有点吃惊，这才试业没几天的大酒店怎么也有这类电话？她摇摇头，抬腕看表，已经七点多了。想着下午的风流和李亿军说"你也喜欢"的话，不由冷酷地暗笑了一声。她仍然不解自己的举动，因为把握不清自己是否有爱的成分。但有了下午的经历，她又感到与李亿军之间硬是平添了一层更亲密的关系。

卧室里传来了李亿军的叫声，他醒来了。夏小米应着，心里忽然烦躁至极。她走进卧室，看也不看李亿军一眼，开了灯，拉开窗帘，见夜色已浓，华灯闪烁，就自顾自地说道："海口这座城市，真是不错呢，但就在这美丽的夜幕下，丑陋也正在滋生与繁衍。"她的脸在灯光下有种冷玉般的光晕。

李亿军不易觉察地皱了皱眉头，心中再次升起不安的感觉。这夏小米一定是

做出了什么重大决定，而且她内心十分矛盾，要不，她不会如此莫名其妙地反常。他并不附和她，起来向浴室走去："我去洗个澡，你来吗？"

夏小米看着窗外，头也不回："不，我洗过了。"她突然觉得自己很卑鄙。在这一刻，她明白了，她对李亿军，绝不是爱情！如果她爱他，她会答应他的请求，与他在共浴中享受温馨。她对爱人的身体永远是着迷一般地欣赏，而现在，她甚至以挑剔的眼光看李亿军的身体——他是如此不完美的男人——他的身材很一般，加上有些发胖，少了些敏捷与力量的感觉。她想，其实在自己的心目中，他仍然只是一个兄长般的朋友，多年的友谊现在全被破坏掉了。她并不爱他，却与他造爱，而且是在感觉到张化冰存在的情况下与他造爱，她因为与他有了肉体之欢而成了他实际上的"情妇"——她惊骇地想到这个字眼。她历来有些歧视这个称呼，她总认为这个叫法不仅俗，而且肮脏。她的心沉沉地落下去，疼痛的感觉涌浮而起。她站到镜子前，吸了一口香烟，往镜子里自己的影像吐去，嘴角在烟雾中挂出一抹冷笑："夏小米，你疯了吗？"

李亿军裹着浴巾出来，又是一副精神焕发的模样。他走到小米面前，在她的额上爱怜地吻了一下。夏小米回过神来，拢了拢头发，语气平淡地说："我们去吃饭吧，我饿了。"

"好。"李亿军应道。

一切收拾妥当，他们出去吃饭。夏小米不想开自己的车，一头钻进了李亿军的车子。他征询她去哪里，她说随便，他便将车子往太阳岛开去。那是海南最负盛名的五星级酒店，他们在那儿都享有签单权。

坐下来的时候，小米觉得有些异样，她明白这是自己个人的敏感所致。在朋友圈子里，谁都知道她和李亿军的关系，不是兄妹，胜似兄妹。大家也知道李亿军一直爱着她，但是她只愿意接受他作为兄长的情感，不愿意改变友情关系。但今天，他们的关系不一样了。夏小米这样想着，在阳光海岸房间里有过的那份"更亲密"的感觉没有了，她甚至有了些蔑视与敌对的情绪。

李亿军却仍然是一副兄长般的面孔，这就是他持重、练达的一面，什么事也影响不了他在外界所保持的形象。这也就是他在名利场中如鱼得水的原因，谦谦君子，大智若愚。

很快，茶、酒、菜都上来了。在这儿，他们享受的是一流的服务。"来，干杯！"李亿军举起酒杯。像往常一样，他们喝的是法国红葡萄酒。

"现在能否告诉我，你究竟准备干什么？"李亿军将冰镇的生虾片夹一小片放到小米碗里，关切地问。夏小米见他将这个疑问忍到这时才问，并且完全恢复了一个准兄长的身份，有些诧异、愤怒。男人怎么可以这样，在与女人有了肉体关系后仍然摆出一副若无其事的态度。但只一瞬间，她也就平静了。难道你希望他是爱人吗？她自嘲地笑了笑，把原有的不太自然的情绪笑开了。

"我干什么？"她夹着生虾片蘸了一层芥末，那绿色的日本佐料，很清爽。她已经习惯了这种吃法，吃下去，一点也不觉得呛口。"我要干的第一件事，已经干了。"她的声音隐藏着几分冷漠与挖苦的意味，"第二件就是，我已办好了移民加拿大的手续，过一两个月就离开海南。我准备在那里开办一家中国商品专卖店，然后扩成全国连锁，然后是世界连锁。当然，具体做什么专卖，怎么操作，去了以后才定。"她的口气很冲，很傲慢，与平日那个斯文温婉的夏小米判若两人。

李亿军正在做吞咽动作，听到夏小米的决定以及她话中的无名火，不由吃了一惊，这一惊，生虾片将他重重地呛住了。他咳了半天，又是喝水又是拍后脖颈，总算平和了，才问："你为什么从没提及？"

"这是一件关乎我人生的大事，只有我自己才能完成这个决定，所以提不提，我以为关系并不大。再说这也是在美国的这段时间里做出的决定。我给你打过电话，可每次都感觉到你太忙，有时好像还心不在焉，我也就打住了。而且我们之间，有多少次决定是经过相互讨论才完成的呢？"夏小米生硬地答道。

"但这一次不一样。"李亿军有些不快。

"一样。"夏小米固执起来。

"噢，对了，"李亿军来不及反驳，夏小米就自顾自地说了下去，表情生硬中夹着怨尤。"我汇一千万到你的账户，我走后，你再以我的名义捐二百万给省妇联，开办一个女性沙龙，包括现代妇女情感道德之类的讲习所，但要以我的名字命名，若干年后，我相信我能有能力让它继续；三百万我本想捐给山区的农民，但我曾去考察过几次，发现那里的许多人拿了钱并不去想致富的事，我不愿意用这笔钱去培植惰性；想捐给三峡水利工程，三峡工程无疑是个伟大的工程，可我怀念那些被它淹掉的美丽地方，再说三百万也是杯水车薪，故也不作打算了。思来想去，决定用六百万在我老家县城修通通往邻县火车站的公路。我已派人去考察、洽谈此项目了，如成，到时自然会有人与你联系。二百万我想在电视台开个栏目，最好能叫《英雄》。这几天我将账划到你那儿。"

李亿军无论如何睿智精明，也没想到夏小米的计划如此庞大，且不管是否合理、周密，她的胆魄却是显山露水，让人叹服。但在这计划宣布之前，她却与他有了这不同寻常的一个下午，她在抗拒了他十二年之久以后，以这种投怀送抱的方式结束兄妹般的情谊，为什么？尽管她有过刹那间的犹豫与后悔，但又有什么区别！她终究是做了一回他李亿军怀抱里的女人！李亿军纵有宰相之肚，也难免失其风度。他的脸一会儿变白，一会儿变红，一会儿变青。他站起来，怒视着夏小米，低沉而有力地、一字一顿地说道："夏小米，我今天才认识了你！"

他将白色的餐巾布往桌上一扔，头也不回地走了。

夏小米面无表情地坐着。对于李亿军的怒火，她早有所料，但她仍惊讶其激烈的程度。李亿军的形象一下子矮了下去。他怎么样？也不过如此罢了，在他需要的时候，他可以做出道德决定不了的事，来满足他作为男人的尊严；当他感到尊严被冒犯了的时候，他可以一甩餐布将一个刚与他做完爱的女人扔在尴尬的场面里。她的脑海里，交替出现着多年来与李亿军清白的友情和今天下午男欢女爱的画面。她感到有一种说不清楚的悲壮。

但她没有让自己想得太多。她招手让服务员拿来账单，飞快地签下"夏小米"三个字。然后很优雅地起身，说谢谢，慢慢朝电梯间走去。

她缓缓来到宾馆门口，却见李亿军已将车停在门口等她。车门敞开着，他的脸上已恢复了平静。夏小米看着伸手请她上车的服务员，乖乖地坐了进去。

一阵巨大的失落与怅惘慢慢地爬上心头，像夜色一样淹没了夏小米的恼怒与悔恨，一个下午没有流出来的眼泪，此刻如清泉一般汩汩而下……

李亿军伸出一只手，抚摸着她的头发，"对不起，小米。我不该发火。"

"不，是我不应该这样。"夏小米嗫嚅着，"我不该毁了一份美好的感情。"

"傻姑娘，谁说毁了呢？"李亿军安慰道。

他们回到房间。夏小米去泡茶，李亿军拧了把毛巾让她擦拭泪脸。"小米，有什么难言之隐，尽管说好吗？我希望我依然是你可依赖的兄长。刚才是我太心急，可能误解了你，态度不好，请你不要放在心里。"李亿军诚恳地说道。

夏小米不好意思地笑了一下。

"对不起，我心里矛盾极了。若是伤害到你的情感，我道歉。但我绝不是故意的。唉！"夏小米叹口气，渐渐放松了些。从美国回来后，因为知道李亿军要出事，她一直没有告诉李亿军实情。事实是，月亮现在身处困境，她在这次车祸中右腿严重骨折，而且丧失了记忆。这件事对她和保罗的打击太大了。夏小米认为自己应该责无旁贷地去照顾她，有自己在身边，也许有助于月亮恢复记忆，何况自己的儿子小望也在那儿。离开海南的决定是在照顾月亮的日子里做出的，她突然觉得其实自己早就应该离开海南了。她回来处理完海南方面的事务，好安心去美国生活一段时间。赵霖已去了美国，协助保罗照顾月亮，他会等小米去了以后才回深圳。夏小米办移民加拿大的手续很快，所以选择先去那儿，一方面为今后月亮的化妆品市场，另一方面为自己的事业发展计划。尽管这些年她离开了电视媒体，但她仍然希望有一天能从事电视媒体事业，她希望像靳羽西那样成为海外传播中国文化的使者。月亮的化妆品刚推向市场，就遇到这种灾难，真是不幸。夏小米不知这一去多久能回来，所以心里也有几分茫然。毕竟，海南是她奋斗了十二年的地方，她生命中黄金般的十二年啊！她在这里经历了种种磨难，但她仍留恋这块土地，它美丽，有她永远也忘不了的亲情与爱……"你对我所做的一切，我一直感恩在心，却无以为报。本想偿还你的心愿，不料反倒伤害到你……"

"别说伤害。我不怪你，因为我知道你是个重情重义的人。我会一如既往视你为小妹……"李亿军打断她，抬起她的下巴，注视着她。

夏小米感激地点着头，眼睛红红的。

"你与关鹏说过要移民的事吗？"李亿军扶着小米在沙发上坐下，自己坐到另一边去。

"昨天给他打了个电话，他调回北京了。"夏小米端起茶杯，喝了口水。

"他去北京的事我知道。其实他早就应该回总部了，瞧这些年，像他这样的文化人，还有几个没走的？若不是为你，他也早走了。唉，这地方不知什么时候能重现辉煌……"李亿军告诉小米，关鹏走时与他通过话，说要利用在北京的优势，打听打听化冰的情况。

"这事他倒没提。这么些年过去了，张化冰他要是想与我联系，还不容易？"夏小米苦笑着，"好了，我从此绝不再对他抱任何幻想，我要把他埋葬到我的心底！"她的声音突然冷酷起来，但仍掩饰不住对张化冰的绝望的爱。

一提到张化冰她就激动。李亿军仿佛明白了，夏小米今天何以这么反常。她爱张化冰，但她又无法改变去美国的计划，这一去可能真的永远也不能见到他了，她不得不要"埋葬"他。她想以彻底背叛的方式来伤害自己的这份感情，以期伤害张化冰，义无反顾地离去。

他有些沮丧，却还是从内心深处理解并原谅了夏小米下午反复无常的举止。

"小米，你那一千万恐怕不能由我来运作了。"他语气沉重地说。

"为什么？"小米睁大了眼睛。

"昨天，我的工作已经停止了。"

夏小米尽管从朋友嘴里知道省里正准备对李亿军立案审查——今天她还想好好地问问他这件事呢——但她没有想到，在她去美国的这一段时间里，李亿军这边已经发生了重大的变故：单位现在开始清理资产，很有可能宣布破产。一个金融机构要破产，李亿军他当老总的还能没责任？而且，随着政府对经济领域犯罪打击力度的加大，这一次他是逃也逃不掉。李亿军的经济问题是早已存在的，但以前有人保他，这次上面的决心很大，当年保他的人自身也难保了，哪还顾得

上他？估计清理资产结束之日，就是李亿军东窗事发之时。

"唉，这也怪我自己，这几年是有些忘乎所以了。唉，三十年河东，三十年河西，我李亿军阳光大道走到头了！"李亿军长叹一声，平静中透出悲凉。

夏小米听着，好久没有吱声，心中涌起一种复杂的情感。以前，她只觉得李亿军利用手中的权力为海南做了不少事，也为他自己谋取了巨大的私利。但她并没往深里想，在泡沫经济时代，他手中调拨资金的权力也是一种腐化剂，早就为他掘就了犯罪的陷阱。前些年他仍风平浪静，确实是因为他不惜金钱培植的保护伞发挥作用的关系，但今天，国家打击职务犯罪的风声日紧，反腐败力度加大，他们再也侥幸不了了。这样想着，夏小米不再为下午的事感到耻辱与悔痛，反而有了一种解脱感。是啊，自己不正是要彻底了断这里的一切吗？

世事难料，人生沧桑，对与错，是与非，终将是过眼烟云！与李亿军给予自己的爱相比，自己情感的这点伤害又算什么！

第一章

1

一九八八年一个烈日炎炎的下午，刚刚上岛的夏小米来到了《热岛报》所在地椰树大厦。报社在大厦的五楼。

夏小米一边走，一边很注意地看各个办公室门口的牌子。走到报社经济部办公室门口，她停下了。正要敲门，门开了，正往外走的经济部主任张化冰与她碰了个正着。张化冰一米七八的个子，肩宽胸阔，高鼻深目；短发随意地半立着，露出宽阔平整的发际；一件松松垮垮的蓝色 T 恤恰到好处地塞在洗得发白的牛仔裤里，显得意气风发。他看着有些发愣地盯着自己的夏小米，问："找人吗？"夏小米神情恍惚地点点头："是的，我找赵霖。"

"请进吧。"张化冰闪身让路，顺手提过夏小米的行李箱。

其实张化冰一眼就看出了这个女孩是刚上岛的，一只皮箱，一个大背包。长途旅行的缘故，她已经满脸疲倦之色，头发脏兮兮的。她皮肤娇嫩，稍微显胖，但这胖应该是少女的丰腴，更添几分性感。她穿着一件式样很流行的蓝底碎黄花的洗水布连衣裙，短袖，翻领，细细的腰带，裙摆很宽，荷叶边显出几分浪漫的气息。只是脚下的旅游鞋太笨，与这一袭布裙不太协调。张化冰打量着她，感觉眼前发亮：她一脸单纯朴素，却又掩不住一股清高与自信的气质。她很谨慎地观察着这间并无复杂摆设的办公室，小心翼翼地坐在张化冰指给她的椅子上，一副混合着不安与喜悦的表情。张化冰来海南几近一年，看惯了女人们张牙舞爪信口开河的求职演说，这个默不作声的夏小米与她们形成了鲜明的对照。你看她那双眼睛，澄明得如同南海深处的海水，没有一丝势利与俗世的杂质。看着这样一双眼睛，张化冰感到一种从未有过的震撼。他把电风扇开到了一挡，又给夏小米泡了杯茶水，手忙脚乱了一阵，才在夏小米对面的办公桌前坐下来。

"找赵霖？"张化冰这才进入主题，"真不巧，他上周跳槽了。我现在接手他的工作，如果是工作上的事，你可以与我说。"

"什么？跳槽了？"夏小米始料不及，拿杯子的手抖动了一下，茶水都晃了出来。一时，一种无依无靠的感觉袭上心来。现在，真正是两眼一抹黑了。

张化冰注意到了这一切。

"你别急，这两天我帮你联系到他，好不？我与赵霖是朋友，他走时说过，会与我联络的。这些天一直不见音信，恐怕是才去太忙，顾不上吧。他去的那家公司很大，人才很多，职位不是那么好搞定的。"

"他去了什么公司？"

"南方实业。"

"谢谢你。"夏小米放下茶杯，起身准备提行李。她很希望有个洗澡的地方，然后安静地睡上一觉。她太累了。

"你要去哪？"张化冰几乎是紧张地问。他赶紧站到小米身边来。

"去找个招待所住下再说吧。"夏小米的声音听上去好泄气。

"这样吧，要不你先在我这儿休息一下，我随便找个同事就可以住。我的宿舍就在楼上。老总去泰国了，过几天他回来，我推荐你在我们这儿干，你看怎么样？"张化冰连自己都搞不懂，为什么会如此热情。他顺手拍了拍小米的肩膀，使得小米警惕地躲闪了一下。他又连忙殷勤地递上茶杯："不要急嘛，喝点茶，解解渴，你这一路太辛苦了。"小米望着他，轻轻地点着头。

张化冰注视着夏小米，心里升起一种想亲近她的欲望。她那白里透红的皮肤，她噘着嘴吹拂茶叶的姿态，她那茫然无奈的神情，撩动着他作为一个男人的保护心理。而且，他总在想，她怎么会有一双澄明纯净如深海里的水质一样的眼睛？他热情地说道："我们这儿待遇一般，但是吃住没问题，政策灵活，不少人发了财就走了。就说赵霖，他在报社起码赚了十万。"

赵霖是夏小米的中学同学，更确切地说，是她的密友李月亮的初恋情人。如所有的初恋都难有结果一样，后来月亮和赵霖也分手了。与常人不一样的是，他们又总断不了联系，彼此书信往来，互相关心，久而久之，一份朦胧纯洁的恋情演绎成红颜知己式的纯真友情了。是月亮告诉她说赵霖现在就在海口，在热岛报社当经济部主任。他是海南建省后最早一批闯海南的人才之一，他原在北京一家报纸做编辑。月亮嘱咐过小米，到海南一定找赵霖，初来乍到，有个熟人总比没有好。但月亮大概想不到，夏小米一来就扑了个空。

夏小米喝了几口茶，满脸的倦色渐渐平和，神态也放松些。她望着眼前这个青年男子，不由自主地想信任他。他高大魁梧，体魄强健，一双看人非常大胆、显得咄咄逼人的眼睛，此刻正溢满关切的温暖的笑意，大约是眼窝较深的缘故，感觉还显得多情。他说话，稍带了点鼻音，显得浑厚、有磁性。他正很专注地看着自己。

夏小米突然心慌起来。

"若能一上岛就找到工作，那真是我的造化。不过，我现在还是去找一家招待所吧，休息一下，回头我再来找你，好吗？"夏小米说话的声音很好听，总让人觉得她是个温柔的女孩。她想，第一次见面就给人家添麻烦不好，再说这个人是个陌生男人，而且直觉告诉她，对于女人来说，他是个危险的男人，她有些说不清楚的害怕。

张化冰迟疑了一阵，不再坚持自己的意见。是啊，她一个女孩子，怎么会这么轻易地待在他的房间呢？

"噢，我忘了介绍我自己了，"他从办公桌里拿出一张名片递给夏小米，"我是张化冰。"

夏小米看了看名片，这才知道，这个热心的男子是《热岛报》的经济部主任。名片上还写着：文学硕士。文学硕士做了经济部主任，这就是海南。张化冰笑着说。此后，夏小米遇到了无数这样的人，改行，下海，把自己的专业放弃了。

"你叫什么名字？"张化冰话音未落，有人送报纸来了，"张主任，这是今天的报纸。"那人说完，转身就走。

张化冰一打开报纸，就急忙把来人叫住："告诉我，报纸发走了吗？"

"发行部拉了一些送邮局了，另外有好几个业务员正在给报亭送报纸。"

"你赶快叫发行部的人联系这些业务员，停止发送报纸，发出去的也要尽量收回！我这就去追邮局的报纸！"

"怎么了？"那人糊涂了。

"出错了！你看这头版头条的标题"岛国经济形势一片大好"，应为'岛内'，文内也是'岛内'，怎么会出现这样严重的错误！"张化冰"哗哗"拍着报纸，顺手取了桌上的摩托帽扣在头上，风风火火地往外走。

走到门口，他又回过头，对夏小米说："喂，你留在这里等我回来。不，你还是跟我走吧，行李先搁这里。走吧！"

夏小米犹豫了片刻，觉得有什么在促使自己跟张化冰走。她点了点头。

坐上摩托车，张化冰说："我开车了，抱着我！"

"我抓住车架就行了。"夏小米怯怯地说。

"我开车很疯的，吓着你别怪我。"张化冰一踩油门，摩托车就飞了出去。摩托车看样子还很新，可不知哪儿出了问题，声音太响，加上他开车很疯，像开了台推土机进市区一样，弄得行人仓皇躲避。

他们赶到邮局时，邮局正在装车。

"好险！差一步他们就将报纸送出岛了。"回来的路上，张化冰后怕地说。

"你的新闻敏感还挺强。"夏小米伏在他身后，很大声地说。路上噪声太大，她怕他听不见。对于张化冰的敏锐与果断，夏小米暗暗佩服。

"那当然。怎么也在这个行当里待了好几年了。"张化冰一点也不谦虚。

"真自信。"夏小米在心里嘀咕了一句。

回到办公室时，夏小米已经没有刚才那么紧张了，"你擦擦汗吧。"她从包里取出一包餐巾纸，抽了两张给张化冰。

"谢谢。"张化冰接过纸巾，这才想起还不知道她的名字，"请问芳名？"

"夏小米。夏威夷的夏，小麦的小，米兰花的米。"

张化冰很留意地听着。她这样认真地介绍自己的名字，真特别。

"好有诗意的名字。"他由衷地叹了一句，快意地说，"唔，我闻到了小麦地里的泥土气息和米兰花的幽香。"

夏小米也笑了，看上去很无邪的样子。她就是这样，从来不会像常人那样随意地解释自己的名字，什么"大小的小，大米的米"，好端端的一个名字给说得索然无味。

"好吧，夏小姐，不，还是叫你小米吧。我带你去一家招待所，很便宜，也比较安全。"张化冰不等夏小米作答，提起她的行李就往外走。夏小米只得尾随其后。

刚出报社大楼，张化冰张口叫住了一位刚从外面采访回来的记者，劈头就骂了起来："丁四平！你他妈的还是不是男人，二十一号那个专版明明是人家肖莉莉谈妥的，人家肖莉莉为这个专版辛辛苦苦跑了一个月，你凭什么领提成？"

被叫作丁四平的男记者低头垂手地站着，显然十分尴尬。他木讷地申辩："是我签的协议……"

"你还好意思说协议的事！人家磨了一个月，敲定了，然后你跑去谎称是肖莉莉的同事，说是她托你去签合同，厂家管你谁签合同，跟谁签都是报社的事。可你一个大男人，这算什么鸟事，从人家女孩子碗里抢食而已！我告诉你，你若还想在我经济部干，就赶紧向肖莉莉赔礼道歉，并将全部提成交给她，否则，你就走人！"张化冰语气很凶，满脸鄙夷之色。

丁四平脸如白纸，头不停地点着，一动也不敢动，直到张化冰一挥手让他走，才逃也似的奔上楼去。

夏小米怔在一旁。此刻的张化冰与在办公室的时候判若两人，一个是刚，一个是柔。联想起刚才处理报纸出错事故的事，夏小米心里一热。她觉得他是个富有正义感的男人，他身上透着一股真汉子的气概。

张化冰把夏小米带到海军第四招待所。但是，第二天晚上，当报社老总打回电话说要提前回来，张化冰兴致勃勃地去找她时，她却已退房走了。张化冰气得朝那房门踢了一脚，恶狠狠地吼了一句："夏小米，若让我再碰见，看我饶得了你这臭娘们儿！"

张化冰回到自己的办公室里，关上门，坐下，背紧靠着椅背，双腿跷放到办公桌上，一副茫然若失的样子。

张化冰是海南建省时最早一批下海南的。他原是河南一家报社的政文部编辑，两年前承包了报社的广告部，做得很有起色，个人也赚了不少钱，引起了不少人的嫉妒，有人还想找碴不让他再干下去。这时，传来了海南要建大特区的信息。他找来一堆有关这信息的报纸，认认真真研究了三天，便决定停薪留职南下海南。他当然还够不上由省政府邀请或接待安排的资格，一切得靠自己。但凭着他北大高才生的智慧，以及在内地干新闻好几年的资历，很快，他加入了创办《热岛报》的行列。他热血沸腾，体会到"一张白纸，好画最新最美的图画"这句话的深刻含义，以为海南是一块可以大展拳脚的热土。他与报社的创办人吃快食面，住拥挤不堪、蚊蝇乱飞的宿舍，领微薄的工资，晚上点蜡烛办公，白天顶着烤得人皮肤发干的太阳骑单车跑新闻，毫无怨言。他心中充满着自由的、真正干事业的快乐。他踌躇满志，要在将来的某一天办一张高品位的报纸出来。可是没过多久，随着大特区的建立，内地大批人才的涌进，报社也四面八方地招来了人，各人有各人的关系，后门照开，内地人将他们的聪明才干带来的同时，也带来了许多陋习。嫉妒丛生，帮派蔓延，渐渐地，人们对比得更多的是收入的高低，权衡的是职务的有无，他有些灰心了，开始将注意力转向经济领域。他先是到广告部待了一阵，然后又要求到经济部，他想在采访过程中接触一下市场。赵霖跳槽后，他被提拔为经济部主任。

张化冰是个花花公子，人们都这样开他的玩笑。也难怪，有他在场的聚会，女孩子们注意的焦点总是非他莫属。围绕着他，不时地飞扬着一些花边新闻。在河南时，他就因为女性朋友太多，老婆吃醋，家庭曾一度闹得乌烟瘴气。当然，他从来不滥用感情，准确地说，他根本就不动感情。他逢场作戏，一是出于天性风流，一是对女人深藏厌恨。结婚几年后，家庭才稍稍平和了一些。在孩子三岁的时候，张化冰又南下海南，夫妻的关系重又变得前途黯淡。

张化冰内心深处总觉得对不起妻子。他们青梅竹马，两小无猜，从初中到高中，有一层朦朦胧胧的爱情纸隔着他们，没能捅破，最后又各自带着对对方的好感和钟情奔赴他方深造，她上的是政治系，他学的是中文。本来，道路可以从此分开，彼此在对方心中永远清纯美好，偏偏大学毕业后又分到了同一座城市。女方在学校因一场师生恋而付出了惨痛的代价，老师最后对她的出卖与背叛使她差一点遭受被开除的命运，重遇张化冰，不禁恋情重燃；张化冰也是刚经历一场爱情浩劫，少时暗恋的朋友正好抚慰了他的心灵创伤，他们很快结为了夫妻。只是好景不长，妻子受过伤的心灵已埋下了对男人不信任甚至仇恨的种子，而张化冰，也早已不是当年小镇上的中学生了。

这中间深藏隐情。

大学期间，张化冰眼界大开。同学中，不乏高干子弟，处处显示优越，趾高气扬者大有人在。张化冰明白，要彻底改变人生命运，就得抓住大学这个机遇。他天生聪颖，加上刻苦勤奋，他的知识获取量和成绩在前两年呈直线上升，在同级学生中，各种竞赛优胜者名单中都有他的名字，校报上也时常看得见他的文章。他成了班级里甚至整个校园里的一颗星，二十出头的小伙子已经肩宽体阔，一副伟岸的身材，一张大气英俊的脸庞，加上才气横溢的名声，张化冰成了众多女生眼中、心中的白马王子。他开始接受她们频频发来的爱的信息，但他无动于衷。没想到他对于爱情的迟钝反应更使女生们着迷，认为他的冷峻比他的才情更具有男子气。大学四年级时，同班同学、比他大两岁、一向以傲慢著称的于小苹动心了。

于小苹是一位握有经济大权的副部长的千金，人长得一般，但那种权贵家庭里熏陶出来的傲慢，带给人们另一种贵族式的魅力。张化冰不知为什么，一下子堕入了情网。后来他冷静地思考过这个问题，认为当初自己骨子里有一种来自平民阶层的自卑感，不明显，却割舍不去，于小苹或许能使他摆脱掉这种东西；另一方面，从于小苹那儿，他可获得更为广泛的上层信息，增长不少社会知识，也许，于小苹强大的家庭背景可以直接地、彻底地改变他的人生命运，缩短他靠自身奋斗多年后才能强大的历程。当然，事隔经年他才这么认为的，这种潜意识的功利主义色彩在当时他就是感觉到了也被狂热的爱情冲没了。打败了众多的女性追逐者，在傍晚的校园角落里与张化冰频繁约会的于小苹，更加自负得不可一世了。在同学们为毕业分配开始奔走的时候，张化冰却以为自己有于小苹的关系留在北京是毫无问题的。他毕竟太年轻了，没能把握住来到眼前的机会。于小苹将他带到自己家里时，他因为紧张而变得唯唯诺诺，但又想表现而张扬自己颇为新潮的思想观念。送走他后，副部长对女儿说，这个张化冰，绝顶聪明，但他是个机会主义者，他那些不合时宜的想法会影响或动摇我们家族目前的声誉。于小苹并不是觉得家庭利益高于个人感情，但她通过张化冰与父母的会面，看出了张化冰骨子中的自卑，这自卑是大煞风景的东西，让她从心眼里瞧不起。这种感觉一天天强烈，以致使她为自己曾爱过他而深感羞愧甚至耻辱。她决定舍弃他，但她不动声色，毕竟张化冰是她追到手的，她若宣布与张化冰分手，无异于在同学们面前扇自己耳光，同学们取笑她目光短浅，或者会攻击她始乱终弃。虚荣心不允许她承认自己的失败。她告诉张化冰她在为他考虑分配去向问题，争取能和自己同时留在北京。毕业前夕，张化冰请求于小苹和他一起回河南见父母，于小苹同意了。他欣喜万分，两个人一起上了开往河南的火车。车过丰台的时候，于小苹对张化冰说，她去买点水果，让他看着行李。她就下了火车。

于小苹这一去就没再回到火车上。

直到火车开动时，张化冰才想起，于小苹除了随身背着的一个书包外，什么东西也没带。他当时还提醒过她带衣服什么的，她说，不就几天嘛，带来带去麻烦。我就穿你的衣服得了，那样还显得我们亲密。现在看来，她是有意的。他突然明白，这爱情原来早已变质了。一种被玩弄、被欺骗的感觉像充气球一样迅速扩张，他头脑发涨，心发闷，愤怒挤满了他全身每一个细胞。回到河南后，他大病了一场。

一个月后，他拿到了分配通知单。他在自己土生土长的地方谋到了一份体面的工作——他被分到地区报社当编辑。他绝口不提大学时的那段恋情，偶尔回忆，血就往上涌，一个人被欺骗证明自己智力低下，被玩弄感情更是对人格的莫大侮辱。他暗下决心，有一天他要让那个女人瞧瞧，他张化冰也会成为一个有地位的人。

婚姻并没有弥合他的创伤。很快，他发现妻子已失去了中学时代的清纯与真诚。她有原则的一面，也有世故的一面。她原则起来很机械，使他感到被念了紧箍咒似的透不过气来；她世故起来又让他觉得她已沦为一个庸俗的小市民。率性、坦荡的张化冰既不习惯她的原则，又反感她的世故。日复一日地摩擦，两个人的感情越走越远了。而随着人生经验的增加，阅历的日渐丰富又使他越来越具风度，越来越引人注意，尤其是女性的注意。这在妻子眼里，是天性风流所致，她的看法加速了婚姻的裂变。他选择来海南，妻子不说好也不表示反对，可他来还没几天，她就跟来了，像个侦探一样盘问他一天的行踪，弄得他很头疼，干脆一天到晚不回宿舍。妻子只有在他上班时逮住他，追问他为什么不回宿舍。而且她希望他回去，海南的条件实在太差了。本来她是很委屈的，可说着说着她世故的或是机械的一面又暴露无遗了，张化冰从心底里感到绝望，对感情，对婚姻，对女人。吵吵闹闹一阵后，妻子回去了。不久就传来了她与单位一位青年干部来往频繁的消息。张化冰听说后，喝得酩酊大醉，没过几天，他便与才来报社不久的一位女孩子同居了。那时的热岛报社，同居的事时有发生，但大都是在外面暗度陈仓，像他这样公开的，也是第一个，由此他落了个"花花公子"的名声。几个月后，在他谈了一笔四十万元的广告后不出几天，那女孩子悄悄地走了。她几乎卷走了一切有用的值钱的东西，并从广告部提走了十二万元的提成。张化冰一度成为笑柄，但这一次，他已没有愤怒了，对女人的鄙视和报复的念头再一次升起。

女人，成了他床上的玩物，仅此而已。他有了一个又一个猎物。在一阵报复的快感后，他也有空虚。但他就这么生活着，脑子里感情的东西几乎麻木了。那天见到夏小米时，他觉得自己的心里吹进了一股清新的、朗润的风，在海南，他居然能看到一双一尘不染的眼睛！他并不认为是自己对她一见钟情，而是一种疯狂的占有欲望。

然而，这股清新的、朗润的风转瞬即逝，夏小米一夜之间就没有了音信！

2

夏小米来海南，完全是受了中学同学李月亮的鼓动与影响。

一九八八年初夏时节，李月亮从深圳回家探亲，与分别有五年之久的夏小米见了面。就是这次见面，改变了夏小米的人生轨迹。

夏小米与李月亮曾是全校公认的一对"死党"，她们形影不离，无话不谈。有些男生想追她们当中的一个，首先得向另一个献殷勤，否则，就别想有靠近的机会。好在她俩同学的时间只有两年，在县城的中学里相识。也许是相同的家庭背景，在学校里，她们很快就显露出与众不同的气质。人以类聚，她们就成了形影不离的知心铁友。直到临近毕业这年，一个叫赵霖的男同学猛烈进攻，月亮招架不住，才将时间从小米那儿分去一半。但赵霖后来又叫苦不迭，因为不管他言行如何，月亮都会毫无保留地告知小米，引起小米善意的讥嘲。他觉得在她们的友情面前，他的爱情的力量太弱了。

高考使她们面临分别。月亮落榜，但凭着英语成绩出色做了县里的英语代课老师。而小米考得也不甚理想，只进了本地区的师专中文科。她参加了学校的写作会，在校时发表了几首诗歌作品，毕业后，被作为才女分配到了县文联做杂志编辑。就在小米回到县里的那一年，月亮随叔父去了深圳。

这一去就是五年了。今天的月亮已全然改变了昔日的精神。这两个同龄女子，已有了明显的差异。小米当然是一身的单纯和才气，但长年蜗居在小小县城里，难免不眼界狭窄，乡情浓厚。而月亮，是深圳一家赫赫有名的外资企业的翻译，现在刚刚出来自己开了个旅游公司。这些年，她做导游，做译员，上夜校，在深圳那个竞争激烈的人文环境里，她居然有了自己的一方天地，个中艰辛，唯有心知。交谈中，小米觉得外面的世界离自己很遥远，因为遥远而有了吸引力、神秘感，从观念到视野，她需要更新和扩张。月亮建议小米年底去深圳看一看，在这段时间里，自己帮她在那边联系看看有没有合适的工作。

她们俩像当年一样，晚上睡在一张床上，海阔天空地侃大山。讲起在深圳的奋斗史，月亮感慨万端。

月亮的叔父早年跟随蒋介石去了台湾，后移居美国，成了富翁，创下了一份令人瞩目的事业。"文化大革命"期间，这海外关系使月亮一家遭尽了殃。粉碎"四人帮"后，改革开放，国门大开，叔父试探着回来探亲，见到哥哥一家，百感交集，多年的思念之情得以化解。他本来并不打算在国内投资，但在周游大陆一圈后，对刚刚建立的深圳特区产生了兴趣，经过一番认真考察、论证，他决定在深圳开办电子元件厂。他这一趟大旅游是由侄女月亮陪同的，月亮聪明好学与开朗大方的性格深得叔父的赏识，加上正在做英语老师的月亮一直坚持自学大学英语，这时的英语水平已相当不错了，工厂伊始，月亮就成了叔父的秘书兼厂里的翻译。

叔父是严厉的。他对工厂、对人事的管理已完全西化了。这对于刚出县城的月亮来说，多多少少有些不适应。她原以为有了叔父就有了依靠，不料叔父在工作上绝不给她任何特殊照顾，有一次月亮外出未曾请假，被叔父狠狠地训了一顿不说，还按照违反工作纪律处罚条例对她进行了罚款处理。为此，月亮觉得委屈，时而会与叔父发生争吵，以致后来一气之下辞了职，在一家涉外旅行社做导游。慢慢地，她认识到叔父是对的，又回头来帮叔父工作。不久，叔父因身体不太好回美国去了，派了他的助手保罗来管理。保罗是美国人，是叔父在美国最好的朋友的儿子。保罗时年三十五岁，英俊潇洒不说，还极善于经营管理，给这外资企业真正带来了资本主义情调。月亮作为翻译，时时跟随其左右，工作上深得保罗赞赏与信任，工作之余两个人也很谈得来，日久生情，他们双双堕入了情网。

"那是我作为女人时最幸福的时光。"月亮靠在床头，眼睛盯着墙上一幅俄罗斯画，脸上是一种神往的表情。想起那一段时光，月亮觉得既甜蜜又可惜，因为后来她不得不离开了他。他是个有家室的人，而她才二十一岁，家里怎么接受得了？最主要的是，月亮不想保罗因为与她的关系被调离中国，这样她还可以时不时地见到他。她做出了痛苦的抉择，离开他，也离开了叔父的工厂，去别的单位谋职。但是她怎么忘得了保罗？他那股迷人的气质与浪漫的情调影响了她对爱情和人生的态度。"你知道，我们这种女人要的就是这要命的浪漫与情调。爱情是什么？说白了是一种感觉，一种让你心醉心碎的感觉。我后来再也没有过这种感觉。"

小米曾隐约听说过关于月亮与一个美国男人的传说，当时有些诧异。现在听月亮一说，心里释然。在深圳那块对女人们充满了各种诱惑的地方，月亮却保持着对爱情的认真态度，真不简单。只是她不明白，月亮既然那么爱保罗，又怎么能下定决心离开他呢？

　　"离开工厂后，我再去做导游，挣了一些钱。我告诉你，做导游是很挣钱的，尤其是我们这对外的导游。现在，我自己开了一家旅行社，叫'红月亮'，我想慢慢扩大，将它做成一类旅行社的档次。在这件事上，我很感谢保罗，他在融资和管理问题上帮了我不少忙。"

　　小米听天书一般。那时她既不了解导游翻译之类职业的行情，也不懂什么称作一类旅行社，她只是由衷地佩服月亮。"你是闯出来了。"她感叹道。

　　"确切地说，我不算是闯。"月亮抓住小米的手握着。这是没有半点矫情的大实话。当她听到一些女人从妓女爬到老板的地位的故事，就觉得自己是非常幸运的了。她没有吃到什么大苦，感情上，说到底也谈不上是受到伤害。她与保罗之间，既未有过欺骗，也不存在谁抛弃谁的问题。再说，近段他们又开始约会了。月亮终于坦白了与保罗之间的事："没办法，我与他之间，是剪不断了。与他在一起，尤其是性爱方面，那是一种享受。"月亮的脸微微泛红，她沉浸在爱情之中。

　　小米的脸更是红得发烫。她张口结舌，无言以对。

　　"你现在的个人问题怎么样了？"月亮朝小米这边侧过身来。

　　小米叹了口气，摇摇头："虽然家里面很操心，可我根本没考虑过。"她告诉月亮，自己有过一个谈得来的人，那是一个刚刚红起来的青年作家，他来县里讲课，小米去向他约稿，认识了，有了书信往来。很纯粹的工作关系，竟被他老婆闹得整个文坛尽知，而且越描越黑。这件事让夏小米感到害怕，更不敢轻易谈婚论嫁。小米的话很平淡，仿佛在谈一件与自己无关的事。"激情"这个词，似乎还很陌生。

　　"你与他有过实质性的接触吗？"月亮直言不讳地问。

　　"……"小米没有弄明白她问什么。

　　"我是指做爱。"

　　小米羞得连耳根都红了。两个旧时同床共枕的密友，如今一个是谈性变色，木讷封闭；一个是言辞无羁，现代开放。小米使劲摇头，有些不高兴。

　　沉默了一阵，月亮转了话题："小米，你现在一个月满打满算能拿多少钱？"

　　"你问这个干什么？"小米不解。她在心中估算了一会儿，答道，"充其量一百元吧。"

　　"像你这样，在深圳起码可以拿到二十倍的工资，不用说其他收入了。"月亮轻描淡写地伸出两个指头晃了晃。

小米不作声。她早就听说过深圳的高工资是如何诱人、惊人。

"怎么样？想不想去深圳？"

小米的心怦怦地跳起来："我能去做什么？"

"做记者、杂志编辑、公司职员，什么都行。只要你有闯劲，敢于吃苦，就成。"

月亮的话这时已带上了煽动性。她只有这么一个知心女友在这个小县城里了，她觉得小米待在这儿，按部就班地上班，然后是相对象、谈恋爱、结婚、生子，从某种意义上来说，永无出头之日了，而这个小米的才能当是在自己之上的。读书的时候，小米是宣传委员，自己入团还是小米做的介绍人呢。

小米心动了。她朦朦胧胧地向往，向往什么呢，她说不清楚，如月亮一样自由的职业，高薪待遇，还是浪漫的情怀，成功的喜悦？是，又远不止这些。

灯光下，小米专注地望着月亮。

"你这么看着我干什么？中邪啦？"月亮推了小米一把。

小米回过神来。

"月亮，你好像变了许多。"

"当然。不过，我倒想知道在你眼里，我变在哪里。你说说看。"月亮兴奋地把身子往上一些，靠在床头。

"你比以前漂亮了。"

"唔，我以前是丑八怪吗？"

"当然不是。可我觉得你变的是一种气质。你现在显得非常大气、沉着而且明快……我也说不好，应该说你具有一种大家的素质了。"小米非常认真地说。

"哇，你这么高看我呀。"月亮乐道，"要说真有，那可能是环境熏陶出来的。一个人眼界开阔了，阅历增加了，人的精神自然就丰厚起来，这些不能不影响一个人的修养与气质。你说对不对？"

"唉，这样说，我真是老土了。"

"所以呀，是凤凰就要飞出山去，要不真会变成山鸡哦。你想想，再过一两年、两三年，你找对象、恋爱、结婚、生孩子，你就成了一个地地道道的家庭主妇了。这当然也是一种人生，可我以为这样的生活对于你的才华，是一种浪费。"月亮爱抚地捏了一下小米的下巴，"我想，如果你真这样生活一辈子，你不会甘心的，对不对？"

小米点点头。

"我还有什么变化？"月亮继续问道。

"嗯，你没以前那么娇气了。"

"娇气？"月亮哈哈大笑。在那种适者生存、不适者淘汰的竞争机制下，她怎么敢娇气？她的亲叔父对她都那样严厉，别人就更不用说了，"深圳又不是没有人才，你娇生惯养，那位置早就被抢走了。我倒喜欢那种快节奏的生活方式，它能锻炼人，也很刺激。说实在的，在深圳最深切的一点感受就是，它让你懂得什么是自我价值。"

"你说话的速度比以前稍快了一些，而且总给人一种非常自信与洒脱的感觉。"

"不愧为我的知心铁友啊！你看你，有一颗多么敏感的心！"月亮激动地嚷道。她从来没去注意自己的变化有多大。

就这样，这一晚，她们聊了一个通宵。月亮回深圳的那天，执意让小米送她去省城的火车站。她想在省城待上一天，到处转转，看看几个大学毕业后分在省城工作的中学同学。其实，她是想让小米感受一下外面正在涌起的到南方去的热潮。

火车站人山人海。许多小贩在叫卖《海南开发报》。才建省不久的海南，正是人人关注的焦点。以往，小米最多也就是从几家报纸上看一些官方消息，从几个关心时事的同事或邻居嘴里得知点并不权威的话题，一些从海南当兵回来的人，描述的都是海南的落后状况。小米买了一份《海南开发报》，从头到尾看了个遍，感觉到海南正进入一个热潮。开发报上，字里行间全是这热的信息：土地热、人才热、经济热……这些预示着海南这块落后之地，真的已成了要出嫁的姑娘——打扮她的时候到了。

在省城，月亮与小米仔仔细细地分析研究着当前南方的形势。深圳已初具规模，一切已步入正轨，条件好多了。能去深圳当然好，但海南是块热土，需要的人才多，去的人才也多，竞争会很激烈，这样更能体现自己的能力。要站稳脚跟，关键在于勇气和自己的实力。可能在海南，人的实力能更快更好地发挥出来。小米内心的骚动，对南方的向往，在月亮一次次现身说法与鼓动下，逐渐成为明晰的理想：她要去南方，去寻梦，去创业，去实现自我人生的价值。

小米站在窗前，望着火车站如海水般涌动的人流——据说那里面有百分之八十的人是去南方的——她沉默不语。

不久后一个晨光熹微的早晨，怀着一颗充满渴望与冲动的心，夏小米踏上了去海南的道路。

但她没能估计到——这恐怕也是月亮没能估计到的，海南，没有给她预想中的机会。

20

3

李亿军请夏小米在温泉宾馆吃晚餐。他没有想到，夏小米在"失踪"了半年多以后的今天，会给他打来电话。半年来他一直没有忘记见到夏小米的情景，那还是夏小米刚上岛的时候，她从海安港登上了海南的土地。

与她走在一起的，还有一个年轻的小伙子和一个六十开外的老伯。小伙子叫三伢子，十七八岁，一米七三左右的个头，脸上长满了青春痘，样子很机灵。老伯姓李，李亿军的父亲。他们都是在火车上认识的，李老伯在家里与老伴吵架，一气之下出走二儿子李亿军家。不料在桂林上车时，票与钱都被小偷偷去了，而他人又差一点中了暑，一路上多亏了夏小米和三伢子帮忙照顾。夏小米为了让李亿军家人放心，在火车停车十几分钟的车站下车托人给李亿军发了份电报，这不，李亿军在港口等待多时了。

"哎呀，亿军，来来来来，给你介绍一下。"李老伯一见到儿子，就兴冲冲地把夏小米拉到他的面前，"多亏了这个小米姑娘，我才能顺利来到海口。还有这个三伢子……好吧，几句话也说不清，回头我再慢慢给你讲……小米姑娘，你有没有地方落脚？"

"有的，李老伯，您放心。"小米示意三伢子将手中的行李放下来，抬眼认真地看了李亿军一眼。若不是李老伯有言在先，她肯定看不出他的实际年龄。他看上去是个有主见有魄力的男人，谈不上英俊，但有一种说不出来的风度，也许是一种财大气粗见多识广的气质吧。他的皮肤稍微有些黑，这黑使他显得有几分冷峻，但他脸部圆实，又在冷峻中透出几分和善。

李亿军握住夏小米的手久久不放："我们接到家里的电话，吓坏了，这倔老头这么大热天，赌气下海南，真不知会出什么事呢。后来接到电报，知道已有人在帮他，这才放下心来……真不知怎样感谢你们。"话说完了，手却仍然没有放开。收到电报时，他意识到发电报的人一定很细心，非常机智，但他没想到会是这么年轻文雅的一个女孩子。

夏小米被握得很不好意思，而凭着女性的敏感，她感到李亿军的目光除了真诚的感激外，还有一些探究和兴奋。她抽出手，窘得说不出话来。

"你们是来找工作的？"李亿军关切地问。

"我算是的。三伢子他来帮他姑妈看店。"小米答道。

"有熟人吗？"李亿军又问。

"有的，一个同学在《热岛报》。"夏小米所说的同学，就是赵霖。

　　"哦，《热岛报》的老总是我的好朋友呢，你可提我的名字，就说是我的朋友。"李亿军掏出一张名片递给夏小米。名片上的头衔是"汇银房地产开发总公司董事长"。

　　"你爸爸说你是银行信贷办的。"夏小米随口说道。

　　"没错，我的工作在银行。这是兼的。公司是挂靠在银行名下的，我具体负责，一年上交部分利润。"李亿军温和地笑笑，"海南的公司多如牛毛，有言说一颗椰子掉下来，可以砸着三个经理。但是有许多是皮包公司，慢慢你会知道的。"

　　"好了，亿军，改天再摆谱吧，别让人家姑娘家一上岛就摸不着头脑，什么皮包经理的。"李老伯见夏小米他们实在太疲劳，中午的太阳又太猛了，忙截住儿子的话头。再说，三伢子的姑妈在他们说话的当儿也来了，她得带三伢子走。

　　"那好吧，我们走。"李亿军笑着打开车门，"我送你。"

　　他们与三伢子道了再见，就上了李亿军的桑塔纳小轿车。小车转眼就离开了嘈杂的新港码头，驶上一条叫南大路的道路。路面很宽，车辆稀少，椰子树还十分矮小。西边是一片荒地，杂草丛生，偶有一两栋高楼，显得孤立落寞。李亿军介绍说，这一片地以前是滩涂，将来一定要开发。他的公司在这里有上百亩地。

　　车拐上海秀路时，天空忽然刮起了一阵狂风，紧接着，就下起了滂沱大雨。这条路的椰子树高大得很，它们宽大的枝叶在狂风中翻飞摇摆，抻开一片乳白色的雾水，路面很快就雨水四溅，行人飞快地寻找房檐，汽车一律打开了刮雨器。李亿军说："这个月雨水多，动不动就是一场。雨过以后，会凉爽一些。海南这一点真是好，热归热，可不像内地那么干燥，只要你不在太阳底下晒，一点也不难受。"

　　夏小米听着，没有吱声。她的心完全被车窗外那一片迷蒙烟雨迷住了。高楼之间，椰子树在做着柔曼的风中舞蹈，加上路面反射出的水光，整个一幅刚柔相济、俊秀亮丽的图画。她明白了，为什么海南岛会被叫作"椰岛"、海口也会被人们称作"椰城"了。她激动得脱口而出："太美了！"

　　李亿军回头看她一眼，不由得被她专注的神情吸引住了。像她这样的闯海者他见得多了，很多人都被这里的风景迷住过。她这样子，如果去环岛转上一圈，那就更不用说了，铁了心会在海南待下去。

　　"我看你会离不开海南的。"他顾不上老爸关于家事的唠叨，打趣道。

　　"我不会回去的，我一定要在海南立足。"夏小米像是自言自语，又像在对答李亿军的话。

　　汽车在雨中行驶了一段时间，经过望海楼、海口宾馆等有名的建筑，就到了

《热岛报》所在地椰树大厦。李亿军将夏小米迎下车，再一次握住她的手："报社到了，你自己上去找人好吗？这个老总不喜欢男人带女孩子去见他。回头我再给他打个电话吧。找不找得到同学，都请你与我联系。"他盯着她，眼神有点迷乱。夏小米红着脸挣脱了他的手。她朝李老伯挥手告别，返身走进了大厦。

李亿军没想到这一别就是半年，半年来，夏小米杳无音信。半年来，李老伯也一直在念叨着小米。他时常重复说起火车上的故事，感叹着夏小米的善良和热情，担心着她找工作是否顺利。春节的时候，李亿军又将母亲接来同住。父亲不停地讲述，更使得他关于夏小米的记忆日益深刻，到后来他甚至私下里感谢父亲那次离家出走，夏小米的影子，他想赶也赶不走了。在码头上见到夏小米时，他只是被她那白皙的皮肤和一脸如荷花般无瑕的气质所吸引，凭直觉，他感到她是个善良而孤傲、冰雪聪明却锋芒不露的姑娘。在海南，以前他很少见到皮肤雪白的女孩子，近段时间，白皮肤的女孩子越来越多了，但像她这样好像世外桃源来的人似的，却不曾有过。闯海南的女孩子，个个都精明透顶，她们目光如鹰，遍地搜寻着黄金。李亿军坐在他的位置上，这样的女孩子天天都能见到，她们恨不能将他的心掏空，由了她们做主，一下子从他那儿捞个十万八万。而夏小米呢，明明知道他李亿军有关系在《热岛报》，也不缠不绕。她绝对不是装清高，是纯洁，是尚未被淘金热潮洗礼过的纯洁。随着风风火火的淘金者日益涌进海南，他对夏小米的纯洁越来越怀念。他几乎陷入了一种单相思的境地。他曾给《热岛报》打过电话，问是否有个新来的夏小米；又找到三伢子姑妈开在龙昆上村一条巷子里的药后，打听夏小米的下落；他也注意看各种报纸，希望能在报道中发现"夏小米"的名字。他知道，很多大学生来海口总是喜欢先到新闻单位找份工作，夏小米本来就是杂志编辑，做文字工作条件更适合。但是，慢慢地，他失望了。他想，也许，她也像很多年轻漂亮的闯海女人一样，一上岛就做了什么老总老板的秘书，公务兼私人的，换句话说，就是做了别人的情妇。对于女人来说，这是条很便捷的路，用不着为谋生奔波，用不着碰炒鱿鱼的钉子。

接到夏小米的电话，李亿军非常激动。他连问了几个问题，你跑哪儿去了，找到工作没有，做什么工作，生活好吗……似乎话题一断夏小米又会无影无踪。夏小米在那边清淡地笑着，耐着性子回答着。直到夏小米说"现在又开始找工作"，李亿军才一拍脑门，约她见面详谈。

夏小米住进海军四招当晚，因床位紧张，她的房间又住进了一个求职者王红。与王红同行的还有杨伟和陈明两个男青年，都是四川某师范学校毕业的。他们来叫王红吃饭，王红硬把夏小米也给拉上。吃完饭，大家坐在一起瞎侃。他们从一家报纸了解到，海南教育事业落后，特别是在贫困山区，师资力量奇缺，经费不足，校舍破旧，报纸呼吁有志之士要致力于海南教育，为未来的繁荣打下良好的基础。聊到这些，几个人热血沸腾，摩拳擦掌，表示要到最贫困的地方去施展才华。当下几个人就着海南省地图查看五指山区在什么位置，并决定第二天清早开始分头行动，王红购买一些生活必备用品；杨伟去出版社索求小学、中学课本；陈明购买车票，找教育部门开具介绍信；夏小米则负责向报社投稿，报道几个闯海青年将第一批赴五指山区投身教育事业的行动。那时候，海口遍地都是大学生，人才万千，摆饺子摊的，叫卖报纸的，充当算命先生的，写一张大字报推销自己的……各形各色，为海口增添着热闹与烦乱。其实，这时的海口虽然热闹，却十分落后，时常无水无电，道路拥挤无序，篷篷车的声音响彻大街小巷，横贯城市的水沟臭气熏天，加上炎热与蚊虫，这样的环境能留住十万人才驻足，应该说，是中央关于海南开发的政策，是对于海南前景的渴望与信心，才使得这些在内地养尊处优或是天之骄子的人才敢于面对这种艰苦的生活。而像夏小米他们这样想，到更艰苦的地方去，以教育为起点，干番轰轰烈烈的事业，不能不说是深具眼光的，任何一个地方要真正发展起来，总是离不开教育。只是他们没有更深地去想，教育这块园地，无金可淘，更多的人下海南，最直接最实惠的愿望是赚钱、发财。至于什么宏伟目标，那是发财以后的事了。

不知是夏小米将新闻稿寄错了地方，还是这样几个无名小卒办教育的想法太天真，无价值可取，或是由于报纸版面太挤，总之，关于他们要去五指山区投身教育的报道未能见报。这时的报纸，都在热炒名人下海，传播官场信息，再加上整版整版的广告，条条都是热点，所以，虽然有过前面关于海南呼唤教育的大块文章，但过后并未见引导人们重视教育的问题。夏小米一行静悄悄地坐上了通往五指山区的长途客车。

在五指山半山腰的一个乡村，他们落脚了。刚开始，这里的人们被深深感动了，对他们的到来表示十分诚挚和热情的欢迎。但是，这里太穷了。搭一个简易大木棚当教室，用几块砖头做板凳，用大石头做课桌，学校的条件就是如此。而学生呢，头几天两个班几十个人齐刷刷地来了，不出一个星期，便开始缺号了，因为他们得为大人做事、放牛、采茶、做家务，甚至打野味。十天半月过去，大山里的神秘感新鲜感减弱了，夏小米他们面对的是贫困、落后、蚊叮虫咬、水土不服，以及生活水平极差的事实。他们开始认识到这次行动的盲目性，一个个准备打道回府。三个月后，陈明搭了一辆货车出山了。王红和杨伟合二为一，过起了家庭式的日子，因为有了爱情，暂时忘记了艰苦。夏小米终于动摇了，她看着那些淳朴稚拙的孩子，承认了自己选择的错误。她开始想念家乡，怀念以前做杂志编辑的那份清闲。偶尔，她还会想到南下海南的过程，想起在火车上结识的李老伯，还有他的儿子李亿军，想起三伢子，不知他在他姑妈的店里怎么样了。想到次数最多的当数张化冰了，她脑海里有时会清晰地记起他的模样，他魁梧的身材，他那双满含英气的显得深情的眼睛，那张棱角分明带着微笑的嘴唇。有时她又怎么也回忆不起他的面容，只有他那带着鼻音、富有磁性的声音在她耳边响起："我是张化冰。"每当想起他，她就会有一阵莫名其妙的兴奋与冲动，她甚至希望奇迹般地见到他。

夏小米终于没能等到新老师接替就跑回了海口，她对自己说，不是害怕环境艰苦，而是对人的失望，再说自己不是搞教育的料，她借此原谅了自己。她认为，发展教育事业，不是三五个有志之士跑到一个穷地方办教学就能成的，除了教育对环境的适应与承受能力以外，还需要受教育者有接受教育的素质与智慧。在那么贫穷的山区，孩子们整天渴望着温饱，并要为生存而劳作，天资再聪明，也得不到及时开掘与发挥。要办教育，政府必须投入大量的财力，有识之士，不仅仅指教育者，而是要社会各界人士共同为教育做出努力才行。要想让受教育者有一个良好的受教育环境，首先得发展当地的经济。夏小米猛然醒悟，生存是第一要素。

就这样，夏小米在离开海口半年以后，又出现在海口街头。比起刚来海口时，她显得稍稍成熟了些。她行囊空空，工作得重新去找。她明白，自己首先得有一份工作维持生活。她要先生存，然后才谈得上发展。

望着满街的椰子树，夏小米想起了自己刚上岛的情形。一下船，她的心就怦怦跳得厉害，她被满眼的椰子树迷住了。那笔挺圆直的树干，那秀丽婀娜的枝叶，就是南国的象征吗？多少人魂牵梦绕的海南，多少人向往不已的海南，我夏小米也来到了你的怀抱，你要成全我的梦想，赐我智慧与财富。如今，半年过去，夏小米竟然一无所有！想到这里，她兀自摇头，眼里蒙上了一层阴翳。

她的脑海里又浮现出张化冰的形象，这一次是如此清晰。但是，当她来到热岛报社时，她的心咯噔一沉——张化冰离开报社也差不多半年了。

她翻出了李亿军的名片。

"你呀你，那么多地方不去，去什么五指山！连个信儿都不给，我们还以为你傍了老板或是受不了苦回原单位了呢！连个打听的地方都没有……"

李亿军爱怜地望着比原来黑瘦了许多的夏小米，轻轻地叹了口气。他怎么也想不到，夏小米这样一个看上去有些娇弱、不谙世事的女孩会在五指山区度过半年时光。她应该是个梦幻式的人物，整天读着传奇小说，或是编织些浪漫的故事，然后去女人时装店里逛荡几圈，只为欣赏不为购买。即使来闯海南，她也应该只坐在高楼大厦某个有着良好的防暑设备的办公室里，运用智慧头脑赚取高薪，做一个安适的白领上班族，而她居然跑到山里面对穷兮兮的不开化的孩子！她是不是在那单纯清雅的外表下，还有一种极其激烈冲动的性情呢？对于李亿军来说，这些年事业上春风得意，除了运气和时势外，就是自己的聪明所致了。说得通俗一点，他是个机会主义者。他原来在海南当兵，转业那年，他被单位保送到大学深造。他大学里学的本是生物专业，可临到毕业那年，他突然转到了金融专业；毕业时本应回原单位的，但他运用上上下下的关系，硬是到了海口最好的一家银行搞信贷工作。由于他才智过人，勤奋好学，又精明世故，多年来，他已建立了稳妥的人际网络，为他的事业发展奠定了坚实的"人和"基础。从业务副科长到科长到主任，别人要费九牛二虎之力，他短短几年就走完了。也许太顺利了，他的性格中多了几分大度宽容，同时也多了几分狂妄自大。不是吹，在海口，他李亿军要办什么事，还都能成。他总是这么看自己的能力。他责怪夏小米不去找他，如果找他，何至于跑到五指山受半年的苦。

"我不想给你添麻烦……不过，五指山很美。"

夏小米温婉地笑着，却并没有后悔的意思。她只是觉得自己太盲目了，不适应那份工作，但并不以为这半年毫无价值。至少，她看到了海南最底层人生的一面，而回过头来看海口，海口表层的热流夹杂着浮躁的气息，像她当初的心境和性格。她现在沉静多了，街头卖报的大学生，开大排档的内地人，夜幕下卖笑为生的美丽女郎，夹着皮包骗走四方的老板……她都不再引以为奇，作为谋生的手段，各人有各人的方法，没有什么高低贵贱之分。想想那些在贫困中茫然无措、守着森林土地却无房无粮的山里人，她觉得这些闯海人的生活才能称之为"奋斗"，他们在为改变自身的生活环境，为实现自我价值未来目标而尝试着奋斗，如果那些贫困山区的人也能尝试着改变环境，也许他们早就致富了，用不着大张旗鼓地搞"开发"了！

但夏小米并没有说出这些观点，她并不了解李亿军，她也不善于说话，尤其面对一个不是很熟的朋友。她直奔主题而来："李大哥，你说过有事要帮忙就可以来找你的，今天我来了，希望你能介绍我去《热岛报》工作。"

"行，你明天就去。"李亿军一挥手，一副小事一桩的气派。她真希望能帮夏小米一点忙，一为她对老父亲的一片善心，二为自己内心里那份骚动的情感。他对夏小米有一种说不出来的喜欢劲儿。以往他俘虏女人，用不着花太多心思，而夏小米，他真心喜欢，反倒不知所措了。看她一口一声"李大哥"地叫着，看她那副仿佛还不知情为何物的憨样，他就不得不收起进攻女人的那套把戏。殷勤不得，殷勤过头了她会反感；冷淡不得，冷淡一上脸她就会起身道再见。李亿军，碰到棘手的女孩了。

"我并不是爱上她呢。"李亿军暗地里安慰自己。他拼命往夏小米碗里夹菜，基围虾、文昌鸡、血海螺，在她碗里堆成了山。夏小米静静地看着他，不客气，不推拒，更使得李亿军不好意思。

　　"还不快吃，你这个傻姑娘。"他嗔爱地训道，"去了报社还这么傻，怕不怕被炒鱿鱼呀？"

　　"还没有去就咒我被炒，你不怕我再来麻烦你？"夏小米愉快地笑起来。

　　第二天，夏小米成了《热岛报》广告部的记者——这几乎成了不成文的规定：凡被报社聘用的记者，一律先到广告部上三个月的班。吃住全包，但不发工资，广告按百分之三十至五十提成。拉不到广告的，那就不用老总发逐客令，自己也得卷起铺盖走人——没有收入谁还待得下去呢？

第二章

1

夏小米在海南的记者生涯以拉广告为序幕开始了。

那一阵，拥有"记者"头衔的人在海南不计其数，按人口比例恐怕可以列为所有城市之首了，就好像后来海口拥有豪华轿车的密度居全国之最一样。有言道，海口的经理比椰子树多，海口的记者比经理多，是一点不假的，有人甚至说，一颗椰子掉下来，可以砸到三个记者。夏小米当然无法料到，"记者"这种无冕之王，在海口早已有些威仪扫地了。她戏称自己为"广告记者"。

夏小米从广告部领取了一本广告刊例，一本海南各大企业厂矿商场名册，找了几张颇有代表性广告的报纸，就着一张海口市最新地图思考着行动路线和目标。她本想请教一下广告部同人拉广告的战术方法，但大家进进出出，显得甚为忙碌，似乎没有人注意她是新来的成员，或许，心里明白这是新的"记者"，要来从自己的碗里分饭吃的人，怎么可以传授给她取食技巧！让她自己碰运气吧，广告这碗饭，可不是像外界想象的那么容易吃的。夏小米将有关资料放进包里，准备出发。

"呃，到椰品厂怎么坐车？"她凑近广告部负责人的桌子，不好意思地发问。地图上没有椰品厂的名字。

广告部负责人正忙着检查上月广告账目，听见夏小米的问话，抬起头来，推了推眼镜，一双眼睛骨碌碌转几下，似笑非笑地开口道："海口交通状况非常糟糕。这样吧，你去会计那儿支三百块钱，去买一辆自行车——你会骑车吧？"在他眼里，这个夏小米是个没见过世面也办不成大事的妞儿，瞧她那羞怯怯的神态，去拉广告岂不是白费功夫白受气？不过，从一年多的广告经历看来，她的那种尚未

28

雕琢的本色之气，又说不定正好是别人砧板上的一块肉呢——有几个女孩不是见钱眼开、贞羞全无？到时候，广告拉到了，虽然也许心理上会有些不平衡，但时间一长，广告效益还不是会直线上升？有了这些人的极力经营，他广告负责人就可坐享其成了。所以，他从来对新来者都要表现得十分体恤，在适当的时候传授一些广告与人生之道、金钱与享乐之道，使得他们既心悦诚服，又拼力而为。有了他们，他才能完成全年广告定额，他们是他大量攫取金钱的第一工具。这不，瞧夏小米，如果以后拉了广告，这三百元还不是区区一个小数目。何况她是老总特意打过招呼的人呢。

夏小米感激地点点头。她望望窗外，四月的阳光已有了灼人的感觉，但她心情愉快，她就要在这阳光下骑着单车不停穿梭，为生存而劳作，为未来而奔忙。

然而，夏小米出师不利。

第一天，她跑到椰品厂，厂办人员面无表情地告诉她说，头头们不在。她想，总不会一个也不在吧，便坐在会客室里等，翻书看报，极富耐心与涵养的样子。快到下班时，那个办事人员经过会客室，发现她仍在这儿，很惊讶，便与她聊了一会儿。他含蓄地说："我们厂长交代过最新三防：防火、防盗、防记者。"夏小米不解其意，那人只得解释："因为记者一来，不是谈赞助，就是拉广告，从不见要正儿八经地为企业做宣传的记者。"

夏小米羞恼不已，匆忙告别。

第二天，她又去农垦一家公司。负责宣传的经理十分热情，又是握手倒茶，又是问寒问暖："你有什么困难只管说，我们能解决的一定解决，不能解决的也要想办法解决！"那神态，令夏小米觉得自己是个乞丐，遇到一个乐善好施的主人了。对，乞丐！夏小米突然明白了第一天椰品厂为什么要"防记者"的含义了。

经理绕来绕去，没有提到广告事宜上来。夏小米好几次开口，都难以成句，只得起身告辞。经理使劲握住她的手，一只手还覆在她白皙的手上揉搓着，约她第二天喝茶再谈。夏小米厌恶地拂开他的手，逃避瘟疫似的下了楼。

第三天，夏小米来到了极负盛名、生意红火的海滨大厦。在总经理办公室，一位与她年纪相仿的女孩子接待了她。女孩子时髦且骄横的样子，"又是《热岛报》的？昨天才来过一个，今天怎么又来了一个？真是的，什么日报、晚报、经济报、特区报，每天像走马灯一样，拉广告，要搞活动，一句话，就是要钱，真是烦人！"她将夏小米递过来的报纸随手一扔，带几分嘲讽的口气说："我们老总说了，除了北京各大报的记者以外，一律不见！"

夏小米哪里见过这阵势，她愣在那儿，脸色很不好看。这个女孩子叫什么名字？她怎么可以这样刁蛮地说话？从她的衣着来看，她应是物质条件优越的尤物；从这儿的办公条件来看，她若不是有一张吃香的文凭或特长，她就进不了这样装修豪华设备现代的办公室。但她对一个来访者——不管这来访者出于什么目的——如此不恭，又不见得是一个有着良好修养的白领丽人，也不会是一个拥有良好声誉的大酒店的公关形象。再说，那老总若真如此对待记者之群，他的智商真不够高能。夏小米正想反击，想起道听途说的一些女人的故事，恍然大悟：这个有模有样的女孩子，也许只不过是一个被人供养起来的金丝雀而已。

她二话不说，扭头走出了总经理办公室大门。她听见那个女孩子咯咯咯的笑声。

她觉得悲哀，为那个女孩，也为自己。

转眼两周过去了，夏小米一无所获。她有些焦急，因为在广告部，一个人有没有能力就是依仗广告收入的多寡来判别的，像她这样年轻的女记者拉不到广告就更让人不可思议了。

那个晚上，夏小米躺在宿舍里，百无聊赖地翻一本爱情小说，结果什么也没看进去。她觉得有些闷热，便打开窗，立时涌进来嘈杂的市声与高楼里的灯影，她更烦了，啪的一下又关上窗，将电风扇开到最高挡，想给远在深圳的月亮和大陆已久不联系的一些朋友写信，又找不到信纸。她只好扔了圆珠笔，再次斜靠到床头上。

慢慢地，心中的燥热平息了。她想，这些天的努力没有什么结果，但并不能证明自己没有能力吧？她只是不愿意死缠烂打而已。她一直在分析厂家们将"防记者"列为"防火防盗"之系列的问题，也难怪，在海南，经济热潮席卷而来，有准备的没准备的都被海水淹了脚背，八仙过海，各显神通，而文化人也蜂拥上岛尝试着一显身手。他们最拿手的当然还是文化事业，一时间报刊如雨后春笋，办报人多如蚁群也就不足为怪。报刊多了，竞争对手也就多了，一家没有广告收入、没有企业支持的新生报纸，其生命力是短暂而脆弱的，故此，各报只得广求合作伙伴、赞助单位、经济广告。这里面，经济收入的重要性已大大超过了新闻媒介的原有意义，记者们倾巢出动，大打广告战争。像流水作业一样，记者们来一批走一批再来一批，哪个厂家商家不头疼？视记者如洪水猛兽，这最初的根源还在记者本身。记者的含义已混淆不清，而广告的意义也剥除了艺术价值只赤裸出唯利是图的一面，直逼经济效益金钱收入这一终极目的，而这一目的又直接与记者的生存状态挂钩，这样就有了报纸—广告—记者—乞丐的可怕的连锁形象。夏小米与其认为自己无能，不如承认自己不屑。

但她要生存下去，她必须寻找机会，在机会来临之前，她必须继续做一个拉广告的记者。

2

夏小米换了一套比较宽松的套裙，将头发随意地一扎，稍稍擦了点口红，就出门了。

她要去找赵霖。

很意外地，夏小米接到了赵霖的电话。赵霖说，他是前两天与月亮通话时得知她到了《热岛报》。他早就知道她来了海南，但一直没有她的消息。夏小米去五指山的事，当初也没有告诉月亮，只在前些日子给月亮写信时才提及，所以尽管他与月亮不时地保持着联系，对夏小米的行踪却也无法了解。他在南方实业没待几天，就去了蓝海洋公司。这是一家集团公司，据说在北京的后台硬得很，夏小米也听说过。赵霖是通过北京的同学介绍进来的，现在企划部当经理。他约小米见面，老同学叙叙旧，再则，他要给小米介绍一个新闻界的朋友认识，这个人神通广大，也许能帮小米一些忙。

她骑着单车，慢慢地往前行驶。一路的街景，她已经烂熟于心了，它们在阳光下感染着大特区热的气息。几个星期以来，她每天上午八点准时从宿舍出发，骑着自行车去找一个又一个客户，她总是空手而归。有一天，她照样疲惫而沮丧地往回走，无意中看到一家不太大的商场正在做开业准备，有人正往大门上挂横幅，招牌，又在招牌上蒙红绸布。有些街坊在看热闹。夏小米下了车，慢慢往前推着车走。这时来了一辆小车，一个穿着讲究的中年男人从车里走出来，叽里咕噜地用海南话交代什么，看上去是商场的老板。纯粹是一种碰运气的心情，夏小米瞅了个空子走过去与那人打了个招呼，自我介绍了一番，然后显得很随便地问了一句："您这儿什么时候能开业？"

"三天以后。"海南男人用海南普通话答道。

"主要经营什么品种？"

"空调机，另外像冰箱、电风扇啊。"海南男人兴致很好。他说他叫阿海，是商场总经理。

"市场打得开吗？"夏小米虽然没有拉到过广告，但已掌握了不少市场信息。

"应该没问题。这个地段不是很好，但家电嘛，家家都需要。"阿海总经理礼貌地解释着。他并不反感眼前这个女孩子，他不时地看她几眼，像许多海南人一样，他认为内陆女孩子皮肤很白。眼下这个女孩子更是有几分特别的神韵，她的声音也很好听。

这个阿海给人一种很随和的印象。夏小米灵机一动，谈起广告经来："您为什么不在报纸上做点广告呢？一来可以招徕顾客，二来也算得上气派。再说，你们海南人都讲究吉利，开业弄得隆重一些，来个开门红，多好。何况现在天气刚转热，空调机的需求量肯定一天天增大。而目前海南市场上经营这一类家电的商家并不多，广而告之是抢占市场的重要手段，尤其对于那些大中型企业和酒店公司来说，并不会缺乏购买力，让他们对你们有个先入为主的印象，真要配置起空调来，还不是先上你们这家来。"

阿海饶有兴趣地看着夏小米。他原来是打算做广告的，因为忙没顾上，又有人劝他等开业后看看行情再说，也就暂且放开了。听夏小米一说，心又有点动了。并不是广告非做不可，而是对夏小米的好感，使他不由得想赞同她。

"现在要做，能赶得上开业那天吗？"他问。

"绝对赶得上！"夏小米一下子有了信心。她解释出报规律，并提醒说《热岛报》是早上出报，而且深受读者喜爱，广告效果会相当不错。她说话不急不慢，并不流露那种急于将广告拿到手的愿望。

"那好吧，做半个版怎么样？"阿海爽快地说。

夏小米喜出望外，她在心中盘算了一下，半个版是一万元，自己可获三千块钱的提成。三千块，这是一个不小的数目，她自参加工作以来，存折上的数字从来没有过这个数。

"有回扣的吧？"阿海压低声音问道。

夏小米脸红了。她没想到他会这么直截了当地问这个问题，她也责怪自己忘了许多人都懂回扣行情的事，就是不懂，他也应该有一份报酬，没有他，就没有这个广告嘛。

"有，当然有。你可以拿百分之十五的回扣。"她连忙回答。报社的广告提成是百分之三十，她觉得阿海拿百分之十五是完全应该的。

"好，就这样说定了，夏小姐。"

这是几个星期以来唯一的一次广告。当拿到一千五百元钱的时候，夏小米心中竟有些酸涩。但她觉悟到这就是机会，看你当时能不能把握住。阿海后来还请她喝了次茶，对她的建议表示感谢，他说那个广告的效果果然不错，空调机的销量正在扩大。

想起这件事，夏小米不由轻轻地吁了口气。

街上行人越来越多，喝早茶的人陆陆续续地从茶坊或酒店进去或出来，懒洋洋的。夏小米骑着车，来到了坐落在滨海大道的蓝海洋公司。嗬，这就是赵霖办公的地方，多么气派！她抬头仰看着高楼，这是目前为止海南最高层建筑了吧？

赵霖真有几下子。她暗想，突然觉得月亮与赵霖的关系真有些伟大。他们之间，比友谊多，比爱情少，用月亮的话说，这是最佳状态，它不必为得到得不到爱的回报而计较，又由于多了一种心的亲近而可以尽情倾诉和绝对信任。夏小米很佩服他们，换了她，那是达不到这种境界的，她无法想象自己与一个男人恋爱过后，还能与他像正常朋友一样地交往下去。她说不出理由，觉得这不仅仅是修养或大度的问题，它是一个人对于情感的态度。

上到十二层，夏小米在过道里站了一会儿。她在人车混杂的大街上绕来绕去大半个小时，已是满头大汗，来到这开着冷气的写字楼里，她感到舒服极了。她真希望尽快结束在烈日下奔跑的状况，有一个舒适高雅的工作环境。不是怕苦怕累，而是觉得这样奔忙对于自己来说，浪费的时间太多了，也意味着自己生活在底层，这不是她来海南的目的。如果说当初还说不清自己为什么来海南，如今她却是清楚地意识到，她是要干一番大事业的。她看到许多从内地来的人，本来是平平凡凡，普普通通，到这儿，竟摇身一变，就成了小富翁、大老板、总经理什么的，难以理喻。有一个原来给她的杂志投过无数次稿却因文理不通从未被采用过的文学青年，现在居然是日报的记者了，虽然新闻界人士谈到他都摇头不屑一顾，可人家在报纸上是堂而皇之署名"本报记者"的。鱼龙混杂的局面使得一部分鱼混成了蛟龙，真正的蛟龙却被浪涛卷入了海底。夏小米内心不甘心就当一个拉广告的记者，她要凭借自己的智慧与实力做一个人中凤凰。她很清楚，一个事业成功的女人，要比男人难上十倍。但她已满怀斗志，胸有成竹。她在五指山区都待了半年，而现在虽然苦累，比起那时来已不知强了多少倍，她坚持下去，不会没有机会改变生存环境并图谋发展的。她暗忖，将来她一定要有属于自己的写字楼。

因为是星期天，办公室里空荡荡的。办公室很大，足有三四十平方米，用一些漆成淡黄颜色的三合板隔成四个部分，每张办公桌上摆着一部红色的电话机。夏小米东张西望，不见赵霖的身影，就坐在一张桌子边翻开一张报纸等他。

不一会儿，赵霖从里面一间办公室里走了出来，见到夏小米，轻快地叫了起来："小米，你来了？怎么坐在外面？我没想到你会来得这么早。都怪我，没跟你说清楚我在企划部的经理办公室。来，快到里面去坐！"夏小米这才发现，里间办公室门上有一个小牌子写着"经理室"字样，因为要穿过大办公室，所以很多人不大会注意里面还有一间独立的办公室。赵霖听到翻报纸的声音，还以为是哪个职员来了呢！

夏小米高兴地迎上去。赵霖仍然是一副眼镜先生的斯文样子，看上去比以前瘦多了，却很精神。她与他握手，感觉非常亲切。

经理办公室与外面相比，要特殊一些。房间的地毯是麻白色的，很厚，室内的冷气开放着，空气中弥漫着菊花香型的清新剂的味道，沁凉而芬芳。办公桌很宽大，呈暗红色，一看就很高档，椅子是真皮的，靠背很高。茶几上，花瓶里插着一束可以乱真的假花。如此的办公条件，在一九八九年的海南，是相当气派的。淡黄底色缀暗蓝大花的窗帘拉开着，可以看见窗外碧蓝的大海。明亮宽敞，眼界开阔，夏小米想，将来自己也得选择这样一处可以看得见大海的地方工作或居住。不知为什么，她今天总是联想自己的未来。

　　"来，喝茶。"赵霖给小米倒了杯茶，显得有些激动。他有好几年没有与夏小米见面了，今日在热潮涌动的海南相见，又是家乡人，又是中学同学，再加上月亮的关系，自然比以前还亲热几分。他问这问那，恨不得一下子就将数年前的同窗情谊拾起来。他曾经很反感夏小米，认为她与月亮的友谊影响了他对月亮的追求。大学毕业后，与月亮重新有了联系，这才对她前嫌尽释。夏小米是公认的才女，但是高傲，不太容易接近，许多男生都望而生畏，暗地里骂她是老古董。当月亮告诉他夏小米也来了海南时，他是很惊讶的。但他答应月亮尽自己的能力帮助小米。他说不清自己为什么还能与月亮保持亲密友好的关系，按一般人的处世哲学，既然月亮明确表示不谈及感情的事，他赵霖早应与月亮淡漠下来了，可他仍然放不下牵挂月亮的心，并由此对夏小米也充满了关切之情。

　　"小米，我可真没想到你也会来海南。"赵霖将办公椅拖到小米对面，安坐下来。

　　"这话怎么讲？"夏小米饶有兴味地发问。

　　"你嘛，我们男生一律认为你单纯，但高傲、内向、娇生惯养，这样的人，哪会扔下一个那么优雅的职业来这儿折腾。这里你看见了，炎热、缺水少电、环境恶劣、条件艰苦，怎适合你。"赵霖觉得，即使是像许多人那样为了逃避感情，夏小米也不至于选择海南。在他看来，夏小米的性格里，缺少的就是折腾和闯荡精神，她太静了。可谁料到呢，这个女孩子居然独自来到海南，而且去五指山待了那么久，这一点令他困惑不已。当然，如果夏小米当初在《热岛报》找到了自己的话，她可能是另一种生活态度了。这样想着，赵霖一方面有些歉疚，另一方面又觉得欣慰。他深知，海南这个地方，对于女人来说，是一个陷阱，也是一种铺垫。稍不留意或缺乏意志，就会掉落下去或被吞没；但如果经得起磨难，必将成就一番事业。他庆幸夏小米没有什么改变，也许对于她，苦难的经历才是辉煌未来的真正铺垫。

　　夏小米哈哈哈地笑起来。来海南这么久，她第一次笑得这么开心而放肆。

　　"你们原来都这样看我呀，真是应了那句话'狐狸吃不到葡萄葡萄就是酸的'

哪！我说呢，在学校里，追月亮的人那么多，我除了收到几首写满了情诗却不敢署名的信外，几乎是门庭冷落……"小米故作伤感了一阵，然后又笑。那些小男生，对女孩子的了解未免太肤浅了！真是的，不喜欢说话就是高傲吗？不高声大笑就是不好接近吗？那单纯文静总该是女孩子的优点吧。再说，女孩子的坚强是潜在骨子里的，只有当挫折来临时，它才表现出来。哪像他们男人，总想在表面装出一副顶天立地的悍样来。"你们真不像话，以外表看人，太片面了。"夏小米虽然是责怪的话，可眼睛、嘴角全是轻松的笑意。

他们开怀畅谈往事，本来比较疏淡的友情竟感觉深浓了。人真是奇怪的动物，对于他人的看法会因场所的改变而转换。同学两年，他们说过的话加起来也不会有今天这次会面说的话多。因为时间久远的缘故，留在记忆中的总是美好的多，而优缺点早已明了，用不着刻意发挥或掩饰，谈话就特别坦诚直率，因此也就十分融洽。

谈到小米目前的工作与生活，赵霖直言不讳地指出，她不适合拉广告。他知道，许多女孩子在拉广告的过程中，已磨去了纯真，变得唯利是图、精明世故、舍身取利、俗不可耐。他认为夏小米一时半会儿改变不了，她的纯洁就像她的高傲一样是潜在骨子里的，改变不了。

夏小米沉思着，一丝忧郁一晃而过。其实她也知道自己不是拉广告的料，不善谈判，不善磨人，不敢谈钱，去哪里签到协议？但是她更明白，不经过这一段，她永远也达不到另一个层面。她一直在鼓励自己坚持，权当在建立一个人际关系网吧，将来某一天，她要与他们有业务往来。自从有了第一笔广告业务后，她突然发觉自己也具有经营头脑，她开始思考怎样扭转自己的思维方向。她要朝经济方面靠，而不是单纯的文化。这些思考并无清晰的条理，今日却不经意地表达出来了，并且，她还不由自主地流露出一种踌躇满志的气概。

"你放心，赵霖，我来海南绝不是为了拉几个广告，我要建立自己的事业。"夏小米笑吟吟地说。

赵霖在与月亮通电话时，他还在为夏小米担心，怕她根本在海南待不下去。可今天的夏小米已不是几年前的夏小米了，她完全走出了那个小书斋，走出了那个杂志社的思维模式。他以为她只不过是想逃避感情风波，换个环境，挣些收入，然后做一个纯粹的文化人，充其量做某家杂志的编辑，再写些小文章，一步一步进入文化名人的圈子。就说今天，他也只打算给她一个版面的广告帮她一点小忙而已。因为公司正好在做广告宣传，各家报纸、电台、电视台都要做，而他又刚好与她联系上了，念及月亮情分和同学缘，算是小米运气吧。另外他想介绍个朋友给夏小米认识，给她介绍个稳妥点的工作，也是想帮她一把，没想到夏小米来这一番表述，赵霖不得不对她刮目相看了。

"小米呀，月亮要是知道你现在的变化，肯定会高兴坏了。"

"可不是，月亮总巴不得我从天上掉到地上来，她总以为我太耽于幻想了。"

"什么时候我们邀请月亮来海南玩一玩吧，三个人聚一聚。"

"等我安定一些再说吧，现在我还住集体宿舍，她来连个坐的地方都没有。"

"那倒没关系。唉，我们这批人，真应该好好折腾一番才是。"

"当然。而且一定能折腾成。"夏小米应和着。

正谈论着，外面传来了喊赵霖的声音。"肯定是那个朋友来了！"赵霖连忙站起来往外走。这时，一个身材较为粗壮、看上去十分憨厚实在的男人已穿过大办公室直朝这经理室走来了。"赵霖，你这小子现在拉起架子来了，让我大星期天的跑这么远来看你！"他进了门，才发现还有夏小米在，忙摘下墨镜，道歉似的说："不好意思，有小姐在，打扰了。"他顺势在赵霖肩上擂了一拳，并冲他挤了挤眼。

赵霖知他误会自己和夏小米了，忙给他们俩做介绍："小米，这就是我想介绍给你认识的关鹏，我们几个哥们称他'关神通'，《中国商报》驻海南记者站站长。这是夏小米，我中学同学，现在《热岛报》当记者，来海南快一年了，走了些弯路，傻乎乎地跑到五指山去做孩子王，结果到现在还在被聘用阶段，拉广告，说不定广告额完不成还得被炒鱿鱼。你以后罩着点她吧。"

夏小米朝关鹏羞赧地一笑："认识你很高兴，请多关照。"

关鹏朝夏小米伸出手去，惊叹道："你的气质真好！"

夏小米矜持地答道："谢谢你的恭维。"她觉得关鹏握手的感觉很特别，重重地一握，然后迅速放开，是那种果断爽快的男人，与他的模样不大一样。

"我这人不会恭维人，我说的是实话。"关鹏认真地反驳道。

"好了，别酸了，恭维人又不是坏事。"赵霖愉快地攻击着关鹏。夏小米看出来他们的关系确实非同一般，笑起来不再矜持。

寒暄了一阵，关鹏说："好了，赵霖，我们来谈谈演唱会的事吧。"

夏小米提起自己的提包，告辞道："那你们谈吧，我先走了。"

"走干吗？你要有兴趣，听一听也无妨，待会儿我们一起去吃饭。"关鹏说道，并拍着身边的座位示意夏小米坐下来。

赵霖也忙挽留道："别走，刚才我就想动员你也参加我们这个活动呢！"

"什么演唱会？"夏小米没有坚持要走，她在关鹏身边坐下来。

"是这样，我们在策划搞一个大型的明星演唱会，准备邀请刘晓庆、程志、毛阿敏、阎维文、郁钧剑等当红电影演员、歌星来海南。"关鹏介绍道。

"啊，这么多明星呀！"夏小米显得很兴奋。她还从来没有一次性看到这么多当红演员一起演出的演唱会。

见夏小米同意留下来，关鹏和赵霖都很高兴。他们很快切入主题，讨论演唱会具体活动事宜。

在谈到请演员的事情上，关鹏大侃京城演艺界的绯闻趣事，令夏小米洞彻到另一种人生，纸醉金迷，艺德日下，在演艺界已蔚然成风。关鹏与一个"穴头"是哥们，请演员的事他拜托哥们就是了，但演员的价码是含糊不得的，所以落到实处，便是演唱会的资金问题。蓝海洋公司作为这次活动的主办单位，最多能拿出二十万，省文体厅是当然的主办单位，但他们是不会出资的，而举办这样的演唱会需要近百万。资金从哪里来？依靠协办单位和赞助商。"这样大型的演出活动在建省后尚属首次，想来那些有眼光的企业家不会无动于衷的。钱不会是大问题，关键是时间。演唱会在三个月后开，时间是相当紧张的，所以我们得马上行动起来。今天我们理出个头绪来，明后天就召开筹备会，分工下去。关于赞助与协办的事，我们定个五万元做底数，怎么样？"

关鹏头头道来，确实对举办演唱会具有丰富的经验。

夏小米像是听天文数字。"近百万？怎么会要这么大一笔资金？"

赵霖朝关鹏一努嘴："关鹏最懂行情了。"

夏小米将目光投向关鹏。

关鹏就进一步阐述，说这年头兴回扣，像这种活动回扣更高，起码是百分之二十。演员的出场费已高得吓人，像刘晓庆，一场演出就是八千元以上，其他在列的几个歌星，出场费差不多都是这个数。另外是一般演员的费用。三场下来是多少？还有这批人的来回机票、住宿费，还有环岛旅游的开支。此外，租场地、工作人员劳务费、广告宣传费等等，到处都要花钱啊。按关鹏的意思，几个主要策划人员每人也得挣个两三万才行。

"不是有门票收入吗？"夏小米被这些数字弄糊涂了。她这时又觉得自己对数字反应迟钝，这样的头脑去接触经营，岂不是要犯晕？

"门票收入是主办单位的事。像赵霖他们的蓝海洋公司，他们肯定要收回自己的投资，除了为公司树立形象外，创收才是经营者的目的。如果办一场演出，主办单位要赔钱的话，谁还会策划这类活动？"关鹏有些奇怪地看了看夏小米，似乎没想到她这么没常识。

夏小米则对他满怀钦佩地点头。

"夏小姐，我不知你有多大的能量，但我相信赵霖，你是他的同学，又是他的好朋友，他推荐你加盟自有他的理由。我们需要得力的合作者。这样，你自己先看看最适合做什么？"关鹏温和地问夏小米。

"我……我不知道。"夏小米脸红起来，说话支支吾吾。

关鹏不易觉察地皱起了眉头。

赵霖见状，忙解围道："我看小米就负责联系演职员们旅游的事情好了，还有活动的宣传广告。另外，小米可以发挥一下文采好的优势，好好露一手，给晚会写个精彩的串词，怎么样？"

"噢，夏小姐还有这一手？那太好了，省得我们还要去求别人了。还有，夏小姐人在《热岛报》，想必也有不少关系，跑几家赞助应该也没问题吧？"关鹏神情又舒展开来。

夏小米暗暗叫苦。还说让他帮我一把呢，他却像给我下任务似的。她正想开口，赵霖已发话了："你这老兄，你这么快就忘了呀，刚进门时我怎么给你说的？人家的广告任务都完不成呢，哪里去弄赞助？再说，又不是就我们三个人操办此事，她分工这么多别人不干活了？我看，你就怜香惜玉一回吧！"

"好好好，就算我多嘴好不好？看你急的，好像她不拉几个赞助我就会要她命似的，我哪舍得呢？"关鹏连连摆手，开着玩笑。

"这还像个大男人。"赵霖挖苦道。

"咦，你得寸进尺了吧，赵霖，这与男人不男人的有什么关联？"夏小米插言道。

关鹏得意地笑起来："啊，想不到夏小姐还有一股仗义之气呢！"

"别'小姐小姐'地叫好不好？多难听呀！"夏小米有些不悦，她早就想抗议了。

"是，小米同志！保证以后不再叫'夏小姐'了！"关鹏一本正经地发着誓。

"你今天很反常啊，关神通。"赵霖意味深长地看关鹏一眼，又看夏小米一眼。以往，关鹏是不太喜欢与女孩子耍嘴皮子的。

"好，不扯了，就这样定了吧，明天我们就召集大家开会。现在我们去填肚子。"关鹏站起来。

"好。"赵霖将桌子稍稍整理了一下，拿起钥匙往外走。

在电梯边，赵霖突然想起一件事来。他把夏小米从电梯里拉出来，冲关鹏说："你先下去，在楼下等我们一会儿，我有点事对小米说。"

"小米，你还记得那个叫张化冰的吧？你刚来海南时去《热岛报》找我时认识的那个人，经济部主任。还有印象吧？后来他与我联系上了，一个劲地问我知不知道你在哪里，并说一旦有你的消息，一定告诉他。他好像很生你的气，说你不守信用，说好去《热岛报》的，你却不见了。"

张化冰如炬的目光刹那间穿透了小米的记忆。

"他找我什么事？"她不经意地问，但她的心突突地跳着。

"他说再见到你，决不放过你这个小娘们儿。"赵霖嘻嘻笑着。

"这是什么话，太没教养了。"夏小米羞恼不已。

"这可是他的原话……我猜想他是爱上你了，我了解张化冰，从来没见过他那种神魂颠倒的样子。"赵霖认真地说。

"你了解他，那他是什么情况？"

"他是恢复高考那年考上的北大。毕业后分配回河南，结婚已五年，有一个三岁多的女孩。"

"他都有家有室的人，有什么资格说这种混账话？"

"也是。不过听说他们夫妻关系不好，正闹离婚。反正我相信他是真的爱上你了。"

"说故事呢，别取笑我了。"夏小米不相信地摇晃着脑袋，伸手按亮了电梯的电钮。

在电梯里，赵霖又说："本来这次要拉他一起搞演出策划的，但他去浙江谈一笔大广告业务去了，可能要过一阵才回来。这家伙现在在《大南方报》当广告发行部的头，很火。等他回来，我们聚一聚。"

夏小米心又突突地跳起来："好啊。我们会有机会见面的，都在做广告这一行，还怕碰不到一块儿？"

"那也不一定，你在广告部也有一阵了，碰到过没有？他自己根本就不做具体的事，只有一些大广告他才出山。还有，他要知道你这种拉广告的水平，会笑死你。"

夏小米正要说什么，电梯门开了。关鹏神态悠闲地站在大厅里等着。

"去哪里吃饭？"关鹏征询着夏小米。

"这个可不要问我。"小米推诿着。对于吃饭的地方，她确实不太熟。

"去小铃铛吧，那里的文昌鸡很好吃。"赵霖建议道。

"那得骑车。"关鹏转身朝车棚走去，赵霖招呼夏小米跟在后面。

"赵霖，我的车不见了！"

赵霖与关鹏正欲往外推单车，听到夏小米的惊呼，都停住了。他们支好车，朝小米这边走来。

"是新车吧？"赵霖问。

"是的，到广告部才买的。"

赵霖领着夏小米在车棚周围转了转，最后两手一摊，找不到。

"我们这儿，不知丢了多少辆单车了，尤其是新车，一放就没有了。都怪我，忘了提醒你了。”

“怪你干什么，偷车贼那么多，防不胜防，算我倒霉呗。”

“嘿，这也没什么。来海南的人，有几个人没被偷过单车？我都买三辆了。一辆是全新的，用铁链子锁了都没用。”关鹏安慰道。不过丢车的事也实在让人恼火。他建议夏小米以后去东湖那儿或别的一些修自行车的地方买二手车——所谓的二手车，就是贼偷了去的或用旧了的车。如果是偷的，那卖车的也就等于是销赃的，大家明知如此，也没有办法。海口太乱，丢单车的问题还算不上是大问题，却时时困扰着人们。

“你坐关鹏的车吧，我这车太小了，坐起来不舒服。”赵霖让夏小米在单车后座上试了试，说。

“那好吧。”夏小米朝关鹏走去。

关鹏连忙将车后座擦拭了一下：“来吧。你别急，吃完饭我陪你去东湖买车。”

“搂着我，路不好走，别颠着了。”关鹏关照着小米。

“不用。我手抓着架子就行了。”小米一手抓住后座架子上的铁条，一手抬起来搁在额上遮阳。

3

张化冰到浙江出差已有一阵了，这次的任务是与浙江一家丝绸厂洽谈在海南举办“丝绸服装演示会”的事宜。《大南方报》广告部每年都要举办一两次大型活动，以扩大影响，创造良好的社会效益。

事情进展得很顺利。但对方认为搞服装演示会是件新鲜事，不同于以往的洽谈会、展销会，找模特就是一件费时费力的事，不是一个月两个月就能准备好的，故而想推到来年四月，也就是海南热季刚开始的时候。张化冰跟着厂家一起就演示会服装选料、定服装设计样稿，与厂家搞得很热络。到最后，厂家同意现在就把合同签了。

“这样也好，要办就办个一流的。”张化冰很满意。

临回海南前，厂长出面宴请张化冰。听说张化冰是北大毕业生，厂长连忙说要给他介绍一个北大的校友，他的女婿。

厂长打电话叫来了他的女婿，两个人一见面，哈哈大笑起来。原来这位厂长的女婿是张化冰的同班同学雷力华，毕业后还保持过一段时间的联系，直到张化冰下海南。在大学里，雷力华看上去一点也不起眼，可是一位思想非常活跃、有胆魄、有才华的团委宣传部部长，在学生中很具有号召力。雷力华毕业后分回浙江一所大学里任教，三年前，他帮一个在啤酒厂做厂长的朋友搞了个酒会，朋友被他富有激情的酒会致词所打动，遂请他去做他们的销售部经理。雷力华前思后想了大半个月，最后辞去了大学教师的职务，跳槽到了企业，干起了与专业完全不一样的销售了。别说，他做这一行还真有声有色。

宴席结束后，张化冰邀雷力华去酒店，两个人一边喝着啤酒，一边做了彻夜长谈。

"在海南还行吗？"雷力华关切地问。

"还行。那地方做起事来放得开手脚。"

"跟于小苹还有联系吗？"于小苹和张化冰分手的事，后来许多同学都知道了。当然是什么原因分的手，大家就不是太清楚。雷力华认为肯定是于小苹的不对，他早就认为，于小苹那样的人太骄横，他们迟早要分手的。他也知道张化冰已结婚生子，但从张化冰只身下海南这一点来看，张化冰的婚姻生活不一定如意。

"没有。我们还是不要谈她吧。来，我们喝酒。"张化冰举杯与雷力华碰了一下。

两个人沉默了一会儿，大口大口地喝酒。

"在海南，你小子有不少艳遇吧？"雷力华开着玩笑。

张化冰嘿嘿笑了几声："老同学，你看我有那么大的魅力吗？再说，我哪有时间与心思对付情事？"话是这么说，张化冰脑海里却风一样掠过夏小米发愣地看着他的形象。

"那好，化冰，我们言归正传吧。"雷力华将酒杯往茶几上一放，正襟危坐，眼睛直视着张化冰，"化冰，我正准备搞一个啤酒促销会。今天第一眼见到你，我以为得了神助。所以，你明天还不能走。"

"开玩笑。我机票都订好了。"张化冰往床上仰面躺了下去。

雷力华又给自己倒了杯啤酒。

"那还不简单，退了就是。我叫人帮你去退。"

雷力华是很诚恳的。做销售，他已摸索出一套路子，并准备出一本关于销售方面的论著。但这次不同，厂里要在人民大会堂召开新闻发布会，对新品种"小公主"进行促销。让"小公主"牌啤酒从北京开始，进军东北市场，重任就落在他的身上，他怕自己力量太单薄，近段时间一直在物色搭档。眼看北上日期日近，他正发愁呢，竟遇到了张化冰。还在大学时，雷力华就非常欣赏张化冰的口才，还认为他具有演说家的潜质，曾鼓动张化冰走演讲之路。

"我又不懂什么销售。"张化冰胡乱地摆着手。

见张化冰并不是很坚决，雷力华思考了一阵，又开始苦口婆心地做工作。

"没关系。你负责招呼新闻界那一摊子人马就行，还有，你代表我们啤酒厂致辞。只要你嘴巴里金珠一吐，不愁煽不起人们对'小公主'的热情。"

张化冰开怀大笑，将嘴巴张得老大："力华，你好好看看，我这里是'金珠'还是可以漏风的石膏牙？"

"我可没心思跟你幽默。反正，你答应也得答应，不答应也得答应，算老同学求你了。"雷力华拱手做了个揖。

张化冰收起笑脸："说，给我什么条件？"

雷力华顿时又兴奋了，一双近视眼在眼镜后面闪闪发光。他端着酒杯凑到张化冰的杯子前很响地碰了一下，兀自咕噜咕噜地将满满的一杯酒喝光了。

"六十万的'小公主'广告。此外，北京的新闻发布会结束后，再去海南搞一次新闻发布会，如何？"

张化冰一下子坐了起来，"再加一条，我的广告部代理'小公主'在南方的销售权，怎么样？"

"这个我做不了主，得跟厂里研究才能定，我想应该没问题。"

张化冰当下给报社打电话汇报了情况，续了假期。

"太棒了！我们一言为定。"雷力华再次举起杯子与张化冰重重地碰了一下，痛饮了一杯。

张化冰与雷力华就北京新闻发布会进行了紧锣密鼓的策划后北上了。

谁知，雷力华还邀请了于小苹。于小苹比以前瘦了不少，尽管穿着华丽，浑身仍隐藏不住一种缺乏爱情滋润的少妇的幽怨。她事先并不知道张化冰会来，见到张化冰，百感交集地喊了他的名字。在这样的会上碰到于小苹，张化冰有些尴尬，想逃又没处逃，只得礼貌地与她打着招呼，对这个女人的仇恨一下子涌上心头，但看到她那有点胆怯的样子，他又心软了，大男人跟女人计较什么。于小苹当着雷力华的面说在会议之后要与他谈谈，雷力华并不清楚张化冰与于小苹分手的原因，在旁边敲边鼓，说你就给大家一个面子吧。张化冰没办法，接受了她的请求。会议结束后，在她的热情邀请下，坐上了她的皇冠轿车。

张化冰曾听人说，于小苹毕业后分在某部办当秘书。没几年，她利用她老子的关系开办起了专门销售石油机器配件的公司，国内外都拓展了业务。她发了，现在听于小苹的口气，似乎还不是一般地发。这个娘们真能干，张化冰暗想，凭他当年被她耍玩的事件，他就知道这娘们日后能成事。这年头，要发财，有权有势之外，还得有黑心黑胆。

于小苹给他安排到香格里拉饭店住下了。她这些年什么都有了，就是没有爱。丈夫也是个高干子弟，那个花呀，老百姓想都想不到。她闹，也无济于事。离婚吧，又觉得没有面子。久而久之，两个人就谁也不干涉谁了，这苦的当然是于小苹，她一个女人，又有父母亲的严厉家教，能坏到哪里去呢？她渐渐地怀念起大学期间的那段爱情，那个单纯的苦孩子张化冰，并为自己曾那样伤害他深感后悔。她做梦都没想到能在机场碰到张化冰。她以为自己再也见不到他了，连忏悔的机会都没有了的，可是他们缘分未了！

　　晚上，她没有离开宾馆。张化冰心里存有一份轻视，却也感到一种冲动。这个女人没有了以前那种虚伪劲。他与她做爱，听着她那满足而快乐的叫声，觉得自己内心的怨恨得到了发泄。同时，一个计划在心中诞生了。他给雷力华打了个电话，告知他自己回海南后再与他联系有关"小公主"事宜。

　　那些天，张化冰极尽一个男人的本领，让于小苹这个当初抛弃了他的女人，重又如痴如醉。她感到自己再也离不开张化冰了，与其守着一个名存实亡的家庭，还不如回到张化冰的怀抱享受做女人的幸福。于小苹说："化冰，以前的事你不要记恨了，就留在北京吧。我会尽我所能帮你。"

　　张化冰心里狞笑着：机会来了。

　　他说："我以前是很恨你，可时间会让伤痕结疤，只留下美好的东西让你记忆。"

　　于小苹感动得哭了，"化冰，你说我怎样才能弥补我当年犯下的罪过？"

　　"我说了，我已经不再恨你。"

　　"那你就留在北京吧。"

　　"如果我在这儿开个广告代理公司，你能投资，我可以考虑考虑。"

　　"你要投资多少？"

　　"两百万。"

　　"两百万？！"于小苹几乎跳起来。

　　"我一个朋友有一个奥林匹克村的计划，最小的广告标的就是这个数。"

　　"我怎么没听说过这件事？"

　　"那不奇怪。你不信，你以后看吧，体育方面的项目会一个接一个地搞工程。你要没兴趣，或没资金能力，也就算了，我回我的海南，做我的小业务。"他对于小苹说自己在海南有一家小广告公司。

　　第二天，于小苹不知从哪里证实了确实有这个计划，张化冰所说的那个朋友，也确有其人，她同意了。张化冰趁热打铁，催命似的让她把执照办了下来，然后，又催着她将两百万打进了公司的账户。那一晚，他让于小苹感觉像进了天堂。她说："你要答应我，一辈子都做我的情人。"

"我答应你。"张化冰举手发誓。他要求回一趟海南，将那边的事务处理完后就来北京，并说下次就不住宾馆了，他要和她住在一起。于小苹心里甜滋滋的，撒着娇让他答应尽快回北京。

张化冰迅速将两百万转到了一个铁哥们的账户里。他拿出一份与奥林匹克村筹建办签订的合同书，请于小苹过目，然后飞回了海口。

他悄悄地在海口注册了一家公司，准备让北京那方面在适当的时候将那笔钱划一半过来。紧接着，他又动员于小苹在海南设一个办事处，将海南这边石油方面的业务拿下来。这很容易，她只要通过她老子的关系弄个批文就行。

一切进行得天衣无缝。

4

演唱会如期举办。

这段时间以来，夏小米忙得焦头烂额。工作上，在赵霖和关鹏的帮助下，任务早已完成了，她更多的时间是花在演唱会的事情上。第一次参与这样大型的筹划，她既兴奋，又紧张。她从中学到了不少东西，比如财务制度与人事的管理，环岛旅游的各种价格以及各报广告版面价格及折扣。关鹏他们要求她做的她都做到了，而且她还拉到了一笔十万元的赞助。说是拉，实际上是李亿军照顾她的。

那天，李亿军请她吃饭，问她最近在忙些什么，她就将筹划演唱会的事说了，并谈到自己不知怎么拉赞助的事。

李亿军想了想说："我们汇银房地产出资十万怎么样？"

"十万？！我的老天爷，那太好了呀！"夏小米喜出望外。

"不过，我是有条件的。我要在节目单上打上我们公司的徽标与广告词。"

"那是应该的。"

"那我明天就将账划过去。"

"李大哥，你真是太好了。"

李亿军温和地笑笑，想说什么，又忍住了。

李亿军将钱转到晚会筹备组的账上后，夏小米按规定提取了两万元钱的回扣，一些工作人员对她顿时刮目相看，私下里议论猜测她有什么后台与本事，能拉来这么大数目的赞助。就连赵霖也有几分震惊。只有夏小米，心里明白李亿军这样帮助自己，是出于感激，他要报答自己在来海南的路上善待了他的父亲。夏小米感动地想，他的报答太重了。她觉得自己遇上这么一个知恩图报的人真是自己的幸运。她打算在演唱会结束后，去拜访李亿军一家，看望李老伯和李伯母——听李亿军说，他父亲一直没离开海口，他又把母亲也接来了。同时，她要给李亿军一万元的回扣费。

从演出效果与社会反响来看，演唱会是成功的。但是，演出结束后，一摊人结账时，才发觉亏了十几万。因为有几家赞助单位临时变卦，找出种种理由，不再想出头露面成为演唱会上醒目的招牌。这事弄得关鹏总有些失面子，因为有几个商家都是他的朋友。赵霖也颇难受，他没能为公司赚到利益，花了二十万扬了阵名而已。他们是费力不讨好，各家报纸倒是连篇累牍地发表明星专访，将那些明星的照片大幅大幅地登在报纸上招徕读者，明星们的名字令椰城人好一阵兴奋异常。

"不管怎么说，我们还是成功的。没有经济效益，但宣传方面却是组织得非常好。"关鹏请夏小米和赵霖吃饭，依旧那么自信逼人的语气，"何况我们每人都拿到了自己该拿的提成。早知道有那么多钱到不了账，我们内部将回扣定高一点就更好了。"谈到个人收入，关鹏稍稍有点遗憾，觉得自己拿的钱应该更多一些才是。其实，他拿的回扣有五万，他的那块招牌的确好用。夏小米不解关鹏拿了这么多回扣还嫌少，关鹏叹了口气，自嘲地解释说，他现在正拼命赚钱，因为离婚除了家产全部给老婆外，他还要在两年内付给她二十万。赵霖也同情地替他叹息，大男人也有无可奈何的时候。

"活到三十又三，才知道世界上老婆最麻烦。"关鹏苦笑道。

夏小米同情地看了看关鹏。

"好了，不谈这些鸟事了。赵霖，我们这些主创人员一人能分几个劳务费？"关鹏拿起钢笔，在纸上胡乱地画着什么。

"听财务讲，最多五千块。"

"五千就五千吧，下次咱们再整个什么大的活动，吸取这次教训，每人拿多一点。好在我们几个人人都有协办单位。"关鹏语气松轻了许多。他朝夏小米欣赏地竖了下拇指，"你还真行。"

夏小米不置可否地笑了笑。不知为什么，她觉得这很滑稽，关鹏是个离了婚的男人。据月亮讲，一年前，赵霖也结束了他那短暂的婚姻，只身来到海南。有人说来海南的人大多经历过感情破裂的事，看来不假。

演唱会过去后，夏小米的生活相对来说要轻松了一些。一方面，她早已在经济部上班了，用不着天天出外跑广告；另一方面，前一阵的收入对于她来说，是很可观的一笔进账。她正好可以多读一点经济理论与管理方面的书，多熟悉一下海南经济政策，毕竟做经济版的编辑她不是那么顺手的。

这天下午，经济部的记者都出去开什么新闻发布会了，夏小米将桌子上散乱堆放着的报纸、杂志、稿件等收拾了一下，又将才看了一小段的《当代经济动向》放好，铺开划版纸开始工作。这个版面将安排全省最新经济动态消息，一篇关于特区经济形势分析及如何尽快促进海南经济腾飞的理论文章，作者是名噪一时的田姓经济理论学家。此外，要编发一些海南各厂矿企业的生产动态及销售行情。她自以为这个版是有些分量的，画起版来格外用心。

版画到一半，有人敲门。夏小米正要说"请进"，门已被推开了。进来的是一位衣着时髦、身材很匀称的女人，三十出头的样子，五官精致，皮肤黑里透红，看得出是个出众的海南女人。夏小米以为是处境优越的本地作者，忙伸手做"请"的姿态。那女人也不客气，坐下来，眼睛直盯着夏小米。

"您有什么事吗，小姐？"

"你是夏小米？"女人冷冷地问。

"对，我就是。请问……"夏小米听出了来人话里的火药味，有些莫名其妙。

"我是阿菊，你该听说过的，阿军的老婆，李亿军的老婆。"

"噢！原来是……我该叫您嫂子！"夏小米不由喜悦地再次打量阿菊，她听说过，李亿军的老婆很漂亮，父亲是内陆人，早年在海南当兵，娶了个黎家女子。阿菊生在海南，长在海南，既有黎家妇女的贤惠，又有内陆女子的泼辣，是那种"下得厨房，出得厅堂"的女人。由于她皮肤较黑，人称"黑菊花"。不知道她来找自己干什么。

"不要这样叫。我不喜欢别人叫我嫂子。"阿菊打断她，语气更为冷漠。"你爱怎么叫李亿军那是你的事。"

夏小米的脸"唰"的变了颜色。她明白了阿菊来找自己的目的。她在怀疑夏小米和李亿军的关系。夏小米又好气又好笑，她是一个姑娘，李亿军是有妇之夫，她管他叫"李大哥"，从来没想过会对他有另一种情感。尽管赵霖、王红等新老朋友，包括李亿军偶尔也开开玩笑让她"开放"一些，找个男朋友或情人，这在海南很正常，可她想，那是要以爱为基础的，她更不曾想过去爱李亿军，她对他只有尊重。李亿军对她非常友好，那是因为自己同李老伯在来海南的路上相识并伸出过援助之手。到现在为止，夏小米和李亿军总共只见过四次面，一次在码头，他接他父亲；一次是来《热岛报》以前，从五指山回来，想请他帮忙介绍工作，和他在温泉宾馆吃了顿饭；第三次是一两个月以前，为演唱会，夏小米去找他拉赞助；再就是演唱会前几天她给他送演唱会的票。她从内心里把他是当成大哥一样看待，也一直想认识阿菊。也许她的潜意识里认为，认识了阿菊，可以使这样一种情谊更牢固，可没想到与阿菊的见面会是这样一种局面。

夏小米回想着在内地时因为人家误会造成的风波，不敢敷衍。尤其是李亿军，如果这误会加深，影响多不好啊，对于自己，也是件很冤枉的事。她和颜悦色地解释着她与李亿军的交往。

阿菊冷笑一声："他怎么就会给你十万元的赞助，而且连回扣都不要？没那么清白吧？哼，你们这些人，这两年我见得多了，只要是肥肉，扑上去就咬。况且李亿军在海南也算个呼风唤雨的人物。"

阿菊的声音仍然没有提高，夏小米却是如刺在胸，疼痛使她的脸变得苍白。她不知道李亿军和他老婆的关系怎么样，她也不愿意引起他们家庭更大的矛盾，但那种人格受到无端猜忌和侮辱的痛苦又使她气冲脑门。她双手撑住桌子，站起来，走到窗台前，朝楼下望了许久，才转过身来对阿菊说话。她很激动，但极力压抑着："阿菊，说实话，我很感激李亿军大哥。就因为我在火车上帮了李老伯一把，他们父子俩对我一直非常关心。我一直想去拜访你们一家，但我现在还是个求职者、打工者，我得一心一意做好工作，站稳脚跟。我最近准备去你们家，是因为目前的情况稍稍稳定了。再说，我这种人根本不可能过什么寄生生活。我并不是自我标榜什么，阿菊你不了解我，请你不要伤害我。至于那笔钱的回扣，李亿军应得一万元，不管他要不要，我都会给他的，这是我做人的原则。"

"那好吧，夏小米，"阿菊又打断了夏小米的话，语气又冷又硬，"你既然打算给他，那你现在将钱给我得了。"

夏小米怔住了，一时间不知如何回答是好。她完全没有料到阿菊会提到要钱的事。她觉得阿菊确实有一股冷美人的味道，但那黑皮肤多多少少破坏了她眼睛的亮度。她不知阿菊的为人是一向如此蛮横，还是仅仅是冲着自己来的。以她贵为银行信贷办主任、有名的房地产公司董事长夫人的身份，她也绝不是将万把块钱看得重于泰山的女人，她只不过是想阻止夏小米和李亿军继续来往罢了。夏小米突然有些瞧不起阿菊，但不想流露出来，忙接过话头："阿菊，我从没见过你，我怎么敢肯定你真是李亿军的老婆？这样吧，我明天就将钱送到你们府上去，最好是你和李亿军都在，免得又不清不白。"

"啊，我说呢，你装什么假正经，还是要与我老公见面不是？真是不要脸！"阿菊的声音倏地提高了八度，"我告诉你，夏小米，在海南，还没有哪个女人敢打我老公的主意！不信你就试一试！清白，在我面前你当然得扮清白哪……"

楼道里响起了开门声、脚步声、问话声，另外几个部门的同事纷纷来到经济部想探看发生了什么事情。阿菊的话有很重的海南普通话口音，更是引起了他们的好奇。大家从来没见过夏小米与本地人有来往，不明白这个平时不大爱说话、见人只是微微笑的夏小米会与海南女人有什么瓜葛。

"你们问什么事？我告诉你们，这个夏小姐不是勾引我老公，我老公凭什么为他们什么破演唱会拿十万元赞助，一分钱回扣也不要，她却还标榜自己清白如玉！"阿菊见人越聚越多，一下子兴奋起来，像是憋了许久的话有了发泄的机会。

"谁是你老公？"

"十万元，什么赞助？演唱会？"

"真看不出，夏小姐有这一手……"

"你是什么人？"

……

因为同事们并不太了解夏小米，更不认识这位阿菊，也从来没听说过李亿军和十万元赞助款的事，更不知道夏小米参与了前些天的演唱会的筹备，遇到这种情况，便纷纷议论起来，与其相信这位新编辑的清白无瑕，不如相信这位黑菊花的信口开河。无风不起浪，如果夏小米没有勾引人家老公一事，又怎么会引来人家老婆兴师问罪。再说多少女孩子一上岛就找一个富爷当靠山，以求荣华富贵青春更光彩，她夏小米又有什么不可能就是这种人？

在叽叽喳喳的议论声中，阿菊那张一直又冷又硬的脸上露出了痛快的笑容，渐渐地，这种笑容又转为不安，夏小米毫无反驳的意思令她怀疑起自己的判断了。而夏小米，低着头，牙齿紧咬，气得说不出话来，羞得真想一头从窗户跳下去。她心里面委屈极了，但她坚持着不哭，她知道现在解释都是没用的，除非李亿军在这时候出现，才有可能帮她解围。她一面想一面望着窗外，那嘈杂的市嚣声和拥挤不堪的人流，构成一幅纷扰的闹市图。这是建省初期的闹市，繁杂而不富华，那闹市中，有多少人在挣扎着求职、谋生，又有多少人在挥霍着金钱与生命，践踏着人的尊严？

这样想着，没有觉察到阿菊已平静下来。同事们也大多散去，只有几个平时碰面较多的编辑在不安地等待她回过头来。夏小米并不理会他们，以一种鄙视的眼光看了阿菊一眼，走出了办公室，去洗手间洗了洗脸，过了好一阵，才重新回到办公室。

阿菊已经走了。

几个编辑同情而关切地看着她："你没事吧？"

"没事。真不好意思，让你们看笑话了。"夏小米淡淡一笑，极力打起精神，不让他们看出内心的伤来。

"那女人是怎么回事？"

"倒丁呗。""倒丁"是海南话"神经病、疯子"的意思。"她老公是我一个朋友，真可惜了，摊上一个不讲理的老婆。"夏小米淡淡地回答着。她坐下来，拿起纸和笔，准备画版。她不想再在这个问题上纠缠下去，她知道她怎么解释也没人会相信她的。几个同事知趣地告辞了，但那神态，仍有些怪怪的。

夏小米快步走到门口，"砰"的一声关上了房门。仿佛受到了震动，热泪夺眶而出。这是她上岛以来第一次流泪。

第二天上午，夏小米将一万元钱用邮寄的方式汇给了李亿军，并附言表示感谢。然后，她回到办公室，写了一份辞职书。

她忽然觉得自己是个非常勇敢和独立的人。她决定去应聘电视台的工作，那里，下个月要招聘节目主持人、编辑、记者。

第三章

1

电视台是在建省时建立的，引进了一大批内地电视人才，也就地招聘了不少职工。经过一年多的不断完善、规范，现已初具规模，有一种昂然扩张的气势。但是，比起内地成熟的电视媒体，它仍然显得幼稚、薄弱。这一次面向全社会招聘编、采、主持人才，旨在加强电视台业务力量，壮大电视台人才队伍。

电视台发布的广告表明，这次招聘人数为三十人，其中节目主持人五人。可报名应聘的人数却高达八百多人，其中有近百名是应聘主持人的。夏小米在主持人组里，经过面试、笔试和复试后，进入了"现场采访"阶段，也就是最后一关。所谓"现场采访"，是指应聘者以节目主持人的身份向在座的主聘官做现场采访，要求提三个问题。这一关考的是应聘者的胆识、提问的技巧与风格、思想立场以及现场发挥与应变等方面的能力。

这一轮有十五人。三个人中取一个，大家都很紧张。夏小米尽管做了足足半个月的准备，还是有点忐忑。她不知道主聘官是些什么人，他们能不能适应自己的采访。

偏偏她抽到了一号签，第一个上场。

在电视台简陋的演播厅里，夏小米手持麦克风站到了大厅中央。在短暂的紧张过后，她看清了那些考官面前的名字——原来都是电视台的人，台长、各栏目的编导。她定定神，走到了台长桌前，提了三个问题。

"现在海南是全国的焦点之一，我们的媒体关注着宏观的、形而上的海南，比如政策、发展方向等；但是伴随着经济大潮而生的，还有大批大批的打工者、求职者，请问台长，作为受众广泛的媒体，应该如何切入这部分民众的生活？"

"招聘电视台工作人员这一举措备受人们称道，但据我所知，电视台已调入的人员中，有不少是通过各种关系进来的，还有我们今天应聘的人，一旦被聘用，试用一年后也将调入电视台。请问台长，在大特区，这种用人机制会不会又滋生出一批新的不思进取的人？能否适应'物竞天择，适者生存'的原则？"

"现在已开始流行一种说法，说海南是一块文化沙漠。事实上，十万人才下海南带来的不是文化是什么？之所以有这种说法，我想有一部分原因是我们的媒体不太重视文化方面的宣传，更谈不上树立文化品牌意识。请问台长，假如我能幸运受聘，电视台能支持我推出一个文化栏目吗？我想把它命名为《椰城名流》。"

夏小米三个问题一提，全场哗然。她音质纯净清爽，通过麦克风传输出来，甜美动听。她的音量并不高，语调却是错落有致，加上表情比较严肃，听上去倒有一番咄咄逼人的气魄，就连台长也受到一种震撼。这太出人意料了，这位海水一样的女孩在这种场合下提出了这么深意、这么尖锐的问题！

从台长略显欣愉的神态和认真的答问来看，夏小米明白自己的现场采访是成功了。但是，后面的十四名也许更出色呢？

夏小米的担心是多余的。她以纯情高雅的气质、言辞清丽的文笔，以及矜持大方的风采、现场采访成功的发挥，获得了最高评分。她被台里的《人才》节目组聘用了。台长亲手给她颁发了聘书，他握着她的手，有些兴奋："你的采访相当有水平，好。好好干，等条件成熟时，我一定支持你开办《椰城名流》。你先熟悉业务，稍后可做一个关于这个栏目的策划方案。"

自此，夏小米的自信心空前高涨，她一反往日沉默寡言的习惯，变得活跃、开朗起来，这令她看上去朝气十足。

很快，中秋节到了。

刚录完节目，夏小米就接到赵霖的电话，说月亮要来海口，今天下午四点钟到，他正开会，实在脱不开身，让小米务必去机场接她。"你把她接到望海楼宾馆，问我订的房间就是了。"

小米一看时间，已经只差一刻就四点了，她二话没说，胡乱地洗了把脸就打的来到了机场。刚好，深圳的航班提前几分钟到达，月亮正随着抵达海口的旅客来到出口处。

"月亮！"夏小米一眼就看到了月亮。她扬起手，欢天喜地地喊了一声。

"小米！"月亮也发现了小米，挥着手，穿过人群，朝小米快步走来。

站到小米面前，月亮伸开臂膀紧紧地拥抱着小米。小米有些不习惯，脸都红了。

"我说你那么一个大忙人，什么风把你给吹到海口来了？"

"为了看你呗。"月亮笑着说，顺手给她扯了一下刚被弄乱的衣领，"祝贺你当上电视台的节目主持人。"

"是赵霖告诉你的吧，我的信还没发出呢。"

"那当然。你知道近段时间我们通话比较多，我的公司与他们公司有点小业务。"

"这家伙可没透露过什么，你要来海口，也是刚刚才通知我的，而且是因为他自己实在脱不开身来接你。"

"啊，那是我让他不告诉你的，我想给你一个惊喜。"

"其实，他要告诉我，我一样地惊喜。"夏小米语气有些埋怨。

"我如果突然出现在你面前，我肯定你比现在还要开心。"月亮眼里也闪着快乐的光芒，"好了，待会再扯吧，我要去取行李了。"

"我陪你去。"

"不用，你就在这儿待着。我就一个旅行包，很轻。"月亮不容分说地按了按小米的肩，又往回走过通道去提取行李。

小米站在原地，目光却一直跟着月亮。天啊，差点认不出她来了。瞧她，一头削得那么短的头发，衬托出她整齐的五官，眼睛更显得明亮；金黄色的无袖紧身T恤，配上一条水磨蓝牛仔短裙，把她丰满的胸部和水蛇般的腰身、饱满的臀部优美地裹了出来；光裸的手臂和结实的大腿，显示着她的健康与青春的活力。墨镜不经意地压在头顶，手腕上戴着一只刚刚流行的时装表，一副现代女郎亮丽性感的形象。这哪里还有一点中学时代的李月亮的影子呢？就是上次在老家见面，小米也只是发现她气质上的一些变化。现在，可是从外到里整个地换了个人了！要不是她那么显眼，她还真不敢相信那就是月亮呢。

月亮背着一个天蓝色的旅行包，从人群中走过，吸引着人们的目光。

"猜我给你带什么了？"上了出租车，月亮就抓握住小米的手，亲热得像是一对多年不见的姐妹。

"嗯……你肯定是要把代表你观念的东西……"

"真聪明。一件晚礼服，红色的无袖真丝长裙；一套我现在穿着的这样子的衣裙。"

"……我哪里穿得出呢？"小米喃喃地说。

"你相信我的眼光好了。有什么穿得出穿不出的呢？你是不愿意尝试的问题。我保证你穿上它们要漂亮十倍。"

"呀，别那么夸张好不好，待会儿一试，让你失望了可不好。"

"小姐呀，你自信些好吗？你的皮肤比我白，穿红色、金色更衬皮肤，穿牛仔裙更性感——呃，你可不要一听到'性感'二字就脸红。'性感'我认为首先是健康的标志。这可是大特区，不是我们县城那样落后保守的地方，再说，现在不穿，更待何时？你可是节目主持人了，要学会包装自己。"

"瞧你，给我上什么课来了。"小米嗔道。

"你就是该有人上上课才是，这么大把年纪了连男朋友都没有一个，独身主义呀？"

"好了，看你要生气的样子。我今年就带个男朋友回家去好不好？"小米伸手在月亮腰上挠了一把，痒得月亮身子一缩，笑着摆手求饶。

两个人嘴巴不停地说了一路。一到宾馆，月亮就让小米试穿她给买的衣服。小米拿起衣服往洗手间走去。

月亮笑着挖苦道："还那么封建啊，不敢在我面前脱衣服？"

"对不起，我不好意思。"小米回过头来粲然一笑。

不一会儿，小米身着那条红色长裙出来，像一片云。

"我的上帝呀，你原来是个天仙！"月亮惊叹着。以前她只觉得小米气质不凡，并不认为她漂亮到哪儿去。她拉过小米，转过来，转过去，赞不绝口。"三分身材七分打扮，真是绝对真理！而你已是七分身材，配上这十分打扮，怎么得了！"

"看你夸张的，这胸口我觉得有点低呢！"小米嘟囔着，将裙子使劲往上提了提。

月亮把裙子往下拉了拉："别担心，瞧你这羞涩的模样。这美丽的小乳房，蹦不出来的！"月亮顺手捏了一下小米的乳房，小米惊得连忙用双手护住。

月亮笑起来，她的笑像阳光一样："今天晚上你就穿这条裙子去跳舞。"

"跳舞？"夏小米疑惑地问。

"看来赵霖的保密工作做得还蛮不错的。是这样，今天赵霖会邀请几个朋友共度中秋夜晚。一是为我，二是为你。"

"为我？"

"庆祝你找到了一份好工作呀！"月亮让小米旋转，直到裙子下摆全飘起来。"真是美极了，小米，你不知道你有多漂亮。"月亮收住笑，凝神看着小米。

"你傻了呀？"小米调皮地在月亮眼前晃了晃手。

月亮回过神："好了，现在去穿那一套看看。"

小米换上了金黄色 T 恤和水磨蓝牛仔。

月亮再次张大了嘴巴。

"来来来，头发这样扎起来。"月亮将小米的头发高高地撩起。

小米往镜子里一看，也兴奋了："月亮，真的很好看，是吗？"

"当然。我都快嫉妒死了！你看你的大腿，多么白嫩的皮肤！"月亮忍不住掐了把小米的大腿，"我要是男人，一定把你追到手。"

小米的脸又红了："你要是男人，我就嫁给你得了，免得你天天念叨。"

"你就应该这样打扮，不要一天到晚只想着找事做。你这样子，男人们会围着你转的。"

"哎呀，别老是男人男人的，说得人心里发慌。"小米嚷起来。

"好，不说就不说吧，你就当个老姑娘得了。"月亮悻悻地笑道，但只片刻，她就又酸溜溜地讥嘲小米，"告诉你呀，笨蛋，被人爱是件很幸福的事。"

"哎，我都忘问了，你和保罗现在还来往吗？"讲到"爱"字，小米突然想起月亮与保罗的事。

"当然。而且越来越离不开了。"月亮有一点伤感。

"那怎么办？"

"他正准备离婚。"

"离得掉吗？"

"不知道。我想应该没问题。就看会不会顺利，总不会像中国夫妻闹离婚那样要搞持久战吧。"

正说着，有人敲门。

开门一看，是关鹏。她见到夏小米的装束，目光有些发直。

"关鹏？是你，快请进。"小米也愣了一下。

"赵霖说请吃饭。他在总台，马上就上来。"关鹏边说边往里走。见到月亮，就伸出手："不用说，你就是李月亮小姐了。"

"你好。"月亮问候着，脸上浮着亲切自然的笑容。

"这是关鹏，《中国商报》海南记者站站长。"小米介绍道。

"赵霖总提及你，以后我在海南要做什么，还得请你多帮忙了。"月亮像朋友一样轻松自如地说。小米感觉她换了个人似的优雅起来，全然没有了刚才那副教训自己的神态。这个月亮，难怪都说她很会交际呢。

"哪里，赵霖一直就夸你是个女人中的女人。"关鹏热情地说道。他的目光在她们俩之间来回扫视，看小米时竟有几分温存。这两个女孩衣着一模一样，但在他眼里，月亮成熟练达，夏小米清纯稚拙。

"请喝茶。"夏小米给关鹏泡了杯红茶，递给他。遇到他的目光，马上走开了。

说话间，赵霖也到了。闲扯了一阵，他让大家去吃饭。

"去吃东山羊吧。"他建议道。

"我可不吃羊肉哟。"月亮提醒着，"小米也不太喜欢。"

"真是两个傻妞。"赵霖叹道，"那就去吃鸡饭吧。"

一行人打了个的士去海南人开的文昌鸡饭店。赵霖先点了几道菜，然后将菜谱交给月亮："今天我们就随便吃点吧，关鹏还得坐船去广州呢。"

"哦？那你不是不能参加我们今天晚上的聚会了？"月亮侧头问关鹏，表示遗憾。

"很抱歉，我得走。"关鹏无奈地说道，"赵霖说要和你谈些事，所以我等着你，要不，我上午就走了。"

"这样啊，那我们简要点吧，反正现在也只是个设想。能不能成，就看你和赵霖的了。"月亮又是一副女商家的气派了。她这次来海口，是有商务在身的。她接着说，"我想开辟一条深圳—海南旅游热线，在海口设一个办事处。同是特区，但天然条件深圳没有海南好。近来，旅行社许多团队都反映说深圳可玩的地方太少了，自然的东西不多，而海南目前正成为旅游的一大热点，如果能把海南游纳入旅行社的业务范畴，效果会非常理想。而且回归自然、崇尚自然已是世界范围内的时尚与潮流，旅行社现在国外游客在一天天增多，他们对于海南这样的自然环境定会更感兴趣，我想先行一步，将两个特区的旅游线开辟起来。

"你是大报资深记者，对于海南现有的旅游政策以及旅游方面的情况可能比赵霖还熟，想请你参谋参谋。"月亮看着关鹏。她看人的时候，总是很专注，让人感到她很重视对方。

"你看，赵霖真是太抬举我了。不过，我和赵霖在北京就是好友，赵霖托的事那是再怎么困难也要想办法的，何况月亮小姐如此非凡。"关鹏喝了口鲜啤，非常认真地说。他认为月亮这个想法实在太英明了。一是目前深圳发展相当迅速，旅游正渐渐成为国民的热点，深圳更是潜力巨大；二呢，海南现在是全球注目的焦点，它的自然生态之美正一天天为世人认识，相信越来越多的人会希望到这里来游览；再则随着海南的开发和建设，旅游业必将成为海南的一个龙头产业，而目前海南本身的旅游业尚不十分规范。月亮在这时进来，无疑属于先见之明，对于将来的旅游地位的建立有举足轻重的意义，说大一点，对于海南旅游业的发展也是一个冲击与促进，"在这个问题上，我们是英雄所见略同。月亮，赵霖没有说错，你是一个了不起的女子。我关鹏愿效犬马之劳。"

夏小米在旁边听得云里雾里。

"月亮的意思是，我、你、她三人合作做这件事。她负责前期投资，我们具体管理。"赵霖安排好菜单，插话道。

"我看就你俩好了。我们单位有规定，不能直接参与经营活动。而且，我恐怕也没有这方面的经验。但是只要用得着我的地方，我一定会尽力的。此外，你们为什么不把夏小米拉进来？我看她也挺能干的。"

"她不行，或者说还不是时候。"月亮微笑着看小米一眼，"她现在刚进入电视台，不能分心，那是一份十分体面也非常符合她的个性的职业。我更希望她成为一个荧屏明星，一个成功的节目主持人。"

小米听着，心里面好感动。

"是这样啊，有道理。"

"那么，说好了，你就做我们的业余顾问吧。"月亮举杯冲关鹏示意了一下，满面春风，"我们一切按商业原则办，不影响你的声誉，你该得的一分也不少你的。"

"好爽快！"关鹏也举杯与她碰了一下，"撇开原则，就是看在赵霖是朋友的分上，我一分钱不拿也不会在乎的。"

"来，我提议，为我们合作愉快干杯！"赵霖举起杯。四个人的酒杯轻轻碰在一起，发出清脆的声音。

"实在对不起，我得走了。"关鹏匆匆吃了点饭，要告辞。

"那我们就再见了，祝你一路顺风。"月亮站起来与关鹏握手道别。

"你在海口待几天？"关鹏问月亮。

"我想后天去下面走一趟，最多一星期吧。"

"那好，如果我办事顺利的话，也许能赶在你走之前回来。"

"那太好了。"月亮再次伸手与他相握，"小米是我最好的朋友，请你多关照。"

"那当然。"关鹏注视着小米，伸出手来。他握手就是那样，重重地一握，然后迅速放开，很有力。

"再见，老兄。"赵霖扬起手，与关鹏响亮击掌。

出租车载着关鹏走了。

三个人重新坐下来，一边吃一边聊，不时地发出快乐的笑声。夏小米看着赵霖和月亮，有些感动。这两个人，作为恋人，已是永远失之交臂了，但不知为什么，她仍然希望他们能够重新发展下去，建立起一种爱情关系。虽然月亮已拥有保罗的爱，却总是给她一种不很真切的感觉，也许是她还无法体会与理解他们的爱情之故吧。

2

晚上九点，夏小米和李月亮来到了诺亚歌舞厅。夏小米曾来过这里，那是她还在《热岛报》做广告记者的时候，因业务需要，广告部在这儿举办过舞会。这是由一艘废弃的海轮改造而成的，紧泊在岸边，置身其间，有一种在水上轻轻荡漾的感觉，许多人将它叫作"诺亚"，时间一久，老板干脆就用了这个名字。歌舞厅陈设并不豪华，容纳的人数也不多，但里面的萨克斯音乐在海口却是很有名的，演奏者据说来自某所著名的音乐学院，还获得过全国青年萨克斯乐手演奏大奖赛的奖项。那悠扬的、华美的、忧郁的乐曲在人们悠悠荡荡的舞步中更生出一种绝妙的缠绵的感觉。人一来到这里，还未落座，往往就被音乐迷醉了。

赵霖早已等在这里了。看到她们俩，简直有些不敢相信自己的眼睛。朝他走来的，是两个天使！夏小米一袭红裙，配上红色的坡跟皮鞋，一头秀发用红丝带拢住，柔顺地垂在肩上，整个人显得飘逸娇艳；而月亮，白色的耳环，铂金项链，白色的小手袋，一身纯白的无袖低胸紧身长裙，一副晚会上的贵妇人高雅而亲善的面容。赵霖好半天才清醒过来，忙叫侍者上饮料，自己则忙着给她们拉开椅子，招呼她们坐下。

"你们像是从画里走出来的。老实说，我都眼花缭乱了。"他讷讷地说，真不知怎么赞美才好。

月亮笑起来。这也难怪，赵霖从来就没有机会见到她生活中轻松悠闲的一面，更女性化的一面。

几个人谈论着衣着与美，很开心，惹得邻座不停地投来艳羡的目光。

不一会儿，赵霖开始不时地看表，不安地东张西望，"这家伙平时很准时的，今天怎么还不到？"

"还有谁要来吗？"小米问道。

"我还请了一个朋友，他风流潇洒，才气横溢，是情场上的高手，你小心啊！"赵霖朝小米眨眨眼睛，半开玩笑半吓唬地说。

月亮一挥手："好了哪，赵霖，别将人家小米吓着了。"

"我不是吓她。"赵霖笑着，"那好，你们先坐，我去外面等等他。"他走出船舱，上岸去候人。

"谁要来？"小米问月亮。

"我也不知道。他说过，可我没记住。"月亮两手一摊。

月亮与小米喝着饮料，谈着音乐和娱乐以外的话题。月亮是第一次来海口，除了椰风海韵，凭感觉，她认为自己绝不会喜欢上这座城市。在她看来，海口比起深圳来，起码落后三十年。这里不仅显得无序，而且盲目，人们不知道闯海南的终极目的是什么。当然，当年闯荡深圳的人中也有茫然者，但大部分人，很快就以建设者的身份出现，他们成了深圳的主人。按理，海南开发建省也有一年多了，人们应该平静下来，脚踏实地地投身海南建设事业，可给人的感觉，人们是来拾黄金、等待暴发似的，这是不是因为海南是个孤岛的缘故？就好像这一叶方舟，漂浮海上，而有种无法稳定的担忧？如果这种孤岛意识更深入地根植于闯海者的思想中，恐怕海南的发展前景不会乐观，至少会是畸形的。人们急功近利的色彩将使他们的人生变得浅薄和庸俗，因为他们只想从这儿获取，不会去想怎样建设、怎样付出……

月亮一边慢悠悠地聊着天，一边搅动着柠檬茶里的冰块和柠檬片，偶尔也摊摊手，耸耸肩，身子坐直，借助姿势加强着语气。她的话就像海口某些成天在报上发表理论文章的思想家一样，充满了智慧和洞察力，相比之下，小米有些自惭形秽。自己置身海口，却从来没想过什么"孤岛意识""功利主义"的问题，只为了自己的生存奔忙，也许很多人也就是这样，首先要生存，然后才去追逐其他？可说到底，自己的目标是什么难道很清楚吗？自己何曾想过要参与特区的建设？当然，也许自身的奋斗本身也就是一种参与，但如果以一个建设者自居，出发点不就更高尚，思考的范围、行动的方式就不会仅仅停留在自己的生存问题上了吧？

夏小米不由得对昔日同窗刮目相看。她注视着月亮，觉得她确实比自己成熟得多，高深得多。你看她纹丝不乱的头发，自信得有些傲慢的笑容，完完全全是一个拥有了一方天地的白领丽人。

她们聊着，赵霖回来了。"我打了电话，他办公室里的人说，他已经出发了，大概又被交警逮住了。这家伙骑摩托总是不戴帽子。"他嚷嚷道。

"究竟是谁要来，这么重要，让你跑来跑去等？"小米好奇地问。

"待会儿你就知道了。"赵霖神秘地笑了笑。

"好像是一个姓张的……叫张化冰的吧？"月亮突然记起来了。"也是新闻界的。"

"不是了，他已经从报社辞职，自己开了一家广告公司。这家伙总是神不知鬼不觉地做事。前一阵我们搞演唱会，怎么等他也不回来，这些天他却突然冒出来了。昨天给我打了个电话，说自己开公司了，详情我还不太清楚。"赵霖这些天太忙，实在没有心思通知夏小米张化冰回来的消息，"对不起，小米，我吃饭时想告诉你的，可他说过要突然出现在你面前。"

"小米，你认识他？"月亮问道。

"仅仅认识而已。"小米淡淡地回答着，避开月亮探询的目光。

但她脑海里迅速幻化出张化冰那饱满的脸庞，那双仿佛要将人的心灵看透的眼睛。她还想起了赵霖曾对她说过的话：他若再见到你，决不放过你这小娘们。她的心狂跳了一阵，脸上火烧火燎，鼻尖、额头、手心都沁出汗来。

说曹操，曹操到。张化冰着一件藏青色风衣，茶色眼镜都未除，平剪的头发刚吹过，额头宽阔，一面走一面摘取手上的摩托车手套，那样子，真有几分电影佐罗的酷劲。来到他们这一桌，他放下钥匙、手套，摘下眼镜说着"对不起，来迟了"，与赵霖握手拍肩，又与月亮握手，然后才与夏小米握手。"我可捉住你了！"

他几乎是逼视着夏小米，令她刚刚平静一点的心又是一阵狂跳。夏小米张口结舌，心里像被什么东西击中了一样。

张化冰并不入座，他牵住小米的手就往舞池走去。几对舞伴正随着乐曲跳慢四步。迷蒙的浅蓝色的灯光在舞池里缓缓旋转，使他们仿佛置身在蔚蓝的海洋，身影时隐时现，有几分浪漫与亲密的感觉。赵霖也拉着月亮步入舞池。月亮暗暗感到震惊，张化冰的独断与果敢，是少见的。像这样的男人，大都是采花能手，一般的女孩子哪是他们的对手？看得出，他对小米有企图，说得好听一点，有爱慕之情。但他这样的男人，谁又能把握住他的情感？想到这，她不禁为小米捏了把汗。这个还从未好好地恋爱过的姑娘，能抵挡得住张化冰这凌厉的攻势吗？不过她也不准备提醒小米什么，她认为小米早就应该经受爱情的洗礼了。

整首《回家》的曲子，张化冰和夏小米都不曾说一句话。相握的手，都已汗湿，四目相对，闪避，再对视。小米的脚步有点机械，她只感到自己头脑发热，脸发烫，心跳加快，那萨克斯流淌出的情绪，又使她感动得想流泪。而张化冰，竟也一句话说不出来。

一曲结束，张化冰将小米送回座位，自己从桌子上拿起一张点歌卡，匆匆写了些什么，扬手叫来服务生，嘱他送到主持人那里去。然后脱下风衣，只穿一件质地非常优良的立式圆领碎花丝质衬衫，显得朝气、时尚。

"各位来宾，下面是张化冰先生为他久违了的夏小米小姐点奏的一曲《一生何求》，并献给他的好朋友赵霖先生以及来自深圳的李月亮小姐！请大家随着优美的乐曲翩翩起舞！"节目主持人悦耳的声音过后，音乐便响起来。夏小米脸上绽开一片喜悦，月亮会意地对赵霖一笑："开始了。"

张化冰再次将夏小米拥入舞池。夏小米高挑身材，可在他魁梧的身躯面前，仍然显得娇态。他几乎是环住了她整个腰身，使她不得不小鸟依人般地紧靠在他的胸前。他凝视着小米的眼睛，随着乐曲轻轻地哼起了歌词，他的声音有种苦涩和执着："冷暖哪可休，回头多少个秋，寻遍了却偏失去，未盼却在手……一生何求，谁计较赞美与诅咒，没料到我所失的，竟已是我的所有……"

夏小米只觉得一阵酸楚酥痛了心，是一种甜蜜的酸楚。她想抚摸他嚅动的喉结，她想掠开沾在他额前的几根头发，她想给他解开衬衣的第二颗纽扣……可她什么也没做，只是凝望着他，感觉自己在飘。

"小米，知道吗？我一直在等你重新出现。"张化冰停止唱歌，几近哽咽着说。这声音，令夏小米迷茫、沉醉。

"当我静下来时，我几乎都在想同一个问题：你在哪里……"他的声音低回在她的耳边，带着诱惑人的温柔。

一股亲密的暖流，在他们之间流淌，恣肆流淌。

夏小米终于抑制不住，移下搭在张化冰肩上的手，为他解下第二颗纽扣。她认为这样更显得洒脱。张化冰不失时机地抓住她的手握在胸前。夏小米并不逃避，她用指甲轻轻划着他露在领口的肌肉："你现在不是捉到我了吗？"这夏小米，原是多么敏感，多么多情的一个女孩啊！她没想到自己如此善解风情，准确地说，她已为眼前的张化冰心动了。为一个男人迷情，是如此迅捷，如此陶醉的一件事，像是吃了迷幻药，她想掩饰，想镇静，想故作矜持，都已来不及……

她感到他的手更有力地揽住了自己。她不反抗，脸轻轻地贴住他的胸，热泪盈满了双眼，这是幸福，这是爱情吗……

羞涩和幸福使得小米的脸变得更加娇艳光彩，青春可人。月亮爱怜地望着额上渗出细汗的小米，递过纸巾，又对正被激情鼓荡着的张化冰笑着说："张先生，你的舞跳得不错啊，看来是经常出入歌舞厅的了。"

"哪里，我在学校时就是高手了。在海口很少有时间进舞厅。"张化冰擦擦汗，点了支香烟，又给赵霖一支。

赵霖接过烟，望着月亮，笑而不语。今天晚上，他几乎没说什么话，眼睛没有离开过月亮。他觉得少年时的那份钟情又复苏了，但月亮好像视而不见。

"小米是我最好的朋友，在海口希望你们多关照她些，她一个人，无亲无友的，又单纯善良，真不知她怎么有胆量来海口。"月亮话里有话，张化冰却并不理会，一味接话说："这你就放心了，有我和赵霖，不会有人欺负她的。单纯善良是越来越少有的品质了，女孩子拥有它，是财富。"

月亮正要说什么，迪斯科时间到了。张化冰站起身，戳灭烟头，自个儿进入了舞池。他的舞跳得真好，不是专业，可看得出灵性与投入。"他真是个性情中人。"赵霖感叹地说，"做什么都充满激情，十分投入，所以常常受挫，或者，激情过去，又玩世不恭。"

小米的视线跟随着张化冰的舞影。激光灯闪闪烁烁，幻化出他各种姿态，他跳得如痴如醉，汗水湿透了衬衫。小米回头对月亮低语道："他说待会儿送我，好不好？"

月亮看着小米，轻轻叹了口气。爱情的阴影拂开在她的心头。她深知，爱情是捉摸不透的东西，它给你多少幸福，它也会给你多少痛苦。但她也知道，该来的都会来，躲也躲不掉。一个爱情中的人，是用不着思前想后的，只要跟随自己的心与感觉就是。有时候，月亮也很悲观，当她的爱情遇到坎坷时，她就会想，真正的爱情——人的至爱只有一次，但这世上没有永恒的爱情，就如人生没有不散的宴席。她真不希望小米有一天也会这么想。

"张化冰这种男人他可以使许多女人着迷，你要有思想准备哦。"月亮故作轻松地说。

小米点点头，并没有往深里想。她仍然沉浸在甜蜜与娇羞的感觉里，像在云雾里飘着。

3

舞会在兴奋与缠绵的氛围里结束了。几个人走出船舱，上到岸上。夏小米满面娇红，心被爱情之火燃烧着。

张化冰发动了摩托车，回头对赵霖说："赵霖，你送月亮回酒店吧，我带小米走。"

"不，我看我还是与月亮一起吧，我得陪她。"夏小米犹豫地说，眼里却流露出对张化冰的万般渴望。

月亮微笑着说："我没事，你们走吧。不过……我想我还是明天就下去算了，小米，你若请得到假，就陪我去吧。赵霖他肯定是没时间的。"

"你要去环岛游？"张化冰问道。

"月亮准备辟一条深圳—海南热线，到下面考察一下。"赵霖解释着，转而对月亮说，"我公司事太多了，没办法陪你，不过你若愿意开车，我可以派辆面包车给你。"

"算了，我路不熟，怕反而误事，不如随团走来得方便。"

"月亮，你和赵霖、小米都是朋友，如果信得过我，我给你们当车夫怎么样。"张化冰自告奋勇地说，"我的车技还可以。"

"这倒是个好主意。"赵霖扶了扶眼镜，眼睛盯着小米。

小米心中暗喜，她知道张化冰是为自己。她征询地望着月亮，月亮沉吟片刻，故作严肃状："好啊，但话说在前头，你是男人，你要担当起保护妇女的责任哟。还有，我不付劳务费。"

"没问题，那就这样说定了。我们明天下午出发怎么样？"张化冰乐滋滋地应道。

"好。你是导游。"月亮伸手与张化冰道别。

小米也伸出手："明天见。"

张化冰不握："我们去兜一圈好吗？现在还不到十二点，早着呢。"

小米迟疑着。

"去吧，小米。我正好请月亮吃夜宵。"赵霖怂恿着，他很想与月亮单独待一会儿。整个晚上，他都有一种迷迷茫茫的感受。

月亮微笑着说："小米，那就算你给赵霖一个机会吧。"路灯光下，她的笑显得温情。

"不过你得早点把小米送回来。"月亮又笑着对张化冰说，好像她是夏小米的监护人。

张化冰爽快地答应了。他拍着车后座，招呼小米上车。

摩托车一出月亮与赵霖的视线，张化冰就对夏小米说："抱着我。"他的声音很柔，却有一种命令式的力量。夏小米顺从地搂住他的腰身，脸贴在他宽厚的背上。

张化冰把她的手拉到胸前，这样感觉更紧密一些。

夏小米内心忽然涌起一阵要命的感动。她只觉得幸福，不问他将把她带到哪里去。她知道，这个晚上，这个男人，是命中注定的，她不想逃避。

车一拐，就上了通往海滩的那条土路。穿过一片小树林，他们就听到了海涛声。

海滩上很静，偶尔有几对恋人，相依相偎着私语。张化冰再往前开，在一处更僻静的地方停住了。

城市的灯光远远地映来，隔着一片幽谧的树林，光线已是相当微弱了，月亮在云层里时隐时现，给这一片城市边缘的海滩蒙上了一层浪漫的情调。夏小米由张化冰拉着手在沙滩上慢慢走着，心里面既紧张又幸福。

张化冰站住了。他双手捧起她的脸庞，就着淡淡月光，注视着她。她勇敢地迎住他的目光，一双清澈的眼睛在夜色中晶莹发亮。

他轻轻地试探着吻她的唇。她没有反抗，全身像导了电一样地热涨起来……不知过了多久，夏小米挣脱了他的怀抱，朝前面的沙滩跑了几步，一屁股坐在沙地上。她说不清他的吻带给她的美妙而奇特的感觉，激动、快慰、兴奋、甜蜜……还有恐惧。更不可思议的是，她觉得世界在刹那间变得如此美好。

张化冰跟了过来。他坐在他旁边，手很自然地将她往怀里搂。

她靠在他的胸前，他们的手交缠着。她感到张化冰也有些紧张。

海水轻轻地拍打着岸际。

"涨潮了。"夏小米轻声说，声音里的温柔让张化冰心里发酥。他用更紧的拥抱呼应了她。

"你看那水中的一道光线，像一条敞开着的道路。"夏小米指着波光粼粼的海面，有些神往。

张化冰抬头望着水面，对于眼前诗意的景致他何尝不心向往之！他觉得这充满了情调的景色，是为他和夏小米这样激情而诗意的男女设置的，他只有在这样的环境中才能追逐夏小米。

他抚摸着她的脸、她的头发。不知不觉中将她的身子扳过来面对着自己了。他们彼此对视了一阵，感觉着彼此的渴望，终于，他们再一次深深地接吻了。

他吻着她，她的唇，她的眼睛，她的脸，她的耳垂，她的颈。他的手不自觉地拉开了她腰际的拉链，伸进去抚摸着她的乳房，它们结实而又柔软。他情潮激荡，将头埋进她的胸，隔着裙子吮咬着她。夏小米在痴醉与迷幻之时想起张化冰对赵霖说过的不能饶过自己的话，恐慌起来。她努力推拒着他，嘴里急切地嚷道："不……我不要……"

张化冰放开她，有些垂头丧气："对不起，小米，我快要疯了。"

"我害怕……"夏小米小心地说。

张化冰抚摸着她的头发，极力装出没事的样子，心里却难受得要命。

只听见海潮一阵一阵的拍岸声，潮越涨越大了。

好一阵过去了，那潮水几乎要冲到他们坐的地方了，张化冰这才拉起小米："我们回去吧。"

夏小米像一个做错了事的孩子，乖乖地点点头。她暗暗有些后悔，在潜意识里，她希望他再亲吻自己、抚摸自己。

张化冰正准备发动摩托车，突然，两个黑影从旁边的小树林里闪了出来，并迅速冲到他们面前，一人手里拿着一把水果刀，刀尖在朦胧月色下闪着白光。张化冰吃了一惊，下意识地将小米往身后一拉，很快就定下神来。近来常听说有人抢劫，他知道自己遭遇到了什么人。

张化冰退后一步，温和地说道："我知道你们想要什么。可我今天没带钱。"

"不要啰唆！没钱就把摩托车给我们！"个子粗壮的歹徒凶狠地说。

"那怎么可能。"张化冰笑了一声。大概是他的笑声触怒了那两个人，他们上前欲抢摩托。张化冰仍然慢条斯理地说道："且慢。听我说，你们今天运气不好，找错了对象。要钱，我们没有；要命，恐怕你们两条还换不到我一条。你们知道我是谁吗？"

也许是没有遇到过这种事，那两个歹徒相互看了一眼。一个问："你是谁？"

"我是大名鼎鼎的张化冰啊！"张化冰突然提高了音量。他边说边从上衣口袋里掏出一张名片来递给一个持刀的小子，"我是海南最有名的记者，专门负责法制公安战线的新闻报道。难道你们从来不看报纸？今天，即使你们伤害得了我，事后怕也难得脱身。我这样的人出了事，公安还不给查个水落石出？"张化冰口气奇大，那两个歹徒还真被震住了。一个歹徒举起名片想看清楚上面写了些什么。

就在他们犹豫的那一刻，张化冰对夏小米轻轻说了个"沙"字，就迅速上前，一把扭住了一个歹徒的胳膊，并夺过刀子对准了他。夏小米很快反应过来，飞快地从地上抓了把沙子，往另一个歹徒脸上扔去。两个歹徒始料不及，只得求饶。张化冰这才松开歹徒的手，往前一推，凛然训了起来："你们两个王八蛋，年纪轻轻的干这种缺德事，迟早有一天要坐大牢甚至吃花生米的。今天你大爷心情好，不想送你们去派出所，你们不要以为是我心肠好，对你们这种人，我希望抓住一个就枪崩一个。你们不怕死，继续去抢好了。现在给我滚吧！"

两个歹徒逃也似的跑了。

夏小米哈哈大笑起来。

"你笑什么？"

"真过瘾。你怎么会标榜自己是海南最有名的记者？"夏小米仍然笑个不停。她清脆的笑声在这空旷的海滩边显得肆无忌惮。

"亲爱的，对付这种人，重要的是心计与心态。这不能与吹牛皮比，这叫招术。"张化冰得意地说着，发动了摩托车。

"你叫我什么？"夏小米愣愣地问了一句。奇怪，经过一场虚惊，她竟觉得与张化冰真的很亲近了。他临危不惧的风度与机智，让她感到安全。

"亲爱的。"张化冰扭头亲了她一下，"亲爱的。"

"为什么这么叫？"她故作不高兴，心里却很甜蜜。她认为他其实在吻她的时候就应该这么叫她。

"我想你就是我亲爱的。"张化冰掉转车头，往来时的小路驶去。夏小米双手环绕到他的胸前，脸紧紧地贴在他的背上，头发飞了起来。她的心也飞扬了起来。

4

张化冰、夏小米陪同李月亮去做一个星期的环岛考察。

按照张化冰的建议，环岛考察路线在大众化旅游定点以外，再选取几个一般人难得一去的尚未开发的自然生态点。张化冰早在来海南的头几个月，就已经将海南跑了个遍，知道哪几个地方非常有特色，如果不去看看，那真是遗憾。但月亮并不一定要将它们划到未来的旅游线路之中，因为这些尚处在原始状态下的景观，对于旅游管理来说，还有许多的不便之处。临行前，张化冰特地从电视台的朋友那里租了一台摄像机，说要为这次旅游留下一个完美的纪录，让前来送行的赵霖好生羡慕，恨不得能有分身术，变出一个自己去与他们同行。

一路上欢声笑语不断。夏小米和月亮的话匣子怎么也关不住,张化冰尽管来前吹嘘过自己的驾驶技术,可在弯弯曲曲的山道上,也是谨小慎微,生怕出一点岔子,所以没能太多参与她们的谈话。只是他从这两个女孩溪流似的笑声中,感觉出她们非同一般的友谊。

他们去的路线基本上是政府部门规划的旅游景点,走到哪,都是一派人满为患、络绎不绝的热闹景象。

张化冰显示出了他非同小可的办事能力。所到之处,他总是先打一个电话或直接去到一个单位找人,然后便有人出面接待他们,有时接待的规格还相当高,当地党政军都有人来,安排得很体面很周到,弄得月亮和小米都很惊讶。问他何以朋友遍及海南,他先是说这是秘密,接着说都是作者和广告客户。至于有些头面人物,那也是他以前采风时结下的关系。在交朋结友方面,张化冰深有感触。他认为,不管对方是谁,只要你把他们当朋友,他们自然也把你当朋友。尤其是海南本地朋友,他们是非常厚道的。你只要是真诚的,他们会非常义气。基于这样的认识,张化冰从来不吝啬自己的真诚,也正因此,他交了很多真心实意的朋友。

她们也看得出来,张化冰的那些朋友,对他们的到来所表现的热情是发自内心的。有一次,趁张化冰去给车换轮胎的时候,月亮与前来陪同他们的当地朋友聊天,谈到张化冰怎么与他们这么有交情,那人说,张化冰心眼好,从不像有些记者那样变着法子整他们的钱,而是将承诺的回报准时兑现。这年头,大家都不是圣人,朋友之间,能有信任是很难得的。张化冰以诚待人,他们没有理由不交他这个朋友。月亮听了,感到欣慰,她笑着对夏小米说:"想不到张化冰这么有人缘。"夏小米心中则悄悄地升起一种踏实感。

东郊椰林、红树林、兴隆温泉、东山岭、猴岛、天涯海角、鹿回头、大东海,等等,跑完了,他们掉转车头往回走。张化冰说,他要带她们去一个好地方。这好地方是香岭。据说这岭上有一种树,风吹动它时,就会散发出一种香味。

先是在岭下的香岭角看海。

这是一片处在原始生态下未曾受世人惊扰的海域,海水是那样纯净,沙滩是那样安宁,就连那块块庞大的礁石,也让人感受不到它的冷硬。太阳也收敛了热度,不再灼人。夏小米和月亮一下车,就赤脚往海滩奔去,口里惊喜地狂喊乱叫着。这里的海面很窄,但由于没有游人的拥挤,反而显得开阔和深邃。两个女孩像发现了世外桃源,拿着傻瓜相机不停地拍啊拍。她们一会儿用脚印拼写自己的名字,一会儿弯腰捡几只小贝壳,一会儿又冲进海里让海水淹没自己的小腿,在海里尖叫着拎起自己被弄湿了的裙子。"这两个小疯子!"张化冰大笑着扛着摄像机跟着她们，内心里早已被感染得诗兴大发。他觉得这才叫旅游，尽情地享受大自然带给自己的喜悦，无拘无束地展示自己的真性真情，轻松地把自己融入这海天一色，忘却所有的世俗事务。以前他总是匆忙来去，对身边的景物从没有用心体验过，想到这一点，他倒觉得应该好好感谢月亮与小米了。

他仿佛来了灵感，操作摄像机，比平时要熟练百倍。

不知道什么时候，海边来了一个渔民。他是来下网的。他撒网的姿势很有趣，先是一跳一跳地由远处的沙滩往水边跑，随着"哦呵呵——"一类的长音吼出，他手里的渔网就飞撒而出，网落入水面的声音煞是好听。夏小米被渔民那个跑路的动作逗乐了，直笑得直不起腰来，并边笑边学着他的样子一跳一跳地奔跑，引得月亮和张化冰也哈哈大笑起来。张化冰及时地抓了夏小米滑稽相十足的几个镜头。

三个人胡闹了一阵，累得上气不接下气，才停下来喘口气。

月亮两手插在腰际，目光仍追随着那位渔民："我现在明白了保罗他们为什么那么喜欢海了。他们一心向往在有海的地方生活，每年都要到海边去度假。"

"那你说为什么？"小米眯起眼睛，抬手擦着脸上的汗珠。她的头发高高地扎起，胳膊这几天已明显黑了好多。不过比起月亮来，要好一些。月亮的皮肤已被晒得有了些脱皮的迹象。

"自由，大气，豁达，天人合一的境界。"月亮沉思着。那一瞬间她仿佛灵魂出窍了。

"啊，多深沉啊！"张化冰笑道，并无嘲讽的意思，"而我面对大海，只想大声地吼一句，'啊，大海呀，你他妈的这么伟大！'"

夏小米含笑看着他张开手臂做夸张的动作。

月亮用一种探究的眼光看了看张化冰。

"你们想不想下海？"张化冰几步走到海水中，试了试水温，又看了看正西下的太阳，"我看现在下海正好，这光线和角度拍片，也非常有效果。"

夏小米望着月亮。有月亮在，她就没有办法拿主意。

"好啊！"月亮兴奋地说。在三亚时，人太多，夏小米说自己不会游泳，不愿意下海，张化冰又忙这忙那，有一大堆人陪着，使得她也没有尽兴，在水里稀里糊涂地划拉了几下，就上岸了。现在这么洁净的水质，这么僻静的环境，可以尽情地享受一下了。

"那就快点，要不太阳没有了。"张化冰催促道。

"我不会游，你们去吧。"夏小米快快地说。她忽然觉得自己太笨，连游泳都不会。

"那怎么行，我教你。"月亮拖着她的手往车里走。

不一会儿，她们俩从车里出来，月亮穿了一件背部几乎全裸的泳衣，夏小米则用浴巾包裹着自己，只露出胳膊和脖子。张化冰见了，怪笑了一声。

月亮冲进水里，招呼着小米。小米终于扔掉浴巾，迟迟疑疑地下海了。她站在齐腰深的水中，不敢动步。白皙的皮肤、红色的泳衣衬着蔚蓝的海水，像一幅色彩艳丽的油画。张化冰迅速举起了摄像机。

月亮轻松地游了一阵，便回到夏小米身边，要教她。可小米在水中显得十分紧张，月亮一松手，她就吓得胡乱扑腾，结果是连连呛水，还着实地喝了几口海水。

"我不游了。"她恐惧地说着，往岸上走。

"你这个笨蛋。"月亮嗔骂着她，要把她拉住。两个人一个如鱼得水，一个心惊胆战。月亮把小米按到水里，小米连忙挣扎，激得水花乱溅。

"画面很美！"张化冰赞叹。他弯着腰，身子不停地移动以变换拍摄角度。

月亮站起来，冲张化冰叫道："化冰，你来教小米吧，我托不好她。"

"好哩！"张化冰停止拍摄，愉快地应着。

小米惊恐万状，急得往岸边跑。

张化冰已穿好了泳裤。他拦住小米，不容分说，把她往海里拉。

"我不。"

"我保证教会你。"张化冰笑着强硬地说。

"我怕。"夏小米想挣脱他。

"别怕，有我呢。"张化冰看着她布满水珠的娇嫩的肌肤，语气温柔下来。他轻声说："我不会让你呛水，听话好吗？"

夏小米忽然一阵感动，她点点头，随着他再一次下到海里。

月亮迎上来："小米，你一定要学会游泳。人在水里，才体会得到自由自在的意境是怎么回事。"

"来，把手给我，身子往前倾，吸气。"张化冰开始示范。月亮在旁边用手托住她的腹部。

慢慢地，小米不是那么害怕了。

月亮借故有些累，先上岸去。

张化冰一手托起小米的下巴，往后退着走，"很好，很好，就这样，对……"他不停地鼓励着她。见她很用心，慢慢地将手松了。谁知小米顿时又敏感起来："不要放手……"她话音未落，身子就往下一沉，她紧张得乱扑着，海水就灌进了嘴巴。张化冰见状连忙拉她，她不顾一切地抱住了他的脖子，几乎要哭了。

67

"还说不会让我呛水！"她想顿脚，却发现是在水里。她的腿不由得裹在张化冰的腿上。

张化冰往外边踩了几下水，站住了："你看，没什么好怕的，水就这么深，不会有事的。"他搂着她，觉得她在水中无助的样子很动人。他忍不住轻轻抚摸了一下她那半露的乳房。

夏小米受惊似的松开了手。但对于她来说，那水还是太深了，她马上摇晃起来，不由又抱住了他的脖子。

"再游一小会，好吗？"张化冰深情地看着她。

小米的心儿一片迷乱。那一刻，她希望就这样待着，天和海融在一起，而他们融在海中。

"米儿……"张化冰也意乱情迷了。他拥抱着她，他几乎光裸着的身子紧贴着她。他的心中升起了想亲近她的欲望。

"那你不能再放手。"她撒娇道。她不明白自己为什么要撒娇。

"嗯。"张化冰应道，止不住满心的喜悦之情。

他把手放在她的腹部托着她："米儿，不要怕。手向前划……屈腿……伸腿……吸气……"

夏小米终于完全放松了。

张化冰一点一点地松开了自己的手，跟在小米的旁边游着。小米居然划了十几下，才感觉到自己要援助。

"你看，你游得很好。刚才我已经松了好一会儿手了。"

"真的吗？"她兴奋地问。她又悬挂到他的身上。

"当然。你不笨，你只是紧张。来，我们往回游。水有些凉了，你也累了，今天就到此为止吧，以后我再带你游两次。要领都掌握了，学起来很快的。"他重新托起她的身子。

上了岸，才注意到太阳早已落山了。打鱼人也不见了踪影。风很凉，月亮用浴巾裹着身体，有些冷。她给他们递过来干净的浴巾，说："我冷，赶快走吧，去找个住的地方。"她接连打了几个喷嚏。

"上车吧。"张化冰胡乱地擦了擦身子，"坚持一下，十分钟就到。"

果然，拐过这片海滩，就看见一片低矮的房子静静地卧在一个山脚下。张化冰说，看见了吗？那座山就是今天半夜我们要上的香岭。

一个年轻的男孩子听到汽车声音，马上跑了出来。见到张化冰，热情地说："张主任，房子都安排妥了。正好今天没停水，也没停电。"

原来张化冰在前一站就让人通知了这个小招待所。他来过这里好多次了，大家习惯叫他原来的职务。

热水洗过，热饭吃过，时间也还才晚上九点。月亮与小米跟着张化冰来到他的房间，想聊会儿天。可张化冰一个劲地催她们赶快睡觉去，说凌晨四点要上山。说完倒头就睡，不再理睬她们的言谈，她们只得回到自己的房间。钻进被子时，月亮嘴张了半天，才把喷嚏打出来。小米关切地问她是不是感冒了，要去给她拿药，她拒绝了，笑着说："没事，是保罗在想我呢！"

看月亮的脸色，很正常，夏小米就没再坚持。为了有精神看日出，她们破例在晚上九点多钟就睡觉了。

5

早上四点，大家就都醒了，一个个将携带的所有衣服都穿在身上，出发上山。

为了安全起见，招待所的小林开车。小林专门负责开车送上香岭看日出的游客。

车子在黑暗中行驶，夏小米只能凭借自身姿势的变化来感觉山路的陡峭程度。大约过了五十分钟，大家看到了灯光，张化冰说，山顶到了。

山顶上有一座小小的房子，这是香岭上的哨所。据说，山上面驻扎着一个连队。哨兵正精神抖擞地准备向南海上的舰艇发放信号。征得准许后，张化冰带大家来到了通常观看日出的那个点上。

借着哨所里的灯光和自备的手电筒，小米发现这个观日出的地方只是几块并不平整的石头。往下望，是一片黑森森的丛林怪石。如果不小心掉下去，就没有可能再爬上来。山下是海，海潮很有节奏地拍打着礁石，海风沿山势而上，掠过他们，潮湿而寒冷。海上也是一片漆黑，只在极远处隐现出几点灯光，那是南海舰艇不眠的眼睛。

大家在寒冷中裹紧衣服，瑟缩地等待着，心情有些按捺不住的激动。

天的黑越来越浓，雾气越来越重。往常太阳升起的地方还不见一线天光。月亮接连打了几个哆嗦，说冷，坚持不住了。小米去抓月亮的手，发现她的手滚烫，不用说，她发高烧了。张化冰连忙在月亮的额上摸了一下，说："月亮，你赶快去休息，别弄成伤寒了！"

"那我不是看不到日出了？"月亮说。

"为了看日出把身体冻伤了，划不来。你若想看日出，下次来，我还陪你，好吗？现在你必须离开这里。"张化冰用身子给月亮挡着风，与其说是劝，不如说是命令。他又对小林说："小林，麻烦你带李小姐去连部，找一下我老乡张连长，让他安排李小姐休息，最好煮点姜汤给她喝。"他将手电筒递给小林。

小林应了一声，打着手电筒，领着月亮要走。月亮对张化冰说："那你就好好照顾小米了。"

"你放心，绝对不会让她掉下海去。"

小林走了两步，又回来。他把自己身上的大衣脱了给张化冰："张主任，今天这天气太怪，太阳一时半会儿怕出不来，这么冷，你们别冻着了。"

张化冰说了声谢谢，没有推让。

观景点上，只剩下张化冰和小米两个人。

张化冰选了块避风一点的石头，把小米牵了过去，自己又回转身取摄像机。

"今天真邪门了，快六点了还不见天光。我们得耐心些。"

小米刚要坐下，不料鞋子跟被绊了一下，一滑，人就往下面哧溜而去。她吓得尖叫了一声。

张化冰正要拎摄像机，听到尖叫声，惊出了一身冷汗。他赶紧走过去，趴在地上，向小米伸出手去。借着哨所远远射来的微弱灯光，他看到夏小米身子落在灌木丛里，双手紧紧地抓着树枝，大气也不敢出。

"你脚后面抵着什么？"

"我不知道，好像是空的。"小米带着哭音说。

张化冰心里又是一紧。

"别怕，一只手抓紧了，一只手给我！"张化冰选了个位置，卧倒在地，朝小米伸出手去。

"我够不着！我感到我要往下滑了！"小米更加恐惧地说。

"再坚持一小会儿！宝贝，你勇敢些！"张化冰边说边努力向前靠近一些。他知道这样也很危险，万一小米抓住了他的手身子还往下滑，他就会失去重心，和小米一齐掉下去。听小米说脚没能抵着东西，他知道下面就是万丈悬崖，直落大海。

他总算抓到了她的手。

"米儿，你听我的，你一点力也不要用，我拉你就行了。"张化冰说着，将小米往上拉了一点点，自己的身体再往后挪了挪，感觉再不会失去平衡了，这才用力把她拉了上来。

小米趴在还卧在地上的张化冰身上，后怕得哭了起来。

张化冰由着她哭一阵，然后拉她坐下，两个人背靠着大石头，紧紧依偎着。

夏小米止住了哭声，重重地打了个寒战。

张化冰这才记起大衣在石头上面。他取下大衣披着，将小米搂在怀里。

一阵风从哨所那边吹来，带着一种淡淡的香味儿。

"闻到香味了吗？"张化冰动了动身子。

夏小米用力吸了吸鼻子："闻到了。真神奇啊。"

"这是香岭最吸引人的一点。"

"你见过那种散发香味的树吗？"

"没有。没有人见过，也许是草……不冷了吧？"

"嗯。"小米低声说，似乎为刚才的表现羞愧。张化冰温暖的身体使她不再感到寒冷。想起刚才他情急之时叫自己"宝贝"，她竟有片刻的幸福感。她偎在他的胸前，温顺得像一只小猫。

张化冰轻轻地托起她的下巴，在她的唇上吻了一下。

夏小米拂开了他的手。"不！"她生硬地说，躲开了他。

他没在意，专注地看着前方的黑暗，手无意识地抚着她的脸颊。

正沉默着，东方天际现出了一片乳白色的光亮。"太阳要出来了！"张化冰兴奋地叫了一声，站起来去拿机器。他小心翼翼地在岩石上安置好摄像机，又趴在地上试了试角度，然后满意地叫道："好，这个角度绝佳！小米，你到这儿来，我要拍海上日出啦！"

小米过来了，两个人屏声敛气地趴在摄像机旁，眼睛一眨也不眨地巴望着那一片亮色。只见亮光慢慢扩展，它周围的黑云碎裂成无数小块团，且渐渐地淡化。夏小米以为，太阳就要从海面上浮现了，她有些激动。

然而，海面上却蒸腾起一团雾气。雾越来越浓，朦胧了那片光亮。而黑云也重新集结起来，成黑压压的一片铺开。东方天际上只剩下一条丝线样的光亮在苦苦地挣扎。夏小米担心地说："太阳出不来了吧？"

"不，太阳会出来的。"张化冰坚定地说。

果然，那团雾气在清风作用下慢慢地飘散而去。曙光在沉沉黑云四周，又开始一点一点地扩张，整个天空开始发亮了。

黑云渐渐下沉，压在海面上。

东方越来越亮，且在亮光中有了些淡红的颜色。

"太阳出来了！"紧张中张化冰叫了一声，便见一轮红日从云层后面一跃而出，带一圈茸茸的红光，一颤一颤的。而同时，太阳将溜圆的影子投射到海面，海面刹那间出现了一带亮色。海波荡漾，太阳在海水中颤动得更加厉害。海面像一面粉红色的绸缎，大海与太阳之间，是一片云层。夏小米很诧异，这日出与她想象中的日出景象相距太远，没有万丈金光，没有火般热烈。太阳是淡红色的，甚而淡红中带了点苍白的气息，虽然娇弱媚丽，却让人感觉不到朝阳蓬勃的生气。

"唉，这太阳在乌云后面挣扎得太久了。"看到夏小米久久的沉默，张化冰知道她深感意外，故意自言自语地说。

夏小米神情迷惑地笑了笑。

"来，你来拍下面的镜头。"张化冰往旁边让了让，将小米的手把到摄像机上。

"看镜头，对，摇……推远……拉近景……现在没有云层了，给太阳一个大特写……太对了！宝贝，你真聪明！"张化冰握着小米的手操作着，却由衷地赞美着夏小米。小米很奇怪，他叫自己"宝贝"叫得那么自然，是不是经常这么叫女孩子们？她心中升起了一种不悦。

太阳迅速升高。不知什么时候，拍岸的潮水停止了喧嚣。清风徐来，虽有凉意，却已不是黑夜里的寒冷了。是太阳给大地带来了光明与温暖。

张化冰关掉机器，拭了把额上的汗水，像完成了一项重大任务似的呼了口气。多么精彩的片段啊！望着初升的太阳，他陷入了沉思：海南就像这日出一样，虽然艰难，可太阳照样是要升起来的！虽然没有喷薄而出的火红场面，可它仍然是温暖的、新鲜的、光明的，而且越升越高。

太阳已明显地升高了，海面上波光激滟，远处依稀可见点点渔帆，大地一片澄明清朗。夏小米试图起身，这才发现张化冰的身子几乎全压在自己身上。厚厚的大衣覆盖着他们。她使了使劲，张化冰才反应过来，他站起身，然后将小米半抱着拉了起来，给她拍打着身上的泥土，拈掉了她发上的碎草，顺手将她搂到胸前。他低着头，直视着她的眼睛，深情地说："小米，我爱你。我对着这天空、大地、海洋，对着这初升的太阳发誓：我爱你！我永远爱你！我不去追溯这份爱它起于哪时哪刻，我只告诉你我已经爱上了你！"

夏小米始料不及，睁着一双带了点血丝的大眼睛，脸上还是看日出的兴奋。张化冰突如其来的表白，令她不知所措。

"不要拒绝我，也不要拒绝你自己……"他俯身要吻她。

夏小米用手推着他的胸："拒绝我自己是什么意思？"她觉得自己被他看透了，有些不甘心地问。

"我知道你也是爱我的。"张化冰决断地说，抑制不住欲望，不等她说什么，手一用力，就把她揽近了些，热烈疯狂地吻她。

夏小米先是想推开他，慢慢地双手扬起，最后又紧紧地攀在了他的肩膀上。

他们深深地接吻。晨风轻轻拂过，阳光温暖地照耀着他们相拥相亲的画面。

"精美绝伦！"身后响起了月亮的掌声。她披着一件军大衣，不知什么时候出现在这山顶上。她看到了张化冰与夏小米深情相吻的一幕，相信他们之间真的产生了爱情。没有爱情，张化冰他绝不会对天对地发誓了。她觉得自己很清楚张化冰的个性，夏小米是痴迷，而她是旁观者。她充满了理智，但当她看到这早晨风景一样美丽的爱情时，她内心也鼓荡着激情。她知道，爱情是绝对不能缺乏激情的。

张化冰连忙放开了小米。小米更是满脸朝霞，她这才注意到，不仅是月亮，远处的哨兵也许也看到了她与张化冰亲吻的情景。她怎么就没想到已经是大白天了呢？她感到恼怒，张化冰怎么可以强吻她呢，自己怎么就迎合了他呢？

"你怎么来了？"为了掩饰心中的尴尬，小米连忙发问。

"是啊，你怎么来了？好些了吗？"张化冰也问着月亮，他俯身收拾着机器。

"我想来看看日出。"月亮说。张化冰的那个老乡非常热情，给她煮了姜汤，还把卫生员也叫醒了，给她要了些药，然后抱来了两床厚厚的被子让她盖。捂出了一身热汗，月亮好多了，趁他们出操的机会，她出来呼吸一下新鲜空气，也实在惦记着日出的事。月亮用力吸了口气，感慨着："多么清新啊，这有海有风有朝阳的早晨！在深圳，一天到晚忙工作，哪有这么美妙的事情！"

"瞧你，深圳不也有海有风有朝阳嘛！"张化冰笑了。

"那不一样。就好像人和人不一样。"月亮说。

"我看你干脆到海南来算了。临海而居，隔三岔五就来看日出。"小米打趣道。

"月亮可不是你。"张化冰爱怜地看小米一眼。她有几缕头发被轻风撩到了额上脸上，显得散淡。小米却给了他一个白眼。

月亮嗔怒着："哈，这么快就事事捧着小米了？小心宠坏了她我唯你是问！你以为只有小米有权力享受一种清风明月、太阳朗照的生活？"

"我可不是这个意思。"张化冰狡辩道，"我是说你的事业那么强大，就算有心也无力啊！"

不料这话引来了小米的抗议："那你是说我是个没出息的人了？"她酸溜溜地说。

"好了好了，我投降。你们两个同穿一条裤，我怎么都不会有理的。"张化冰嘿嘿干笑了几声，举起双手。他的话语里有一种克制不住的快乐。

月亮也就顺势转了话题："日出的景色怎么样？"

"没有想象中的那么激动人心，可还是令人感动。"夏小米简单描述了一下日出过程。

"我说这日出的过程就像海南的形势，外界把它想得很热火，可真要建成一个特区，可不是那么容易的事。中国的改革恐怕也会是这样，要经历一个痛苦的、黑暗的挣扎时期，要和各种各样的乌云势力作斗争。当然，最后太阳总是会出来的，光芒被遮住终不是永远的事。"张化冰说。

"你又不是政治家，什么都要与改革呀、形势呀联系在一起。"月亮讥讽张化冰。"我只想知道，太阳出来的时候，是不是像个火球？是不是有万道霞光？"

"今天的日出没有我们在书里看到的那样壮观震撼。"小米遗憾地摇晃着脑袋。

"说得再好也不生动，还是回去看片好了。"张化冰说。

三个人往回走。正好，连长和小林来找他们了。月亮有意和连长说话，让张化冰和小米走在后面。她偶尔回过头去，看见他们手牵着手。

6

回海口的路上，夏小米心血来潮，说要去看割胶。张化冰想了想，带她们到他熟悉的一个农场住了一晚，第二天清早，看完割胶，才往回赶。谁知这一耽搁，竟遇上了台风。

狂风夹着暴雨，开始肆虐着大地。

出了农场，大约在乡间马路上行驶了十来公里，汽车刚刚开过一座小桥，就听车后一声巨响。那座桥被奔流而下的山洪冲垮了。

"好险！逃过了一劫，我们还算运气好。"张化冰轻松地说，心里却为前面的路捏了一把汗。

"这台风来，怎么也不见预报？"月亮奇怪地问。

"有，可能农场的人没想到我们看割胶会花那么长时间。这里到海口，也就两个小时的路程，不耽搁的话，这时已快到府城了。而越靠近海口，台风越小。"

"都怪我，看什么割胶，还要刨根问底知道个所以然。"小米满怀歉意地自责道。

"这可怪不上你。要求归要求，但决定是大伙儿做的。再说，又没有后悔药吃。要不，我吃得比你快。"张化冰眼睛紧盯路面，安慰着小米。

月亮反倒有些开心："这也好，让我感受一下在台风中前行的滋味。旅行遇上热带风暴，对于我来说，可是第一次。"

其实谁都是第一次。张化冰第一次在台风中开车，难免有些紧张。但他不能在她们面前显露不安。他全神贯注地握着方向盘，不敢有一丝的马虎。

车子总算上了国家公路。滂沱的雨水在路面溅起高高的水花，刮雨器急速地摇摆，可根本起不了作用。汽车顶风冒雨，艰难地前进着。

经过一片橡胶林的时候，夏小米震惊了。一棵一棵高大挺拔的橡树，却经不起狂风的摧残，当腰折断，发出凄厉的响声。断裂处，大雨一冲，流淌出乳白色的汁液。她无法相信，在诗人笔下形象完美的橡胶树，竟会如此脆弱！

张化冰来了个急刹车，夏小米和月亮身子与前面的坐椅背撞了个正着。

"报告你们一个好消息，我们可以休息一下：轮胎爆了一个。"张化冰不急不慢地说。见她们并不惊慌，更是松了口气，"坐一会儿再说吧，我抽支烟。"

"给我也来一支。"月亮说，她有点冷，双手捂着肚子。

小米一个劲地往窗外的橡胶林看，她眼中的忧伤引起了张化冰的注意。他往窗外望了一眼，明白了。

"每年台风一来，海南就损失惨重。不说别的，光橡胶树，就不知道要断掉多少。"他手搭在椅背上，头转向后座的月亮与小米。

"以前人们常说'人定胜天'，但事实上，大自然的规律是谁也奈何不了的。"月亮接下了话头。

他们俩聊了一会儿，见夏小米还在发愣，月亮推了小米一把："喂，你在想什么想出了神？"

"想那橡树。"小米惆怅地应了一句。

"……'而我是你身旁的一棵木棉，作为树的形象和你站在一起。'舒婷的诗，是不是这样写的？"张化冰微笑着看着小米，轻轻吐着烟圈。

夏小米惊喜地瞪大了眼睛，想不到张化冰知道舒婷的《致橡树》！

她与张化冰谈起了舒婷的诗，谈起了现代诗对于他们这一代人心灵的影响。更让她觉得不可思议的是，张化冰对当今诗坛了如指掌！

看着小米困惑的样子，张化冰又笑了："没想到吧，我这么个俗人还懂诗歌这么高雅的东西？告诉你吧，我大学念的是当代文学。而且，我还发表过朦胧诗呢，我们教授都读不懂。"

夏小米涩涩地一笑，仍然有些神情恍惚。但她心里，要防备他的心理又降温了。

"天哪，你们俩可真够浪漫的了，被困在台风之中，却还诗兴大发，探讨起当代诗歌来了！不过不准再说这个话题，它会引起我的自卑感的。要知道，我自从离开讲台，就再也没有光顾过什么诗歌小说！"月亮挖苦道。她的脸色有些苍白。

"好吧，不谈诗歌。月亮，我看你又感冒了，你坐前面来吧，这里有点热气。"张化冰重重地吸一口烟，将烟头扔出窗外。开窗的时候，大家听到了更为响亮的风雨声。

"去吧，别得病了，回去我怎么向保罗交差。"小米催着月亮，又从旅行袋里找出一条浴巾给她披上。

"你们别动，我去换轮胎。"张化冰吩咐道。

"这么大雨，你不要命了？"小米关切地阻拦。

"困在这里，时间一久，我们都会冻病的。也不知这雨何时能停。"张化冰开了车门，下车了，一股风夹着雨水灌了进来。

"你别说，这小子还真是个男子汉。"月亮赞叹着。"好好把握住他。"

夏小米没料到月亮会在这时候说这件事，一时不知怎么回答。而且她也不想解释在香岭月亮鼓掌的那一幕是张化冰强加给她的，自己只是一时迷茫。思索半天，蹦出来一句："他有老婆。"

月亮愣住了。沉默了好久，才说："他告诉你的？"

"他没有，赵霖说的。还有个孩子。"

"他们关系怎么样？"

"不知道，听说一直分居。"

月亮不吱声了。她本来想说那不重要，可她知道，那很重要，尤其对小米来说。保罗如果没有家室，自己的爱情怎么会那么痛苦！

"小米，你去给他打打伞吧，我下去方便一下。"

小米应声而出。她站在车后，尽力给张化冰多一点遮拦。

张化冰正吃力地在轮子下面垫千斤顶。见到小米，厉声说："你快回车里去，我这儿不需要你！"

小米心事重重，不理睬他。张化冰奇怪地看她一眼，没再说什么，只是更用劲地摇着千斤顶。

终于换好了轮胎。小米的伞没起到作用，两个人都成了落汤鸡。

"你看你，这么大的雨，伞有什么用。你这个不听话的小傻瓜。"张化冰把工具放到车厢里，嗔爱地说道。他正要拉小米上车，小米的伞却被骤起的一阵大风吹翻了顶，并借着风力将小米拉出了好远。

"快放手！快把伞扔掉！"张化冰一面追，一面焦急地喊道。他知道如果她一直不放手，那风不知道会将她刮到哪里去。

夏小米手一松，那把伞在风中飞舞着被刮得老远。好几次要着地了，又被旋了上去。夏小米看呆了，身子随着风力，往前踉跄了几步。

张化冰冲到她的身边，一把抱住了她。

"你想吓死我吗？"他恶狠狠地说，带她上了车。夏小米自知有错，缄口不语。

月亮忙递上干毛巾，让他们擦干身子，自己坐到了司机的位置上。"你们先休息片刻，我来与台风搏斗一阵。"她幽默地说着，发动了车子。她还放起了音乐，强烈的迪斯科节奏冲淡了大家对台风的恐惧，气氛轻松许多了。

汽车在平坦宽阔的公路上扭起了秧歌。前进两步，退一步，方向盘好像不是由月亮控制，而是任凭狂风摆布。月亮大声说道："好玩得很！"

张化冰笑了。这个月亮，这种时候还这么开心，也算是一种境界了。

"你开吧，照这个速度，我们用不着两个小时就可到海口了！"而实际上，要在平时，顶多四十几分钟就可以了。

月亮忙乎着，不再感到冷。倒是夏小米被雨那么一淋，受了点凉，在车里打起了喷嚏。张化冰不由分说地将她揽到怀里，为她擦拭着脸上头上的雨水。

"听话好吗？将衣服换了，要不你会感冒的。"他温柔地哄道。

夏小米凝视了他一会儿，温顺地点点头："你不要看。"

张化冰转过头去。

"好了，你也该换衣服了。"夏小米换好衣服，扯了扯张化冰湿透了的上衣。

"遵命。"张化冰迅速脱下上衣，露出结实的胸肌和粗壮的胳膊。夏小米望着他，脸上飞起了一片红云。

张化冰换了衣服，看到小米红扑扑的脸上羞涩的神态，情不自禁地将她拉到怀里，低头吻她。夏小米也不知着了什么魔，身子紧紧地附着他。他感觉到她的胸部的起伏，吻得更凶了。

月亮从后视镜里看到他们接吻，很高兴。这个夏小米呀，刚才还提到他的老婆呢，但在爱情面前，还不是老老实实就范？说真的，她都有些喜欢张化冰了。她认为他是个真诚的、智慧的、大气的男人。这一路他表现的就是这样，还有勇敢。

一走神，车子拐到路基边。月亮还没来得及往路中间打方向盘，车子就被强劲的风势顶到了路旁，撞到了一棵小树，往回倒的时候，一只轮胎陷落在一个小泥凼里。车子熄火了。张化冰和小米受了惊，分开了。

"怎么了？"张化冰急忙问。

月亮指指后视镜："你们俩的过错。"她打趣着，朝小米调皮地眨眨眼。小米吐了吐舌头，回敬了她一个鬼脸。

"唉，人生旅途多坎坷。"张化冰调侃了一句，放开了拥抱小米的手。他往车外看看，感觉雨小了一些，风却仍在呼呼地刮着。

"你发动车子，我下去推车。"张化冰冲月亮说道，拉开车门，又嘱咐小米一句，"你乖乖地坐着，不要再犯傻了。"

折腾了半天，车子才出了泥坑。张化冰上了车，满身都是泥浆，额上有一个隆起的包。

"你这是怎么啦？"夏小米伸手抚摸着那个包，火急火燎地问。

"不小心被车屁股亲了一下，没事的。"他抓着小米的手按在自己的脸上，眼里又是柔情万千，但他马上移开了目光。

"我们还是胜利了。"月亮换了一盘流行音乐带。

"我的姑奶奶，还是我来掌舵吧，这车可再也经不起折腾了。要是将车搞坏了，赵霖可就惨了。"张化冰让月亮让位，抬腿从座位间跨了过去。

"现在谁也不许说话，让我一心一意开车！"张化冰霸道地说。

刚走了十几分钟，月亮又叫停车："不好意思，我要方便一下。"

"咦，我说月亮小姐，你今天成尿壶了怎么的，没几分钟又喊方便。"张化冰找了个树多的路段停了车，嘟囔着取笑月亮。

月亮笑着回敬道："你才尿壶呢。水喝多了，还有身体虚。"

不过月亮自己也奇怪，今天不知方便多少次了。

她找了棵榕树，蹲了下去，小米为她撑着雨伞。张化冰趁机抽了支烟。

月亮回到车里，刚坐下，就"哎哟"一声弯下身子。小米紧张地问："月亮，怎么啦？"与此同时，张化冰扔掉烟头，探询地转过头来。

"这里疼得厉害。"月亮捂着右腹部。

"要不先休息一下？"张化冰关切地说。

"不，没事，还是开车吧，趁着现在雨小风轻了。"月亮摆摆手。

张化冰慢慢往前开车，可开不到两公里，月亮就不行了。

"啊，疼死我了。"月亮紧紧抓住小米的手，额上豆大的汗珠滚落下来。

"化冰，这怎么办？"夏小米焦急得要哭了。

张化冰停住车，扭头看着月亮："我的天，不会是急性阑尾炎吧？"

"我不知道。"月亮痛苦不堪地应了一声。

"你别急，月亮。我知道这附近有个农场，要走半小时左右。月亮，你能坚持吗？我们只能往农场的医院去了。"张化冰冷静地说。

"好，我尽力。"月亮脆弱地点点头。

张化冰全神贯注地开车上路。二十多分钟后，就看见了农场场部。

然而，就在离场部近两百米远的地方，路被风折断了的树枝覆盖了，要清理它得花上不少时间。张化冰停了车，招呼小米扶月亮下车。

他们搀扶着月亮绕过那堆树枝。

"小米，这样太慢了，不行。这样吧，你在车里等着我们，我背月亮走。"张化冰说着就蹲下身子，叫月亮趴到他背上。

"乖一点。"他不放心地叮嘱小米。也不等小米回答，背起月亮就跑。

农场医院的急诊室里，只有一个医生和一个护士。

月亮按着疼痛的部位，描述了一下病情。女医生撩开检查室的门帘，面无表情地说："进来。"

张化冰靠在门口，刚掏出烟，就被护士小姐制止了："到外面抽去。"

他正要走，听见检查室传来了说话声。

"你结婚了没有？"听口音，女医生是湖北人。

"没有。"月亮毫无底气地答道。

"没结婚怎么会怀孕！"

"什么？"

"什么什么！有没有男朋友？"

"我就是他男朋友！"张化冰冲着检查室大声说。

一会儿，医生和月亮出来了。医生坐到办公桌前，一面开处方，一面教训张化冰："她不是病，是太累了，动了胎气。你一个大男人，就知道乱搞！搞出崽伢子来要还是不要？"

"要，要。"月亮满脸喜气地抢过话头。

"要，要。他有一天不要你了怎么办？"医生白了月亮一眼，"小姐呀，要孩子赶快结婚。别就知道跟男人搞，不知道保护自己。"

"男人要是靠得住，除非河里没了沙。"医生意犹未尽，似乎要借此机会将对男人的看法表现出来。

"是，是。我一回去就和他结婚。"月亮头点得像鸡啄米。

张化冰上前搂住月亮，嘿嘿干笑两声。

医生让月亮去取药，并嘱咐她马上吃两片索米痛片，然后又瞪着张化冰："以后别光顾自己快活，搞出崽伢子来你自己也麻烦。"

"好，好。"张化冰嬉皮笑脸地笑着。

月亮吃了药，挽着张化冰的胳膊，对医生道了谢，满面春风地往外走。

夏小米乖乖地坐在车里，也不知过了多久，才看见张化冰和月亮出来。等他们走近了些，她发现月亮已全然不像个病人了，笑得很是开心。而张化冰呢，跟揽夏小米似的揽着她的腰身。夏小米揉了揉眼睛，简直不敢相信。如果不是出了重大变故，就是张化冰天性如此，揽哪个女孩子都像揽情人！

夏小米有一种被两个最亲爱的人耍弄了的感觉。她飞快地下了车，一个劲地往前走。

张化冰和月亮来到车旁，才发现小米独自在路上走。虽然雨已停了，但空气很阴冷，天空中仍堆积着乌云，随时有可能风雨大作。

张化冰让月亮等着，自己去追小米。

夏小米听到喊声，反而走得更快了。

"快回车里去！"张化冰追上小米，欲拉她。

"你别碰我！"夏小米一甩手，气呼呼地说。

"你怎么了？"

"你是个流氓！"夏小米想起他曾经亲吻过、抚摸过自己，气不择词。

张化冰站住了。这夏小米，像是被魔鬼灌了迷魂药，转瞬就不认人了。

张化冰正在犯迷糊，月亮开着车赶上来了。

张化冰上了车，说："你去劝她吧，也不知哪根神经短路了，她居然骂我流氓。"

月亮想了想，笑了："她肯定是看到我们刚才的情景，误会了。"

"你和她那么好，不相信我还不相信你呀？吃的哪门子醋！我最烦女人吃醋！"

"这就是你们男人不懂女人心了，吃醋说明她很在乎你哟。她是反感你，不是吃我的醋。"月亮心情很好，"你与她说了检查的事没有？"

"没有。我被她气晕了，还没有人骂过我'流氓'呢。"

"好男不与女斗。快去吧！"月亮推着他。

张化冰磨蹭着下了车，想想，突然撒腿朝小米追了上去。

小米一边走一边抹着眼泪，鼻尖红红的。

张化冰拦住她，笑道："你呀，连好朋友的醋也吃，太没气量了！"

"谁吃醋了？"小米绕过他。

"告诉你，月亮怀孕了！"

夏小米站住了。她抹了抹眼角，不好意思地看着路面。

"刚才我为了给月亮解围，扮着她的男友，被那个女大夫很凶地训了一顿。"

"活该！"夏小米幸灾乐祸地说。

"狠心的家伙……你知道她怎么训的吗？'你一个大男人，就知道乱搞！搞出崽伢子来要还是不要？'"张化冰学着医生的腔调，让夏小米听得红了脸。

张化冰趁机拉着她往回走，俯在她耳边轻轻说了一句："宝贝，其实我想搞的是你。"

夏小米勃然色变，她在他的手上重重地打了一下，挣脱他，凶巴巴地说："张化冰，你真让我恶心！"

张化冰没想到夏小米连这样的话也承受不了，自知玩笑开得不是时候，讪讪地赔着笑脸，死乞白赖地抓住夏小米的手往自己嘴巴上扇："这个该死的张化冰，狗嘴里吐不出象牙，掌嘴、掌嘴！"

夏小米开始由着他打自己的嘴巴，可见他是真用力，又有些不忍了。

"你这个人，脸皮真厚。"她骂着，抚摸了一下他的嘴巴，"痛不痛？不痛再打。"

张化冰一把拥住她，指着她的心窝："好呀，坏东西，这么打我，这里居然不疼？"

这么一说，夏小米心一酸，眼睛又红了。她突然伏到他的肩上，不作声了。

"好了，我们回车里去。"张化冰哄道，心里也有些不是滋味。

"你背我。"夏小米赖皮地说。

"不，我才不背你呢。"张化冰故意说，话音未落，却一把将她抱起，"我抱你不行吗？"

夏小米一直柔情地看着他。

坐回车里，月亮嗔了一句："小气鬼。"

夏小米含羞微笑着。

"要是我爱上化冰了，你让不让我？"月亮追问道。

"不让。"小米柔柔地看了月亮一眼。

"真是个小气鬼。"月亮又嗔了一句，抓过她的手握放在自己的腹部，"小气鬼，恭喜你，你要当姨妈了。"

"你还真要呀？"小米甚感意外。

"当然。这是个意外，保罗会高兴得发疯的。"

张化冰检查了一遍车子轮胎，坐进了驾驶室。他使劲看了看小米，吸了吸鼻子，打趣道："什么味儿呀，酸溜溜的。"

"去你的，快开车吧！"月亮与小米异口同声地嚷起来。

"遵命，小姐们！"张化冰愉快地吹了声口哨。

一路上，除了偶尔经过一二辆大卡车外，几乎没有什么车像他们一样在台风天气里赶路。仿佛一个脚步蹒跚的老人，一步三摇地，他们总算回到了海口。给赵霖打电话时，他正急得像热锅上的蚂蚁，说真担心你们在路上出事了。车子事小，你们三个才是最要紧的。三个人大乐起来："唔，这赵霖关键时刻见真情，良心大大的好！"

第四章

1

关鹏已于当天早上先于夏小米他们回到了海口。他和赵霖一起在酒店恭候着月亮一行。他提议由他做东，大家明天在月亮下榻的酒店西餐厅聚一聚。一是研究一下月亮的旅游线事宜，一是为月亮饯行。还有一个动机他没说，那是为赵霖。与赵霖聊了一个上午，才知道赵霖这小子对月亮已重燃了爱情之火。他想让月亮明了这一点，月亮怎么处理，那是月亮的事。他将时间定好，就让赵霖开车送他回单位去了。

夏小米放下行李，说自己得到台里去一下，她请的假只到昨天，今天要报到，便匆匆走出了酒店。

"早点回来，我们等你。"月亮叮嘱了一句。

"哎。"小米应声走了出去。

"嘿，这个小米，来了一年多了，到今天才算稳定了一点。早知如此，我当初真不应该鼓动她来海南……"月亮忧郁地说了一句。

"她不是很好吗？电视台，节目主持人，那可是人们都很看重的地方和职位啊。"张化冰宽慰着月亮。他不知道夏小米为什么突然离开《热岛报》，总认为她来海南以后的遭遇还算不上差。

"那倒是。但她人太单纯，说不定哪天就会受伤害。"月亮白了张化冰一眼。

张化冰笑了笑，"你这是杞人忧天。"

月亮一下子激动起来："化冰，我不是。她是我最好的朋友，我了解她。你爱她，她也爱上了你，是不是？但直觉告诉我，你还是远离她的好！否则，伤害她的首先是你。"

"你这话有什么根据？"张化冰仍然笑着。

月亮语塞了。她确实没有什么根据，硬要说根据的话，那是一种直觉，她觉得张化冰是个危险人物："你这种人无论成气与否，都将过着动荡不安的生活。而这样的生活不适合小米。"

"爱她也是伤害吗？"张化冰饶有兴趣地追问月亮。

"如果你不能给她安宁——我指的是生活的、精神的、心理的安宁，那就是伤害。"月亮一双明亮的眼睛蒙上了一层忧虑。

张化冰沉默了，他不得不承认月亮是有道理的。他骨子里就不是能给人安宁感的人，他渴望冒险，渴望创造，渴望在平淡无奇的生活中，开掘生命的最大能量。他有智有勇，也有谋，他缺少的是机遇。一旦机遇降临，他就有可能惊天动地。但是，不管他是哪种人，他对小米的爱是真诚的。如果说他对她一见钟情，那是不真实的，因为第一眼见到她，他只是想占有她。但后来的情况完全变了，当他一天天怀想她时，当他终于知道她的消息时，他明白了自己已是在爱！他以前是对女人抱一种鄙视的、无所谓的态度，但小米是不一样的。爱情让他这样的人心灵宁静下来。

"月亮，请相信我。此心可问天。"张化冰庄重地将手放在胸前。

月亮直视着他，心里有点乱。她确实担心张化冰的爱会伤害小米，但她又希望小米不要错过张化冰。

"化冰，你既然这样坦白，那你答应我，好好爱她，好好珍惜她。"

"我会的，我答应你。小米有你这样的朋友，我真高兴。"张化冰郑重地伸出小手指，与月亮拉钩盟誓。

房间里响起了月亮清朗的笑声。

夏小米来到台里，见到办公桌上有一封信。谁这么快就往电视台给她写信了呢？她好奇地打开一看，竟是李亿军！

信里面只有一句话：见字后无论如何上我家来一趟，十分火急！然后附上了家庭地址。

是不是阿菊出了什么事？这个念头一闪，夏小米顾不得多想，扭头又出了办公室，在电视台门口拦了一辆的士，让司机赶快往信封上的地址开。

阿菊一个人在家。见到小米，竟亲热异常，一口一声"小米"甚至"妹子"地叫着，仿佛从来没有发生过大闹夏小米办公室让小米大丢面子的事，拉着她在沙发上坐下，万分热情地去泡茶、端水果盘。夏小米是丈二和尚摸不着头脑，目光只由着阿菊的忙碌身影打转。

"李大哥呢？"阿菊总算安坐下来，夏小米小心谨慎地问了一句。她感到阿菊对自己的态度大为改变了，但仍心有余悸，怕自己说错话惹是生非。

"我这就给他打电话。"阿菊忙说，拿起了放在茶几上的电话。

"阿军，小米在我们家，你现在能回家吗？"电话接通了。

阿菊喜形于色："他马上回来。"

李亿军放下电话，与秘书打了个招呼，就往家赶。这个夏小米，动不动就没音信，让他好找！

他接到夏小米给他邮寄的回扣费，惊诧莫名，当天就去《热岛报》找她，可人家说夏小米因为与一个男人有染被一个海南女人骂得离开了报社，也不知去了什么地方。他觉得事有蹊跷，回去就盘问妻子，才知原委，与阿菊大吵了一架，甚至以离婚相威胁，要阿菊向夏小米道歉。阿菊从丈夫的言谈中了解到事实真相，竟很爽快地答应了。可是却没有了夏小米的下落，直到有一天看电视，无意中摁到了夏小米进电视台后第一次出镜的那个节目，欣喜得不得了，她连忙催李亿军去请她。李亿军也很激动，开了车去电视台。谁知小米办公室的人告诉他，夏小米请假了，去哪里去多久只有台长才知道。李亿军想了想，没去问台长，给夏小米留了张条，用信封装好，放在她办公桌上。好几天过去了，夏小米不知从哪里冒了出来！

李亿军匆忙回到家，见夏小米和阿菊正非常平和地拉着家常，一点也看不出她们之间曾有过什么不愉快的事情。他松了口气，阿菊知错即改，不愧为良家妇女，夏小米受了那么大委屈，竟能不计前嫌，宽怀大度，真不是一般见识。一种倾慕之情油然而生。

阿菊起身去给丈夫泡茶。

"你这个傻丫头，让我们好找！"李亿军有些气恼地在小米的脑门上敲了一下。

"我陪我同学去旅游了一圈，刚回来，就看到了你的字条。"

"小米，真对不起，阿菊她以为我和你有什么别的关系，所以……"李亿军坐下来，真诚地说。

"你不用再解释什么了。"夏小米打断他的话，"刚才阿菊已向我说明了一切，也怪不得她，她非常爱你，自然……"

"来，茶泡好了，小米，你在这儿吃晚饭，我现在就去准备。"阿菊从厨房泡了茶出来。

"不了，我同学还在酒店等我。"小米赶紧推辞。

"那不行，小米，这顿饭怎么也得吃。一是我真诚向你道歉，二是我和你李大哥从此以后要将你认作亲妹子。你要走，那就是不给我面子。"阿菊认真地说。见小米还想拒绝，她把脸转向李亿军："阿军，你给说句话吧。"

"小米，你就依了阿菊吧。她是一片诚心诚意。"李亿军觉得阿菊说得在理，再说小米在这多得些时间也是自己所愿，就赞同了。

"他们几个人都在等我呢！"小米嘟囔道。

"正好，把他们都请来，也算是个见证吧。"阿菊快人快语，"我再去买点菜回来。"

"这倒是个好主意，就这样，请他们一起吃晚饭。至于买菜就不用了，干脆到外面吃得了，省得麻烦。小米，怎么样，我们也见见你的同学朋友吧。"李亿军已经在做决定了。

小米想了想，点头同意了。

三个人一齐来到了酒店。

房间里只有张化冰一个人。月亮陪赵霖修车去了，刚来过电话，已回来了，在下面喝咖啡呢，他正准备下去。

夏小米说："这是张化冰。这是我李大哥，阿菊。"

彼此热情地握了握手，认识了。张化冰说："小米，你陪李大哥他们坐一会儿，我下去叫赵霖和月亮。"

"小米，这个张化冰是不是很爱你？"张化冰一出房门，李亿军就漫不经心地问。他看到张化冰看夏小米的眼神，明白了一切。

想不到男人也如此敏感。夏小米正想否认，阿菊又说了一句："你也爱上了他，对不对？"

夏小米绯红了脸，不知该怎么回答。

"我可没有。"慌乱中她申辩了一句。

"我看他人不错，蛮有魄力的样子。"李亿军平和地说，心里却有些不太好受。他已经看出来了，小米已迷上了这个张化冰，只是自己还不太清楚。

"海南这个地方，人都不知根不知底的，小米你可要谨慎些。"阿菊叹了口气。

夏小米心头一热。正想说什么，月亮他们都回房间来了。

"哟，李主任，不，李总。"赵霖一见李亿军，就上前热情地握住他的手，"你可是越来越兴旺了啊！"原来赵霖还在《热岛报》当经济部主任时就已认识李亿军了，而后对于李亿军的升迁、投资房地产的事都有所耳闻。

"徒有虚名，徒有虚名。不知你现在在哪里高就？"李亿军谦虚地说。

"蓝海洋。以后还得请李总多关照啊！"赵霖恭敬地递过去一张名片。

"蓝海洋，那可是来头不小的地方啊。你真行，这么年轻就占据了这个位置，了不起！"李亿军看了看名片，赞道。

赵霖和李亿军聊得起劲，这边月亮和阿菊说起了海南的风情风俗。月亮来的那天，听夏小米说起过阿菊的无理取闹，眼下对于他们夫妇俩的来访有点意外，又不好当众问小米，只凭感觉猜测事情可能有了转机，谈话当中，阿菊也深明事理，使她更坚信他们是善意的。

张化冰从洗手间出来，把小米拉到旁边商量："我看大家都在，干脆将关鹏也叫来得了，免得明天再为这事折腾。"

"他不是说下午要办事吗？"

"办事还不要吃饭呀？这时候事情也该办得差不多了。"

"那你打电话吧。"

张化冰坐到床头，给关鹏打电话。一听他叫关鹏的名字，李亿军问了一句："是不是《中国商报》的那个站长？"

"是啊。原来你们也认识？"

"认识。金融和房地产方面的会议他都出席，他还做过我的专访。"

"真是有缘啊。一定得把他叫来。"月亮插话道。她突然有种感觉，这群朋友对小米今后的生活都将产生重要的影响。

关鹏兴致勃勃地赶来了。新朋友、老朋友，热热闹闹地下到中餐厅去吃饭。餐桌上，阿菊阐明了聚会的意义，当然她没有提及与小米之间的"战争"，只说从今天起要把小米当作亲妹妹看待，小米在火车上与李亿军父亲的相识经过她也说了，说认小米也是李老伯的心愿。她这一说，小米感动不已，带头一口一声"大哥大嫂"，赵霖他们也都跟着喊起来，把个李亿军和阿菊叫得心花怒放，仿佛真成了结拜的兄嫂了。李亿军酒热耳酣之际，豪气顿生："在海南，小米，你什么事都不要担心！"

月亮见气氛融洽，趁机提出了建立旅游专线的设想，请大家出谋划策。

"这个想法好，有远见！我看，办事处就设在我们办公楼里得了，给你两间十六平方米的房子你看怎么样？"李亿军一抬手，酒杯与月亮碰了一下。

"大哥果然不同凡响，这杯酒我敬大哥大嫂，干！"月亮露出了商场女杰的本色。

"你这条线只是一条专线，我想时间上就定下一个标准就行了，五天是最佳时段，也能让游客最大限度地认知海南。不一定要弄成很多种类，三天，四天的，你这边人手有限，没必要搞那么复杂。"张化冰分析道。

"有道理，我看就直接来个'海南五日游'得了。"关鹏首先投了赞成票。

"如果是涉外团，五天的时间会不会太长？"月亮说，"光是深圳来海南倒无所谓，体力上无大碍。海南往深圳也无所谓，都是国内游客，时间机动得很，涉外团已有些劳累了，再加五天他们也许望而却步了。"

"不会，但你重点要放在有海滨和日光充足的地方，老外们不就爱这个？像香岭那样的地方，对于他们来说，一个点也能待上三五天。"张化冰说。

"化冰说得极是。我看如果是涉外团，温泉和大东海两个地方就可让他们乐而忘返了。"赵霖也附和道。"前一阵我们公司来了几个外商，陪他们下去玩时，发现他们对什么黎寨苗村虽感兴趣，却理解不了。而一到了大东海，就满意得冲我们的人直竖大拇指，说为什么不早点到这儿来，而且他们对于大海的热度从来不会降低一点点。"

"对，就给他们的活动都安排在海边得了。"李亿军也说，月亮在旁边不停在颔首。

"小米，你怎么不发表意见？"月亮问小米。

小米微微红了脸，怯怯地说："我不懂。"

"都要成电视台的红人了，还总是这么羞答答的，那怎么行！说，不说也得说，胡说也是说！"月亮不放过她。

"我想……他们喜欢的是一种意境，可以使他们全身心地放松，他们的目的是玩、休闲、享受大自然，而不是考证一个地区的历史、习俗，所以他们总是选择大海作为休闲胜地……"

话音未落，张化冰就鼓起掌来，"不愧为当过文学编辑的，一开口就诗情画意。"

"好，既然大家的意见如此统一，我就定它个五天游，地点以海滨为主。争取春节前将此线运作起来。"月亮朗声说道，很果断的气势。

大家笑起来。

2

夏小米去台里上班。

办公室空荡荡的。这种单位如果光看办公室里的工作，永远都处在一种散漫无序的状态中。没有坐班制，外出时间多，办公室只成了个报到点、资料室。夏小米坐在桌前，起草下一期《人才》的解说词。每期都这样，解说词穿插在采访之中，起一种理性升华作用。

节目内容早已烂熟于心，写起来速度奇快。没过多久，解说词就写好了。夏小米扔下笔，想起这次环岛游，怅然若失。

月亮走的前一宿和她聊天到很晚，其中提到张化冰最多。月亮很欣赏张化冰，认为从这次同行中可看出他非凡的人格魅力，机智、灵活、幽默、处变不惊，多才多艺，等等，都是现代人需要强调的素质。这种男人，如果在情感问题上也能有高度的责任心，那就完美了，但她说不准张化冰这一点可不可靠。他是个对女人富有吸引力的人，这也是月亮唯一担心的事情。

事实上，从第一次见面，夏小米就感觉到了这种吸引。否则，在五指山时，她不会对一个才一面之交的人有所想念。当她再一次见到他时她迷醉过，他吻她的时候她感到幸福，她在拒绝他时心里却仍有着隐秘的渴望。她以前从未对任何人有过这些感觉，如果不是潜意识断断续续提醒自己他是个有婚姻家室的人，如果不是她极力用理智控制自己的感情，也许事情的进展比人们想象得还要快。从某种程度上来说，夏小米是有些害怕，对于他们之间前景的害怕。再说，她也不敢卷进人家的家庭。

"夏小米，电话！"走廊那头有人叫她的名字。台里现是初创时期，电话尚未全部安好，一层楼才一部电话。

原来是张化冰。他说环岛的照片已经冲洗出来了，很好，让她去看。"十五分钟以后你下楼，我去接你。"他说完就挂了电话，不给她犹豫的时间。

她想起来了，那天李亿军夫妇请客，饭后月亮拿出几个胶卷让张化冰去冲洗，希望走之前大家能在一起欣赏那些天的快乐。不料张化冰回去一忙就忘得一干二净。第二天送月亮时才一拍脑门，大呼"Sorry"！

"去哪看照片？"坐上张化冰的摩托车，夏小米问。

"去我公司。"

"你公司？"

"是呀，我前不久注册了一个广告公司。"张化冰轻描淡写地说，"我干记者干腻了，换个活法看看。"

夏小米想起来了，在诺亚歌舞厅时听赵霖讲过。可是，瞧他那满不在乎的口气！

张化冰的公司设在一栋二层楼的普通民宅里，一楼办公，二楼住宿。

"怎么没人？你是光杆司令？"夏小米环顾左右，除了一块黑底红字的公司招牌外，没有见到任何证明公司已经开展工作的迹象。

"我原来不在这儿办公，这里才搬来没几天，员工还在那边。一个财务，一个保姆，一个业务，不多。"张化冰并不觉得尴尬。

各房间参观了一番，他将她带上二楼："这是我的办公室。怎么样，还气派吧？"

夏小米点点头："唔，气派，总经理级的。"她走过去坐在大椅子上，轻轻摇晃着。张化冰忙着给她取饮料。

"这是你写的吗？《中国广告业前景探索》，哇，了不起，像大手笔！"夏小米翻着桌上摊开的一本大记事本，惊疑满腹。

"你该不是挖苦我吧？"张化冰将一瓶椰子汁打开，递给小米，"这是一家出版社约的稿，要出本书，眼看交稿日期快到了，可我还没写完。最近正准备加班加点地赶一赶。我干广告有不少年头了，积累了一点管理经验，对中国广告业前景也有一些思考，不写出来也可惜。怎么样，你给我看看，看会不会很空泛，给我润色润色。我知道你是文科高才生。"

"我？我可不懂什么广告业……我连拉广告都不会。"

"这不存在懂不懂的问题。你仔细看看，你一看就会明白。"张化冰翻找着几个页码，指给小米看。

夏小米若有所思地点点头，捡起几张散在桌上的文字稿，这是这本书稿的提纲，大概分广告概论、广告谈判技巧、广告设计、广告词、广告前景等十个部分。夏小米看得眼花缭乱。

"想不到你文才这么好，更想不到你还能坐下来著书搞学术探索。"夏小米觉得自己在张化冰面前显得特别弱智。

"文采还有几分吧，至于学术，这还不好说，只是这个题目看上去与广告理论有关。"张化冰面含自负地微笑。

"你真棒。"

"你真这样看吗？"张化冰轻轻揽住小米，这次，她没有躲避，"走，我们看照片去。"他拥着她走进办公室旁边一间大一点的房间，那是他的卧室兼书房。

一张单人床上，摆满了照片。他搬了把椅子，让她坐下来好好看。

他已经清理好了，各个景点的、个人的、合影的、风景的，夏小米一张一张地看，不时地发出笑声，惊喜或遗憾，她都笑。她的笑声回荡着青春的气息，像一抹阳光，洒落在这空荡荡的楼房。

张化冰静静地俯身站在一旁看她看照片。等她看完了，他又变戏法一样地从枕头底下翻出几张照片来，在手中张成扇形，伸到小米的鼻子底下，慢慢地推远。小米看不清楚，一把抓住他的胳膊，将照片悉数缴获。摆开一看，不由得傻了眼：那竟是一组他们在香岭日出时接吻的照片！张化冰激情难抑，夏小米欲罢不能，两个人如醉如痴，物我两忘。初升的太阳将天空染成淡红的背景，小米轻扬的发梢昭示着晨风的温润。置身之地，是头顶高天的一堆乱石和灌木丛，远处，是辽阔的大海。这是一对大自然之中的恋人，远离了尘嚣，放纵着灵性，尽饮着玉宇琼浆。任何人看了这组照片，都会坚信不疑这照片中的两个人正热烈地爱着对方。夏小米直看得脸热心跳，一抬头，见张化冰正含情脉脉地注视着自己。

"那天月亮带了相机吗？"为了掩饰心中的波涛，夏小米连忙发问。

"我也没在意。肯定是带了，不然照片哪来的？也许她拍照时，我们正很忘情。"张化冰本来想说得轻松一些，却不料声音那么深情。

夏小米欲起身。

张化冰站在椅子后面，将她的头抵在自己的颏下，双手在她的头发上摩挲着："米儿，我爱你……"他几乎有些哽咽。

夏小米暗暗吃惊。她心一酸，叫道："化冰……"

就像是自己的呼唤有了回应，张化冰不顾一切地吻住她，身子不知不觉间转到了她的前面。他单腿跪地，一头钻进她宽松的上衣，亲吻着她的乳房，那坚挺的柔滑的乳房，兴奋而羞怯地迎接着他。夏小米只感到一阵晕厥，抚摸着他的头发，任他贪得无厌地亲吻着自己。"我逃不掉了……我不要逃……"她迷乱地想。

他将小米拉到床上，顺手将那些散乱的照片推到一边。

小米粉面含羞地看着他为自己解开衣服，看他一点一点轻柔地吻自己的身体。她的眼睛弥漫了爱意。

"我爱你，我早就爱上了你……"她终于忍不住说了。

"我知道，我一直就知道……我也是，第一天就爱上了你……你太坏，折磨了我这么久，这么久……"他一面吻她，一面低迷地嗔道。

他轻轻拂开她幽黑卷曲的毛发，轻轻分开她的两腿。她玉一般沁凉平滑的肌肤现在全裸露在他的眼前了。这么美丽的胴体！他低了头，怕碰伤了她一样温柔地吻她……

夏小米已是满面潮红了。她有些恐惧，又有些激动，想抗拒，却又希望被他占有。她仰躺在那儿，双手抓着他的头发，在羞涩中感受着极度的快慰。

"我没弄疼你吧，亲爱的？"张化冰抬起头来，柔声问道。他拉起小米，让她为他解开腰带。

夏小米说不出话来，只点点头。她感到喉干舌燥，双手笨手笨脚地拉着他的腰带。

他帮着她除下了裤子，捉住她的手放到他的两腿之间。她感觉到它的粗壮，心里紧张极了，眼睛不知该往哪里放，抬了头寻觅着他的唇。他又疯狂起来，一用力，将她压在了身子下面。

她感到有一阵尖锐的疼痛。她尽量克制着叫了一声，憨憨地呻吟起来。

这幸福快乐的呻吟声更激起了他的雄性。小小的床吱吱地摇摆着，她的心飞入了天堂。

不经意间，他看到了她身下一小团艳红的颜色。他心里一惊："宝贝，你……"

夏小米"嘘"了一声，伸手捂住了他的嘴唇，不让他把话说出来。她的脸上洋溢着娇羞而愉悦的光彩，目光里的爱足以将他融化。

张化冰一把抱紧了她，脸贴在她的胸膛，很久都不愿抬起头来，热泪渐渐打湿了她的肌肤……

"亲爱的，你怎么了？"小米触摸着他的肩肌，手指一下一下轻轻地划着。

张化冰抬头看着她，眼睛红红的，跳动着一束爱与温情的火焰。

这样凝看了许久许久，他躺靠到床头，拥抱着她，认认真真地说："米儿，我想送你一样礼物。你想要什么？"

她深感意外。

"我想要的，你就给？"

"当然。但不一定是现在。"

她想了想。

"好。我想要一条宝石项链。各式各样颜色的宝石镶成的项链。"

"这个我没有能力。另外说。"

她又想了想。

"我想要你给我摘天上的星星，捞水中的月亮。然后，再剪一束早晨的太阳送给我收藏。"她俯在他的胸脯上，淘气起来。

他拧了一下她的脸颊。

"亲爱的，这个我也没有办法。不要玩虚的，说实际一点。"

她抬起身子，直视着他的眼睛。

"一定要送我礼物？"

"是的，但不是空洞的诗意。"

"那好，送我一个儿子。"

"这不是礼物，那会是我们爱情的结晶。"张化冰笑了。

"那么……我要你的衷情。我要你的心。我还要你的一生。"

张化冰紧紧地搂住她，心中一阵热浪滚过，他感到针刺似的阵痛。

"我的米儿，我的宝贝，我发誓，我是你的。我的所有的情和爱，从今往后，只是你的。"他的眼里，是一层圣洁的光辉。

她依偎在他的怀里，闭了眼，任甜蜜幸福的潮水汹涌而至……

3

夏小米刚给一位著名的经济学家做完节目，就往家赶。与张化冰同居以来，

她已习惯把他们一起生活的住处也就是张化冰的宿舍叫作"家"。节目休息时，她与这位经济学家闲聊了一会儿，当经济学家得知她曾在《热岛报》干过时，高兴地说《热岛报》他也很熟，还认识经济部主任张化冰，并说听说张化冰下海了。她顺口就说，张化冰是我爱人。经济学家高兴得不得了，一个劲地说太好了、太好了，张化冰是个才子，很有个性和头脑，我很欣赏他，你回去和他讲，我要请他出来喝茶，与他好好侃侃大山。

夏小米心里美滋滋的。她肯定会讲给他听。以往，每次做节目，她都要与化冰交流。对这个受访者以什么方式提问，对那个采访对象从什么角度切入；节目播出时，她会缠着化冰"批语指导"或是"欣赏"。有时，他提些意见，比如服饰太沉重啦、讲话过于咬文嚼字啦、姿势不太放松啦……别说，还都很到位。夏小米节目一期比一期进步、漂亮，也有张化冰的功劳。

一进家门，她就兴高采烈地把这事讲给了张化冰听。满以为张化冰会很高兴，不料他手一挥，大声说："去去去，一边待着去，我有事！"看他一副凶神恶煞的样子，夏小米着实吓了一跳。她没说什么，去洗了洗脸，又到楼下厨房看了一会儿公司的保姆炒菜，再上楼来，见他并不忙什么事，就蹲在他旁边赖着与他说话。这张化冰不知哪根神经出了问题，又吼了一句"烦死了"！站起来就走。夏小米惊魂未定，他的摩托车就呼啸着远去了。

夏小米刹那间掠过脑际的想法竟是：他要离开我了！她不由得倒吸了一口凉气。

她像一阵风似的跑下楼，骑了自行车向海边走去。

她来到那片树林环抱着的沙滩。

望着西下的夕阳，被晚霞浸染的海水，她默默地哭了。

就是在这一片沙滩，他吻了她。而自从她与他第一次有了肌肤相亲，她与他更是心心相印。他给了她太多的快乐、爱情，他使她觉得做女孩子原本这么美好，谈情说爱是这么美好，性爱是这么美好。她幻想着他们就这样无所隔阂地相亲相爱一生，可是爱情它却又是如此不可理喻！她回想着化冰怒狮般的神情，心里七上八下……

被海风吹了一阵，她渐渐平静了。她揩了揩泪眼，又推了自行车往回走。但她并没回家，径自来到了自己在电视台的宿舍，说是宿舍，其实是一栋民房。因电视台正在盖职工大楼，好多人只能在外面租房住。这民房就是节目组为组里三个女性租的，夏小米一个人住楼下，另两个住楼上。自从与张化冰住到一起后，她很少来这里。她喊了几声同事，没人应答，知道她们都还没回来，便开了铁门进了楼。

她打开自己的房门，稍稍收拾了一下床铺，就躺下了，越想越觉得伤心。这是张化冰第一次向她发火，而且原因不明。

想着想着，她迷迷糊糊地睡着了。近来她总是这样，时不时地感觉疲倦，在台里也是，一坐下来就想打瞌睡，同事们开玩笑说你是不是快乐过度了，要注意哦。她脸红着笑笑，不以为然，她觉得是最近录制节目太投入的缘故。

迷蒙中她听到了摩托车声。她一惊，张化冰来了！他的那辆半新不旧的摩托车，远远地，像轰炸机过境，轰隆隆地响着，她一听就知道是他。而且，他总是不减速，一到停车时，就戛然熄火。要是经不起刺激的人，是不敢坐他的车的。

"米儿！"果然是张化冰。他见小米的房间里亮着灯，悬着的一颗心落了地。

夏小米这时反而觉得委屈了，她任由他叫着，就是不出声。

张化冰喊了一阵，见里面没动静，便不顾一切地爬上大铁门，从上面翻跳下来，擂响了大门。

夏小米听见铁门丁零当啷响，知道这个人的疯劲上来了，待会儿会把邻居们都给引来的，连忙起来开门。

门一开，张化冰就奔了进来。他一把搂了她，仿佛她是失而复得的一件宝贝。

"亲爱的，我的宝贝，你吓死我了……我到处找你……"他使劲揉搓着她。

像是受了天大的委屈，夏小米一头钻进他的怀里，嘤嘤地哭了，双手还捏成拳头，不停地捶打他。一边捶，一边说："……我以为你不爱我了，你不再要我了……"

张化冰不哄，也不劝，任她哭，任她捶。

"好了吧？傻瓜蛋，我被你打痛了呢，休息一下再打好不好，你累了我心疼呢！"过了一阵，他捧住她的脸，慢吞吞地说。

夏小米"扑哧"一声笑了。

张化冰就势吻她，两个人缠绵起来。

温存过后，夏小米偎在化冰胸前，撒着娇："亲爱的，你答应我，我们一天也不要分开。"

张化冰答应她："我们一天也不会分开。"

"不要离开我，好吗？否则，我会死的。"

张化冰急忙捂住她的嘴巴："宝贝，我不离开你，我们永远不分开。但你要发誓，无论如何，你不能想到死字，好吗？"他伏在她的身上，要她发誓。

"那你告诉我，今天出什么事了？"夏小米半玩笑半认真。

张化冰迟疑了一阵，说："其实也没什么。我去《大南方报》了，他娘希匹，老'羊头'想赖掉我的广告款。害得我与他干了一架。"老"羊头"是《大南方报》的老总，姓杨，大家叫他"羊头"。

以前张化冰说过，他从《大南方报》出来的时候，按原来的广告部承包合同，他应该有一笔可观的资金。但老"羊头"认为，广告部还有许多款尚未到位，张化冰不能这么早就提款走人，万一以后钱到不了账，他去哪里找人？张化冰觉得老"羊头"的话在理，也就没有坚持。

"没吵赢？"想着他今天那么反常，夏小米料他是窝了一肚子气。

"表面上我是赢的，他说等到年底。可看样子除非我回到报社或将他告上法庭我才能拿到我的钱。"

"那你打算怎么办？"

"念在当初他那么器重我的分上，再说吧，《大南方报》现在正扩版、建职工宿舍，资金是有点紧张。"张化冰情绪松懈了些。

"好了，我现在坦白了，你发誓吧。"他又提及刚才的话题，一本正经地强调。

夏小米看他那么严肃，小声说："我发誓。"

"你爱我吗？"

"我爱你，或许还超过爱我自己。"

"那好，你以我的生命发誓，永远不言死。"张化冰逼视着她。

"为什么？我发誓就行了。"她不依，"要不，就以我自己的生命发誓好了。"

张化冰沉吟道："那就依你吧。快发誓。"

"无论如何，我不能想死。"夏小米将手放到张化冰的额上。

两个人因为这次事件而更加亲密了。

这以后，他们真是没有分开过。而且，张化冰事事处处都依着小米的个性，宠着她。用小米的话说，他是要把她"宠到天上去了"。两个月来，他们彼此之间越来越依恋。爱情是这样美好，夏小米一想到这点，就幸福得心碎。

日子一天天过去了。

阳历新年过后，海南的天气有些微微的冷。其实，海南的冬季也就如此罢了，穿上一件稍厚一点的毛衣，就可招摇过市。而椰子树的颜色一点也不见黯淡，海风依然轻轻吹拂，热爱游泳的人们还时不时地下海一显身手。太阳光倒是温柔了许多，引来了大批大批的外地旅游者，仍然处在热潮中的海南，更见一派欣欣向荣的气象了。

夏小米与张化冰看了夜间首场电影出来，牵着手，在拥挤的人流中穿行。这条街处在海口市中心地带，白天热闹非凡，夜晚更是人山人海。街上摆满了水果摊、个体书摊、小食摊，还有一些烤鱿鱼的炭火炉摊子，鱿鱼的香味弥漫在空气中，引诱着人们的味觉。张化冰给小米要了一个烤鱿鱼，鼓励她学着别人的样子在大街上吃东西。小米东张西望一阵，真就大摇大摆地嚼起了鱿鱼。

穿过马路，他们到三角池旁的超级市场转了一圈，估摸着电影院下一场电影该开演了，才又散步到那里取了摩托车。小米坐上车，抱住化冰的腰，等待着他发动车子。张化冰并不急，他把她的手拉起放在胸上捂了一阵，说："宝贝，我们回家去，好吗？"

"好吧，我们回家。"夏小米紧紧地贴着化冰的背。夜晚温煦的风轻撩起她的秀发。

回到家，张化冰神情肃穆地坐在床沿上，神情有些沉重。他叫小米在对面的椅子上坐下，拉过她的手，抚摸着，爱怜地问道："米儿，你怎么从来不问问我的情况？"

"什么情况？我知道你非常爱我，还不够吗？"

"嘿，怎么说呢？"张化冰叹口气，"米儿，我要告诉你，我有些事隐瞒了你。"

"什么事？"夏小米心中一紧，表面上却并不惊慌。自从做主持人以来，她慢慢地学会了控制情绪。

"我……我是个有婚姻的人。"他显得吞吞吐吐。

"我知道，你们分居有两年了。"

张化冰倒是张开嘴巴良久。见她很平静的样子，他又接着说："我还有个女儿。"

"我知道，她快四岁了吧，长得还很可爱。"

张化冰不再说什么了。他的一切，她全知道，而且早就知道了。平淡、温和、冷静，好像事情与她毫无关系一般。他还有什么好说的呢？

"我从五指山回来的时候赵霖告诉我的，当时他说你到处在找我，随便说出来的，并无什么用意。但知道真的内幕，还是你妻子给你的信……"夏小米淡淡地讲述着。有一次她收拾房间，洗衣服时，发现张化冰口袋里有封已拆读了的信。出于好奇，她翻看了它。信是他妻子写的，诉说着独自带着女儿的辛苦，希望张化冰能为女儿的今后着想，她威胁说如果不按她提的条件办的话，她会让张化冰身败名裂。夏小米很同情她，却也更同情张化冰，明白了他有时候关于"爱情没有了，婚姻也就丧失了它原有的尊严"的感叹。看样子，如果不是女儿维系，他们这个家根本就是散了的。读了这封信，夏小米内心也很矛盾，她再一次面对这样一个事实：张化冰是有家室的人，是一个孩子的父亲了！难过了好几天，见张化冰也被信的事困扰着，怕增加他的烦恼，终于没有对他说什么。她想她爱的是他，拥有他的心和身，比起他的妻子来，自己还有什么不满足的呢？当然，她也暗暗期待着张化冰能快一点离婚，把家事安排妥当。她想要一个清清爽爽的男人。

这简直不可思议！他一直小心地回避着事情的真相，怕伤害她，她却早已什么都明了，她什么都没张扬！张化冰忽然感到恼怒。他加重了语气："我这个人，在别人眼里可是风流成性，花名在外……"

夏小米嫣然一笑，几乎有些自负："那是因为没有真正的爱情供你停靠。而现在不一样了，你有我。我相信你爱我，需要我。如果真能将心剖开，你会看到我的心全是对你的爱……"

张化冰激动地将她拉到怀里，眼眶蓦地红润潮湿起来。他欲言又止，只叫了声"我的米儿"，泪水就无声地涌出了眼角……

这晚，他们一次又一次疯狂地做爱。

第二天，夏小米快到十点才起床。阳光从窗户映进来，虽然白得晃眼，却因为隔了厚厚的一层有色玻璃，显得特别柔弱。

楼上楼下都没有见到张化冰，她想他大概是与哪个客户谈业务去了，可转念一想，不对，今天是星期天，星期天他通常是要睡懒觉的。倏地，一种不祥之感袭上心来。她探头朝院子里看了一眼，他的摩托车仍在车棚里放着。夏小米返回屋里，发现桌上有一张便笺，用装着他们俩在香岭上那张合影的镜框压着。

她抓起便笺。

"亲爱的，我不得不走。我有许多事情要办。用不着找我，最好是忘了我。

"你要将摩托车卖了，另外租房住。

"记住你发过的誓，无论发生什么事，都要向前看，一直向前走。"

夏小米立在那里，像生了根。她叫着小保姆的名字，没人应，才想起公司仅有的员工都在几天前走了，张化冰说是给他们放假了。她试图挪到床上去，但没能成功。她晕倒在地，全身冰凉。

过了好久，小米才清醒。她蜷缩到床上去，脸色苍白，茫然、疲倦、迷惑。眼泪慢慢地渗出来，又慢慢地干掉，再渗出来。"这是为什么……"偶尔，她会喃喃几句，绝大部分是沉默着。她细细地回忆起昨晚上的经过，有些明白了。他是那么反常，一寸寸地吻她的肌肤，温柔、深情，一遍遍地要她，仿佛是要倾尽自己的精力。她以为是他们的知心谈话加深了彼此的爱，现在想来，一切都是谋划好了的，昨夜只是最后的温情。小米望着已退到窗外的阳光，目光散乱。

就这样蜷在家里，直到黄昏，直到深夜，直到天明。

第二天上午，她没去上班。她感到口渴、饥饿，浑身软绵绵的。她喝了杯水，坐到镜子前，失魂落魄的样子让她自己觉得可怜。她真不愿意出门，但下午要上节目，她必须去。没办法，她洗脸，化妆，换衣服。

下午的节目录制是不成功的。虽然她强打精神，可那神态与平时完全两样，不时地分心，不时地散神，令编导和摄像都有几分不快。但他们并没有发火，也不询问。被采访对象也感觉到了她受了什么刺激，想主动配合她的采访，结果也弄得很尴尬。说着说着，小米会突然停下来，两眼凝视前方，眼珠子就红了。节目组几个平常善于开玩笑的同事，一个个见势都谨口慎言，他们从来没见过小米不快乐，又不好轻易问她什么事，只好一个镜头一个镜头地拍下去。经过精心挑选和剪辑，小米出镜时仍然是目光呆滞，言辞僵硬，动作机械。

摄制完毕，编导才悄悄走近她，关切地问："小米，发生什么事了？"

"……没什么。"夏小米惨淡地咧了一下嘴，拿起提包往外走。

连续几天，夏小米的情绪未能好转。在家里，她更是备受精神折磨。房子里，全是关于张化冰的回忆。不时地会有电话声响，她也懒得去接。

傍晚的时候，她给赵霖挂了个电话，开始淡淡地聊了几句，最后，她终于按捺不住地哭了："赵霖，化冰……化冰他走了！"

"他去哪儿了？"

"他走了！不再回来了……"

"什么？！"赵霖在那边大惊失色。"小米，你冷静点，我这就过去看你。"

赵霖赶急赶忙地来到小米住处，读着那短短的几句留言，也是百思不得其解。以他对张化冰的了解，张化冰对小米绝对是真正投入了感情，他爱小米，爱得很深，有几次还流露出愧疚的感受，因为不能给予小米全部——他有家，有孩子。家是名存实亡了，可他有女儿，他是父亲。赵霖知道，自从发生了女孩子席卷家产事件后，就没有哪个女孩子能与张化冰保持一个星期以上的约会。可就在与夏小米蜜月般地生活了近半年以后，他就这么一走了之，又让人做何理解？他厌倦了？他感到了束缚？他有了新欢？赵霖的疑问一一提出，又一一排除了。突然，他想起几个月前张化冰去浙江出差的事，据说张化冰后来还去了北京。对了，从北京回来后，他又神秘地辞了职，放着盈利丰厚的报社广告部主任不干，跑出来开公司。这中间肯定有什么隐情，不可示人。若这个推测是真的，张化冰的出走就很好解释了，他在躲避什么，或者说，他有着不可告人的秘密。

赵霖并没有将这些想法说出来。他觉得自己能理解张化冰，无论他选择什么道路，他都会理解，一个人有一个人的理想嘛。但夏小米，她这么单纯，设若她经不起这份打击，或者，她只要产生一丝丝的报复念头，就会将张化冰推入绝境。赵霖转移了话题，安慰小米几句，带她出去吃饭。分手时，小米的脸色稍稍有了点生气。

　　隔了几天，在台里大门口，夏小米看见了李亿军。看样子，他是特意等在那儿的，脸上挂着很焦急的神色。他二话没说将她拉进车里，沙哑着嗓门说："太对不起了，我出差今天才回，才看到化冰的信。小米，你瘦了许多。"他体贴地看着小米。

　　夏小米心里一颤，张化冰给李亿军写信了？

　　自从月亮走后，他们就只见过一次面，那是阿菊过生日，请夏小米和张化冰吃饭。夏小米幸福的样子令李亿军沮丧万分，他明白，自己只能将对小米的爱深藏于心了。他有些嫉妒张化冰，但他又很欣赏他的才干，两个男人谈得十分投机。李亿军送别他们时，对张化冰说："化冰，小米是个难得一遇的好女孩，你可要珍惜啊。"张化冰乐滋滋地夸着海口："你们放心，我会珍惜她的。她已是我的一切。"

　　这才多少日子过去，张化冰就变卦了，而且是出走，说得白一点，是抛下小米走了，如此不负责任的行为，什么人才能做得出啊！李亿军直觉得张化冰是有难言之隐，可他也解释不了其中曲折，张化冰写信托他看顾小米，完全是因为信赖他。两个人虽然只有两面之交，但男人可靠不可靠，一面就能感觉出来。

　　李亿军将小米带到家里。阿菊迎上来，亲热得像自家姐姐。小米叫了声"阿菊"，忍了多日的泪水又汩汩地流了出来。阿菊高声嚷道："不要哭，小米，这世界上男人多的是，什么样的男人怕找不到么？他张化冰算什么东西，这么不负责任，没有心肝，始乱终弃的，什么时候照面了，我代你掐断他的脖子！"阿菊一副抱打不平的女侠气概，好像恨不得立刻将张化冰捉住任她宰割。

　　吃饭时，看着李亿军开酒瓶，小米突然说："我也喝点酒。"

　　"不要喝。"李亿军知道她是不喝酒的，阻止道。

　　"想喝就尽管喝呗，怕什么，醉了这儿又不是没地方睡。"阿菊却纵容着小米，给她倒了一杯啤酒。她知道她心里闷得慌，要借酒浇浇愁。

　　几杯啤酒下去，夏小米话开始多了起来。她阴郁地说："李大哥，阿菊，你们说，化冰他爱不爱我？"

　　"爱，而且他很爱你。"李亿军朝正要开口说话的阿菊使了个眼色。他知道打从看了信以后，阿菊对张化冰的态度已来了个一百八十度大转弯，但这个时候态度偏激，只会让小米更受刺激。

　　"很爱我？"小米迷迷蒙蒙地问。

　　"是的。"

　　"那他为什么要这样？"

"……他可能有什么难言之处。"

"我也不能知道吗？他这算什么！"夏小米忽然大哭起来，"他为什么如此残忍，给我留下一张纸片，就无声无息了……他再也不管我了吗？为什么，为什么……"

小米摇摇晃晃地站起来。阿菊连忙将她扶到沙发上坐下，给她倒了杯椰子汁。可她不喝，一挥手差点将杯子扫倒。她自言自语着，念着张化冰的名字，一会儿哭，一会儿笑，一会儿喊，脸上是汗水、泪水，长发散落下来，有几丝贴在湿润的面颊上，那副彻底被爱情所伤的神态令阿菊心疼，而李亿军，在心疼之余，还有几分隐隐嫉妒——她是那么痴爱着张化冰，而他对于她的那份感情，她从来就不曾觉察过。

夏小米好不容易安静了。她去洗手间洗脸，见镜子中的自己眼睛肿成核桃样，鼻尖发红，满脸泪痕，嘴唇发白，与一个多星期以前相比，真是憔悴得不像个人样了。她将头发梳清，想着张化冰，泪水又一次涌上眼眶。她忍住了，不哭。她对自己说："他根本不爱你。"她知道这是欺骗自己，她还是强迫自己承认这就是事实，"他如果爱你，就不会因任何理由抛弃你。"

她决定明天就将摩托车卖了，去外面租房住。现在这样子，她不好意思回台里的宿舍。

第五章

1

那是些痛苦难挨的日子。

夏小米除了上班，全部的时间就是关在卧室里。她终于舍不得搬离那有着许多甜蜜温馨回忆的地方，继续在那儿住了下去。那是化冰公司所在地，租金预交了半年，还有一笔定金，她不明白张化冰为什么让她另租房子。

两层楼的房子就只有她一个人，看着就感到寂寞。她机械地生活着，翻来覆去，几乎只想一个问题：张化冰在哪里？想得头疼，她就将那个音质很差的收音机打开，放萨克斯曲子。音响开到极限，萨克斯味全在那粗杂的声音里破坏了。她更心烦，在房间里神经质地转来转去，握着拳头，擂着伸手可及的某个东西。最后安静下来，她翻寻出爱情小说，看进去了，就泪水涟涟；看不下去，就两眼发直，干坐着，可以一动不动两三个小时。以前，小说中那些经历了十年二十年分离又重逢的爱情故事，总是让她感动得唏嘘落泪，而现在，她觉得那是太可笑的事情了，既然相爱，又为什么要分离？有时候她会突然找出信纸写信，她以写信的方式和张化冰对话。不知写了多少回，撕了多少回，有时纸被撕碎，笔被扔掉，她陷落到一种无奈的绝望的情绪中，心酸得一阵阵紧缩、疼痛。她也会翻看照片，那些满溢着幸福快乐的照片，一张张在太阳下明亮的笑脸，与她黑暗的心境与伤楚的面容形成鲜明的对照。她扣上相册，哑然失声。

夏小米完全被摧垮了。唯存的理智，便是用在工作上。但银屏上的形象，一天天消瘦，任何人都可以看出，这姑娘正在经受一场心灵的风暴。她很少与人谈话，也不参加任何聚会，几乎拒绝了一切朋友来访或邀请。只有赵霖，有时会在黄昏来坐上一小会儿。李亿军在各大城市飞来飞去，电话经常打，她在电话里打起精神与他说话，请他放心。前天他去西欧考察了，说要去二十几天。阿菊也来过，可她与阿菊没有什么话说，每次阿菊都是大骂张化冰，令她心情更难受。所以阿菊打电话说要来看她时，她总是说自己就要出门办事推托掉。

赵霖仗着老同学的身份，又是月亮的旧日恋情，今日密友，还有他对张化冰的维护，对夏小米来说，是没有理由被拒之门外的。在赵霖面前，小米也用不着掩饰自己的痛苦与愤恨的情绪。她也总是重复地问着同样一个问题——她忧郁地、幽幽地，仿佛在问着自己：

"张化冰他究竟是什么人呢？"

"小米，你总是纠缠在这个问题上，不好。不要死钻牛角尖了。张化冰绝对是个男人。"赵霖真是好脾气，每次都耐着性子回答。

"男人是不是可以随便抛弃女人？"

"小米，化冰他肯定有什么不便明讲的苦衷。我想，他是万不得已才这么做的，绝不会是有意要伤害你。他肯定也相信你有自立能力，你能坚强地面对一切。"

"事实上，我正好相反，是吗？"

"不，小米。"赵霖加重了语气，"退一万步讲，在海南，这样的故事遍地都是，只不过这次让你遇上了。美好爱情就像钞票，来得快的，花得也快。挣来又花去，很正常。你见过有永恒的爱情吗？"赵霖认为，在海南对爱情过分认真就是傻瓜。他希望小米能接受这个现实。

"哦，没有。你看看那堆小说，"小米扬起下巴，示意赵霖看那一叠小说，"那里面，所有美好的爱情故事都是悲剧。悲剧才让人怀念美好的过去吧？"

"我们不要讨论爱情好吗？当务之急是，你必须学会忘记，面对这个事实。张化冰他离开了你，无论什么理由，他就这样莫名其妙地离开了你就是事实。你再这样东想西想，痛苦的是你自己，毁了的也是你自己……"赵霖没说，再这样下去，你会精神失常的。实际上，他不知道怎么说才能稍稍有些作用，他担心小米会在悲伤里越陷越深。

沉默了一阵，夏小米叹口气，淡淡地应道："好吧，我们不谈这些了。让我单独一人静静好吗？"

赵霖并不怪她下逐客令。他友好地笑着，在小米肩上轻轻拍了拍："小米，难得你如此痴情，愿上帝睁开慧眼，将张化冰找到并送还给你！但在这之前，你一定要战胜自己！任何事，说来说去，最后都只有靠自己，朋友劝说，那只是一时的安慰而已。我知道你忘不了他，但除了他，你还有事业，还有朋友，是不是？你要再这么折磨自己，我可就看不起你了，你不应该是个软弱得不敢正视现实的人。"

这个赵霖，踢来踢去将球踢到了小米的脚下。"你仍然那么狡猾。"小米破天荒地笑了一声。她心里暗暗地表示同意。是的，没有人能劝说住她，让她忘了疼痛，忘了张化冰，只有她自己，才能控制自己的情感和理智。

赵霖走后，夏小米从书架上随便抽了本书，躺在床头。她胡乱地翻着，好半天一个字也没看进去。她又想起了张化冰，他的声音，他的笑，他坐在案前的沉静与他开摩托时的疯狂劲；他在"欣赏"她的节目时"狂妄"的点评；他吻自己，像吻一朵花蕾，他让她在性爱中升上天堂……夏小米将书本一合，起来站到窗台边，想借此转移思绪。

外面是街巷，现在是晚间最热闹的时候，许多人家将夜摊摆了出来，市声挤破了窗门。她皱了皱眉头，感到有些头晕。大概是在房间里待得太久的缘故，又加上失眠，这几天不时有头晕、胸闷的感觉，而且似乎又由消瘦往回长，腹部隐隐有点发胀。是的，不能老这样一天到晚待在房子里，缺少人气、空气、阳光，缺少血液循环。"只身在外，身体是第一要素"，这是张化冰生活的信条，他常挂在嘴上劝别人注意健康。夏小米轻轻乐了一下，心情好起来，她决定明天上街，顺便去三伢子姑妈的药店买点安眠药，睡几个安稳觉再说。

三伢子也有很久没见了。夏小米刚在电视台播出节目时，三伢子去找过她。要不是他在电视里看到她，还真不知道怎么能联系上呢。三伢子说，夏姐能在电视台出头露面，真是家乡人的骄傲。三伢子也没有其他事，纯粹就是来告诉她他有多么高兴。他往马路对面一指，说他姑妈开的药店现已搬到对面那条小街了，一直走完那条小街，再往右拐，第一个药店就是。药店生意不错，现在还附设了一个门诊。那以后，有一次小米回家时拐了个弯去了药店，与三伢子的姑妈聊了一会儿天。他姑妈叫刘玉红，好像比当初在码头上见到的要年轻些，三十五六岁，人很精明，也很勤勉。她们谈得也还算投机。

2

夏小米提着简单的旅行包，登上了琼州一号海轮。

"夏小米！"就在她在人群中艰难地行走，目光搜寻着座位的时候，有人叫她的名字。

她循着声音望去，只见关鹏正在一个靠窗的座位上挥手，他示意她那边还有空位。她心里一惊，很快又觉得慰藉，有个熟人，也就有了一份照应。她应了一声，穿过拥挤的人群，走了过去。

关鹏除了那次演唱会与夏小米有过交道外，基本上没有私人来往，后来也见过一两次，感觉这女孩子聪明、单纯、气质不俗，但也仅此而已，他很少想起她。夏小米到了电视台后，每周都在电视节目里出现，慢慢地，她那单纯而又略带冷傲的气质使他对她产生了一种难以说清的好感。他偶尔与赵霖见面，但从不会过问小米。离婚以后，他不曾对女人产生过幻想。他太忙，而婚姻带给他的创伤还没有消亡。他只是觉得，小米是个与众不同的姑娘，他甚至相信她在海南会干出一番令人咋舌的成就。

"你回家？"关鹏随口问道。

"不，去深圳。"夏小米本想说"是的"，但她不善于撒谎。

"这么巧，我也去深圳。"关鹏帮她放好行李，喜悦地说，"不过我得先去广州几天。"

夏小米笑了笑，没有说什么。有一丝倦累浮上了她的面容。她往船舱外看了看，船已离开码头了，海口的影子在视线里渐渐远去，而海水越来越蓝。多美丽的海洋啊，它那份蓝，足以让夏小米烦躁不安的灵魂平静。她的头往后靠了靠，微闭了眼，准备休息。关鹏见她并无谈兴，也就止住了话头。毕竟不很熟悉，而且小米那漠然的神态，那种潜在骨子里的高傲，总让他莫可名状地要敬重起这位比自己小了十岁的女孩来。他打开了特地带着的杂志。

但夏小米并不能睡去，她的心盛满了凄凉与悲壮。

她做梦也没有想到啊，在情绪刚刚好转的时候，却发现自己有了身孕！

说起来还是她太缺乏生理常识所致。月经两个月没来，她也不知怎么回事，还以为是自己情绪太糟导致的内分泌失调。直至无意中翻到一本杂志，其中一篇关于初孕生理反应的文章所谈到的现象与自己最近的生理状况几乎完全吻合，比如喜酸食、乳头发黑、头晕、呕吐、尿频……她才大吃一惊，惶恐地跑去医院检查，结论是怀孕已经三个月了！她从医院大门出来时，都不知道该往哪个方向走了，只觉得脚步发沉，眼前的人流都像是冲着自己而来，他们的脸上挂满了嘲讽的笑意……未婚先孕！她几乎不敢想象它将带来的后果。她在心里一遍遍地呼喊：张化冰，你在哪里？！

回到家，她躺在床上，一种被人玩弄被人抛弃的耻辱感终于席卷而来，对张化冰的爱情和怀念刹那间转化为仇恨。他带给她的不仅仅是精神上的折磨，现在，他留下的种子要来摧残她的肉体了。她不知道该怎么办，她只明白一点：不可以向任何人声张此事。在她所受的教育里，未婚先孕是一个女孩子的奇耻大辱，何况她身在海南，使她怀孕的那个男人又已不在身边，谁会相信她怀的是自己至爱的人的骨肉呢？她想到"流产"，不寒而栗。她在电视台刚刚有了些起色，但作为聘用人员她还不能说已完全站稳了脚跟，而且她对于"流产"，除了恐惧，毫无经验，她必须有一个绝对可靠的人在身边照顾自己。

张化冰，你死到哪里去了？！

夏小米悲愤交加，猛地喊出了声。内心的仇恨，震荡出苦涩的泪水。她咬牙切齿，如果让我找到你，看见你，张化冰，我要杀了你！

三天以后，夏小米卖掉了张化冰的摩托车和几件家具。然后，她收拾起简单的行李，又写了封辞职信。那封信到达台长手里的时候，她将坐在深圳月亮的家里，疲倦忧伤地诉说自己的不幸。

她只有月亮可以投靠。

船速在加快，海浪在增高。夏小米渐渐感到头晕，腹部也有些压胀。即使紧闭双眼，她也控制不住呕吐的欲望。终于，她抓住椅子扶手，站起身，努力坚持着走到船舱外，朝海里哗哗直吐起来……关鹏跟出来时，她已面色苍白，满眼悲怆。"你晕船？"关鹏关切地问，并用有力的臂膀搀扶着她。他哪里知道，这个此刻柔弱无力的少女是一个孕妇！她忧心忡忡，只希望关鹏不要看穿她的秘密，她宽松的衣裙为她遮掩着她有点笨拙的身体，但是面对关鹏的关怀，她心中的伤楚更甚。她对张化冰的思念，又如潮水般突然袭来。她要去深圳，将张化冰的骨肉做掉，因了这件事，她丢掉了那份可以出人头地的工作。张化冰啊张化冰，因为你的无情无义，我的海洋越来越窄了……

关鹏小心翼翼地照顾着小米，递给她餐巾纸、矿泉水、开胃的红生姜。他敏感察觉到她有什么心事，遭遇到了非同一般的挫折，否则，依他当初的印象，旅途重逢她不至于如此缄默。你看她多么苍弱，多么茫然，多么绝望……关鹏不禁心生怜爱，有了进一步了解她的欲望。

幸好遇到关鹏。在船到海安以后，夏小米才免去了下船上车拥挤的烦琐和行李的负累。他们上了一辆开往湛江的中巴车，关鹏让小米坐在靠窗的位置，自己走下车去，在水果摊上买了上好的梨和苹果，削了皮，从窗口递给她，嘱咐她要吃些东西。上得车，又捧了几个香喷喷的茶叶蛋。在外人看来，他像个殷勤体贴的好丈夫。

小米在心中怅然地叹了口气。她感激地看了关鹏一眼，招呼他坐下。她的精神比在海上的时候好了一些。

一路的景物。那公路两旁一棵接一棵的相思树，小米没心思看，她在车上睡着了。车到湛江，关鹏叫醒了她。她从座位上站起，发觉自己双腿发麻，而且肿胀，鞋子显得紧窄了，行走起来是那样的笨拙与艰难。"我是个孕妇。"她心酸地暗暗嘲讽自己。关鹏看着她，有些放心不下："小米，我送你去深圳好吗？到了深圳，我再去广州也没关系的。"

"这怎么行。"夏小米过了一会儿才开口说话，似乎思考力也迟钝了，"也没必要。关鹏，我不是病人，我只是心情不太好。"她口气很冷，没有丝毫可商量的余地。她明白，如果自己不果断一些，给关鹏的行程搅乱，影响了人家的工作不说，到了深圳怎么办？自己是个孕妇，是去做流产手术的，关鹏算怎么回事？他要是知道自己去深圳的原因和目的，不打心眼里鄙视自己才怪呢。

夏小米的冷淡并没有让关鹏死心，"我以为既然同在旅途上，面对你这种情况——无论它是健康问题还是心情问题——作为朋友、熟人、男人，我有责任改变行程护送你去深圳。"他是真心的，尽管他把握不准夏小米究竟是健康问题还是心情问题，他只是想帮助她。他不敢肯定若是换了另一个女孩子，自己会不会如此仗义，但对小米，他确实有一种强烈的想保护她的责任感。

可是，一提到"责任"，夏小米态度更加坚决了，而且简直有些恶劣。

关鹏无奈地摇摇头。他为小米买好车票，将她送上了开往深圳的豪华大巴，有些不放心地、像个兄长或丈夫一样地反复叮嘱她一路上要小心保重。小米内心里满是感动，脸上仍然是一副木然表情。她看着车站熙熙攘攘的人群，车来车往的繁忙景象，思绪瞬间又滑开了：张化冰，你这个王八蛋，我将扼杀你的孩子了，难道你毫无感应吗？

车子即将开动，关鹏与夏小米握手道别。夏小米突然问道："关鹏，你有张化冰的消息吗？"

"没有。我还是上次李亿军夫妇请客时见的他，有大半年了吧？怎么了？"关鹏隐约地听说过夏小米和张化冰同居的事，但他没说出来，他也不想打探别人的风流韵事。他压根儿就没有将小米的现状与张化冰联系起来。在追逐女人方面，他与张化冰是完全不同的两类人。

"没什么。"小米浅笑一声，将手从关鹏的手中抽了出来。可就在车子启动之时，她说道："我辞职了，我怀孕了。"说完，她就愣住了，同时，她看到关鹏说"再见"的嘴巴愕然地张着，挥动的手臂也静止在半空中。

汽车缓缓穿过混乱不堪的街道，将嘈杂的人群扔在后面。夏小米闭上眼，头仰靠在椅背上，双手下意识地放到腹部。她脑海里掠过的是一片片南国风景，闪烁其间的，竟是张化冰那张充满激情魅力的脸和那双她久久凝看过的眼睛。她听见自己柔媚的声音："我爱你。"

3

一周之后，关鹏到达深圳。他电话也没打，径直赴月亮的办公室。他是从赵霖那儿要到地址的，说自己要来深圳出差，有事情找月亮。这些天，夏小米将他的心搅得七上八下。

小米和月亮这些天在为孩子留与不留的事争论不休。月亮也诅咒张化冰的杳无音信，但她以为孩子是没有罪的，而且她也深信小米对张化冰的爱。为此，她坚决不主张去做人流。"这孩子是真正的爱情的结晶。"这是她的理论。但小米死活不依。她沮丧地争辩，她承受不了孩子将带来的苦难，她也没有必要为一个抛弃她（她现在对这一点坚信不疑）的男人生孩子，第一，自己没有工作了；第二，自己没有婚姻，孩子就没有合法身份；第三，独自抚养孩子的负担；第四，作为私生子，孩子将蒙受的阴影。"我现在只有仇恨。这是我生命中第一次爱情，也是我生命中第一次仇恨。"小米愤愤地说。几天来的争吵，已使她精疲力竭。她知道，张化冰带给自己的不仅仅是这种尴尬处境，他破坏了她心灵中许多美好的东西，比如对人的信任下降，对诺言的轻视，以及对许多价值观念的怀疑。她不知道自己会不会从此背叛自己的人生，但她预感到，张化冰的出走与怀孕事件的发生，将影响自己的生活态度。

月亮却仍在为张化冰辩护。她坚信他不是有意要伤害夏小米的，在海南亲眼所见，她对张化冰的印象非常好，她认为他也许是个花花公子，但他绝不可能无缘无故地丢下小米不管。她也坚信小米仍然深爱着张化冰。几天来，小米和她争来吵去，可她没说过张化冰一句不是，甚至没有责难的语言。她光说恨张化冰，那是因为她在最需要他的时候却不知他在哪里。

"小米，你不要犟。你是极希望留下孩子的，否则，你明知道我不管你什么原因都不会同意你做手术的，你来找我干什么？来了，你也用不着征求我的意见，孩子是你的，你只需告知我你是来做人流的就是了。"月亮冷酷地说着，声音突然柔软了，"这人世间就是怪，你爱上什么，什么就给你失望、痛苦甚至是毁灭性的打击。"

小米的心一阵刺痛。她恼怒地瞪着月亮，像是不被理解，又像被击中了要害。她没好气地说："那好吧，月亮，我的好朋友，现在我告诉你，我是来做流产的，我只需要你陪护我而已。"

月亮美国式地耸耸肩，两手大气地一摊："你赌气吧，将来后悔的时候，可不要怪我没有劝过你。"

她们心照不宣地来到医院。可是，现在胎儿已经成形，流产是极其危险的，医生说，最好是再过一个月，做引产手术。

小米疲惫不堪地回到月亮家，一声不吭。她两眼发直，心中一片灰暗。月亮不时地偷眼瞧她，不说什么，但私下里很高兴，有了这一个月，事情兴许会有转机的。

"上帝不让这孩子失去呢。"瞅了个机会，月亮显得随意地说。

"上帝？"夏小米冷笑了一声，"要是上帝懂事的话，他根本就不会让我怀孩子！"

"小米，不要说亵渎上帝的话。气归气，你已经怀上了孩子，就要往好里想。"

"你要我怎么往好里想？"

"你就不能试着想想怎么样留下这个孩子？这种事又不是你一个人才碰到，每天都有人被骗、被抛弃，每天都有人受孕，所有这些人都要死要活了吗？"月亮有点生气了。

"我连工作都没有了，我怎么要孩子？"

"你如果担心工作问题，我可以帮你解决。在孩子出生以前，你就帮我做事好不好？在我这儿，我保证不会有人去想这孩子的父亲是谁。"

"说得轻巧。可你没想过在我们这个社会里私生子怎么生活？我总不能生个孩子出来让人歧视吧？"夏小米不耐烦地说。

月亮笑起来。她笑起来那本来就很长很黑的眼睫毛更显得浓密了，眼睛的波光从睫毛的缝隙中溢出来，很美，很明净，"如果你愿意，我来抚养孩子。"

小米白眼看她，冷嘲热讽了一句："你这么喜欢孩子，为什么不与保罗生一个？"话一出口，她就后悔了。月亮上次从海南回来，因为身体原因，终于没能保住肚子里的孩子，这事已令她伤心了好长一段时间。

"对不起，月亮，我不是故意的。"

月亮有一刹那的难过表情。

"当然要生。但现在我的事业正在走上坡路，而且他离婚的事还没有处理完，我不想凑热闹。"月亮声音明显低了下去。

"还不是怕生下一个私生子？"夏小米怯怯地说。

"我说小米，这哪跟哪啊？我们是计划将来要生，而你现在已怀上了。如果我现在怀了孩子，那不用说，绝对生！这可是个生命呀！"

夏小米一撇嘴，不吱声。

"不管怎么说，你们原来相亲相爱的生活总不是假的吧？万一哪天张化冰又出现了，你能保证永不后悔扼杀了你们的胎儿？"月亮故意用话刺小米。

不提张化冰还好，一提，夏小米就急了眼。"你不要跟我说什么张化冰！如果他再出现，我会要了他的命！"她暴怒地说。

月亮瞄了小米一眼。

"好了好了，我看你主意已定，我的话都是废话。你就安心等吧，等你孩子再大一点好……"月亮没再说下去，用手在脖子上一抹，做了个扼杀的动作。

小米一下子软了下来："求你了，什么也不要说了……"她鼻子一酸，泪水就涌了出来。

这天下午，月亮从办公室回来，身后竟跟着关鹏。见到小米，他快步上前问好。小米沉浸在自己的情绪里，竟也不觉意外，淡淡地笑，笑里面盛着的，是浓浓的悲愁。

可能是月亮已给关鹏打过预防针了，关鹏也就不多与小米说什么，在房子里转了转，与月亮聊一些家常话，赞美房子宽敞、豪华、舒适，恭维月亮的事业，似乎全然忘记了几天前与小米有过交道。

接下来的几天，关鹏也不去住宾馆，每天上午出去办事，完了就待在月亮家里，而且像个保姆似的买菜做饭。月亮呢，因为保罗最近回美国述职了，所以晚上的时间基本上还是自由的，但白天她不再像前几天一样尽量留在家里陪小米。四房两厅的房子，关鹏住一间，小米和月亮时常躺在一张床上，要聊到很晚才分开。不过几乎每天月亮与关鹏都要谈上好半个小时的话，小米觉得奇怪，又无心思过问，偶尔想，这月亮与关鹏之间，是不是有故事要发生。

月亮一大早就去公司了，说是今天电视台要请她去做一档旅游话题的嘉宾。月亮的"红月亮"旅行社在深圳的名气日大，各方面的应酬也日益多了起来。但月亮精力旺盛，管理得当，交际又很有一套，并不觉得累，对新闻界往往有求必应，弄得自己仿佛成了个明星，她友好的态度深得新闻界好感，反过来他们对她及她的公司吹吹拍拍更是家常便饭，以至所有人都知道深圳有个"红月亮"。月亮这种做法用时下流行的话叫"玩得转"。今天去做节目，实际上也去为旅行社做广告，她会见缝插针地介绍自己的旅游热线，宣扬自己的现代旅游观念。

宽大的房子里只剩下关鹏和夏小米两个人。关鹏弄好早餐，一杯牛奶、两个煎蛋、两片面包、一碟水果片，然后敲门叫小米起床。小米的身体日渐臃肿，但也不再刻意遮掩，穿着宽松的孕妇服，神态慵懒地坐到餐桌前，忧愁而不失优雅。

关鹏看着夏小米慢慢地享用早餐。她心情不佳，食欲却很好。"你怎么不吃？"她抬起头，心不在焉地问。关鹏这些天来的行为令她深感迷惑，但她又很感激他如此关怀备至。

"我吃过了。"关鹏见小米开口说话，高兴极了。但他仍小心地选择着词句："小米，一切都会过去的，用不着太伤心。"

小米放下手中的杯子，脸上有了一点笑容，"关鹏，这事若落在你身上，恐怕你也会和我一样。我像个知道了自己死刑执行时间的囚犯，只有在等待中度过这没有意义的一段日子。而真正的罪魁祸首却在逍遥法外。"她又想起了张化冰，但她不再有仇恨的语气，她只有无奈了。

"小米，"关鹏冲动地抓住小米的手，动情地看着她，"嫁给我吧。"

夏小米猝不及防，内心的震撼波及面部表情，好半天才反应过来是怎么回事。她的眼睛慢慢溢满了泪水。她拿开关鹏的手，平静地责怪道："关鹏，你怎么也这么不稳重呢？我谢谢你，但我不需要同情和怜悯。在我看来，同情和怜悯是另一种形式的歧视，我不要。"她的脑海里，张化冰的身影旋风般一掠而过，他爱她，又转瞬抛弃了她。

"小米，我不是冲动，我也不是因为你的处境。"关鹏诚恳地解释。扪心自问，关鹏不是那种乘人之危的男人，不会利用夏小米与化冰有了孩子、化冰不知何处的契机，以小米需要帮助的名义来获取她。从湛江分手后，他一直在想刚认识的夏小米和在海上时夏小米无助的样子，一直不能放下牵挂她的心……

"老实说，小米，我爱你，也许这中间夹杂着深刻的同情……但若仅仅只有同情，我也不必要以婚姻的形式来帮你……我爱上了你。你知道，我是个离了婚的男人，是的，它将不是轻浮的决定……我也喜欢孩子，是的，他将是化冰的孩子，但……他也是你的骨肉，我爱你，孩子是无辜的，我没有理由对他产生歧视。何况，我对化冰的印象并不坏……"慌乱间，关鹏有些语无伦次、词不达意了。

夏小米呆呆地看着关鹏断断续续地把话说完，竟久久说不出话来。关鹏要娶她，他要娶怀有身孕的夏小米！他不是与月亮有什么事，他是为了自己而来……

"嫁给我吧！我不许给你荣华富贵，但我希望你相信，我是个有能力有责任感的男人……"关鹏直视着夏小米变了颜色的脸，企图将自己的用心阐述得更清楚一些。

夏小米哀怨地望他一眼，默默地站起身，朝卧室走去。她的步态有些艰难。她掩上门，两行热泪委屈地、悲愤地夺眶而出。

关鹏望着卧室乳白色的房门，有些不知所措。他茫然地站了一阵，走到客厅里坐着，点燃一支香烟。他想给月亮一个电话，但又停住了拨号的手，转身拿起公文包，出门去了。走到门口，他又回转身，冲着卧室喊了一声：

"小米，不要怀疑我的爱！"

4

张化冰做梦都没想到，就在他报复于小苹的计划一步一步实施的时候，命运会将夏小米又带到了他的身边。而且，他不再是单纯地想占有她，他是真真切切地爱上了她！

与夏小米相亲相爱的日子里，他放松了催款的计划，也放弃了动员于小苹在海南设办事处的想法。他对于利用并报复于小苹的想法再也提不起热情来了，他甚至觉得自己对于一个女人太没有宽容心了。这样的反思，让他不想再与于小苹通话，原有的热情，如今再也装不出来。女人是敏感的，于小苹也不例外，她开始催他北上。见张化冰迟迟不返北京，她威胁说他再不去北京，她就要来海南。张化冰好说歹说，总算稳住了阵脚。

　　但是，无论怎么说，花了几个月时间还不能把事情处理好，于小苹再痴，也不能不怀疑了。她查了一下他的公司，那两百万早已以投资的名义转出去了！而他那个哥们，不知什么原因刚被公安抓了，他公司的一切资金账户已全被冻结。于小苹惊出一身冷汗，又不敢声张，害怕查账查来查去查到自己头上，最后还会牵涉到自己的老子，弄不好整个腐败大案出来，就全完了。她只有拼命给张化冰打电话催他回北京，说你再不回来，我告你一个诈骗罪！

　　张化冰这才感到事态的严重性。他那几天如坐针毡，焦头烂额，还冲夏小米发无名火。他不知该如何做才能不让小米受到伤害。他能把于小苹哄住，却没办法编造离开夏小米的理由。他一见到夏小米那种迷情的眼睛，那副一分钟也不能离开他的神态，他就不忍心给她讲这一切无可奈何的事情。何况，他哪里舍得放弃她呢？上帝啊，你如果稍早一点将她带到我面前，我怎会去到北京并滋生出那么多的丑陋之事，我现在连悔恨的话都没脸说啊！

　　真是祸不单行。张化冰的妻子不知从哪儿得知了他与一个女孩子同居的事，打电话说她要来"看看那位陪伴你的小姑娘"！这事比于小苹那边还紧急。妻子是个急性子，她说到做到，说不定哪天就会跑来海口。他不怕闹，可夏小米的面子与名誉就扫地了。她那么纯洁，怎能经得起世俗的打击？不，他绝不能使小米受辱！他狠下了心，不声不响地走了……

　　一到北京，他就告诉妻子，说自己已经到北京来发展了，你要去海南你尽管去吧。妻子证实了这一点后，方才安静。但于小苹那儿，他怎么也没有与她游戏的兴趣了。上次他除了要利用她，还有要报复她的念头，可以让他为自己的行为找到解释，现在他满脑袋都是夏小米，怎么可能再与于小苹有什么？他担心着夏小米，可又不敢与她联系。张化冰一天到晚恍恍惚惚，情绪陷在后悔与内疚、自责之中。

　　"小苹，我看我们还是分手吧，只做个生意上的朋友，或许更好。"有一天，他终于对于小苹谈起了分手，话一出口，他觉得坦然了许多。

　　"你上次不是还好好的吗？"于小苹心头冒火，语气还是平和的。

　　"你我都是有家室的人，特别是你，这事一久，传出去对你的家庭不利……"

张化冰找着理由。

"这个问题你上次没有想到？"

"小苹，是我昏了头，想报复你当年对我的残忍。请你谅解我，我不想伤害你，我现在也不恨你，只是希望我们的关系能单纯一些。事实上，我们的情感关系早在毕业那年，更确切地说是在丰台车站时就已经结束了……"张化冰沉痛地说。他提起丰台，是揭于小苹的短，他希望这能激怒她。

于小苹却没再跟他在这些问题上无休止地谈下去。对于自己在丰台车站之举，于小苹在婚后不久就开始懊悔了，生活越不如意，她就越觉得对不起张化冰，越怀念与张化冰在一起的日子，那些虚荣心得到极大满足的日子。也正因此，遇到他后，她想用加倍的爱来补偿当初给他的伤害。所以，张化冰有时说一些伤她自尊的话，她一般也不去计较。她知道，平复伤痛是需要过程的。

见于小苹没反应，张化冰有些急了，他觉得耗在这样一种生活中实在不值得，也没有必要再游戏下去，可是，他也不能撇下两百万的事一走了之。

张化冰冥思苦想，无计可施，只得咬着牙发誓："那两百万，我一定尽快追回来。"

他这样老把两百万的事放在心上，于小苹以为他是因为那两百万一时无法动用而提不起精神，便极力讨他的好，可渐渐她发现即使是自己向他求欢，他也没了兴趣，这才觉得事情并不那么简单了。他并没有把钱的事放在心上，他原本就只是要把她的钱一点点玩掉！是啊，依他的个性，他不是要女人的钱装自己口袋的男人。

于小苹真正地醒悟了。联想起张化冰那么快、那么秘密地将两百万转账的事，她相信了张化冰的坦白。他只是在报复自己，他要洗刷当年她给予他的耻辱的记忆，现在他良心发现是假，是那笔钱已成功地不再属于她，他达到了报复她的目的，所以要分手。

于小苹在心里冷冷地哼了一声。她不动声色地操作起要置张化冰于死地的计划。在这个计划里，张化冰只有两条路可以选择，一是永远受制于小苹，俯首帖耳地为她服务；一是让他永远失去骄傲的资本，在任何女人面前都自惭形秽。

她想在计划实施之前，与张化冰再有一个销魂的夜晚。

那天是张化冰的生日，她满面春风地在为他租住的公寓里点起了蜡烛，端上了蛋糕。她心怀鬼胎，却又的的确确地想得到他。她劝张化冰喝酒，说什么伸手不打笑脸人，你要是个男人，今天就与我来个一醉方休，以后就天各一方，永不相扰！张化冰想想也对，人家给你过生日，你有什么理由那么冷淡呢？他豪气上升，脖子一仰，就把酒喝了，并劝于小苹也把酒喝了。就这样你一杯我一杯，也不知喝了多少法国威士忌，两个人都有点醉态了，还喝。喝着喝着，于小苹就流泪了。她泣不成声，断断续续地说："张化冰，两百万不算什么，只要你从此以后跟着我，我就一声不吭了，日后你能拿出来，也就是你的……"

"这么说，你是真爱我？"张化冰不信任地撇了撇嘴。

"我说了你可能不信……我一直就爱你，那时离开你，是因为家里对你有看法……"

"瞎说，明明是你……看不起我！"张化冰将酒杯重重地顿在桌上。

于小苹绕过桌子，一手托着酒杯，一手勾住他的脖子，眼睛红得跟葡萄酒似的："你不知道我有多后悔……"

"你这个臭娘们，你根本就是骗我，看不起我！"张化冰烦躁地指着于小苹，手指头几乎要戳到她的鼻子，"你知道人受骗是什么滋味吗？"

于小苹打了个嗝，嘴里喷出浓重的酒气。她涎着脸皮笑了："我知道，我当然知道。你……你现在不就在骗我嘛，骗我的情感，利用我来成你的大事……"

"呸！我利用你？"张化冰瞪着也是血红的眼睛。

于小苹不接他的茬儿，自顾自地说下去："可是我告诉你，两百万对我来说算不了什么，我告诉你我的资产，要吓死你这个乡巴佬……所以，只要你从此以后跟着我，这笔账就一笔勾销……但如果你不依我，我就要废了你！废了你，再让你一分不少地赔偿我两百万……"

张化冰粗暴地推开了于小苹，跟着起哄："你是个好样的娘们，我操，怎么会有你这么毒的女人！"

于小苹在客厅里摇摇晃晃地转着圈子，哈哈大笑："你不依我，我……就要废……废……了你，再让你一分不少地赔偿我两百万……"她的口齿渐渐不清了。

张化冰听着听着就毛骨悚然，酒都吓醒了。

过了几天，他瞅空去看望那位出了事的哥们，得知前一阵子于小苹查银行账户的事。那哥们告诉他，于小苹也来找过他，想知道张化冰的合同书是不是真的。哥们还说，他的事很复杂，别人玩的是丢卒保车的策略，自己是代人受过，一时半会儿还出不去，帮不了张化冰，两百万的事暂时只有靠张化冰自己了。

原来她早就清楚了一切。她迟迟不揭穿的原因，是那笔钱尚未启用，还有拿出来的希望。这样看来，她说的那番醉话不光是喝了酒的缘故，那是她的烂熟于心的阴谋。于小苹绝不是善良之辈！张化冰想，北京不是久留之地。

"你不能再回那个住处了，切记。最毒妇人心，你没必要用自己的生命再去验证一次！"铁哥们郑重地告诫他。

张化冰却想再与于小苹好好谈一次，若能化敌为友，不是更好吗？他希望于

112

小苹念在自己曾是她初恋的分上，能接受他真诚的道歉。他还是要回去。朋友担心地叹息，嘱他务必注意安全。

快到公寓了。张化冰抬头望了一眼公寓楼，警觉地立定了。在这个住户还没有几家的公寓里，他一下子就判断出自己的那套房子有些异样——以往，都是灯光明亮，而今夜，却黑灯瞎火，阒寂无声。

张化冰下意识地感到了危险，他一转身上了一辆出租车。

他的感觉是对的，黑暗中，于小苹和她雇来的打手早已等得不耐烦了。只要他一出现，他们就会把他打个半死，然后按照于小苹的意图让他成为男人中的废物。

张化冰回到河南。可是很快，他又发现不对头，先是总有人向他的原单位打听他是否已回来上班，后又是电话打到家里来恐吓他或他的家人。妻子不知道他在外面得罪了什么人，一个劲地埋怨他惹是生非，怀疑他是抢了人家的老婆才招致麻烦的，并吵嚷着要离开他。张化冰同意了，她又要钱，说没有多少多少钱他绝对不要想离婚。张化冰担心于小苹的人追到河南来闹事，也忍受不了没完没了的夫妻战争，他一气之下，离开了家。

张化冰过起了流亡一样的生活。但，不管他去到哪里，隔不久就会引起周围人的关注与好奇。他明白自己的行动被跟踪了。他回到海南，装扮得像个黑社会老大，去找"老羊头"要钱。"老羊头"前一阵被张化冰突然辞职的事弄得很困惑，现在看他来者不善的架势，不由有些惶恐，再加上张化冰并没有将"小公主"的业务带走，兑现他广告提成款于情于理都说得过去，便开了张六十万的提款单，算是了了一桩心事。

拿到钱后，张化冰忍不住寻找夏小米。可是，电视台的人说，夏小米辞职了，何去何从，却无人知晓。原来的住处，出出进进的人，也已成了陌生的面孔。他想象着夏小米可能去的几家文化单位，一个个电话打过去，得到的回答都是"没这个人"。

他给赵霖打电话。赵霖沉默了一阵，出乎意料地冷淡，说了一句"我不知道"就挂断了电话。张化冰不知道，赵霖刚刚得知夏小米住在月亮家的消息，对于张化冰的看法大打折扣，他鄙视这个将夏小米置于绝境的男人！

夏小米失落在人海里了。张化冰茫然无措。他不相信她会回内地，她是热爱海口这个地方的，她一直觉得海口会给她机会。那么，她下海了？

想到"下海"，张化冰想起了李亿军。李亿军是夏小米认识的第一个朋友，又将他尊为兄长，下海的话不可能不请李亿军做高参。张化冰约他见了面。李亿军的态度与赵霖的态度截然相反，他十分热情，还友好地问及张化冰的近况。他对张化冰有一种近乎兄弟般的情分，又有一份嫉妒。但关于小米，他的回答和赵霖是一致的。张化冰不甘心，又打听关鹏，李亿军说，他前天还在会上碰到关鹏了，听关鹏说，最近也是东跑西颠的，忙得很。

连夏小米最好的同学和朋友都不知道她的下落！张化冰突然醒悟到自己对爱人的伤害有多深，他感到自己罪不可赦！如果她有个什么三长两短，他一辈子都不会原谅自己！

张化冰花钱弄了张假身份证，怀着沉重而伤痛的心情离开海口，出其不意地去了云南，隐姓埋名创起了事业。

5

儿子小望半岁的时候，夏小米将他送到父母家，自己随丈夫关鹏返回了海口。自去年去深圳以后，离开海口已整整一年了。在这期间，她与关鹏结了婚，关鹏因记者站为总社在深圳设立一家印刷厂的事务而常跑深圳，这样，小米就暂住月亮家了。月亮的"海南五日游"热线也早已开辟，与赵霖的业务往来也密切起来。记得赵霖因旅游线的事第一次来深圳时，见到夏小米挺着个大肚子，吃惊得不得了。他压根儿不知道夏小米怀的是张化冰的孩子，以为关鹏是第二次结婚不想张扬。他狠狠地训斥大家，包括关鹏也没能逃脱："我说呢，怎么几天时间没有联系，一个个就全都销声匿迹了！夏小米，你知道我为你担了多少心，还以为你回了老家呢！关鹏你就更不用说了，那次我们公司开会你也来了，你老兄竟然不曾透露半点消息！月亮你就更邪门了，竟还装作问我夏小米有没有消息！你们真够朋友啊，这么大的事隐瞒得滴水不漏！佩服佩服！"赵霖一面抱拳，一面跺脚，结果把大家都逗笑了。

小米真的在月亮社里做一些办公室的工作。闲时，也为深圳的报纸电台写一些合乎潮流的锦绣文章，日子过得也算融洽和滋润。这段时间，保罗结束了在中国的工作，返回美国任职了，月亮重又陷入恋爱、相思的激情之中。她不再屈服于家庭的传统文化束缚，她爱保罗，保罗也爱她，这就行了。保罗三番五次地请求她去美国，与他一起开辟化妆品市场。月亮将美国行纳入了议事日程，但她并没有表态会在什么时候去。她的前提条件是等保罗办妥离婚后再去。月亮对小米说，我们只有依赖自己的意志才能获得自己想要的东西，我们再不能活在家族的影响当中，尤其是爱情，这唯一能使我们内心充满幸福与激情的东西，一错失就永不再来。月亮的话令小米又一次想起张化冰。跟张化冰在一起是因为爱情，而婚姻，她对关鹏深怀感激和敬重，她也竭尽全力去爱他的一切，但她总觉得缺乏激情。她在十二分的平静中生下了儿子，然后尽着相夫教子的责任。儿子的名字是关鹏取的，叫小望。关鹏有意让小望随母亲的姓，但小米不肯，坚持让儿子姓关。

促使夏小米嫁给关鹏的，说起来还是张化冰。

面对关鹏的求婚，夏小米一直举棋不定。她觉得这么拉锯，不如躲开好。她真的收拾行李了。月亮知道她其实无处可去，但又怕她死要面子，真会一气之下离开，便竭力挽留。她将小米的箱子打开，将收拾好了的衣物又一件件取出来挂到衣柜里。她看到箱底有一包牛皮纸包着的厚厚的东西，随口问道："这是什么？炸药包似的。"

"别动它，那是张化冰的'遗物'。"夏小米没好气地回答。

月亮举着那包东西狐疑地掂了掂，倒过来，她看到了背面有几行字。字写得很认真："米儿，搬家的时候，你会发现这包东西的。我想你应该已经平静下来了。我以我全部的爱请求你将它保存好。它是我曾经热爱过、追求过的理想。"

"这是怎么回事？"月亮用一种非常凝重的口气问。

小米"哼"了一声。当初看到这些字时，她是将包裹扔到了垃圾袋的。可她在出门倒垃圾时，又忍不住将它翻了出来，并随身带上了它。

"拆开看看吧。"月亮说着，动手解包裹上的尼龙系带。

"不要，那是潘多拉的魔盒。"小米不让。她之所以一直没有去拆看它，是因为心理上有一种惧怕。最初，她认为那可能是张化冰的账本，后来她反复看他那么慎重的托付，又觉得应该是比账本什么的更重要的东西，就更不敢拆看了。她害怕自己一时控制不住，做出毁掉它的行动。

"有我在，你不要有顾虑。"月亮手法麻利地拆开了包裹。

"手稿？！"

月亮和小米同时怔住了。

这是张化冰写在厚厚记事本上的书稿，夏小米曾看到过并称它为"广告理论读物"的书稿。她当初并未在意它对于张化冰的意义，更没想到他会将它当作自己追求与热爱的理想。

"看这标题，很有些学术气与权威性。"月亮翻开扉页，将标题念了出来：《中国广告业前景探索》。"

夏小米不吭声。她早就知道内容了。应该说，如果出版，这部书在广告业界

115

完全可以得到重视，并在一定程度上引领广告发展潮流。尽管是部广告方面的书稿，可张化冰在字里行间满溢的激情文采，足可以引起读者的阅读兴趣。

"我原以为张化冰只是个性情中人罢了，没想到他还真有如此成熟的思想，一本广告方面的理论书稿，居然被他写得这么有文采，内涵还很丰厚啊！"月亮一目十行地翻着书稿，赞道。

翻到最后一页，月亮看到有段"特别说明"：

此书若出版，请署名"张米"，稿费交夏小米。

"张化冰心很细啊！"月亮哑默良久，迸出了一句。

夏小米看了那一行字，内心感到震惊，却又没有更多的理由确定这就是张化冰离去的原因。她回忆起张化冰"失踪"前那一阵夜以继日地写稿的情景，心里面忽然亮堂了许多。当时，她以为是张化冰赶着给出版社交稿，没有多问，现在才知道，他这样做，是想在最大程度上给自己以补偿！可以看出，随着中国广告业的迅速崛起，这本书一旦发行，是会有相当可观的销量的。

关鹏回来时，她们将文稿给他看了。

关鹏抚摸着厚重的记事本，竟显得很激动："这个张化冰！我以前只知道他有才情，有个性，但总认为他有浮夸与浮躁的致命弱点，没料到他还有这么严谨的学术态度……我是燕雀不知鸿鹄之志了。在广告业，这本书若真能出版，无疑具有指导性，它的许多观点是现代而实用的。"

"我们将它出版如何？这样，张化冰可能会冒出来的。"月亮热切地建议。

"如果看到书就冒出来，那他还这么郑重地留下书稿干什么？"关鹏不赞成。

连续几天，夏小米陷在深深的思考之中。她忽然意识到，张化冰是深爱着自己的，保住孩子意味着什么。

她嫁给了关鹏。

如今，儿子的轮廓日渐清晰。夏小米能从母亲的角度感受到他与他父亲之间的形似与神似。她很恐慌，大家都极力回避的话题，又要因儿子的面相而重新回归，这对于关鹏来说，不可能不是刺激。他们不应该再生活在张化冰的阴影之中。夏小米果断地将小望送离了身边。

经过夏小米的努力和关鹏的斡旋，电视台最终又一次聘用了她。她向台长建议新辟一块《椰城名流》节目，很快被采纳了，只是将栏目名称改成了《名流》，她被指派做这个节目的主持人。在他们夫妇答谢台长及有关人员的晚宴上，台长半开玩笑半认真地批评她："小米呀，机不可失，时不再来。你这是失而复得的机会，要珍惜，不要动不动又失踪了哟。"夏小米连声说"是"。

再上银屏，夏小米已由清傲单纯的少女变成一个沉静大方的少妇了，个性化的风格中更添了一种冷媚与高贵的气质。观众们因为不知道她"失踪"和复出的背景，对她的节目与形象变化倍感兴趣。认识她的人，还因为她成了关鹏这个大报记者站站长夫人而对她怀有敬意。她出席各种新闻发布会，不停地被一些企业开业庆典、大型演出晚会、节日联欢活动等请去做主持，她的知名度迅速提高。但是没有几个人知道她这一年多的经历，正因此，她头上闪烁的星光中，还有几分神秘色彩。

安顿下来后，夏小米和关鹏去看望李亿军夫妇。

李亿军在家里为夏小米夫妇的归来做了一顿丰盛的晚餐。他是在他们生了孩子以后才知道他们结婚的事情。因为事务缠身，他一直没有去深圳看他们。他并不清楚夏小米与关鹏结婚的具体内幕，他对关鹏印象不错，又怕提及张化冰的事让小米伤心，所以也没有多问，只表示祝贺。不过私下里他也满腹狐疑：那么高傲、对张化冰那么痴情的夏小米怎么会闪电式地嫁给关鹏呢？是由于绝望还是出于报复？现在看来，嫁给关鹏倒也不错，但他又隐隐感到她对关鹏尊敬多于爱慕。他频频与关鹏碰杯，以此表示对他们婚姻的认可。觥筹交错之间，两家人尽显亲和。夏小米看着现实生活中两个最亲近的男人和不打不相识的阿菊，满怀感动。

起身告辞的时候，阿菊还在厨房里洗碗。李亿军对关鹏说："老弟，如果你不介意，我们想留小米多待一会儿，阿菊她有些事要对她说。待会儿我开车送她回去。"关鹏早已清楚小米与这家人的关系，不假思索地答应了。

李亿军夫妇坐下来，装着很随意的样子问及了孩子的事。小米见已回避不了，也就不再遮掩，将婚姻的大概过程说了，又将关鹏赞扬了一番："我很满足于现在的生活，不管怎样，关鹏是一个很负责任的丈夫，他对阿望也视同己出。光这一点就令我要十分珍惜他。"

"看上去关鹏这人确实不错，很厚道，事业也很成功。你看看海南，有几个男人像他这么全面的？"李亿军尽量放淡语气，"婚姻对于女人来说，最重要的是稳定。"他的下意识的话是"浪漫的爱情已经过去了"。

阿菊也说："小米，有些男人是可遇不可求的。好的婚姻是女人的造化。难得有关鹏这么好条件又有家庭观念的男人，好好过吧。"阿菊的话令夏小米暗暗吃惊，她好像在指小米不满足现状，而自己丝毫没有这样的表现呀。

夏小米十分动情地说："我知道珍惜什么，李大哥，阿菊，你们尽可以放心，有关鹏在身边，你们也可以少为我操心了。来海南，能遇到你们这样胜似亲人的朋友，是我的荣幸。而我在经历了那么一场感情浩劫之后，能获得关鹏这样对我呵护备至的丈夫，是上帝对我的垂爱，我不可能三心二意。"

"还打算要孩子吗？"阿菊问。

"现在是不可能要。一胎制，小望又是在我们夫妻名下的，怎么能生第二胎？等我的工作有些起色后再说吧。"

他们就这样聊着家常，真的像兄妹、姑嫂之间的家常。小米从沙发一角拿起自己的手提包，取出一本笔记本，打开，中间夹着一张照片，那是她和儿子小望的。母亲平静的面容中隐现着几分喜悦，儿子天真的笑里漫溢着张化冰的神韵。"这照片送给你们，做个纪念吧。"她淡淡地笑着，站起身来要走。

"我去送你吧。"李亿军也不挽留。他去房间里将西装短裤换下，穿了一条长裤，又从公文包里取出一个信封塞进裤袋里。

"再见，阿菊。"小米与阿菊打着招呼。

"常来啊。"阿菊送她到门口，怜惜地为她把散落在脸上的头发掠开。小米的头发长长了不少，烫成了大波浪，很柔曼地垂过肩膀，女性化极浓。

"你别忘了看我的节目啊，每周三晚八点。"小米嘱咐着阿菊。谈到自己的工作，她就眉飞色舞。

车子开得不快。夏小米摇下车窗，看海滨大道两旁的夜色。她觉得一年多的时间，海口变化很大，这条路也好像加宽了不少，原来海边的一片树林与滩涂，已经被填平了，据说要建公园。高楼大厦也增多了，而且比以前那些更显气派，它们都安装了泛光灯，在晚上更见富丽辉煌。臭水沟两岸的椰子树虽然矮小，却是比一年前高了不少。"海口还是蛮漂亮的。"夏小米感叹道，"在这儿，置身夜色，会有一种轻松感，而在深圳，却是紧张得透不过气来，那里的竞争太激烈了。"

"其实在海口，要想真正干一番事业并立于不败，也是很难的。"李亿军接过话头。他沿路介绍着海口一年来新建的知名建筑和近期海南出台的一些政策。"股票市场的建立，和房地产即将崛起，将为这座年轻的城市带来进一步的繁荣和活力。"他像个决策人一样下着断语，并朝正在路边施工的一座大楼一指，说，"这是我们公司投资的一座公寓楼，它将在年底竣工，明春交付使用。"他压抑不住得意劲儿。

夏小米兴奋起来。她感到一种冲动，一种即将投入繁荣的城市建设的冲动。在深圳，在月亮的公司，她始终没有这种感觉。月亮很照顾她，给她一些很单纯的事情，工资照开，可她仍然找不到工作的激情。她突然醒悟了，自己是海口这座城市的一份子，自己的家在海口，自己是这座城市权威电视台的节目主持人。对于深圳来说，她只是一个过客，一个旁观者，而在海口，她是一个主人，是这垦建设的参与者。她这样想着，精神境界仿佛得到了升华。

车子停在城南的一座公寓楼前。关鹏的记者站设在这楼里的八层，两套房，一套办公，一套是他们的家。

李亿军从裤口袋里拿出一个信封，递到小米手里："小米，这是补给你的结婚礼物和小望诞生的礼物。我没有告诉阿菊，这只是我的心意。要不要告诉关鹏，你自己决定。"

小米打开信封一看，惊呆了：新能源股票一万股的收据！

她喉咙里哽咽了一阵。她将收据放进信封，想要推掉，李亿军揢住她的手说："你什么也不要说了，这只是我的一份心意，你若当我是大哥，就不要有什么顾虑。"

夏小米沉默地坐了片刻，将信封放进提包，这才打开车门。

"再见，大哥，谢谢你。"她第一次在称呼上省略了李亿军的姓。她的眼睛在朦胧灯光中闪烁着泪花。

李亿军目送着她拐进了单元楼层，才倒车往回走。他感觉到，这女孩内心仍然没有忘记张化冰，是爱，是恨，反正已刻骨铭心。她平静，但不幸福，而自己无能为力。

第六章

1

　　为了逃避于小苹无休无止的追杀与纠缠，张化冰化名张明辗转来到了远离昆明市郊的一个小镇上，他一副落拓失意的样子，没有引起小镇上任何人的注意。小镇上民风古朴，人们过着世俗的幸福生活，乐天知足。他那个铁哥们的一个朋友的老家就在这里，不到万不得已，他不会到这里来，他害怕连累朋友的朋友。

　　张化冰在这小镇上沉寂了好长一段时间，他前思后想，对于在北京发生的事情深感荒唐，以致落到有家不能归、有爱人无法走近的可怜地步。要摆脱这种困境，首先要把两百万还清。他不能坐等哥们的事情解冻，他必须行动起来：赚钱。

　　他率先在小镇开办了游戏机娱乐业，游戏机也称老虎机，顾名思义，吃钱的机器。那时游戏机行业只在极少数地方才有，云南也不多见。他由一间小小的铺面开始，很快就发展到五间。当小镇风行起老虎机时，他来到昆明，在一家大型的娱乐城开起了"赌场"——开老虎机。赌是人的天性，但十赌九输又是常理，张化冰狠狠地赚了一把。

　　不久，以开设游戏机为主要项目的娱乐业在昆明蓬勃发展起来，场面火爆，生意兴隆。就在这时，扫黄禁赌运动的风声日紧。张化冰迅速退出了娱乐业，转而投入了餐饮业。

　　做餐饮是件很费神费力的事，张化冰不是很适应。但他慢慢发现，大多数人们在吃饭之余，更注重的是与餐饮配套的一些娱乐，而且，随着卡拉OK的普及，人们的消费欲望又有了新的要求。而这时，娱乐业已过了整顿期，张化冰不失时机地将自己的饭店改成了茶坊，引进了啤酒机娱乐。

　　啤酒机实际上就是一种博彩娱乐。它共有二十六个球，除了一到二十四个号码外，还有两个彩球，顾客以押号码的形式参与，押中了，一注可以获得四到二十四倍的赔率。其时，茶坊也刚刚在南方兴起，而啤酒机更是一种新的赌博形式，一时间，顾客云集，门庭若市，张化冰财源滚滚。一年多时间，他就获取了近千万的丰厚利润，而啤酒机也如雨后春笋一样在大街小巷中开遍了。

张化冰知道，这种局面很快就会结束的。他又一次急流勇退，卖掉了茶坊，休整一阵，他回河南去办理离婚手续。

自从下海南以来，头几年张化冰还偶尔回过家，但每次都是不欢而散。后来，他只是定期往家里寄些钱，打个电话，但他并不告诉妻子他下海干什么。妻子也不关心，在电话里吵着说要离婚。两个人在电话里协商好离婚的事，张化冰同意了，可每次他一回家，她又变了。她一次一次以女儿为由索要巨款。

这次，张化冰下定了决心，无论如何也要办妥。这种已经毫无意义的夫妻关系束缚着他们各自寻求新生活的目标。而且，对于女儿的成长也没有什么好处。

这次，妻子提出要五十万。她并不知道张化冰这些年经济上的变化。张化冰二话没说就答应了。妻子吃惊得瞪大了眼睛。岁月没有使她变老一些，却使她变得俗不可耐了。她认为丈夫肯定是大老板了，不然不会一口就答应下来。她急忙补充说："这可不包括对女儿的抚养费。当然，如果你认为女儿跟你的话。"这回轮到张化冰吃惊了，妻子主动放弃对女儿的监护权！这场婚姻拖了这么多年，除了钱，焦点就在女儿跟谁过的问题上，现在却这么轻易地解决了！也许妻子她有了可以结婚的对象，怕带个女儿在身边不好处理新家庭关系吧？张化冰顾不得多想，马上作答："好，女儿跟我。你是母亲，你可以在你想见她的时候看望她。"

妻子想了想，又说："这么多年了，该换的家具都没换，别人的房子都装修了，我们的仍然是这样……再加十万。"

张化冰皱了皱眉头。妻子真的完全陌生了。他意识到自己若是再一口答应，等一下又不知会编个什么理由出来。钱已不是问题，但他忍受不了这种讨价还价的方式。婚姻的目的不是要如此结局的啊！

"一共五十五万。行就现在签字，不行拉倒。不离了。"张化冰恼火地说。

妻子犹犹豫豫半天，在离婚协议书上签了字。办完离婚手续那天，张化冰交给她一本存折，存折上的数字是一百万。她惊呼：张化冰肯定是发了大财了！

离了婚的张化冰有一种解脱感。他急忙去到北京，希望能与于小苹了却那笔经济账。然而，在探看那位仍在牢里的哥们时，他发现情况早已有了变化。哥们说，于小苹来看过他两次，一次是向他打听张化冰的下落，一次则向他表示感谢，说两百万的事不用再操心了，弄得他莫名其妙。究竟是为什么，她不肯说，他到现在也还蒙在鼓里。

铁哥们的话，使张化冰百思不得其解。他打算拜访一次于小苹，可又怕惹火烧身，心想反正她自己说的不再追究，还是别多事了吧。

放下了这个包袱，对于夏小米的怀恋之情却是一日甚于一日。

张化冰决定去海南再度寻觅夏小米。如今，他可以向她解释一切了，他要向她求婚。

2

时光飞逝。夏小米重返电视台转眼就快三年了。

这时的夏小米，已成了椰城上空一颗光芒四射的明星。她主持的《名流》栏目，如今是电视台首屈一指的名牌。为了办好这个栏目，夏小米可没少费心血。她研究被采访对象的事迹和生活，以及个性，以求访问时与他们达到相当程度的共识和默契，在有限的节目时间里向观众推出一个个有血有肉的名人。渐渐地，她形成了自己独特的主持风格，明净流畅，内涵丰富，格调高雅。各界知名人士，均以能被她采访，出任该栏目嘉宾而引以为荣。有些好嫉妒的人说起了风凉话：《名流》真正捧红的人只有一个，那就是夏小米。夏小米听了，竟笑着说"此话不假"。

在社交场所，她往往和关鹏出双入对。他们是让人羡慕的一对事业有成的名人夫妻。

岁月是一剂良药，它疗治着心伤。从表面上来看，夏小米已彻底地摆脱了往事的折磨，她是一位有着美满家庭生活的职业女性，一个红透了椰城的成功女人。

像往年的一些大型晚会夏小米是当然的节目主持人之一一样，这一次的元旦联欢晚会，她又要担任主持人。

这天，夏小米去机场接晚会的特邀主持人——中央电视台的阿红。阿红曾与小米一起主持过一台晚会，两个人很谈得来，常常热线联系，成了私交甚好的朋友。这次晚会，四个主持人，两男两女，夏小米一再要求请阿红合作，台里同意了。

到了机场，小米得知飞机将晚点半个多小时。她后悔没有事先查询一下航班信息，回台里又没必要，只好在机场等。她正准备去咖啡厅坐一会儿，不知从哪儿飞来刚刚抵达海口的旅客从出口处出来了。她连忙闪到一旁，慢慢向机场的售报亭走去，她想买份报纸以打发这半个多小时。

"米儿！"她听到一声压抑着惊喜的、温迷的、稍带鼻音的男中音。

夏小米"定格"在那儿，再也迈不动脚步。张化冰在悄无声息四年多以后，就这么奇迹般地出现在她的面前。他来不及放下手中的行李箱，朝她伸出一只臂膀，这臂膀，她千百次地在梦中枕靠过它。

"化冰！"小米在喉咙里惊呼了一声，爱情，埋藏了多年的爱情，火山爆发一样无法遏止。她的头被一阵巨大的震撼弄得有些晕眩，她情不自禁地往那只臂膀靠了过去，她感到他还是那么强健有力，自己却如此柔弱……

夏小米曾经无数次地在心中发誓：张化冰，哪一天让我遇见你，我要像个疯子像个泼妇一样扑向你，咒骂你，撕裂你，咬碎你！但此刻，她明白了，这个人的影子，是一刻也没有淡去过的，她对这个人的爱，仍然是那么深挚和炽烈……张化冰拥着她，在来来往往诧异的目光里，默默无语，一任他爱人的泪，浸染他的胸膛……

夏小米跟随着张化冰来到了宾馆。海口，对于张化冰来说，他已只是一个客人。

长久的温存过后，海口已笼罩在美丽的夜光之中了。他们彼此从深情的爱抚中感受到爱情的存在，他们仍然真切地爱着对方。经历了长久的相思之苦，这奇迹般的相遇是命运对他们的补偿。时光淡忘了无数的往事，也刷去许多伤痛和耻辱，但时光从来就无法抹去人们对爱情的记忆。对于两颗真正相爱的灵魂，爱情它是永恒之物，没有什么词句可以描写它的深厚和深刻，它的奇特和美妙。

他们像两个在人群中走散了又重聚到一处的亲人，百感交集。

他们相挽着走进电梯，下到二楼的西餐厅吃晚餐。看着几个服务员不停地打量自己，夏小米如梦方醒，放开了挽着化冰胳膊的手，下意识地想起自己是个公众人物，她主持的《名流》几乎是家喻户晓。

西餐厅里，回荡着悠扬的钢琴曲，使这里清静高雅的环境散发出浪漫的情调。重逢令他们如沐天恩，他们的脸上洋溢着爱情之光。

"宝贝，我爱你。"张化冰举起酒杯。几年不见，他显得更加成熟，智慧的脑门，自信的神态，深情的目光，以及健康的体魄，让他浑身充满着迷人的男性魅力。

"我知道，亲爱的。"小米娇声说道。她举杯的手有些颤抖，她的眼睛又蒙上了一层雾光。

两个人喝着美酒，叙着绵绵的情思。这时，小米放在桌子上的小包里传出了一阵震动声，有人呼她。她取出 BP 机，查看一下，随即轻轻地"啊呀"了一声。不用说，下午有不少人呼她，但她和张化冰沉醉在相聚相亲的幸福中，忘记了身外的一切。

刚刚呼她的是关鹏。

"我老公呼我。"夏小米迟疑片刻，还是觉得没有必要隐瞒什么。她站起身，准备去回机。

"你结婚了？"张化冰忍不住问道。其实，他心里早就敏感到她已为人妻了。

"是的。"小米见他很惊讶，自己不由也愣了一下。自见到他的那一刻起，整段时间她都没有想到自己是关鹏之妻。

"用这个吧。"张化冰递过来手提电话。

"不了，我去服务台打，很方便的。"夏小米嫣然一笑。

走回座位，夏小米笑着说："你看，电视台把电话打到家里去了。整个下午他们都在找我。我本有个重要的节目主持活动要录制，我去机场是接中央电视台来的搭档。还有，我妈带儿子在公园玩，原来约好我下班时在门口等他们一起回家的，结果也不见我的人影。大家都急得要发寻人启事了。"她像个久经世事的妇人，她的冷静与一个下午的激动在张化冰看来恍如隔世。

"你还在电视台工作？"

"是的。"

张化冰无言地靠在椅子上。

"丈夫，还有儿子，妈妈，你看上去过得很幸福。"他喃喃地说。

"还可以吧。"小米往化冰的菜碟里夹了一些火腿，那是以前化冰最爱吃的，他认为这东西方便。她的心，忽然掠过一丝苦涩。

"他是谁？"化冰费了一番力气才将这个问题提出来。

"……"小米闷闷地看着他，不知该不该说出关鹏的名字。

"你若不愿讲就算了吧。"化冰有气无力地说，鼻音加重了。

"是关鹏。"小米终于还是说了出来，"你走后没几个月，我就和关鹏结了婚。他很在乎我，也很爱我。你要知道，你差点毁掉了我。从某种意义上讲，关鹏他挽救了一条生命。"她小心地选择字句，含蓄地说到婚姻的意义。但她知道，张化冰是听不懂其中的深意的，她不知道应不应该让他明了这个被关鹏挽救下来的生命就是他的儿子。

她被自己突然冒出来的想法吓了一跳，她连忙转移话题："你呢？这些年你都去了哪里？"

张化冰的心被夏小米结婚成家的事实弄得灰暗至极，他丝毫也没去注意她话里的含义。"我现在是个自由人。"他答非所问，情绪相当低落。只说了一句，喉咙被一阵热浪哽住，再也说不下去了，他眼睛红红的，极力忍着不让眼泪掉下来。他的心是多么悲怆！当他结束了那马拉松式的离婚之旅时，他决心找到小米，希望她能够原谅他，甚至还在等待着他。在机场见到她时，他的心狂跳不已，他以为那就是上帝精心的安排。刚刚度过的几个小时，也令他宿命地想，这就是缘分中的爱情，没有什么能阻断它的。但谁知道呢，他爱着的小米，他抛弃了的小米，他重新找到了的小米，却真的已身为人妻，身为人母了！啊，上帝在惩罚他当年的罪过了，要他在得到以后再失去，在他决心永远相守的时候要永远地放弃！

夏小米的呼机又狂响了起来，她没理会。

她何尝不感到了张化冰的痛楚？

她想伸手抚摸他一下，可伸出的手又收了回来。她想到了关鹏。一想到这个无辜的人卷在自己的情感风波里，她就有些自责。她也曾无数次设想过与张化冰的重逢，自以为会恨不得将他撕个粉碎。今天的局面是意料之外的，她竟然会一瞬间把关鹏抛到九霄云外，她怎能不自责？无论如何，她不能再让关鹏承受意外的分离，她必须是关鹏的妻子，她没有权力破坏现状。是的，当张化冰从天而降站在她面前的时候，她昏了头，以至于忘记了自己当前的角色身份。她开始想坐在她对面的这个人曾带给自己的痛苦，他突然的消失是怎样无情地捣毁过他们爱情的童话，当她心已平静、家庭和睦地生活着时，他又出现了，他堂而皇之地来寻找她，寻找他丢弃过的爱情。她试图再度仇恨他，但却心如刀绞。她觉得自己快要撑不住了，她要赶快离开他，离开他施了魔法一样的爱情。

"我必须走了，明天我再来看你好吗？我希望我们好好谈谈。如果你认为可以的话，我将邀请你去家里做客。"小米心乱如麻，可表面上还是镇定自若。也许是做节目主持人久了，她已练就了处变不惊的能力，这也就让张化冰看到了一个理性的、果断的夏小米，她不再是当年那个缠绵于情爱、依赖性很强的夏小米了。事实上，她需要时间与关鹏商量是否应该让张化冰知道儿子的事情。她认为，没有关鹏的同意，她无权向张化冰透露此事。关鹏为小望所付出的爱，使得小米在这个问题上无条件地要尊重他。她不可以放下家庭重回张化冰身边。不过，今天她也彻底明白了，自己真的并不是爱关鹏的，以往她没有承认这一点，她只是凭感激和道义在生活，她的心停滞在与张化冰相爱的那段时间。这也就是她要重新陷入痛苦的原因。她依然爱着张化冰，而她对家庭负有责任。小米很清楚，这个问题，完全靠自己解决。她不能受两个男人的影响。

张化冰没有挽留她。他说："我等你。我们一定得好好谈谈。"他深受打击的神情让夏小米不敢再看他。她逃也似的离开了餐厅。

夏小米回到家，关鹏正在与小望看电视动画片。三岁多的小望，活脱脱一个张化冰，关鹏该有多么宽阔的胸怀才能容得下这个事实啊！要知道，他和张化冰也算朋友！可他却极有耐心地对小望解释着电视画面上的意思。见到小米，小望便叫着"妈妈"欢快地扑上来。小米弯腰抱起小望，脸紧紧贴住儿子的小脸，心头又是一热……她问关鹏："妈妈呢？"

"在后阳台上浇花。"关鹏答道，又问她吃过饭了没有，然后从茶几上拿起一张纸条递给她，"阿红来了，住在东苑宾馆五〇六房间。他们以为你忘了接机的事，台里也说不知道你去了哪里……"

"我去见一个老朋友了。"夏小米忽然觉得心里发虚。她放下儿子，走进卧室换装，关鹏跟了进来。

"月亮今天也来了电话，她说保罗准备来深圳接她。如果你有时间，她想与保罗来海南玩几天。"

"她真的要结婚了？"小米知道保罗已经离婚了，月亮正在办理去美国的事宜，她要赴美与保罗共创事业了。近段，她已经在安排深圳的事务。月亮的旅行社信誉极好，她与赵霖联手的"深圳—海南旅游热线"即"海南五日游"的业务也十分可观。她上次在电话里说，正考虑让赵霖接手她在深圳的所有事务，果如是，赵霖以后得去深圳发展了。

"大概是吧。哎，也真少见这样持久的异国恋情，这么经得起折腾的爱情，断了断了又续上了。"关鹏发着议论，见小米换好衣服，他将手中的茶杯递过去。

关鹏的话触痛了小米的心。她喝了口水，神情紧张而严肃地说："关鹏，我和张化冰吃的晚饭。"

黑暗仿佛骤然而至。关鹏只感到头"嗡"了一声，在尖锐的疼痛过后，是一阵令人窒息的麻木。"张化冰"，这个几年来小心翼翼不让它在这个家庭中出现的名字，它终于还是蹦出来了！没有任何迹象表明它要出现，可它就这样突然出现了！关鹏直觉到一种威胁。更可怕的是，连同这个名字出现的，还有它的主人。"啊，我的朋友，"关鹏在心里恨恨地骂道，"在你该露面的时候，你他妈的死了；在你不该存在的时候，你他妈的又复活了……"但关鹏是有理智的，他只把一丝苦笑挂到嘴角："干吗不请他来家里坐坐呢？不管怎么说也还是朋友嘛。"

"你认为有这个必要吗？"夏小米反问道。她没料到关鹏的反应如此冷淡。她以为再大度的男人在这种情况下也会吃醋的。

关鹏发现小米的行动有些迟缓，精神也很恍惚。她将首饰摘下却找不到就摆在眼前的首饰盒。关鹏的心一沉：也许一切都已经发生了！

"你打算怎么办？"他性急地问。

"他是他，我们是我们。他影响不了我们的家。"短暂的迷乱中，小米觉察到了关鹏的恼火，她恢复了平静，"待会儿再说吧，我给阿红打个电话。"实际上，她是担心妈妈听见什么。妈妈从来就不知道有个张化冰的事。对了，绝不能让张化冰来家里，若是妈妈看到张化冰，这个家的秘密就揭穿了！张化冰也就会醒悟到事情的真相了！尽管小望像极了张化冰，但也有小米的气质，不明白这个婚姻

126

的事实，一般也不会怀疑到小望与关鹏的关系，妈妈也一样。

这一夜，夏小米失眠了。她想着张化冰独自待在宾馆里，想着他说他已是一个自由身的话，想着他们的儿子……她怎么也不能入睡。关鹏半夜醒来，见妻子两眼发呆，他也没有再睡过去。他害怕失去她似的，将头枕在她的胸前，双手紧紧地搂住她。他梦呓一般重复着："小米，你不要离开我……"

小米将手放在丈夫的背脊上，机械地摩挲着。

而张化冰，也在宾馆里抽了一个晚上的香烟。他踱到窗前，仰望着海口的夜空，内心苍老万年：海口啊，我真的只是一个过客了吗？

3

起床的时候，关鹏对小米说："我们还是将小望的事告诉张化冰吧，毕竟他是孩子的父亲，他有这个权力。你下午下班后去请他来家里吧。"小米惊愕得说不出话来。这么快做出这样的决定，太出人意料了。随之而来的就是感动和对关鹏的钦佩，她想，这世界上最宽厚的人就是关鹏了，做出这样的决定，需要多大的勇气啊。这意味着他将承受事实公开所带来的舆论压力，包括对这桩婚姻实质的猜测，或许还会包括对他人格上的质疑。在很多人眼里，有这样一种尴尬关系存在的婚姻，关鹏本身定是有难言之隐。而且他还面临着家庭的解体——他就不怕张化冰将小望当作一张重新获取小米的王牌？

"你也不要将我想得太高尚。"关鹏见妻子半天没出声，知道她在想些什么。他不想美化自己，"我希望我们俩生一个孩子。在现在的情况下，这种想法确实太世俗，但是我其实一直就想有个我们的孩子。"他的潜意识认为，张化冰可以把小望带走，而不能把夏小米带走。

"再说吧，我得上班去了。"夏小米又是一惊，她没料到关鹏真正的目的是如此，不由又有些失望，刚才的激动过去了，"我做完节目就去找他吧，是应该把这事告诉他。你说得对，毕竟他是孩子的父亲，他有这个权力。"

"小米，我没有别的意思。"

"我也没有别的意思。"

小米迅速装扮了一下，匆匆吃了些妈妈做的早餐，进到儿子的房间，在小望的小脸上轻轻亲了一下。他在酣睡，甜梦中的笑容真让人怜爱。她望着儿子，酸酸地想：是啊，他是我和化冰的儿子。

一路上，她脑海里又像电影闪回镜头似的，回忆起与张化冰在一起的甜蜜日子，那些充满激情与甜言蜜语的爱的往事。她不能等到下午才去见他。到了办公室，她马上给张化冰打了个电话，告知他自己中午去找他。她没有多说什么，台里的事忙着呢，何况她还得为昨天的事做解释、道歉，等着挨批评哪。

"那你先忙，我等你。"张化冰躺在床上，脑海里拥挤着许多关于小米的画面。他没有告诉小米，昨晚自己是一夜未眠。这太不公平了，当他成了一个自由身，当他重新找到了夏小米时，他却永远没有了机会！

夏小米的电话令他焦躁不安的灵魂安静了，她的声音听上去是那样温柔。没有爱情，她怎会满怀柔情？像是催眠曲，张化冰睡了过去。

他睡得很熟。醒来时，他发现自己做了个梦。很奇怪，他是极少做梦的。他梦见夏小米在爬山，自己在她的后面追赶。小米爬到山顶时回头召唤他，等着他。他终于站到了她的身边，可伸手拥抱她时，她却不见了。他前倾的身子一下子失去了平衡，往山崖下坠去……

这个梦意味着什么？难道预示着他要永远失去她？

在这座他已离开了几年的城市里，张化冰突然产生了令人窒息的孤独感。夏小米不在他的身边，她已是关鹏之妻，她还有了儿子。她那双眼睛，仍清澈如水，却相当平静，不再燃烧爱情之火。想到这些，他全然失去了在昆明开赌场的气魄和昨天见到小米时的自信。一股巨大的悲怆袭上他的心胸，他仰天长叹了一声，紧闭双眼，抑制住男人的眼泪。

门铃声打断了他忧伤的思绪。

开门迎客，竟然是关鹏。两个昔日的相识，几年未见，彼此都有了人近中年的成熟和优秀男人的自信。但他们打心眼里清楚，如今他们是情敌。一个是夏小米现在的丈夫，一个是夏小米从前的恋人，是夏小米儿子的父亲。他们以各自的方式与情怀深爱着夏小米，而小米从未评判过自己对他们的爱孰多孰少，孰深孰浅。夏小米不是裁判，他们两个人也不需要以决斗来分胜负。关鹏有充分的权力来蔑视他眼前的这个男人，曾经因为这个男人的不负责任，差点导致夏小米精神崩溃和一个小生命的毁弃。而张化冰，他如果明白这些，他就无须再有什么理由待在这里影响她的生活。现在的问题是，张化冰对后来的事实真相一无所知，关鹏，以他办事素有的老到练达，以及从维护自己的家庭及普遍道德利益出发，要对张化冰表明自己的态度。他认为响鼓不要重捶，张化冰是个很有头脑的人。

关鹏做好了充分的思想准备。他告诫自己，要以一副诚恳友好的态度出现在张化冰的面前。他觉得这样才能显示男子汉的风度与胸怀，尽管几年来，他心中视张化冰为魔鬼，害怕他出现。他一直以为，张化冰身上有一股说不出来的可吸引夏小米这种感性的女孩子的魔力，他也知道夏小米平静之中掩盖着的是对张化冰的至爱或是至恨，他只希望有朝一日她的心伤愈合，他相信愈合是时机与时间的问题，随着自己事业的兴旺发展和越来越紧密的家庭关系，他相信这一天为期不远了，精诚所至，金石为开啊。但是张化冰这个魔鬼出现了。昨天，当夏小米告诉他她陪张化冰吃晚饭的时候，他就知道，夏小米内心深处立着的那个人就是魔鬼张化冰，而且他们已经在灵魂里达成了某种默契。他觉得自己受到了伤害，他不允许这伤害加深，他要采取措施以保障他作为丈夫的名誉以及家庭的完整。

"化冰，我知道你在小米心中的位置，我希望你能知道她在我心中以及我家庭中的位置。"关鹏开门见山。他确实很诚恳很友好，完全是一种胜券在握者才有的姿态。

张化冰抬起那双曾因充满深情和智慧吸引了夏小米的眼睛，他此刻的眼睛已失去了往日迷人的风采。他眼圈发黑，眼角因刚才的动情还湿红着，又因绝望而失神。他听出了关鹏来者不善，谨慎地、坚定地问关鹏："这是你的意思，还是小米的意思？"

关鹏顿了片刻。

"这是我的意思。"他又顿了片刻，"而小米，她是一个有丈夫、有儿子的女人，她从一个保守落后的小县城来到海南，创下今天这样一份名声、事业和家庭，她更不会希望有人将这一切打破。"

"好，我明白了。"张化冰挥了挥手，截断了关鹏的话。他挥手的动作，在关鹏看来，有一种自己练也练不出的潇洒，他的神态，在挥手的刹那又恢复了他在大学校园里发表演说时的派头。这个魔鬼般的张化冰！关鹏在心里恨道。他不忌妒张化冰的峻拔，倒是畏惧他浑身掩匿不住的洒脱。他也并不仇视他，尽管现在他是他的情敌。

"不，我要你的答复。"关鹏做事，也是一个干脆利落的人。他事实上在逼迫张化冰做选择，选择退步，但他不露声色。他要显示另一种男人风范，冷静，宽容，与人为善。不管怎样，在夏小米的事情上，自己是占了上风的，心虚的应该是张化冰。

张化冰果然举起了白旗。他心里难受至极，小米，既然你那样想，为什么要让关鹏来羞辱我！"你放心，关鹏，我无意打扰你和小米平静幸福的家庭生活。"想一想，他又补充了一句，"我不会再见小米。"

关鹏在心里笑了。他迅即站起来告辞，"那就非常感谢你了。"

他走到门口，张化冰叫住了他："关鹏，请你好好照顾她。"

"那当然，我是她的老公。"关鹏慷慨地应道，脸上浮现出骄傲的、情场上的胜利者的笑容。他拧住了房门把手。

张化冰看着关鹏得意地离去，沮丧万分。他觉得自己是只被斗败了的公鸡。他收拾行李，准备信守诺言，悄然离去。

在拎起扔在床头的衬衫时，张化冰又迟疑了。他看到了几丝秀发，卷曲的、柔软的，散落在洁白的枕头上。那是夏小米的头发，他爱人的头发。他捡拾起它们，回想起昨天缠绵得心都快碎了的一幕，心潮起伏……

他决定等到小米下班。他要听到他的爱人亲口对他说你已是一个多余的人。

但他终于没有等到夏小米。两点半，下午上班的时间到了，也未见她的身影。他不知道夏小米这些天因为晚会的事天天连轴转，中午也不休息。他相信了关鹏。

他在印有酒店名称的便笺上写了几行字，交给了服务员，怀着落寞的、伤痛的、绝望的复杂心情离开了酒店。他不敢肯定小米是否会来酒店，他没有在便笺上署名。当他站在飞机舷梯上时，他万分留恋地往电视台方向望了一眼。米儿，我亲爱的米儿，但愿你永远幸福！

他就要像个泡沫一样消失。他的希望，气泡似的在夏小米生活中冒了一下，又破灭了。

4

元旦晚会节目录制在南方国际俱乐部紧张地进行。整个工作时间，夏小米都集中不起精神，加上一夜未眠，红妆也掩盖不了她的倦态。导演先是吼了她一句，想想不忍心，又关心地问："小米，你没事吧？是不是身体不舒服？"阿红也觉得奇怪，她与夏小米虽才共过一次事，可私交甚好，从来没感到过夏小米有心猿意马的时候。这次太玄乎了，昨天是忘了接机，四处找不着人，今天又是恍恍惚惚，全然没有了王牌主持人的风采。中午吃饭时间，她端着盒饭把小米拉到旁边，悄悄问道："小米，我看你不是身体问题，是心理问题。告诉我，你是不是遇到什么麻烦事了？"小米连连摇头。吃了饭，导演又吆喝大家开工了。夏小米冲进洗手间，用冷水洗了把脸，出来的时候，她高声对导演说："没事了，开始吧。"她的精神好了一些。但是，节目录制完后，她将看到这次主持是最糟糕的一次：她语言呆板，了无生气。连阿红也失去了以往的光彩。明眼人一看，就知道她心里装着不同寻常的什么事，她和阿红以及两个男主持的配合毫无默契可言。导演看了看带日历的手表，不耐烦地说："这哪行，今晚我让台里审片，十有十一要挨批，要重录。你们感冒，我吃药，那不行。今天中午谁也不许溜号，不许休息，接着干！还有，你们大家都要做好再苦熬三天的准备！"

大家像泄气的皮球，嘴里骂骂咧咧地往录制场地走。

夏小米正准备下楼给张化冰打个电话，导演点着她的名字说轮到她和另一位主持人出场了。她忐忑不安地看看表，心里牵挂着化冰，可还是拿着节目单上场了。

一忙乎，就到了下午六点了。夏小米如释重负地往外走。

"加油啊，小米，不要因为你的情绪影响了大家。若真要重来过，你可千万不能再这样啊，否则，他们换人或干脆就用三个主持都是说不定的，时间这么紧，哪容得一遍遍重来！"阿红攀着小米的肩膀，语重心长地说。

夏小米点点头，道了声再见，获救似的急急离去。

她赶到酒店，张化冰不在房间。她的心顿时起了一种不祥之感。

她急忙下到总台查问，被告知说"客人已经退房了"。

夏小米站在那儿不动弹。她不愿意相信这是事实，尽管这就是她一整天不能集中精力的原因，这就是她潜意识里的预感。

"您是电视台的夏小姐吧？"一个看上去才来海南不久的女服务员腼腆地问，将一个有酒店标志的信封递到她手中。

夏小米怕自己失态，慌忙走出大厅。她拦了一辆出租车。

好半天见后面没有动静，司机扭过头来问她要去哪里。

"随便。"

"'随便'在哪里？"司机和气地笑了。他觉得这个顾客有点面熟，又想不起在哪儿见过，摇摇头。

小米茫然了一会儿，又让司机拐弯："到蓝海洋。"她不知道自己为什么一下子想到了赵霖。此刻，她脑袋里空空的只有赵霖。

她的手抖动着，抽出了信封中的便笺。上面是她熟悉的张化冰的字迹，还像当年那样龙飞凤舞：

> 如果你爱
> 请你珍惜她
> 如果你不爱
> 请你珍藏她

后面还用括号括了一句话：

> 当我离开，你的海洋会更广阔

"啊！"夏小米短促地叫了一声。头往后重重地一靠，捏着信笺的手无力地摊放在座位上。她紧闭着双眼，任酸涩胀在眼角。张化冰他觉察到了什么？为什么又不告而别？他昨天的倾诉都是演戏？他甚至没有告诉她他的地址，没有说他在哪里，在干什么？

夏小米头疼欲裂，她再一次"啊"了一声。

"小姐，你没事吧？"司机从反光镜里看她，担心地问。

夏小米如梦方醒，她连忙坐直身子："没什么。"

她迷迷糊糊地走进了海洋大厦。她觉得所有人都在看她的表情，嘲笑她又一次被男人抛弃，而且是同一个男人。平滑的过道她走起来高高低低很是吃力。

赵霖正在整理办公桌上的文件准备离开。夏小米坐下来，将便笺递给他，眼泪就汹涌而出。

赵霖认得张化冰那乱飞如云的字体。这家伙终于又出现了！他皱皱眉，有些愤怒，又有些惋惜。不管怎样，夏小米这几年的生活他是清楚的，表面上看去，她和关鹏这对名人夫妻令很多人羡慕不已，在海口这个总让人感到不太安定的城市，他们夫妻却是功成名就，安居乐业。关鹏是个人人称道的有能力、会赚钱的男人，他作为一个独立的记者站站长，身份本身也是一张特区通行证；夏小米，以她冷媚沉静、品位高雅的主持风格跻身于"著名主持人"行列，成了备受观众喜爱的银屏明星。在这种有事业有家庭且具有职业优势的组合下，赵霖知道，夏小米是作为一个被爱着、被呵护着的妻子生活着的，没有太多的分歧，没有激烈的争吵，也没有激情的波澜。她仍然心系着张化冰，不管她是受伤害还是满怀仇恨。赵霖原以为，夏小米是被伤透了心而没有了生活的激情，今天，在看完了这张只有四行诗加一句话的信笺以后，他深有所悟：夏小米从来就没有将那份感情漠然处之，它深埋在她的心底，在等待爆发宣泄的一天的到来。她是因为爱得太深，在失去张化冰以后不再有爱情给别的人了。实际上，她只是出于一种责任感在生活。唉，这个张化冰，如果他不出现，夏小米终有一天会康复的，她与关鹏的生活会达到真正意义上的幸福，至少他们会如此期待。可张化冰把一切全搅乱了。他幽灵一样地冒了出来，转眼又离去，还很高尚地标榜自己的离去是为了小米的"海洋"更广阔。他根本就没想过，夏小米的海洋自他失踪的那天起，就窄得只看见岸了，夏小米也没有"如果"的选择。

这就是他们之间刻骨铭心的爱情？

赵霖并不劝说小米，他任她伤心地哭个够。他站在窗前，眺望着茫茫大海，只见落霞给远海划出了岸际。他好像明白了那些为爱情生生死死的传说，对张化冰，这位从前的好朋友也突然萌生出了敬意——那年，当张化冰向他打探夏小米的下落时，赵霖是不齿于他的，甚至有些仇怨他，认为他不是一个堂堂正正的男人——今天，他理解了张化冰的行为。这表明，张化冰至少相信，夏小米是爱他的，他才敢重新来追寻。他如果没有对夏小米深刻的爱，他也就不可能在分离多年后又来寻找重新开始的契机。

"有爱情的人生，是多么丰富和生动啊！"赵霖扶了扶眼镜，感叹一声。他想起自己，忽然觉得自己的感情生活是那样平淡乏味。与月亮，说到底也只是少男少女的一种相互吸引，在今天看来根本谈不上是恋爱，或者说只是一种精神恋爱，但与她分手以后的生活，虽然也过得去，可总感到少了些什么；虽然也经历了结婚离婚，可他再也没感受过恋爱时的快乐和激情。而月亮，私生活比许多人要浪漫得多，可最后，不也是要远涉重洋与爱人相守。男人和女人，爱恨情仇，渲染出人间一幕幕或悲或喜的动人剧目。

夏小米的悲伤被赵霖的感叹止住了。她走到赵霖身边，忍不住倚靠住赵霖的手臂："我多年的朋友啊，告诉我该怎么办？"那哀伤的调子听上去是那样揪人心怀。她的脸，在夕阳的映照下，浮现出漠然的凄艳。

赵霖扶着她的肩膀，要给她力量似的紧紧握住她的手，"听我说，就当他没来过！"话一出口，他自己都觉得空洞，连忙改口道："还是听其自然吧，小米。你知道，你今天的一切都来之不易，不要因为张化冰而……不要伤害了关鹏……再说，爱情其实也是最不可靠的东西……"

夏小米感激地点点头。她并不接受他说的话，但她说："也只能如此了。"她的声音含着绝望与沧桑。

电话铃响了。赵霖走到桌旁去接听电话。

夏小米的目光越过楼下的草地，落在海面上。白帆点点，那是暮归的渔船。她想起了舒婷的一首诗，轻轻地诵读了出来：

……
隔着永恒的距离
他们怅然相望
爱情穿过生死的界限
世纪的空间
交织着万古长新的目光
难道真挚的爱
将随着船板一起腐烂
难道飞翔的灵魂
将终身监禁在自由的门槛？

痛苦的、激动的、忧伤的表情，令夏小米此刻显得异常凄艳动人。赵霖放下电话，转过身来，心灵深受震撼：

这是一个爱情中的女人。

第七章

1

张化冰怀着无限的失落与迷茫回到昆明，百无聊赖地在别人的茶坊里赌啤酒机度日，每天将自己弄得疲倦至极才回住处；或者，与一些商界朋友花天酒地，醉生梦死，整个人被击垮了一样没了半点斗志。他意识到不能这样下去，可他不做努力改变这种状态，他放任着自己，麻痹着自己。夏小米，像个幽灵一样，潜隐到他的内心深处去了。

然而，一个偶然的机会，张化冰卷入了海洛因市场。

云南历来是境外毒品传入内地的主要通道，每年从这里流向全国各地的海洛因高达百分之七八十。本来，云南大部分地方也是适宜种植鸦片的，但是政府禁止，即使想弄一株两株罂粟作为盆景观赏，也要到当地公安部门申请报批。以前有些偏僻山区的农民，偷偷地种上一小片，用作药物，并不加工制作销售，但政府的眼睛是雪亮的，不久就会发现这种违规的行为，从此坚决制止，所种鸦片全被没收，种鸦片者不是被课以重罚，就是被抓去坐牢。久而久之，没有人再敢冒险种植鸦片。

张化冰很意外地接到了吴老大的家庭聚会的邀请。吴老大明里是一个珠宝批发商，暗里却是一个什么非法生意都做的"老大"。他精于黑白两道，上上下下被他打点得都只有一只眼了，而且这只眼还只用来看明的一面。他的三层楼的别墅，金碧辉煌，豪华得像个宫殿。以张化冰的财富而论，他是没有资格来这里做客的，但他年轻、有才气，他又是昆明游戏机与啤酒机行业的始作俑者，主人吴老大十分赏识他。

就如在海口的诺亚舞厅一样，张化冰很快又成为舞会的王子。跳着跳着，就只剩下他和他的舞伴了。停下来的时候，屋里响起了热烈的掌声与喝彩。张化冰很潇洒地挥手，带着舞伴鞠躬致意，他的自然与礼节赢得了这批商界高手的好感。另一位客人站起来邀请他的舞伴，她翩然而去，张化冰望着她的背影，有一刹那间的恍惚。这里没有夏小米，这里不是海口的诺亚。他惆怅片刻，走向洗手间。

洗手间有一股他从未闻到过的异香。他站在里面好一会儿，那异香令他迷惑。

他刚走出去，迎面碰上了吴老大。他好奇地问吴老大，那是什么香味？吴老大拉他到休息室，笑着说："我们这中间有瘾君子呢。"张化冰拍拍脑袋："哦，我明白了，难怪那东西迷倒了好多人。"

"怎么样，张明先生，想不想尝试一下？"

"不。"张化冰想都没想就回答道。他虽然从未接触过毒品，但关于毒品的概念却有深刻的认识。他不想尝试以后永远拔不出来，而且，从那异香之中他已经体会到了它迷人的威力。他目前的情绪是有点颓废，可颓废归颓废，他不想去冒这个险。

"真不想？它可以带你进入神仙境界呢。"吴老大引诱着。这个年轻人果然不同凡响，吴老大暗喜。他并不轻易示人毒品，但按以往的经验，没有人走出过它的异香。

"不想。我凭幻想也可进入神仙境界。"张化冰再次果断地拒绝。

吴老大喜不自禁。他约张化冰第二天去他的办公室："放心，张明先生，我不会再劝你尝试这个。事实上，我自己就不吸——当然，很早以前我吸。我是想，我们如果联手做什么事，肯定大有作为。"

张化冰第二天很晚才起床，他睡得太迟了。他脑袋里在思考该怎么与吴老大谈。以他的聪睿，吴老大要与他联手做什么事，他已心知肚明。吴老大的生意，他也早有所闻，这个人做生意精明过人，诡计多端，但又有为人仗义、奖惩分明的一面。他已近花甲之年，子女几个留学的留学，经商的经商，规规矩矩，没有一个继承他的事业，现在只有小女儿在上大学，她在西班牙学了一年就跑了回来，死活不再去了，没办法，就近在云南上学。但她大学一毕业，谁知道她又会跑到哪里去？他必须物色一个人来巩固和发展自己的事业。他现在终于发现了张化冰，这个头脑清醒、意志坚强的年轻人，只要他不是那种心术不正的人，他定能接这个重担。想到这里，张化冰掐灭了手中的烟头。夜已深了，他却仍很兴奋。他决定赴吴老大之约，与他合作经营毒品。

张化冰当然明白这一行的风险，但他希望能做点刺激的事以摆脱目前的颓废状态。再说，作为一个男人，他骨子里也有一种冒险的因子。毒品对人的健康的危害他不是不知道，但他又认为，如果一个人能够麻醉一生，也未尝不是件好事，至少于人自己的精神是有益的，总比浑浑噩噩、终日混生又感觉不到人世美好要好。有些人之所以会被麻醉，大概是因为他们自身的意志力以及对于邪恶的抵抗力不强引起的，这种人，即使不被毒品麻醉，也很难不被别的什么魔鬼降服。张化冰这个推论过于简单幼稚，也是他狂妄自大、恃才傲物一面的表现，此刻，也许还有潜在的对即将投身的毒品生意的浓厚兴趣所致。他就这样忽略了从事毒品行业的道德意识自审。而来自政府方面的巨大压力，他认为，我们国家目前吸毒者尚处于地下状态，公开的危害并不多见，而潜在的市场相当广大，他可以利用这种机会。他现在只想赚钱，当政府感觉到吸毒的危害并有精力物力投入大规模缉毒戒毒运动时，他肯定早就赚足了。中国就是这样，什么事只要走在前面，合法的不合法的，都可以捞足好处。就好像游戏机，除了它的娱乐性，实质上是一种赌博，可如果它不成燎原之势，就没有人去整顿它、取缔它。张化冰的成功就在于他能急流勇退，绝不将自己置身于旋涡中心。虽然从商没多久，但多年来闯荡社会的经历，他已经把握了任何事情的实质，一切原则都是相通的。

他穿戴整齐，去见吴老大。他的英俊，他的风度，他的才华，他的资历，现在都是王牌。一张一张地摊开，是他事业蓝图的奠基石。

他们进行了长达四个小时的谈话。与张化冰一夜所思风马牛不相及的是，吴老大并没有让他搞毒品，而是让他担任昆明一家珠宝进出口公司的总经理。这里的宝石生意，大部分来自泰国、缅甸和南美等地。但他想，泰国和缅甸，也是中国毒品市场主要的走私源。

在送他出来的时候，吴老大笑眯眯地对他说："我看你就不要再叫什么张明了，还是叫张化冰吧。"

张化冰顿觉头皮发麻，这么说，吴老大早就明察秋毫了！

吴老大继续笑着，显得很和善很慈祥。原来，在张化冰进昆明开娱乐场时，他就去考察过，感到这家娱乐场所的管理非同一般，遂打听这家业主。不料这个人来历不明，他便起了了解这个人的来龙去脉之心。很快就大功告成。他派人前往北京，帮他将两百万还给了于小苹，并警告说从此以后不准以任何方式跟踪或打听张化冰其人。一切办熨帖后，吴老大才向张化冰发出了宴会邀请。可以说，这个聚会是为张化冰举办的。

"老大，化冰何才何德，让您如此器重！但愿我日后能不负重托！"张化冰内心感慨万千，心里明白自己是没有退路可走了。吴老大如此坦率，使他有了一种感激之情，而且，吴老大器重他，却并没有让他卷入毒品行当。回想起自己去见吴老大之前的那些冒险的想法，张化冰不禁很后怕，自己一念之差，几乎走上邪恶之路！

从此，张化冰往来于泰、缅、中国云南等地。他摇身一变成了珠宝商，他的身边，多了两个助理也即保镖。不到半年，他就成了吴老大的替身，比吴老大更具魄力。

为了彻底稳定张化冰的地位，也为了使自己的事业后继有人，吴老大要将自己的小女儿吴倩倩许配给他。"许配"一说引得吴倩倩朗朗大笑，实际上，自从那个周末回家，第一次见到张化冰，她就有点魂不守舍了，她承认自己迅速堕入了情网，热烈地爱上这个看上去有些冷面和忧郁的男人。她对张化冰的追求在整个吴府都不是秘密。

张化冰最终成了吴倩倩的俘虏。一则他要平复夏小米结婚成家的事实给他的打击，二则他清楚吴老大的意思是自己现在无力悖逆的，再说，他也有些喜欢倩倩的美貌与性格，但论及婚姻，他还不想。他借口现在事业基础还未稳，应该再等等。在内心深处，他也觉得现在结婚对倩倩不公，尽管倩倩求之不得。每次与倩倩在一起，他都会想起夏小米。夏小米没有吴倩倩漂亮，也没有她年轻，更没有她富有，可是，所有这些年接触过的女人，没有任何人再像夏小米那样深深震撼他的心灵。只有夏小米，他一想起最初见到她时，她像荷花一样纯洁的面容，她澄明如深海之水的眼睛，他心灵中冷酷的一面仿佛就得到融化，他的心就隐隐作痛。如果当初自己没有婚姻，他与夏小米的关系也许就是另一番天地了，他们会长相厮守。吴倩倩见他总是走神，追根究底要知道他感情的症结何在，张化冰思来想去，还是坦率地告诉了她自己的婚姻历史以及自己对夏小米的恋情。倩倩内心既深受刺激，又深受感动，她是个受过西方文化教育的女子，加上性格开朗，心胸开阔，烦闷了一阵，就表示了理解和同情。这个人越来越超群的风度令她神魂颠倒，她没办法放弃与他交往。她明白，爱情就是这样奇怪，他的心在另外一个女人身上，自己的心在他身上，所以爱情总难有美满。

尽管这样，有时倩倩心里面也会有淡淡的酸楚，而且她越来越想多了解一点夏小米。一个能令张化冰如此牵念与怀恋的女子，必是不同寻常的。

在一次温柔过后，她语气尽量放松地问："化冰，你说，夏小米之于你，究竟是什么？"

张化冰被问住了。他沉吟着，有些犹豫："她是我的……太阳。对，是太阳。"他忆起自己被感情创伤、生活放荡沉沦的时候，是夏小米的出现激起了他对纯洁爱情的向往，夏小米用她的爱情温暖了他的人性，使他活得重放光彩。

倩倩美丽的眼睛眨了眨，有些落寞。"亲爱的，你不能要求所有的女人都具有太阳般的温暖和光辉啊。"

张化冰歉意地拥抱着她："但愿我没有伤害到你。"

"可你已经伤害到我了。"倩倩撒着娇。她光裸的大腿在灯光下凝脂般耀眼。张化冰抚摸着这尊女神的身体，轻轻叹了口气。

"什么时候我能见到夏小米就好了。"倩倩轻抚着他英俊的、皮肤不太光滑的脸，诚心诚意地说，居然没有半点醋意。

张化冰在这个只有二十出头的女孩子额上亲吻了一下，涩涩地笑了："傻姑娘，难得你有这么样的胸襟，我一个大男人，真不如你呀。"望着这个比自己小了九岁的美丽女孩，张化冰心想失去她也许又是个错误。他的目光变得柔情起来，他缓缓脱去她短短的白色紧身裙，吻她那粉嫩的肌肤……

但太阳只有一个呵，那温暖过他，并将永远温暖他的记忆的米儿，我永远失去了你吗？

2

夏小米录完晚间要播出的节目后，没有与节目组的同事一道吃饭，早早地回家了。自从张化冰突然离去后，她几乎放弃了所有的应酬活动。

她听见了母亲关切的问候和儿子欢快的叫声。

关鹏还没回家。他今天在省政府有个会议，不用说，有宴席。

看着母亲和儿子，夏小米强打着精神与他们说了一会儿话。她越来越害怕与母亲待在一起，她怕自己控制不住，而对母亲诉说一切。好多次了，她想将张化冰和儿子的事和盘托出，请求母亲告诉自己该怎么办。可是，每次话到嘴边又强咽了回去。她怎么忍心让母亲劳神与伤心？母亲一直带着小望，这次是送小望回海南，夏小米觉得孩子不能一直放在老家，与关鹏商量，还是决定让小望回来。怎能让母亲走时带一腔的愁绪回家，然后又日夜为自己牵肠挂肚呢？母亲很喜欢关鹏，也极疼爱小望，在她眼里，这个家完美无缺。如果她知道女儿深爱的实际上是另一个男人，小望是这个男人的儿子，她怎么接受得了？六十多岁的母亲，又有心脏病，能接受得了这样的隐私？夏小米可不敢冒这个险。

天大的事将它放在心里吧。夏小米每次这样告诫自己。

夏小米看完新闻联播，与儿子玩了一会儿积木，又与母亲唠了一阵家常，就进到书房里去了。她从书架上取出一本上次节目嘉宾——一个正走红的女作家赠送的书，这本书一度脱销，可见其影响之大，可她翻看不到两页，就不知书中所云了。她根本集中不了精神。

她想念着张化冰。

她想不透他为什么在找到她以后又会突然离去。

那天，赵霖将悲痛欲绝的夏小米从蓝海洋送回来。出租车开到楼下，夏小米没有让赵霖下车，她推开车门，向赵霖挥手道别。赵霖叫住她，担忧地提醒道："小米，天大的事都暂时将它放在心里，别让关鹏难受。不管怎样，他这个人不错。张化冰他这是第二次伤你了，你要挺得住。"

"我会的。"夏小米应道。她看上去像刚刚经过了一场几乎夺命的大病。

"小米……"赵霖欲言又止。

"什么事？"小米收住脚步。

"……在你在深圳的那段时间，张化冰给我来过电话，问你在哪儿，我没告诉他。他也没说他在哪，我猜想他是来了海南的……那时大家都很抵触他……"赵霖吞吞吐吐地说。

夏小米张了张嘴，只觉得血往上涌。

"也许我错了……"赵霖见到夏小米的表情，心乱了。

"不。你做得对，否则我那时会杀了他。"夏小米回过神，惨然一笑。她再次向赵霖挥挥手。

可想着赵霖说张化冰曾经找过她的事，她的心都要碎了。这是命运！命运让他们总是阴差阳错，失之交臂！命运就是不让他们走到一起！

冥思苦想了好一会儿，夏小米懒洋洋地打开抽屉，从里层抽出一本带锁的日记本。日记本里，夹着一张照片，那是她和化冰、月亮周游环岛时月亮抓拍到的那张照片，他们在日出之时亲吻。在那些她觉得被人抛弃的耻辱的日子里，她将两个人所有的合影都撕碎了，唯独这一张她怎么也下不了手。她最终还是留下了它。这张照片太美了，不仅仅是它的意境、画面，它让她一遍遍地听到张化冰的誓言：我爱你。我对着这天空、大地、海洋，这初升的太阳发誓：我爱你，我永远爱你！每次想到这些，甜蜜与幸福，仇恨与羞耻就都一齐涌上心头，让她感觉爱情带给她的磨难。此刻，她抚摸着照片中的爱人，心里无助地哭喊：化冰，你又去了哪里？

好多天来，她就这样一遍一遍在心里重复着这句话。让她愤怒的是，张化冰连上次"失踪"的原因都没解释清楚，就又不见了。他就如大海中的什么鱼儿，潜游在水的深处，在某一时刻，突然跃出水面，转瞬又钻进深水里去了。茫茫人海无处可觅他的踪迹。

她就这么枯坐着，直到母亲与儿子敲门来道晚安。她看看桌上的小座钟，十点半了。

关鹏还没有回来。

一阵疲倦袭来，她想睡觉了。她匆匆收好日记本，冲了凉，然后躺到床上去。

很快，想着张化冰的事，她沉沉入睡。

不知什么时候，关鹏回家了。他喝了不少酒，没有醉，但也差不多有些飘飘然了。

他推开卧室的门。

小米忘了关灯。淡红色的壁灯光打在床上，很柔和地映着她熟睡着的面庞，她看上去累极了。

关鹏坐在床沿上，望着小米。他回想起第一次见小米的情景，那时，她是多么单纯清朗；而在海轮上的邂逅，她又是多么绝望与无助！再看看现在，她是多么沉静温婉！他始终不明白自己是在什么时候爱上小米的，但他知道，当自己决定向她求婚时，他是希望与她共度一生的。也许潜意识里他认为，在那种危难尴尬痛不欲生羞为人母的境况下，能得到像他这样一个各方面条件都不错的男人的求婚，夏小米当以永久的忠诚来回报。如此，一个施爱，一个图报，婚姻就牢不可破了。关鹏之所以被公认为一个优秀的男人，不仅仅因为他的能力，更主要的是，他作为一个在海南有身份又有地位，并可利用这些东西创造财富的男人，家庭责任感强，还有着不会四处追逐女人这一良好习性。当然，他比小米大了十岁，又离过婚，照世俗的观念，依小米的条件，关鹏并不是最佳人选，但在当时的情况下，小米被人抛弃，又怀有身孕，他们原有的差距也就扯平了。婚后的生活也证实了这一点，夏小米是尽了妻子的责任的。但他也清楚，小米是感激多于爱情，慢慢地敬重代替了热情。小米在婚姻初始，有可能怀疑过他的动机，当儿子降生后，关鹏遵守了诺言，一如既往地爱护着他们，她的感激很自然地升华为对他人格的敬重。当他们重返海口，各自在工作岗位上成绩出色，声名鹊起，事业上的配合加深了彼此的紧密感。夏小米对他的感情绝不是真正意义上的爱情，但关鹏认为，随着时间的推移，共同创业的成就感，正在逐步推进他们的感情，不久的将来，他们会成为从形式到实质的夫妻。他很乐观，夏小米会像他爱她一样爱上他的。再说，婚姻已使他们成了生活中的"亲人"。

然而，张化冰打破了关鹏的美好梦想！

关鹏猛地激灵了一下。张化冰，为什么夏小米的心从他那儿迟迟收不回来呢，难道是因为他对她的伤害？夏小米，这个自己为她付出了多少心血和爱的女人，与自己生活了几年的妻子，仍然没有真正地爱过自己！那天，他虽然咄咄逼人地让张化冰表了态，但他明白，自己仍然是输家。他守住的是夏小米的形，而张化冰占有的是夏小米的魂！

一阵悲哀袭来，刺激着关鹏的自尊心。他打了个嗝，喷出一口酒气。

夏小米嚅动了一下双唇。她大概正在梦中与张化冰幽会吧，关鹏恨恨地想。

他的妻子，在梦中和别的男人幽会呢。

关鹏胡乱地想着，明显地产生了醋意。他不知道如何将妻子的心从张化冰那个魔鬼那儿拉回到自己身边，可奇怪的是，他仍然恨不起张化冰，他只是嫉妒他能获得夏小米这么长久深刻的爱情。

小米侧卧的轮廓美极了——关鹏惊奇地发现。他从来没有在灯光下认认真真地欣赏过小米的胴体，他也从来没在意过她的睡姿。在他眼里，小米美在气质上，那份单纯恬静和清高傲慢。正是这气质使他下意识地不敢太亲近她的身体，只觉得占有了她就是极大的荣耀和满足。占有——也许正是对她的占有欲才是他要建立婚姻的实质？

飘然中，关鹏不解自己今日何以会有如此断断续续关于爱与不爱的假设。他突然起了欲望，他轻轻拉开了小米弯在腰上的手，掀开了她的睡裙。

当他进入小米的身体时，他们婚姻的真正危机到来了。

夏小米从睡梦中惊醒，像看一个强入民宅的小偷！她的丈夫变得陌生至极。

关鹏是个在性生活上很有节制的男人。他的节制很大程度上大概在于他对小米的爱情，他迷恋她的身体又怕亵渎她。事实上，夏小米从结婚第一晚开始，从来没有拒绝过他的性要求，只是，大部分情况是她不太热烈，令关鹏渐渐地就有了节制，因为只有当她也感到需要时，她才变得生动和积极一点，但还是称不上主动。关鹏可能在夫妻生活中犯了一个大错：他忽略了或者说根本不懂性生活是一门艺术的道理。对于女人，情调也许是第一位的，而他每次都只将性当成夫妻间简单的生理满足。他将他们生活中的谦让态度应用在性生活中，这与夏小米所经历过的爱情中的性经验完全是两回事，夏小米怎能不怀恋与张化冰一起生活的日子呢？真正的爱情、完整的爱情就是肉体与灵魂的完全结合。在关鹏面前，夏小米仅仅是一个妻子的角色，她满足他，但她可以说"不"，不过，她仅以情绪来表达"不"的内涵。

在夏小米再一次失去张化冰、痛苦尚未平复之时，也许她真的正在梦中思念化冰的这个夜晚，她的身体遭到了丈夫的性袭击！

尽管有满嘴的酒气为关鹏的行为做辩护，关鹏平日深受敬重的形象还是受到了影响。夏小米想：他原来是这么粗鲁和野蛮。如果她知道那天上午关鹏曾去酒店与张化冰见过面，她也许能体会关鹏那种妻被人占的恶劣心情；但如果她知道张化冰是被关鹏逼走的事实，她可能永远也不会原谅关鹏了。

可夏小米毫不知情，她只冰冷地看着关鹏。

日子依旧按照原来的模式过着。可实质上，婚姻的危机在悄悄加剧着。新年将近的时候，母亲回家了，她要回家准备春节全家团聚的事宜。每年春节，小米

141

的兄弟姐妹都要回故乡与父母亲过年的，今年也不会例外。儿子小望，已将他送到一个朋友的全托制幼儿园，只在周末才回家。两个人的世界平静得可怕。关鹏好几次想就那晚的事道歉，夏小米制止了。"你当时就想那样做，而且你那样做了，说对不起又有何意义？"夏小米并不给他机会。而且，每当说到这件事，她就变得神经质。她没有把握对关鹏的态度是否过火。

关鹏自知理亏也就不说什么，但夏小米的冷战状态他没办法打破，尤其是到了晚上，夏小米就会以各种理由打消他做爱的企图。关鹏终于醒悟，他将张化冰搞走了，但盘踞在夏小米心中的那个张化冰的影子，他是没有任何力量战胜的。

他痛苦地承认，自己是彻底的失败者。爱一个人是幸福的，不被自己所爱的人爱是最痛苦的。

他们的关系慢慢地发生了角色转换：他们只是一对没有太多语言的朋友，不再是同床共枕的夫妻。虽然，他们没有分开睡，但那张床，似乎有了明显的分界线。

无味的生活在死寂中缓缓地流逝。

3

夏小米的工作还是忙碌而引人注目。

三八前夕，夏小米受聘去给"南方职业妇女服装表演大赛"做主持。大赛那天，她来到场地时，发现由一家表演单位提供的主持人服装她忘在家里了。她看看时间尚早，回家取还来得及，就匆忙往回赶。一出电梯门，她就听到了关鹏爽朗的笑声。关鹏很久没有这么笑过了，她正很纳闷，又传出一个女孩子清脆的说话声，好像是她说了什么逗乐的话让关鹏很开心。她听出来了，那女孩子是关鹏站里招聘的打字员姚肃冬，他们平常都叫她冬冬。她来自陕西，二十四五岁，长得瘦骨嶙峋的，脸白成一团干面，说话声音很脆。她收入不高，却时常打扮得花枝招展，人很活跃。几个月前，她花钱做了次整容手术，鼻子垫高的痕迹很明显，双眼皮割得太深，看人时两只眼球有些外突，整张脸看上去怪怪的，让人看了替她难受。夏小米就从来不敢正视她。姚肃冬去那家美容店闹过一阵，可由于没有协议，她也没能得到什么赔偿，久而久之，她也就习惯了，并尽量用衣着来弥补美容失败造成的心理障碍，人照样很活跃。夏小米觉得不可理喻，关鹏是轻易不将有工作关系的朋友带到家里来的，今天是星期天，姚肃冬一个聘用人员怎么会来这儿？她以前也来过一次，那是她刚进记者站时，拎了礼品来感谢上司。夏小

米不由得放轻了脚步。她在心里为自己开脱：我可不是有意赶上这一场谈话的呀！

屋子里传来时高时低的笑声。夏小米朝房门接近了一些，脸紧紧贴着门缝。

"夏姐是那么出众的女人，我算什么？我真是很羡慕她。如果她知道我与你的关系，真不知道她会如何想，还有，你守着椰城著名的节目主持人不要，与一个打字员鬼混，有一天曝光了，你的良好声誉也得大打折扣了吧。"姚肃冬的普通话带着浓厚的西北口音。她嗓门奇大，声音里有一种夺人之夫的快感。

关鹏说："冬冬，我并不是要伤害她的，但与她在一起，我感到很压抑。而与你在一起，我轻松很多。虽然，你长得不好看，文眉毛垫鼻子也没帮你漂亮多少，但你很生动，我喜欢你这一点。"凭感觉，此时关鹏是将那个丑女人姚肃冬搂在怀里的。

"这是不是意味着你可以离开她，与她分手？"姚肃冬的话让夏小米倒吸一口凉气，天底下居然有这么聪明而无耻的女人，她循循善诱，她要让与她偷情的男人觉得妻子是可以抛弃的。

夏小米正要敲门，关鹏的声音响了起来："姚肃冬，你太过分了吧，我与她做了这么多年的夫妻，与你只不过才睡了几回觉，你怎么可以暗示我与她分手？我把话说明了，我可没有要放弃我妻子和家庭的意思，你不要想象我与你之间会有什么结果……一开始你就说得很明确，你什么都不在乎……是的，我喜欢与你……"

"喜欢与我做爱，对不对？呀，你不要生气嘛，关鹏站长——"姚肃冬打断关鹏的话，拉长声音发嗲，"不过，你喜欢与我做爱，这意味着至少我在这方面比夏姐强嘛。"夏小米气得发抖，强迫自己冷静，任那个妖媚的声音刺激着自己的心，"性爱是夫妻生活的基础，没有性爱，还做什么夫妻呢？关鹏，我可是早就爱上你了，这也就是我千方百计地要来你这儿打字的原因。只是很遗憾你一直不接电。谢天谢地，你终于让我得逞了……来吧，我现在让你更满足、更快活……"

屋子里出现了短暂的沉默，接下来就是关鹏的喘气声，和那个女人的浪叫。"天啊，你真是个小婊子。"关鹏开怀骂道。

"你不是喜欢我这样吗……"姚肃冬娇声娇气地说，"你这样棒，我真想不通夏小米怎会不……啊……我喜欢被你这样强悍的男人……"她发出淫荡的声音。

夏小米只觉得五雷轰顶，热血冲头。她家空旷的客厅里，地毯上或是沙发上，她的丈夫与一个婊子在做着偷情的把戏……

夏小米急忙向电梯口走去，也许她的钥匙串发出了响声，但它没能使屋里的人感到障碍。夏小米下到底层，这才记起自己回家的目的。她在传达室给关鹏打了个电话，电话铃响了好一阵，关鹏才接。他问候的语气里还带着愉快的疲劳呢。

"关鹏，我几分钟内到家，我要取今天用的服装，你帮我准备好吧。"夏小米生硬地说。

放下电话，夏小米久久挪不开步子，她的心怦怦地跳着。我为什么不开门进去呢？她奇怪地想，自己又不是圣人，怎可容忍这样的事情发生并给他们时间以逃离现场？

而关鹏这样的男人，也未能信守诺言，他背叛了自己决定要坚守一生的爱妻——也许，他从来没有爱过自己，他只是想占有，不然，他不会找那样一个下贱、丑陋的女人来充当情妇。这样他才能发泄多年来压抑的情绪，才能谋求心理的平衡？

夏小米越想越觉得心里不是滋味，她站在电梯口等那个女人下来。

很快，姚肃冬从电梯里走了出来。她穿着一件长不过膝的轻薄皮裙，拉链从背后开口，式样很新潮。姚肃冬见到她，先是一怔，马上就甜甜地笑了："啊，夏姐，你回来了？我刚到办公室取个东西，关站长不在办公室。你们真是大忙人，大星期天也有活动。"

夏小米盯着姚肃冬一言不发。她心里想：就是这个婊子。

姚肃冬讨了个没趣，悻悻地往外走。夏小米盯着她走出大门，才进电梯。

房门开着，关鹏一脸爱意地迎候在门口。他想以比平时更多的关怀和殷勤来掩饰心中的愧疚。他甚至想借小米意外回家的机会来缓和连日来的冷战局面。可小米径直走进卧室，拿起衣服就往外走："我得赶紧走，都等着我呢。"她匆忙的神态和平和的语气怎么也不会使关鹏想到她几分钟前受到的刺激和羞辱。她瞪了一眼沙发，沙发没什么异样。但客厅中央那块月亮送的印度地毯上，散落着一双女人的长丝袜，那肯定是姚肃冬那个婊子来不及穿或有意留在那儿的。她想，这块地毯该烧掉了，甚至这个家。

连着几日，夏小米缄默着。她努力去想关鹏的好，他对于自己的恩德，她希望在一种平和的心境中将那件事淡忘。她并不在意关鹏有外遇，只是别在自己家里，别让自己发现，别找那样一个女人，可关鹏做的全反了。

躺在宽大的双人床上，他们如同两个被钉牢了的哑巴，既没有话说，也没有亲昵的行为。见关鹏偶尔会挠他的下身，夏小米不禁又同情起他来。她酸溜溜地问了一句："你不是染什么病了吧？"关鹏大惊失色，第二天去检查，果然是染上了病菌！

夏小米心灰意冷，可每天还是关心地敦促关鹏用药。关鹏不解地看着她，心想她已明察秋毫，不禁恩怨全消，羞愧难当。他脑海里猛然闪过那天小米回家取衣服的情景，对了，肯定是那天，她自己有钥匙，完全没必要打电话的！而且，第二天，她借口说她看中了一个朋友家的地毯一定要与她交换，朋友也同意了，地毯就换了。现在想来她可能是把它给扔掉了。可她为什么不哼不哈不抗议不吵闹呢？她甚至可以以此为由提出离婚啊！

关鹏忍不住坦白了一切。

夏小米冷嘲道："找那样一个女人你也不怕掉价。"

"小米，怪我昏了头……真是对不起你，我知道我没有资格请求你原谅，但我希望你相信，这与爱无关……"关鹏后悔莫及。不仅仅是对妻子的歉疚，也是为自己竟染上性病而悔恨。这真是耻辱和痛苦的事情，从生理到心理，他有了一种被游戏的感觉，姚肃冬不可能不知道她自己有病。

经过一段时间，关鹏总算恢复了，可是他仍然心有余悸。然而姚肃冬却变得十分认真了，她开始向他提条件：她要调到记者站来，或者通过关鹏的关系调到某个单位，她不希望干这种"打游击"的活。她认为，夏小米就是关鹏能力的一个体现，只要关鹏努力帮忙，她姚肃冬也是可以出人头地的。这个来自黄土高坡的姚肃冬，关鹏当然不知道她以前就是靠着这种敲诈手段从一个偏僻地区一步步爬到省城，与一个记者结了婚。她很聪明，耳濡目染以后，也能写一些豆腐块文章了。她的接触面更广了，她的心又开始野起来，她向往一个更可靠更有实力的男人。她离了婚，闯到了海南。她并没有姿色，但她敢于出卖自己。她受聘到关鹏的记者站做打字员，委实有点屈才了，时下报纸像太阳花一样遍地都是，她完全可以去到哪家小报当记者或编辑，可她看中了关鹏记者站这块牌子和关鹏这个人的能力以及他的可靠之处。她是在新闻界一个老乡家认识关鹏的，听老乡说起关鹏如何如何神通广大，她就动开了脑子。她喜欢动脑子，她认为一个人不动脑子那长个脑袋有什么意义？只是她等待的时间太长了点，关鹏不是个好色之徒。她知道自己不漂亮，可她明白男人都经不起风情的诱惑，但这一招对关鹏也不灵，对于她时常有意地卖弄风骚的姿态他十分迟钝。好在她在外面可以宣称自己是记者站的，也招来了不少关系和机会，她心想，一旦时机成熟，而关鹏迟迟不上钩的话，她就跳槽。没想到她这个想法冒出才没多久，关鹏忽然答应了她的邀请，与她喝茶，应验了"一失足成千古恨"的古训。

关鹏再怎么不懂女人，也看得出姚肃冬有一些小女人的慧黠，但他绝对没料到她会对自己有如此的向往和谋划。他觉得不可小看这女人了。

他再一次赴了姚肃冬的约。他正色道，夏小米的声名是她自己树立了独特的形象和主持风格赢得的，与他并无关联。夏小米是他的妻子，姚肃冬不可能否定这一事实。

"啧啧啧啧，"姚肃冬啜起两片细薄宽长的嘴唇，手指在关鹏的脸颊上调戏式地刮了一下，"如果你妻子，我亲爱的夏姐知道你与我上床以及你得了性病的话，她会做何感想？我想情况可能要改变一些吧。"她细声细气、慢条斯理地说。她平时的声音很响，突然这么细小，真让人感到别扭。

"我妻子她什么都知道了。"关鹏冷冷地应道。他在想怎么才能对付这个女人，她好像赖上自己了。

"那如果你的同事和朋友同行知道了呢？"姚肃冬仍旧细声细气地说着，她似乎握有了一张王牌。她那张脸，面色泛黄，眼皮松弛，像失去了水分，与她的年龄极不相称。

关鹏的脸变得铁青，后悔真的来不及了。"想不到你不仅下贱，还卑鄙！"他骂起来，恶狠狠地警告几句，扬长而去。

关鹏的强硬并未能阻止姚肃冬的美梦。她开始给夏小米打电话，她告诉夏小米她和关鹏的所有细节，诉说她对关鹏的感情，以及关鹏对她"始乱终弃"的残忍态度……夏小米不愿接听，她就威胁道："你敢放电话，我就托你台里的人转告你。"

夏小米愤怒而又无奈，像是吞了一只苍蝇，恶心得很……

姚肃冬仿佛下定了决心要折磨她。一个接一个电话，一点一点细节，最后，她希望夏小米离开关鹏。否则，她就要将关鹏弄得身败名裂。她无耻地说："老实告诉你，夏小米，我从第一眼看到你与关鹏在一起，第一次看到你在电视里的镜头，我就发誓一定要取代你的位置。"姚肃冬的无耻还在于她有一种冷静的风度，她居然能不再高声大气地说话，她以最优雅的语调讲述最下流最肮脏的她的思想。

夏小米气得发抖，但她不想告诉关鹏，她不想让事态扩大。

姚肃冬继续骚扰着她。这个女人勾引了别人的丈夫之后，还公开声称要抢夺别人的位置。

夏小米忍无可忍。她在电话里挖苦了姚肃冬几句："想占我的位置，你需要好耐心哟。如果你熬不住，你就去哪个宾馆门前站着吧，会有人识货的，婊子与'鸡'没什么区别……"

她为自己能说出如此阴毒的话感到开心。姚肃冬自然没料到这个每天拿着话筒温文尔雅地与那些所谓的名流倒腾着各种流行话题的夏小米也会出言不逊……

夏小米回到家，终于将姚肃冬从头到尾的电话骚扰讲给关鹏听了，关鹏捏紧了拳头："我看这个婊子她想死了！"他确实没想到姚肃冬这么坏，对夏小米的内疚感更甚了。他紧紧拥抱着小米，咬着牙说："我真是太对不起你了！我会为你雪耻的！"

夏小米在冷淡了丈夫几个月后接受了丈夫的爱抚。她嘱咐关鹏要小心那个女人："她是条疯狗，会咬死人的。"

也许任何一个家庭都是这样的，本来非常松散了，但当外力来临，他们的利益遭受到某种危机时，他们又团结起来，一致对外。夏小米与关鹏，在面对姚肃冬阴险的企图时，冷战结束了，他们夫妻形成了一条统一战线……

姚肃冬却依旧穷追不舍。她真的开始放出冷言冷语：关鹏生活作风不好。在海南，没有人会对别人的生活作风问题感兴趣，但人们都是乐于刺探别人隐私并进行炒作的。一般人你有外遇也好你泡妞也好，不会被周围人看成猛兽，单位也不会以此为由降你的工资炒你的鱿鱼。但关鹏的单位在北京，在总部看来，以关鹏的社会身份、家庭名誉，套上生活作风不好这么一条可就致命了，那将不会只是人们的口头文学或花边新闻。关鹏只好约见姚肃冬，力图达成一些共识与交易，比如她保持缄默，他帮她解决调动问题。姚肃冬以为他退让了，心虚了，更加张狂。她坚持关鹏要离开夏小米。

关鹏纠缠在对姚肃冬的厌恨与对妻子的愧疚之中，变得脾气暴躁，心情烦乱。这种情绪在周末变得更加激烈。周末，小望从幼儿园回家，他看着小望那张简直就是张化冰模子的脸，看着夏小米搂着小望亲了又亲，关鹏的内心产生了孤独无助的感觉，感觉自己是一只被潮水送上岸来却不再被带下水去的贝壳。与夏小米稍稍缓和的夫妻感情没能减弱这种感觉。"都是张化冰这个魔鬼搞成这样子的！"他愤恨地在心中骂道，对张化冰，他第一次产生了仇恨。这种仇恨发展下去，就牵连到了他对小望的态度。任何一个人的忍耐力都是有限度的，任何一个人的仁慈大度也都是有限度的，它必须建立在利己的基础上。现在这个基础垮下去了，夏小米的心已不能再为他付出除了感激以外的情分。当小望跑到他身边叫着"爸爸"，要与他打拳"比赛"时，他的心被狠狠地蜇了一下。对张化冰的仇恨与对夏小米的灰心突然发作起来，他吼道："别烦我，滚一边去！小野种！"话一出口，他蒙了。自己怎可以这样愚蠢，这样不懂道理！小望还是个上幼儿园的孩子！至此，他知道婚姻完了。

小望受到惊吓，躲到妈妈的怀里，哭都不敢哭。夏小米惘然地望着关鹏，好一阵，才轻轻吐了一句："关鹏，我们的缘分好像到头了。"

关鹏抱头大哭起来！

4

离婚手续办得秘密而快捷。

走出区民政局离婚办时，他们相视一笑。

147

头天晚上的对白是很感人的，连关鹏和夏小米自己也不曾预想过他们之间的关系会突然间又亲近了几分。

"小米，我这人没魅力，生活了几年，却没能抓住你的心。"在温馨的卧室里，关鹏枕靠着蓝色碎花布面的双人枕头，忧怨地说。

小米坐在床沿边，一只脚伸直了放在床上，背靠在床头墙上。她真诚地说道："不是你的错。我可能潜意识里一直在想着不该想的人。他出现以后，我再度被他吸引，这于你是不公的，甚至是残忍的。"

"但毕竟是我的过错才导致了我们最终的分手。"

"实际上你很清楚，分手的危机一直存在着。怎么说呢，我们都没有重视对方的内心精神实质。你得到了原本不该属于你的东西，而我，一直希望得到自己不能得到的东西。这样看来，我们是走在两条平行线上，永远没有交叉点。"

"小米……"关鹏一把将小米拉倒在怀里，手插在她的头发里，感觉心突然间碎裂了一样疼痛，"我爱你……"

小米并不反感，她温顺地枕在关鹏的胸前，她的心被丈夫的柔情打湿了。如果说她一点也不爱关鹏，那是不公正的，但是这份爱没能超过她对他的感恩，没有超过她的往事，这是关键所在，它只停留在一个妻子对丈夫应尽的关怀责任之上。"也许做朋友我们就不会伤彼此的心了。如果你愿意，我会一直将你当作好朋友的，毕竟你是我生命中的男人，是唯一与我共同生活了近五年的男人……"

关鹏什么也没说，只是更紧地拥抱着小米。明天，她就不是他的妻子了。

他们像朋友一样地生活了一阵，夏小米就从家里搬了出来。想不到李亿军当初送给她一万元新能源股票时说的话，竟是一语成谶：果然派上了用场，而且是大用场。新能源股票时下已涨到了每股三十五元。夏小米将股票抛了，买了一套九十多平方米的房子，三房两厅，位于金贸区的一幢公寓楼里。站在阳台上，她可以望到大海。夏小米没有接受关鹏提出的财产绝大部分归她的意见，除了自己的正常收入外，她不肯多要一分钱，她觉得自己欠关鹏的已是太多太多了。最后，关鹏可怜巴巴地提出为她的新居送一套带音响在内的家私，她才答应了。夏小米知道，在今后的岁月里，关鹏仍然是一个在困难时可以伸出援助之手的朋友。她感到欣慰，婚姻的解散没有给她带来创伤；她也感到对不起关鹏，是她远离了他，是她将他拒绝在自己的爱情大门之外。

安定下来后，夏小米邀请了李亿军、赵霖、三伢子、玉红等朋友来新居相聚，她还邀请了王红——她曾经在五指山区与她共过事。小米是在找房子的过程中碰上她的，如今，她已经是一个房地产中介商了，在房地产暴涨的时候，她狠赚了几笔，成了一个暴发起来的富婆了，现在正在策划自己当老板。其实李亿军这几年做房地产，名下拥有一大片别墅群和高级写字楼，是房地产界人人皆知的巨头，他曾提出让小米住进他公司的一套别墅去，她愿住多久就住多久。小米谢绝了他的好意，她说，我总不能永远依傍男人的庇护。她要自己独立地为自己安个"家"。她从报纸广告中查找售房信息，找来找去竟找到了王红。王红这些年也是历经坎坷，与杨伟分手了，结婚不久婚姻又破裂了，然后情感上走了不少弯路，她傍过一个大款，后因大款的女人太多而不能忍受；她做过某个颇有些实权的官员的情妇，每次约会，都是在极秘密而紧张的情况下进行的，王红觉得这样太累太委屈自己，而且她也看出来了，那个人根本就不可能为她的前途开绿灯，她照样只能凭自己的能力去找工作、换工作。跳槽太多，她又觉得没意思，便开始炒股，炒房地产，慢慢就做出了经验，摸透了行情。用她自己的话说，是瞎猫捉死老鼠，撞上了。有了钱，不需要往日的艰辛，也不再去想找个稳定的工作，但她需要情感寄托。现在，她正与一位比她小三岁的漂亮小伙子同居着，流行的话叫着"养小白脸"，她开了一家服装店，由那小伙子在经营。

"你小心别人看中的是你的钱。"夏小米善意地提醒王红，她听过许多关于"小白脸"的故事。男人沦落到靠女人去养的地步，早已毫无道德羞耻感可言了。

家庭聚会使小米置身于温暖的友情之中。人说海南人情淡薄，可她这几个朋友，却是始终恪守着传统的君子之交的观念。也许并无太多的利益往来，反而无须设防，无须斤斤计较。朋友是小米的财富。他们，除了李亿军以兄长身份给过她经济上的援助，其他人几乎都是淡水之交。在这块充满了竞争和残酷拼搏的土地上，他们都需要一块心灵的栖息地，人以群分，他们在彼此之间寻找到了精神家园。

大家并不忌讳谈论关鹏。赵霖认为关鹏确实是大特区里一个难得的好男人，从婚姻的角度来说，放弃与他共同生活的决定或许是个错误，当然，这得取决于小米今后的独立生活能力以及感情的新动向。李亿军则完全理解关鹏的后期错误，他说，对男人的期望值绝对不能太高，尤其在海南。你拉广告时也见过不少男人的嘴脸，关鹏并不是个圣人。看来，他们都知道后期发生的一些事，只是不太清楚夏小米和关鹏最终裂痕是在何处。就夏小米这些年的生活来说，李亿军和赵霖是有发言权的，但这种发言不伤皮毛。

王红多少听出了一些苗头，小米是因为关鹏有外遇而闹的离婚。她快人快语，劝小米坚强一些。五指山那么苦你都过来了，离婚又算得了什么。现在不是流行问"离了吗"？玉红也说，离婚已不再是什么见不得人的事情，何况小米你有一个那么聪明漂亮的孩子。

夏小米若有所悟地点点头。是啊，新的生活要开始了，一切都得靠自己去独立承担了。她并不孤独，儿子正一天天长大，而她心里装着的对张化冰的爱，足以使她充满了与小望生活下去的信心和勇气，感谢上帝，除了李亿军和赵霖，没有人知道她和关鹏之间的隐情，以及小望是"私生子"这样的事实。

临告别的时候，李亿军轻轻附在小米耳边说了一句："我真高兴你终于自由了。"夏小米问他是什么意思。李亿军拉着她的手，很认真地说："小米，你是知道的，我爱你。这个企图由来已久，又不是秘密。"

小米后来认真地想了想这番话。她相信这是真的，他以前就有过表示，但在她离婚才几天他就急于表白，不能不让小米皱起眉头。她的感情根本不起波澜。

很晚的时候，关鹏打来了电话。他是知道今天这个聚会的，小米邀请过他，他怕让小米尴尬，不来。关鹏讷讷地说："小米，放你走，也许是我一生的错误。"

"关鹏，如果我继续留在那儿，那是我对你的不敬。别想太多了，好好生活吧。我不会太难的。"小米安慰道。

"有什么事需要我帮忙，你一定不要为难。"

"我会的。毕竟我们曾经是夫妻。"小米答应着，内心又一次被关鹏的深情厚谊和宽厚胸怀感动了。放下电话，她默默流了一阵清泪。看着熟睡了的小望，她又抹抹眼泪，欣慰地吁了口气。

5

张化冰和吴倩倩订婚了。

吴倩倩对张化冰的痴情，吴老大看在眼里，喜在心上。他与张化冰做了一次长谈，希望张化冰与倩倩早日成婚。张化冰慎重地摇了摇头，说现在结婚太早了点，主要是倩倩还太年轻。他希望吴老大能体谅自己。

吴老大有些不悦，冷不丁地说了一句："化冰，一个男人要懂得该放弃的时候就要放弃，不然的话，玉也会碎的。"

张化冰为这句话思索良久，才弄清楚它深长的意味。吴老大可以找到于小苹，难道会不知道有个夏小米？这样说来，"玉"无疑是指夏小米了。想到这一层，张化冰感到有一股冷风侵入骨髓，他醒悟到自己是在跟什么人打交道了。

张化冰装作惶恐地说："老大的话极是，是我不知深浅，请老大明示吧。"

吴老大颇有威仪地点了点头："这就对了。为了表示我们能彼此理解，我看我们就来个折中方案吧。"他建议张化冰和倩倩先订婚。订婚的说法有些老套，但作为吴老大，他认为这是很有必要的，它有助于巩固张化冰在吴府的地位。

张化冰同意了。

那段时间，张化冰不停地在心里权衡利弊，心绪迷乱无比。他知道与倩倩结婚或订婚意义是一样的，这意味着自己永远要踩在吴老大这条船上。现在倒还可以，做的是宝石生意，以后呢，吴老大能一直让自己只做宝石生意而不染指毒品、黑道吗？

张化冰借酒浇愁。

这天晚上，他在醉意朦胧之际想起了小米，内心深藏着的五味瓶忽然被打翻了。他拎着酒瓶，独自上到楼顶，一边喝酒，一边遥望着深邃的天空发呆。就那样他在深秋的天台上坐了个通宵，在晨露晓寒中冻成了重感冒。

这个强健的男人病倒了，他发烧，呓语，神情恍恍惚惚。他纠缠在海口的情结里，后悔得心都要碎了。当他一出海口机场就看到夏小米的身影时，他坚信那是命运的暗示，他以为从此以后他们就可以在爱情中度过，了却多年来的情感煎熬。然而，一夜过去，命运原来只是给他开了一个玩笑！他们又都在人群中散落如星了，他能感受到她的存在与光亮，却永远也无法抵达。她一定恨死他了，恨他当年什么原因也没说就离开了她，抛弃了她，让她经受了怎样的黑暗才有这般深的仇恨，以致要让关鹏来将他撵走呢？海口，夏小米，成了他心中永久的痛！

倩倩是个聪明懂事的姑娘，她一看张化冰精神如此糟糕，就知道张化冰正在自己和夏小米之间做选择。她知道这对于张化冰来说是件痛苦的事，但对她是有利的。她心里暗喜，温柔细致地守候在张化冰身旁，一句关于订婚的话也不多问。她爱躺在病床上打着吊针的这个男人，私下里很羡慕夏小米。能让张化冰这样的男人如此痴情，夏小米当是个什么样的女人呢？她想象中的夏小米美丽端庄，超凡脱俗而又柔情似水，她暗暗希望有一天能见到夏小米，她也希望有一天自己能完全取代夏小米在张化冰心中的地位。但她也明白，爱情啊，真是魔幻神奇，不爱你的人，你怎么去爱他都是白搭，搞不好还会让人厌烦。她在西班牙待过一年，那时她才十九岁，像所有的中国女生一样，对三毛崇拜得五体投地，向往三毛去过的每一处地方，选来选去选了西班牙作为偿还凤愿之地。在那儿，一个西班牙小伙子完全被她这个东方美女迷住了，天天跑到她的住处来唱歌。倩倩单纯幼稚，一度以为自己遇到了一种浪漫情缘，掉入了情海。可没过多久，她热烈的心就冷却了，她明白自己不是爱上了这个小伙子，从此对他无动于衷，并为他的痴情表示大伤脑筋。也是为了逃避男人的追逐，她提前回国了。想不到，在家里，自己会对父亲的合作伙伴或者说得力助手张化冰动心。想到这一切，倩倩开心极了，她感受到爱一个人的幸福与痴狂。

张化冰的头动了动，嘴里又一次发出了呓语，夹杂着"米儿"与"宝贝"之类的呼唤。倩倩拧了把湿冷的毛巾，小心地覆到他的额上，忧郁而迷恋地望着他。她伏下头，将脸轻轻地贴到他的脸上。他的脸烫得像着了火，几瓶液输掉了，烧依然没有退下多少，这也许是因为他内心深处沉醉于他所迷恋的境界所致。她记得在什么书上看到过，病人的意志有时会影响病情的发展。她温柔地、怕碰醒他似的抚摸了一下他的脸，心里涌起一阵酥痛。"我爱你。"她几乎是耳语般地说。

几天过去，张化冰终于退烧了。他睁开眼来，看到吴倩倩手捧一束鲜艳的红玫瑰，正在与护士小姐说话，她是来接他出院的。连日来的守护和忧伤，使她的脸显得有些憔悴，但仍然没能影响她如红玫瑰一样的美丽。见张化冰坐起来，她快步走过来，在他的额上亲了一下，"亲爱的，祝贺你出院。"红玫瑰隔在她和化冰之间，散发着生命的活力。

张化冰出院后，吴府为他安排了一套豪华别墅。吴老大丝毫也不隐瞒此举的意思，一是为了生意往来更为便利，他必须让张化冰独立自主；二是希望张化冰与吴倩倩早有结果。张化冰对这一安排并无异议，倩倩的一往情深，他也心知肚明。他感到自己这一场病，使倩倩的性格发生了很微妙的变化，她多了几分恬静，这是成熟的表现，她对于张化冰心中的"夏小米情结"的宽容，就是她成熟的一个具体体现。这样一个开明大度的女孩子，从理智上说，他选择她是非常理想的。对夏小米的思恋与怀念始终没有淡去，但事实上，她已经构筑起了她自己的生活之巢……

他听从了吴老大的安排，在一个经过挑选的良辰吉日，与倩倩订婚了。

订婚仪式是很隆重的，来的人都是富豪老板与各界的要员，这是吴老大将张化冰正式推介到自己的交际圈的大好时机。他举杯祝福女儿和未来的女婿，祝福嘉宾，在祝酒词后，他笑容满面地站到宴会主持人席间，高声说："诸位，请允许我愉快地向你们介绍我未来的女婿——张化冰，你们也许有很多人早已认识他。他是珠宝界年轻的骄子，也将是我未来事业的继承者和发展者。他在昆明期间，将负责处理我在珠宝方面的事务，请大家多多关照。"

吴老大的人缘一向就好，而张化冰，天生就是这种场面上的醒目人物，仪表堂堂，举止洒脱，谈吐不俗，这个宴会使张化冰获得了众人的赞赏，也使吴老大的势力影响更广泛更深远了。虽然，这中间很多人原来就与张化冰有过生意上的往来，不过作为"珠宝界年轻的骄子"，和吴老大"未来的女婿"，张化冰今天的分量是大不一样了。

宴会厅的中央摆着一个由上千朵玫瑰插成的巨大的花篮，满天星衬得玫瑰更是娇艳无比。

吴倩倩这天的打扮更是魅力四射。她着一袭红色的西班牙式的曳地长裙，戴一副缀着心形图案的、镶有一颗红宝石的白金项链，长发盘起，饰一枚嵌有白金的红玛瑙发夹，高贵典雅，大方迷人，与往日里不羁的牛仔装打扮的少女迥然相异，散发出美丽少妇般的安谧、恬淡的气质。她始终伴随在张化冰的左右，频频举杯，轻语浅笑，让众人感受到了她对张化冰那浓得化不开的爱情。在众人的赞美声中，张化冰也有些迷醉，他呵护着倩倩。其心爱的程度绝不会让人相信他心里还有一个深深爱着的女人。他确实为倩倩这天生丽质倾倒了。

订婚这天晚上，吴倩倩没有离开张化冰的住处，她要他偿还相思之苦。

"天啊，倩倩，你这么美，你会令我忘了她。"张化冰从迷醉中清醒了，他为自己的迷醉而感到负疚。

倩倩手抚他厚实的胸肌，摇摇头："不会的。"

"怎么不会？你的美将使我看不见所有的女人。"他抓住她那只白皙圆润的手，一个指头一个指头地吮着，亲吻着。他知道自己，现在是真有点爱上这个女孩子了。

"你的心灵需要的是太阳。我曾说过，不是所有的女人都是太阳。太阳只有一颗。"倩倩的语气有些消沉。但转瞬，她就将头埋到他的胸前。她真希望张化冰说一句"你也将温暖我一生"之类的话，但张化冰什么也没说，他翻身将她压在身下，开始狂乱地吻她……

张化冰订婚后，没能在昆明待多久。他应缅甸玉品大王金宏远的邀请，携倩倩前去观赏罂粟花。

金宏远是毒枭坤沙的密友，是吴老大二十多年来的生意伙伴，还曾是泰国国王远嫁美国的大公主的大学同学。他与张化冰有过一两次接触，又常听吴老大的夸赞，对张化冰的才情与风度欣赏不已，而且，他觉得张化冰身上有一种开创与冒险精神，谋而有勇，备受女人喜爱而不滥施感情，这一点与他自己的气质极为接近。这样的年轻人是不太多见了，金宏远有种故交之感。而张化冰也觉得金宏远有着兄弟般的友善，他久经商场，却儒雅十足，满腹谋略，却藏而不露，只是张化冰天赋甚高，能从他偶尔吐出的某些字眼中认出这是个大智若愚的人。两个相隔了十几岁的男人，成了好朋友。

这片罂粟花位于著名的金三角内，属泰国管辖。这是坤沙辟在泰国境内一片不到五十亩地的"花地"，专门供同道与朋友们观赏。时值花开，红色、粉色、白色的花朵一片一片相间，放眼望去，真是一个巨大的罂粟花园。微风拂来，空气中飘溢着奇异的花香……倩倩欣喜莫名，她用力吸闻着花香，掏出相机。

金宏远介绍道："再过一些时日，它们就挂果了。它的果实成球形，也很漂亮。果实未成熟时，划破它的表皮，流出的汁液可用来制作阿片，果壳也可入药，有止痛、镇静和止泻等功效……我们所说的毒品，也就是白粉，就源于这美丽的罂粟花，没想到吧？"

张化冰几乎觉得残酷："美丽却有毒，引人进入天堂，又将人打入地狱。"他想起看到过的一些缉毒宣传画和一些吸毒吸成废人的人，不由打了个寒战，他怎么也无法将那些事实与眼前形态如此完美的罂粟花联系起来，如果说那些被毒品残害的人是在地狱，那这简直是天堂的迷幻之境，没有高楼，没有烟囱，也没有嘈杂，有的只有炫目的鲜花和沁人肺腑的妙香……

"其实，从医学的角度来看，纯正的白粉对人体是没有害处的，关键是怎么个用法。那些被白粉摧垮了身体的人，肯定吸的是掺了假的、纯度极低的白粉，而且过量，滥吸。老弟，不瞒你说，我也吸，但我是很节制的。"金宏远微笑着慢条斯理地说着，他的汉语说得不很流利，也不标准，但也不显得吃力。张化冰警惕地竖着耳朵，心想这老兄不是要将自己也引入吸毒者的行列吧？他打定主意，无论有何引诱，自己绝不做这可怕的尝试。他很了解自己，做事都很投入，又容易走火入魔，一旦吸毒上瘾，那后果不堪设想，而且，他突然冒出这样的想法来——他就再也没有机会见到夏小米了——夏小米仍然潜藏在他的心灵，不经意的时候，冒个头出来。

吴倩倩兴奋地附和道："我说也是，这么美丽的花，怎可能毒害人呢？我听说许多人治病就用这个，这证明它是起着好作用的。我不明白它既然有止痛、镇静的功效，为什么会导致人的健康下降呢？"她一边说，一边选取角度给张化冰和金宏远拍照。她活泼亮丽，有如红色的罂粟花，而她的单纯，又如那洁白的罂粟花。

"你所说的功效，只是它的一部分，而真正的神奇的、迷幻的作用，在于它的兴奋作用。人们吸毒上瘾也就在于被它的兴奋作用所控制住。"金宏远和善地解释着，扶一扶金色的宽边眼镜，儒雅得像个学者。他知道她是个才貌双全的女孩，而且不仅仅如此，他认为张化冰与吴倩倩，真是天造地设的一对佳人！不过他今天请他们来这儿以及所说的这些，并不是如张化冰所警惕的那样，他有着更深远的目的。

"化冰，我所想的是，能不能研制成一种如维生素一样的东西呢？人们需要它，它却并不对人体素质构成危害，这样，白粉既可以畅销，又不致引起国民精神素质的萎缩危机，免除当今这种混乱的、由黑道或集团控制、吸食的热爱又遭禁止的局面，堂皇地进入人们的生活。"金先生攀住张化冰的肩膀，沿着罂粟花地的道路散步。他敦实的身体，肚皮微突，手搭在高大挺拔的张化冰肩上，有些吃力，一会儿，他的手就垂了一下。

"金先生设想非常美妙。如果真能如愿，我想其前景相当可观，而且，也应该是为人类做了一件大好事。"张化冰在花香的熏染之中，思绪也正随着金先生的话语飘得很遥远。眼前这一片美艳绝伦的植物，难道只能制造出毒品来吗？他没有追问金先生的想法如何而来，倒是对准备如何着手"研制"表示出非常浓厚的兴趣。

　　"我已征得坤沙的同意，我出资金，他出原料，工厂设到哥伦比亚。"

　　"哥伦比亚？"吴倩倩在后面兴奋地叫了起来，"那是个讲西班牙语的国家。"

　　"是的，倩倩。"金先生回头绅士式地笑着，并往旁边闪了闪身，招呼倩倩走到他和化冰中间。倩倩将相机套装好，兴致转移到话题上来。

　　"哥伦比亚产蓝宝石。有一个大宝石商与我有多年的商务往来，他答应出厂房，但地点要设在哥伦比亚。我一直在想与你合作做这件事，不知你意下如何？如果你愿参与管理，我今晚介绍这个宝石商给你认识。他也来了。"

　　张化冰的心狂跳了一阵，但他没有表态。

　　大家边走边聊，渐渐感觉热了起来，便启程往回走。站在轿车旁，张化冰停了一会儿，他回头望着这一片美得炫目的花地，罂粟花在亚热带的阳光下热烈地开放着。他觉得泰国真是个神奇的、难以理喻的地方，它几乎全民信佛，可它的毒品又几乎销往世界各地；纯洁的睡莲是它的国花，象征着慈善安宁的佛义，而对人的精神具有无限杀伤力的毒品，就来自这种比睡莲还美艳的植物。这就好像一个人的性格，永不可能是单一的……

第八章

1

离婚后的夏小米，生活变得十分无聊，她又成了一颗散落的孤星。而这时，对于张化冰的回忆一点一点浓烈起来，因为她已经知道自己是深爱他的，而且将永远深爱他。这大概就是他们之间注定的情缘吧，常在心中相思，却不能长在身旁相守。有时，她翻读张化冰让她好好保存的书稿，企图找到张化冰来了又走的痕迹。她读到的依然是热血和才情。她突发奇想，认为张化冰也许为了理想已远渡重洋，仿效当年那些爱国青年去海外取经了，或者他正在中国大地的某一隅卧薪尝胆，等待一鸣惊人的良机……这些想法反复盘旋，令她更加后悔，后悔那天见到张化冰时没有坦言相告事实的真相与过程。她庆幸有小望在身边相伴，小望在幼儿园上大班了，他越来越像父亲的气质与长相令她感到一种依托。每个周末，她将儿子接回家，母子俩单独过上一整天，她的心就很充实，然后，这颗心又一天天空落下去，直到下一个周末来填满。

关鹏有一阵不打电话了，夏小米便又想，关鹏是不是准备建立新家了？这样真好。她这样想，心里又难免有一种酸楚。刚分开那会儿，关鹏三天两头就来问候，见夏小米太忙，又有顾虑，就来得少了，但电话每天一个，绝不间断。李亿军常来看她，总给她带上一束鲜花，给小望买些玩具或高级糖果。李亿军也不多说什么，只用一种充满怜爱的目光看她，直看得她脸红心跳。有一次聊得很晚，李亿军还磨蹭着不想走，夏小米不得不提醒他时候不早了。他情急地说："小米，你这样生活下去终会垮掉的，你得有个男人。为何不尝试找个情人呢？反正时下流行这个。"

小米反问："找谁呢？"她其实早已明了李亿军的心，他甚至可以为她离婚的。

"小米，我对你的企图你不是不知道。"李亿军大胆地说。他突然涌起了拥抱小米的欲望，一伸手就将她拉进了怀里。夏小米措手不及，闹了个大红脸。她挣开他，心里面有些反感。

"我对你说过好几次了，我们永远只能是朋友。我对你有的是尊重与友情，它与爱情不一样。没有爱，如何做'情人'？"

李亿军神色尴尬了一阵。他努力地笑着，拍着自己的脑门说"对不起"，心里面却有一团火在燃烧着。他是个有头脑的男人，在海口，方方面面他都如鱼得水，只是夏小米是一个他想得却得不到的女人。他弄不懂夏小米是故作清高呢还是真的对张化冰一往情深。故作清高，又为何接受了他馈赠的一万元股票；对张化冰一往情深，可张化冰除了做新闻、广告方面的才情比他要高外，论地位与财富、资历，哪一样又能与他李亿军相比？好多次，他真想一股脑儿地将火发出来，可又担心夏小米因此看不起他。毕竟，有她这样一个朋友，也是值得骄傲的事，何况他们之间，故事的开头就始于人情的关联。他无可奈何地说道："哎，在你这个'顽固'的人面前，我只有投降了。一言为定吧，小米，我决不再向你提这份感情。不过你放心，我会履行好一个朋友的责任。"

"这就对了。"夏小米柔和地笑了，像一位安详的大姐，神圣不可侵犯。

在李亿军彻底放弃对夏小米的感情追逐以后，关鹏再度来敲门了。他显得疲惫而轻松，仿佛还未从婚姻的打击中恢复起来，又好像刚放下了一块心头大石。他告诉小米，那个曾触发他们婚姻解体的导火索姚肃冬，那个婊子，在他们离婚后一直纠缠他。在将他逼得无路可逃的时候，他也豁出去了。他当着办公室人员的面骂道："姚肃冬，你不要以为你将我的家庭拆散了，我与我爱人分手了，就可以娶你，那是妄想！你算什么东西，你连我老婆一个脚趾头都不如！你可以去向所有的人宣布，我和你鬼混过一阵！这有什么，在这里，男人找小姐的多着哩，你只不过也是个婊子而已！连起码的羞耻感都没有，我关鹏真是瞎了眼，引狼入室，害我妻离子散……"关鹏骂着骂着，失妻的悲痛席卷而来，他突然止住了声音，一屁股坐到椅子上，神情很恐怖地盯着姚肃冬，像是想吃掉她。

办公室顿时乱成一团糟。姚肃冬被当众辱骂一番，先是惊愕，继而泼妇一般号叫着冲上来要踢关鹏。几个同事手忙脚乱地拖住她，怕她的叫声引起邻人的注意，他们胡乱地在她嘴里塞了条毛巾，直到她答应有话好好说，才放开她。一拿开毛巾，她又要冲向关鹏，大家这才把她硬推出去了。

原以为姚肃冬会借此大闹自己，关鹏已在心理上做好了充分的准备，丢脸，丢饭碗，丢人的尊严，他都不怕，他已失去了夏小米，他还有什么不可以丢失的？但那女人却出人意料的很安静。几天后，她来向关鹏道歉，诚恳得像在哪里洗脑

157

了。关鹏莫名其妙，连忙一个劲地责备自己那天失态，简直太没有修养了，太对不起她了，让她在众人面前蒙羞。姚肃冬阻止他再说下去，她苦笑着说："关鹏，是的，我一直想取代夏小米做你的老婆，但你那天将我骂醒了，我永远不配……现在，我真诚地向你道歉，并请转达我对夏姐的歉意……如今，我知道我自己在你这儿没脸再待下去了，我想我还是辞了这份工作……"

姚肃冬真是个天才的演员，她的脸上交替出现惭愧、自责、诚挚、悲哀的表情，关鹏坠入迷雾之中。他安慰着她，同意她离开记者站的辞职要求，并答应帮她找一份体面的工作，他甚至在送她出门的时候拥抱了她。

几天后，关鹏将她介绍到一家杂志社做办公室文员，他的一个朋友是这家杂志的总编辑。

听完关鹏的叙述，夏小米心头起了阵阵阴云。她觉得事情可能不会如此简单地结束，她不禁为关鹏担忧。

关鹏却很不在意地挥挥手："没事！女人嘛，总是要面子的。她闹，闹到最后不是人人都知道她是个泼妇？她不是想在新闻界混吗？笔杆子尚未过硬，再没有好名声，她就是脱光了，恐怕也没人敢要她……"

夏小米不易觉察地皱了皱眉头，她觉得关鹏变了，究竟变在哪里，她也说不清楚。关鹏在说姚肃冬时，语气中有种阴毒与仇恨。他实际上一点也没有原谅那个女人。是那个女人使他和睦的家庭不复存在。关鹏仍深深眷恋着小米，眷恋着曾经有过的那个家。

为了转移关鹏的注意力，夏小米扯起了其他话题。她笑着问关鹏，自己在这儿住了好一阵了，却很少接到朋友的电话，是不是电话打到家里，关鹏不愿告诉他们？

关鹏竟直言不讳地说"是的"。他不太愿意人人都知道他们已分手的事实，在他内心深处，还存有一线复合的希望。

"对了，月亮打过电话来，我告诉过她你这里的电话。她去美国了，准备与保罗结婚，也许她将定居美国了。"

"哎，你怎么不早说？"夏小米有些责备的口气。

"我没有说这是你住的地方。"关鹏自知做错，孩子似的嘟囔着。

小米不好再说什么。关鹏一走，她就给赵霖打电话，问月亮最近的情况怎么样。

赵霖已将小米与关鹏离婚的事告诉了月亮。月亮打了两次电话找不到小米时，她意识到他们的婚姻出了问题，但没想到是离婚，因为如果是离婚，她想关鹏会告诉她的。她也打过关鹏说过的那个电话，没人接，她没想到会是小米新的住宅，故没有再打。就那样，她没能与小米联系上，就离开了深圳。走之前，赵霖去深圳与她见了面，就深圳的事务发展计划做了深入商讨。月亮与赵霖的关系，纯洁而紧密的程度，连他们自己也会调侃地说，这是当今社会上最伟大的友谊。因为彼此是青梅竹马，又是初恋的情人，之后"爱情不在友情在"，以及两个人在事业上的长期合作，双方的信任感更是日益加深了。月亮希望赵霖能全盘接手她的旅行社工作，赵霖答应了。虽然他自己几个月前在海南注册了一家"地球房地产开发公司"，现在业务刚刚开展起来，放弃了太可惜，可他还是没有拒绝月亮。月亮那个事业太具有诱惑了，这两年他跟着月亮做海南这边的热线，多少也懂得了一些旅游方面的管理业务，他做好了辞职的准备，要投身于旅游事业。

"这么说，她已经走了？"

"是的。她会与你联系的。"赵霖说。

一时间，夏小米百感交集。自己离开深圳好几年了，几年来，月亮来过海南两次，每次都是匆匆忙忙，她们几乎没有时间聊天。小米弄不清月亮为何有那么大的精力管理越来越庞大的公司。她也羡慕月亮，有保罗那样一个男人多年来一直不曾放弃过对她的爱情。现在好了，他们终于要结束那种马拉松式的爱之旅程，相伴在一起了。她想象着朋友月亮幸福在握的生活，心里充满了祝福。而她自己，却要在孤身中重新开始奋斗，而且不知道前路会不会有同路人。至于张化冰，他是她心上的一块伤疤，疼得要死，却触摸不着。她现在拒绝去相信他。

"你也要离开海南吗？"小米情绪低落下来。

赵霖深知，在这种时候最要好的朋友的远去对于小米来说是一个不小的刺激。他在电话里委婉地劝道："小米，一个人活在世上，总是要吃些苦头的，不是这种，就是那种，谁也不能例外地逃掉……离婚在社会上早已司空见惯，你没必要让这件事成为你生活与心理上的压力……"

小米苦笑一声："我知道，我不是因为离婚。"

"说起来是我对不起你和化冰，那年他来海南找你，如果我当时能像现在这样平和地看他，看这些事，我就会告诉他你的真实情况，也许事情就会完全改观……化冰那样一个浪荡公子，能在事隔多年以后继续寻找你，说明你在他心中的位置……但是小米，事情都已经过去了，等待也会是徒劳的，我们应该更重视眼前的生活……如果关鹏这边，能和好我看还是和好吧……"赵霖尽量想让自己表达清楚一些，反而弄巧成拙，连自己也不懂究竟希望小米怎么做。

"过去的事，都不要提了吧。"小米忽然没有了谈兴。尽管赵霖很佩服张化冰的才情，可他又总认为化冰在生活上是个浪荡公子，这令她感觉不舒服。她向赵霖道了声晚安，把电话挂了。

她在房子里随意地踱了踱步，这才坐下来，给自己削了个苹果。月亮去了美国的消息带给她的波澜已经平息，她脸上洋溢着温柔而恬静的光。她觉得有这几个好朋友也是幸运的事，但她也明白，生活终究是要独自承受的，就像爬一座山，要么就在山脚下等待，仰望那些勇敢的爬山者的背影；要么就得自己一步一步地往上爬。她现在的生活，就好比到了一座高山脚下。她不可能停滞不前，因为以她的性格，她向往越过山峰到达山顶的那种喜悦与豪情。她得爬山，克服那些心理的、生理的、生活的以及事业上的障碍，她将独自到达山顶。

这一段时间发生的事情真多啊，夏小米伤感地想。她与丈夫关鹏已经离婚，而她两个少年时代的好朋友，一个去了美国，一个即将去深圳。三个原本是生活中很亲近的人，一下子遥远了。但夏小米没有将内心的怆然挂在脸上。

她希望日子能平静下来。

2

漫长的夏季开始了，夏小米的处境变得艰难起来。

那个年轻的女人姚肃冬，在关鹏朋友的杂志社当文员试用期过后，正式被聘为杂志的编辑。她开始策划对关鹏和夏小米的全面报复。本来，夏小米与关鹏已经分手，报复她太没道理，可姚肃冬知道，要报复关鹏，打击夏小米比直接打击关鹏更有效。

在一次新闻工作会议上，关鹏遇到了杂志社的总编朋友。总编戏谑道："关鹏呀，你小子，玩腻了，就将人家甩到我这儿来了！"关鹏听了，头脑"嗡"的一下炸开了。会后，他将老总拖到一边，非要他将意思说明白不可。总编被缠得没办法，就说开了。原来姚肃冬这些天在杂志社诉苦：他上了关鹏和夏小米夫妇的当。夏小米想离开关鹏，却找不到借口，就找到姚肃冬，许愿说只要姚肃冬将关鹏勾引到手，她给她三万元的好处费。姚肃冬倒不是为钱，而是她早就暗暗爱上关鹏了，只是因为自己对夏小米十分崇拜而没有动过夺人之夫的念头，没想到夏小米这么卑鄙。她觉得夏小米根本就不配关鹏去爱，自己的心理障碍没有了。而关鹏对姚肃冬垂涎已久，姚肃冬一暗示，两个人便勾搭上了。谁知这一来，姚肃冬两边不是人，夏小米不仅拒绝给三万元钱，反而指责她夺人之夫，并以关鹏不忠为由提出离婚。而关鹏将姚肃冬搞到手了，因为被夏小米"发觉"闹离婚，又将火发到姚肃冬身上，骂她"婊子"，闹得自己妻离子散。关鹏怕弄得自己名声难听，最后良心发现，给姚肃冬介绍了眼下这份工作。总编拍拍关鹏的肩膀，虽是同龄人，却像个长者一样语重心长地说："关鹏啊，可别为女人毁了前途啊！在这里，你就是一天找一个女人都不会有人说闲话，可闹出情感纠纷来，就会酿成丑闻啊！我看你赶快娶了姚肃冬吧，这娘们会把事情搞糟的。"

"这个臭婊子，她想找死了。"关鹏咬牙切齿地骂道。他做梦也没想到，姚肃冬会编出这样的天方夜谭，乍一听，这故事确实十分精彩，它可以不使用任何过激的言辞就能将关鹏和夏小米多年建立的公众形象毁于一旦。他想起近几日办公室里的异常：他一进去，嗡嗡声即刻停止，人们以一种陌生的眼光看着他，部下失去了往日的亲密气氛。此外，他也接到好几个朋友的电话，询问他离婚的传言是否属实。他觉得蹊跷，却未曾深究。今天猛然醒悟，原来是姚肃冬在作恶！虽然，在记者站，关鹏是老大，可流言三遍变真实，谎言三遍成真理啊，人们会以为来自受害者的消息可以让人看清他们尊敬的上司下流丑陋的一面哩！

"有一种女人，是惹不得的啊！"老总感慨道。他自己曾经有过类似的故事发生过，拈花惹草，将自己的生活搞得面目全非，至今想起来还心有余悸。

关鹏简直不知道是怎么将车开回家的。他有一种可怕的预感，事态还会扩大！

臭然，他接到了来自北京总社的电话，头儿声音细而尖，语气蛮重："关鹏，海南是个开放的地方，但生活不能太随便，离婚就离婚，也没什么了不起，可不要闹得满城风雨。你要记住，在那里，你代表着我们报社的形象！"

关鹏连解释的心思都没有。他十指插在好多天没有打理的头发中，内心充满了悔怅和愤怒。如果现在姚肃冬在面前，他肯定会不计后果地掐死她。

关鹏去找小米。开了门，夏小米大吃一惊：没过几天时间，关鹏像是老了十岁！他蓬头垢面，满脸疲倦，眼露凶光。她急忙将他让进来，给他泡茶，洗水果，将烟灰缸摆到他面前的茶几上，这才轻柔地问道："出什么事了？"

关鹏长叹一声，双手往头上一抱，突然哭泣起来，吓得夏小米不知所措。她怔了一会儿，走过去站在他的面前，温柔地抚摸着他的头发："究竟出什么事了？"

关鹏一把抱住小米的腰，头埋在她的怀里，像是一个受了欺负的孩子得到了母亲的爱抚，哭泣声更大了。他哽咽着请求："小米，我们复婚吧！"

小米显得很冷静，她拍着他的肩背："关鹏，婚姻又不是儿戏，分分合合，岂不让人笑话。"关鹏深爱她，宛如她深爱着张化冰，她能理解他失去她的痛苦心情。

但是关鹏提到了姚肃冬。姚肃冬难道是心理变态狂？是个疯子，神经病？夏小米实在没有更好的理由来解释那个女人的行径。

"这样就更不能复婚。否则，她会更疯狂。她的目的就是要你离婚。"夏小米走到卫生间去，拧了把毛巾给关鹏擦脸。

关鹏的情绪稳定了一些。他为刚才的举止感到不好意思："都说男儿有泪不轻弹，这么点事我就……"

"别充硬汉吧。其实有时候男人比女人更脆弱。只是要命的自傲心不让他表现出来。"夏小米搬了把椅子坐到朝海的阳台上，并示意关鹏过去。

由于前面密密麻麻的高楼挡着，傍晚没有太阳的海就显得不太开阔。但海风是很湿润的，令夏小米怀想起刚上岛时的情景。她被海洋与海岛上的椰韵吸引，迷恋上了这块热土。她不曾想过这美丽的海岛，会给她这么多不美丽的遭遇。

关鹏仍然在想着近一段的事情。他征询小米："要不，我与那个女人结婚吧，到时再收拾她。"他阴冷地笑着，右边的嘴角斜了上去。

"你看你，这种事怎么能赌气呢！那个女人如果爱你，她不会如此毁你的名声；她不爱你，到时恐怕受折磨的就是你了！再说，就是你要反报复，将自己整个人生搭进去，为这么一个厚颜无耻的女人，值得吗？"夏小米笑了，她亲昵地轻拍了一下关鹏的脸颊。关鹏趁机握住她的手，再次请求道："……我们重新开始吧。我请求你陪我渡过难关……我想我们在一起，就是对那些无稽之谈最有力的驳斥……"

小米试着抽了抽手，关鹏没有松开它。

他们就这样并排坐在阳台上，看傍晚的海面渐渐暗淡下去。这个傍晚没有落日，海面上有淡淡的雾霭。

夏小米做了顿晚餐。这是他们离婚后第一次在一起吃饭。平时，夏小米中午在台里吃，下午吃盒饭，只有周末接回孩子，才自己动手做饭。

葡萄美酒，在这种时候，却是令人触酒伤情。他们举杯夹菜，恍惚中，又回到了从前的家庭氛围里，有一种相互关怀的温情。关鹏深情地凝望着小米，泪光在灯光中闪烁。

夏小米的思绪倏地回到了几年前的那艘海轮上，自己为疗治心伤要远离海口而乘坐的那艘海轮。一个不很熟悉的声音惊喜地喊着她的名字。这个人，改变了她的生活轨迹，甚至可以说，挽救了一个儿子的生命——那是她和张化冰爱情的结晶。这个人，就是她眼前的关鹏，她离了婚的丈夫。

小米慢慢放下酒杯，缓缓地说："关鹏，我答应你，但我保留我的要求。当危机过去，我们仍然要分开，你不能阻止我。"

关鹏欣喜地绕过桌子，紧紧地拥抱着小米，好久都不肯放开。似乎一松手，夏小米又会变卦。

就这样他们又住在了一起。这确实起到了让谣言不攻自破的效果，挽回了一些影响。知道有过第三者的人，也只好议论："当第三者影响到别人家的声誉时，她首先是不为人所齿的，夫妻就是夫妻，关键时刻一致对外，没错，这是传统。姚肃冬躲着气吧，偷别人的丈夫不到，反而落个坏名声。借以警示那些喜欢当第三者的人吧，要不，妻子们都得上大街游行了。"

然而，姚肃冬不是个忍气吞声的人。自己的面子已经丢尽了，婊子也做了，什么也没捞到，而杂志社的老总也站在关鹏一边，她的工作估计也快保不住了。她将自己关在房间里，不声不响几天，出来时，她满面笑容，告诉人们她要打一场必胜无疑的仗。

3

表面上看去夏小米和关鹏的关系较以前更加恩爱了。他们出双入对，谈笑风生。夏小米上下班，也都是由关鹏接送的。平常，关鹏和夏小米住小米这边的房子，每到周末，一家三口就回到他们记者站的家，一幅融洽幸福的图景。关鹏甚至觉得，这样下去，也许真的能从本质上改善这个家的关系。

这天，夏小米去台里录制节目。因为她身为赫赫有名的商报记者站站长夫人，又是全台节目主持人中的佼佼者，平时很受尊敬与器重，一路走过去，亲切的招呼声不绝于耳。可今天，有人刚说"小米，你好！"其余的人就凑到一边去窃窃私语了。小米立即感到气氛与平时大不一样，但她没有将这异样与自己联系起来。

电视台开始流传一些关于夏小米的"风流韵事"：她以婚姻做交易，获取这个重要节目主持人的位置；她利用主持人的有利条件，大搞有偿新闻……这使台里一些工作时间很长的职员想起了夏小米曾在做节目主持人后没多久就神秘失踪、后来居然又能重新进入电视台并成为"著名节目主持人"的经历，这经历使得这些"风流韵事"如虎添翼。有些细心的人，还谈到夏小米和关鹏的婚姻，很奇怪，他们是在孩子都快半岁了才宣布的，而且她的儿子丝毫也不像关鹏……

人们向来乐于捕风捉影，将别人的隐私当成自己取乐的源泉。可怜夏小米，有口也难辩了，因为那经历是真实的。那时候，由于她不敢面对事实，不敢透露真相，以致造成了事情的神秘性。她不曾想过有一天人们会对她的历史感兴趣，也不曾想过会是以这种方式揭开那层伤疤。夏小米现在已完全能承受那段历史，她承受不了的是，儿子会因此受到伤害。那个女人疯了，这些传言肯定是她散布的，但空穴来风，总有风源。她突然觉得可怕：是关鹏泄露了这件事？关于儿子的事，只有李亿军夫妇、赵霖、月亮和关鹏知道。月亮在美国，赵霖去了深圳，李亿军夫妇视她为亲妹妹，即使李亿军有进一步的想法遭拒绝，他也不会以这件事来攻击她。那么，关鹏他出于什么目的呢，他那么爱她，难道不知道这样做只有一个结果，促使夏小米迅速离开他？

夏小米没有让关鹏去接，她提前回到了金贸那里的住处。上楼的时候，有人呼她，她看了看，是一个呼机号，让她回呼。她没理，可那呼机响个不停，她只好回呼了对方。很快，电话铃响了。

是姚肃冬的声音！

夏小米真想将电话机砸过去。

那个女人以胜利者的喜悦狂笑着，好一会儿才收住笑声："我亲爱的夏姐，你怎么又与关鹏做了夫妻？你要一个你并不爱的男人帮你一起抚养私生子吗？"

这个婊子又在重复她可耻的把戏！夏小米将电话扣下了。

电话又响。夏小米抓起话筒，尽量克制着愤怒："姚肃冬，遍地都是男人，你为什么非要缠住我的丈夫？我们什么时候得罪了你，要被你如此骚扰？你还要不要廉耻呢？"

姚肃冬止住了笑声。她恶狠狠地说："夏小米，你想知道为什么是吧，那好，姑奶奶现在就告诉你，很简单，因为你爱的男人正是我所追求的男人，我得不到的东西别的女人也别想得到！等着瞧吧，你会与我一样身败名裂……"姚肃冬"砰"的一声搁下了话筒。

夏小米按着胸口，在沙发上斜躺下来，她觉得自己快要憋不过气了，往日舒适宽敞的房子如今要令她窒息。她嘴唇发青，眼睛冒火，发出一连串沉闷痛苦的喘气声。"上帝啊，你怎么会造出这样一种女人来？"她嗫嚅着，好不容易侧起身为自己端了杯水。

安定一些后，夏小米开始想这件事该怎么办。她不打算将这些事告诉关鹏。一来重复那个女人的话，她难以启齿；二来儿子的事对关鹏是个刺激，她不想在这时候触痛他、触怒他。如果告诉他，他说不定真会将那个婊子掐死。现在，他正在为自己复婚之举得意扬扬呢！

接连几天，夏小米在录制节目时失态。

这次失态，与上次张化冰失约而别的情景不一样，那时是失神、绝望、痛苦，而现在，是她觉得有如芒刺在背，似乎所有的电视台同人都在传递自己的隐私故事；电视机前，成千上万的观众都在取笑她那清纯、冷傲的形象后面的虚伪。似乎她每出现一次，那故事就重复一次，她就像被脱光了展览了一次，她无法绷紧自己的注意力，她无法清理出自己坚强的那部分神经。说着说着，她就有了仇视对方的语气。这天做节目嘉宾的是本岛著名的一个女记者，她因采访名人婚恋故事而成名。夏小米与她交谈着，十分尖锐地提出了一连串不该问的问题：你的家庭遭到过破坏没有？你最爱的人给你的心灵产生过什么影响？你怎么区别仇恨、变态、自卫与报复的问题？弄得女嘉宾张口结舌。幸好不是直播，导演果断地喊了一声"停"，她才意识到自己已偏离了节目应入的轨道。节目组组长将她拉到一边，连询问带呵斥地说了她一顿，可接下去，在接近尾声的时候，她又故态复萌。"天哪，我控制不住自己的情绪，我将形象搞砸了。"她看看未做剪辑的录像带，羞愧地说。她仿佛听到了姚肃冬胜利的笑声，她被姚肃冬击垮了。

不久，生命本质中坚强的一面又重新出现在她的身上。她恢复了常态，而且，由于这一阵风波带给她心灵的震撼、对人性丑恶的深刻认识，她在做节目时有意识地从人性的角度去开掘了。她的《名流》节目不经意地上到了形而上的高度，带给人们更广阔的思维空间，从而取得了意外的空前的效果。事实上，对于观众来说，并没有人知道她正处在生活的旋涡之中。

夏小米正在为自己置身伤害而不败感到骄傲时，台长将她找去谈话了。

台长在这个城市里是个很有争议的人物。他年轻，有风度，有魄力，有强有力的后台，一建台，他就坐到了台长的宝座上，一直稳如泰山。他创办了电视台，又以真正的特区行为推动着电视台的发展改革，几年内，电视台整体水平上了一个又一个台阶。但是，神话般的传奇中也伴有别的议论，认为他做这一切都是因为有后台所致。崇尚个性，爱惜人才，提倡创新，这一方面令他麾下聚集了一大批有思想、有性格、有艺术潜质的人才，另一方面，也使得不少卖弄嘴巴、整天折腾"新构想"而一事无成的人得以混迹于电视台这块风水宝地。不管怎么样，台长的功劳有目共睹，台长头上的光环掩盖了他的疵点，他始终是一颗明星，高挂在椰城迷人的上空。

没有一个这样的台长，夏小米不可能第二次踏进电视台的大门。

夏小米是电视台的红人，私下里，与台长是好朋友一样，很谈得来，没有上下级之分。又由于关鹏与台长私交甚好，两家人的关系也很密切。但在台里，台长的威严不容忽视。她推开台长办公室的门，恭敬地说："台长，我来了。"

台长急忙从真皮摇椅上站起来，走到她的身边："啊，你来了，好好好，快坐下，快坐下。"他伸手指了下临近他办公桌的沙发座位，走到门口将门虚掩，然后折回身来给小米开了瓶矿泉水。他这样热情周到让小米觉得事情不妙。

"呃，小米，"台长似乎在很小心地选择词句，"我这里有一封关于你的信，你先看看吧。"台长对这个为台里创下了一个一个名牌节目的女子一向器重，甚至在旁人看来是宠爱，他真不知怎么样处理这封信才不至于伤害她。

夏小米接过信。这是封匿名信，不用讲，这又是姚肃冬搞的鬼。

信上说：台长大人，你那位红透椰城的节目主持人夏小米，在荧屏下是什么货色，你没有考察过吧。在这充满讥嘲意味的开头语后，写信人罗列了夏小米三条"罪状"，内容与近来电视台流传的大体一致：婚姻交易问题、生活作风问题、利用主持人之便谋取私利问题。夏小米将信攥作一团又展开，满面通红。她望着台长，想不出为自己做辩解的词，满脑子都是一个变了态的女人在向自己张牙舞爪的形象。

台长最初的热情已冷却下来，他的目光满是同情和关切，语气却是严肃的："小米，你一向为我们的观众所喜爱，在台里，我十分看重你。我与关鹏是哥们，婚姻实质如何，那是你们夫妻间的事，我无权干涉；私生活方面，你也知道，我这人一向不太过问，对于一些职员这样那样的传闻，我从不妄加评论，因为我认为我们已经进入了一个尊重个人隐私的时代。但是我主张台外的事情台外解决，不要闹到台里来；而新闻职业道德方面，则关系到我们整个台的职业道德形象问题，在这一点上，我曾在大会小会上多次强调过，不管你有没有收受过客户的礼金，收了多少，它都已经造成了事实上的影响，虽然，如今家家新闻单位都存在记者拿红包、财物方面的事实，可没有人告，也就没有人当回事。小米，这些事在我个人看来都不算什么，现在上上下下都是这种风气。我们私下里是好朋友，传闻再糟，我也不会对你另眼相看，但现在，风波眼看有加大的趋势，你是不是暂时从《名流》节目组撤下来，做做编辑工作或干脆休息一阵？我想你若带着心事出镜，对你个人的形象不利，而且，在荧屏上，你代表的也是台里的形象……"

台长严肃的神态随着说话的声音愈来愈亲切而松懈了。事实上，此信已收到有几天了，他也听到了台里的风言风语。他一直在考虑如何对夏小米谈话。人们总说，闯海南的女人个个都是一本书，可他没想过要打开夏小米这本书，更没想到这本书会由匿名信的形式打开。表面上看，这本书的内容也没有什么新奇的地方，但他想，夏小米单纯和冷傲的下面，潜藏的内容绝不会止于平淡。夏小米呵夏小米，如果作为一颗红星陨落下来，她的经历里就不有了与众不同的跌宕起伏？但他怎忍心让她陨落？她是那么光彩夺目，她只要拿起话筒，就才情尽显，节目生辉！这样的节目主持人，他不是可以随便招来的，也不是三五年能培养出来的，这是一种天赋，夏小米天生就是做主持人的料，而且是《名流》这样一种不须粉饰和哗众的节目。

"台长，下节目，这是您的决定了？"夏小米轻声地问了一句，她知道问是多余的，只是有些不敢相信，这就像电影演员正在风头上，有人却让他停止拍片一样。她低下头，黑浓深长的眼睫毛遮盖住她的眼睛，一份深浓的愁怨从声音中泻溢出来。

台长隔着桌子，握住她的手："小米，过一段时间，等事态平息下来，你再上……"台长知道，这档节目是夏小米创办的，几年来，她付出了不少心血，这也是她作为主持明星升起的地方。"人生，遇到一些这样那样的打击，没什么了不起的，当伤痛过去，它们还会是一种财富呢……"

夏小米听着台长絮语般的话，心中交集着感激、信赖、委屈与无奈的感情，她一时克制不住，竟将头抵在台长的手上，哭了。

台长慌忙绕过办公桌，坐到沙发上，一只手任小米握着抵着，一只手扶持住她的肩膀，连声说："不要哭，不要哭嘛……听话，乖一点……"台长的声音忽然低沉温柔起来，混合着一个中年男人刚柔的力量。他想抚摸一下她一头秀美的长发，又怕弄乱了她为今天做节目特做的发型。

夏小米被台长突然变调了的声音迷惑了一会儿，转而吃惊地抬起头，羞涩地笑了。她放开台长的手，说道："没什么，我只是莫名地感动。"

台长顺手拧了拧她的鼻子，嗔笑道："你呀，将我吓坏了。"

台长没有说是怕她的哭声传出去，还是为她内心的痛苦担忧。

回家的路上，夏小米回想着与台长的对话，有些心灰意冷地想：就这样吧，也只能这样了，那个女人看不到我的图像，也许会安静一些……对姚肃冬，她突然有了一种如临深渊的恐惧感。这个姚肃冬，如果是魔鬼附体了，缠上自己了，那就不知她这种恶事还要持续多久。而且，这些事，你告她诽谤罪都没用！

她疲惫不堪地爬上六楼，正要开门，就听见关鹏在里面吼："你这个不要脸的贱货，我操你祖宗十八代！"随即是"啪"的一声挂电话的声音。

她开了门，关鹏正脸色铁青地站在电话机旁，他握拳的手在发抖。往日的沉稳风范被一种火山爆发前的沉闷躁怒所取代。

又是姚肃冬的电话，她在电话里神经质地谩骂着，极尽嘲讽羞辱之词。她本来是要与夏小米说话的，一听是关鹏的声音，更是醋意大发，连关鹏一起骂个不休。

夏小米风一样刮到阳台上，她仰首狂喊："姚肃冬，上天有眼，你不得好死！"

不知是夏小米的诅咒具有内在神秘的巫性，还是上天真长了眼睛，在夏小米被取消主持人资格不再上节目后的第九天，也就是她发出诅咒后的第九天，姚肃冬骑摩托车经过南大路时出了车祸。据说，她被一辆从旁道上斜弯过来的大卡车惊住，来不及刹车，撞了上去，人又被弹到旁边，后面跟上来的车也来不及刹车，从她腿根上碾了过去。

听到这个消息，夏小米惊呆了。这太悲惨了！天啊，姚肃冬她才二十五岁！夏小米转头问关鹏："这是天意吗？"

"大概是吧！"关鹏茫然地答道。前一阵，他被姚肃冬闹得真想拿把刀宰了她，可出现这样的结果，也是始料不及的。

紧接着又传来一个更让人惊讶的消息：姚肃冬的坤包里，有一把避孕套和一种尚未送去检查的药片，一本日记本，还有一封写往她家里的信，收信人是她的丈夫，她还有一个刚满两岁的孩子。她在信中谈到关于离婚条件和孩子归属问题。她所说的离婚原来只是个意向。

姚肃冬仍是有夫之妇！

姚肃冬早已为人之母！

夏小米和关鹏面面相觑，他们更找不到理由来解释姚肃冬的所作所为了。直到姚肃冬的家人来海南处理后事，他们才从那本日记本里知道了姚肃冬的内心世界。在她的日记里，有这样一段话："瞧夏小米生活得多么滋润，名气、位置、能干的丈夫、聪明活泼的儿子。在海南这个女人们时常感到危机四伏，爱情只是一场游戏，男人随时变心的情感氛围里，夏小米居然这么安稳，而且，她的私生子（我确信她儿子不是关鹏所生，那小子无论从哪方面看都不可能是关鹏的儿子，而且我已知道他们结婚的内幕）的事实，能在关鹏的宽容的庇护下，被忽略，被忘却！我爱关鹏，夏小米凭什么什么都有，而我爱的男人也要被她占有？夏小米，我一定要得到关鹏，我得不到的，你拥有的东西我要看着它碎裂！命运是公平的，同是女人，不可能将幸福堆在你一个人身上！"读了这些话，他们不由倒吸了一口凉气。这个姚肃冬，不知从什么时候开始，对夏小米的敬慕已转化为嫉妒，当事情并没有按她的愿望发展时——夏小米离婚了，她却远离了关鹏——她由妒忌发展到变态、恶意中伤、肆意报复，以毁掉夏小米的家庭、名声以及心灵，不能不说是爱情导致了她的疯狂。飞来横祸结束了她年轻的生命，也结束了这场残酷的游戏。假如她不出事，事态最终会是怎样的呢，真是不堪设想！

4

夏小米大概永远也忘不了姚肃冬带给她的创痛。她因为姚肃冬的出现，家庭破裂，名声不再，事业中止，作为节目主持人的辉煌前程断送了。那一段日子有如台风过境，空荡、失落、残破。她不时地感到姚肃冬的存在，感到她的忌妒。姚肃冬的死，并没有使夏小米轻松与解脱，相反，一时间人们更是热衷于议论她与她之间的恩恩怨怨，姚肃冬更像个魔鬼的阴影笼罩了她的生活。她甚至以为姚肃冬之死与自己恶毒的诅咒有关，她的良心因此不安。不久，她终于忍受不了办公室里的交头接耳以及不上节目带来的种种尴尬局面，她向宠爱她的台长递交了辞职书。

这样的辞职是令人震撼的。她是台里的正式职工，非聘用人员，辞职就意味着辞去公职，辞去了铁饭碗！电视台，多少人削尖了脑袋往里钻都找不到门啊，她却从一个那么优越那么引人注目的位置上自动辞职！她的举止也引来了众多的看法与议论，有人认为她辞职正好为早先的流言提供了佐证。你瞧，她没有脸待下去了！她利用职业优势收取了多少钱财以至于有胆量辞职！但是，她没有在意人们的看法与议论。这就是夏小米的独特之处，她表面上并不是个性情激烈的人，除了掩藏不住的清傲外，她几乎总是温和的、柔静的，憨笑的时候，还给人一种了无个性与意志力的印象。可她闷声不响地为自己的前途做了决定，她在平和之中选择了一条充满荆棘与危机的道路。

夏小米的婚姻同样也受到了姚肃冬之死的影响。姚肃冬要毁她名声的最终目的是要毁掉她与关鹏的婚姻，她一死一了百了，夏小米却一直在责怪自己阴毒的一面，认为自己天性里有巫性，一与关鹏在一起，她就会想到是这巫性导致了姚肃冬的身亡。无论如何，姚肃冬太年轻了，她不可理喻的行为，也是因为幼稚。再过一些年，她或许会为自己对夏小米所做的一切感到羞耻和痛苦。她是不该死的，无论她做过什么。夏小米承受不了日益强烈的自责心理，她再次提出了分手。

关鹏像看外星人一样看着她，觉得在他们之间作梗的人已不存在的情况下竟然要分手是可笑的、没有理性的行为。何况在前一阵共度患难的日子里，他们的感情正有希望朝紧密型发展。

"你是开玩笑吧？"话虽这么说，关鹏的心却是忐忑不安。他看出夏小米不像是犯神经质。

"我不开这类玩笑。"

"那你疯了？！"关鹏企图挣扎一下。

"我很清醒……"夏小米坐在沙发上，阳光带着五月的燥热从阳台上穿射进来。这是一个高温天气的早晨。当然，也有些海风，只是没有往常那么润湿。小米迟疑着，最后还是将话说了出来："我们有约在先，我随时可以回到独身的环境里去。"

"话是没错，可小米……"关鹏蹲到小米面前，头伏到她的膝盖上，长时间没有出声。他的手搂在她的腰上，隔着真丝的长裙，热辣辣的。

夏小米心里涌起一阵感动的热浪。她闭了闭眼，又睁开来，抚摸着关鹏的脑袋，艰涩地说："关鹏，我真的非常非常感谢你为我所做的一切。如果没有张化冰，我们或许真的能成为一对情笃意浓的夫妻。但是，我没有办法忘却他，也没有办法减少对他的爱与思念，而儿子，他一天天成长起来，我又不可能避而不见……

是的，我深爱着化冰，这对你太不公平……"

与其珍藏在心折磨自己，不如坦白出来解救对方。夏小米如释重负。说出来对关鹏的伤痛是一时的，忍在心里，这虚伪既帮不了他，也帮不了自己。唯希望关鹏能在伤痛过后，变得超脱一些。

关鹏的手更紧地箍住小米柔软的腰肢，他知道自己无力改变什么了。他抬起头，脸上分不清是汗水还是泪水，珠子一样地滴落。嫉妒张化冰，仇恨张化冰？都在刹那间无足轻重了，他只是觉得有些生气，在事业上，自己是个相当成功的男人；在社交圈里，自己也是体体面面的男人；在生活上，自己是个正派负责的男人；唯有在对夏小米爱情的角逐中，自己永远也斗不过张化冰！而且用不着什么理由就败于那个连鬼影子也看不见的混账男人，他多少认为这太窝囊。

"……小米，告诉我，张化冰究竟是什么令你如此着迷？"关鹏心有不甘地问道。

夏小米站起来，走到阳台上去，转身看了看关鹏。她整个人站在阳光之中，过肩的长发有一束从额前滑落到胸前，遮住了她半张脸，使她看上去有点神秘和忧郁。她想了想，眼望大海，怅然呓语："张化冰是我的太阳。"

关鹏感觉被重重地呛了一下。莫名其妙的，他的火气就旺了起来："太阳，太阳！太阳有什么了不起的，他可不是这海南岛夏季的太阳，这么明亮，火热！那也许是秋天晨雾里的白太阳，既不光亮，也不温暖！"

关鹏的话深深刺痛了夏小米的心。他所说的白太阳是那样的，夏小米也曾见过，苍白的，了无生气的，连稀薄的晨雾也穿不透，它没有光芒。

夏小米仍然远望着大海，平静得有些漠然地说："张化冰只是我的太阳，与这海南岛的太阳一样透明热烈。无论他在哪里，我都可以被他照耀，感知他的爱与温暖……"

"只是在你需要的时候，他仍然苍白地高挂在记忆的云雾后面！"关鹏心里阵阵刺痛，忍不住带了点嘲讽，"这样说，男人不都是白太阳吗？夏天的和秋天的。"他感到自己突然变成了哲理诗人，说出的话含义深远。

夏小米却仍然在阳光中梦呓似的思考着。是的，某种意义上来说，张化冰是白太阳，男人都是白太阳。"即便他是一轮秋天的白太阳，他终将在云雾散尽的时候，将爱情的光影投射在我的心上……"

关鹏再无法口出妙言了，他再一次感受到夏小米的固执或者说坚强的一面。他很想告诉她张化冰为什么会那么早离开海口，以激怒她。是张化冰没有勇气留下来与他关鹏一试高下的！可他憋住了。他不忍心伤害她，他与姚肃冬的事情已经让她蒙受了种种羞辱，张化冰的离去已给了她难以承受的打击，他关鹏在这时将事实真相说出来，还是不是个男人！经过姚肃冬事件的反复折腾，关鹏也终于明白，爱情它就是这么奇特。两个相亲相爱的人，也许并不需要太多的理由，只要两颗心相互吸引，相互占有，就永远不会从彼此的灵魂里消亡。对于夏小米来说，张化冰是她心中一颗永远不落的红太阳，而自己，日薄西山，就如那秋日薄雾中的白太阳，光芒尽失了。

而爱情的神秘力量就在于此，张化冰和夏小米，他们都视对方为太阳！这太阳的光辉啊，几时可以穿越岁月的隧道，寻觅到那迷茫星空中的爱人，心灵与心灵，交相辉映？

5

夏小米成了个待业者。

她不再是电视台当红的节目主持人，她也不再是神通广大的关鹏站长的夫人。她只是她的儿子小望的母亲。

夏小米将儿子从幼儿园接回来，自己教儿子认字、看画、唱歌。小望眼看就到了该上学的年龄了，他很聪明，兴趣也广泛，顽皮起来，就爬上妈妈的背，骑到她的脖子上。傍晚夕阳西下，小米就搂着儿子坐在阳台上，告诉儿子远处是大海，海水是蔚蓝色的。从前的海边，是白色沙滩，早上有贝壳捡。现在，政府填平了一方滩涂，要建万绿园。将来万绿园建好后，海离我们就更远了。她当然知道儿子小望还听不懂这么多，她大半是自言自语，儿子只是她臆想中的倾诉对象。我们在这个四周是蔚蓝色海水的岛上，自然是葱绿的，如椰子树，但纯净正在渐渐地剥落。她继续说着。最近，在这高楼上足不出户，她只不过要逃避一下与关鹏再次分手掀起的潮水一般的舆论波涛，她无力抵挡，只有逃避。儿子让她忘记了生活中不美好的一面。

"妈妈，爸爸呢？"小望突然想起自己回家几天了，却不见爸爸。

小米抓起小望的小手捂到自己脸上，撒起谎来："爸爸回爷爷家去了。"她不得不撒谎。这是善意的谎言，将来的某一天，她会自己将谎言揭穿。

"哦。"小望漫应着。也许因为没有血缘关系，或者是因为他实在年幼，他感觉不到关鹏实际上已走出了他和妈妈的生活。见到关鹏，他很亲热地喊着"爸爸"；见不到关鹏，他也不会十分在意。

这己是海南热大幅度降温的年代了。经济的泡沫高潮早已退去，表面的繁荣己虚掩不了真实的混乱无序，种种在热潮中积留的问题不停地暴露出来。一夜之间，就有位高权重的官员从座位上摔了下来；号称多少多少亿的富翁，睡梦中惊醒，家底已朝天，空荡荡被人捅塌了；许多人一觉醒来，昨夜共枕的爱人已移情别恋，爱情就像钞票，挣来花去，很难有人想到去验证真假。夏小米，她却丝毫也没感觉到经济低潮的来临，她很少关心经济，以前，她考虑得更多的是事业和工作，海口热火朝天的房地产她也没有给予过做节目一样的关注。这个城市经济的腾飞带给她家切实的物质财富，虽然她未曾从婚姻中索取过物质利益。但她不是个清贫者，也许就因为这，她平静地面对自己的失业状态，一点也没有感受到经济低潮给生活造成的恐慌。她决定带小望出去旅游一圈，逃离这座城市原有的人际关系网，理清思绪，再从长计议。

她带着儿子，回了一趟家，再去北京玩了几天，然后从北京直飞深圳。

赵霖到机场接他们。一见她，就关切地说："你瘦多了，还有些憔悴。"

小米并不在意。"你走后，我与关鹏又在一起生活了，现在是真正的分开了。那个姚肃冬出了车祸，死了。"她淡然解释道，"我辞职了，现在是无业游民一个。"

"那么好的职业你辞了它，为什么？"赵霖停住了脚步。

被他高擎在肩上的小望踢动着小腿，直喊："叔叔，快走！"

小米冲赵霖使了个眼色，说："回头再说吧，一言难尽。"

出了机场，感觉空气凉爽惬意。一路上，特别是进入市区以后，小米更是感到了"深圳之恋"那首歌的迷人之处。她觉得深圳简直就是自己的避难之地。六年前，她怀着小望的时候，在这儿答应了关鹏的求婚，并将命运扭转过来；六年后的今天，她再次踏上这个城市，带着满身疲惫和伤痛。婚姻的完结并没有使她悲哀，悲哀的是她无力面对来自外界舆论的压力。她跟深圳的缘分，令她对这座城市深怀感激。冥冥之中，它会改变她的人生道路，在这儿，她可以由人生的低谷又跃上高峰。

夏小米想到这，兴奋起来。她不知道这次深圳之行会给她什么样的改变，但她仿佛明白了此行的潜意识中的目的：深圳会给她向生活挑战的勇气。

望着车窗外鳞次栉比、在灯光衬托下更加威仪的城市群楼，夏小米轻松地笑了。这个年轻的、充满活力、正蓬勃发展并为世界瞩目的城市，亲切有如她的故乡，她母亲的家园。

夏小米仍旧住三年前住过的月亮的房间。月亮为使赵霖尽快熟悉深圳方面的事务，一切都给他安排好了，这套她本可以卖掉的房子，也让赵霖先住着再说。小米从北京给赵霖打电话时，赵霖准备到酒店订房的，小米推辞了。她不想让赵霖为自己花费太多。

赵霖的工作十分出色。他接手红月亮旅行社后，觉得月亮原来的业务范围铺得太开，繁忙而没能在某一方面树立权威，故而将业务范围缩小了一些，集中接待大型旅游团体，以及一些大型会议接待方面的工作。这样，红月亮的信誉与名气得到进一步提升，一些专家认为，这已是个具有国际水平的旅行社了。一些月亮原有的客户，保罗公司全球各地的贸易伙伴，若来深圳，指名要红月亮负责接待事宜。

赵霖没有时间陪月亮和小望出去游览、逛街，但每天都安排司机接他们母子俩出去。在司机的带领下，小米他们逛了国贸大厦、阳光大酒店等有名的建筑，然后去了一趟沙头角，购买了一些儿童玩具和日用品。这样不知不觉过了一星期。周末，赵霖才抽出时间陪小米带着小望去儿童乐园享受休闲。他们在麦当劳吃了晚餐，华灯齐放的时候回到住处。

小望兴奋了一整天，洗完澡，就美美地睡去了。宽敞的客厅里，夏小米与赵霖相对而坐，各自翻看着当天出版的《深圳特区报》和《深圳商报》。

"赵霖，我很喜欢深圳。"小米放下报纸，心情显得十分愉快。

"噢？那就留在深圳得了。"赵霖正在看股市行情，随口应道。

"我正如此打算。"

赵霖这才放下报纸，有些疑惑："你是说你准备留在这里？"

"是的，留在深圳。"

"这里人才的竞争相当激烈。"赵霖诚恳地说，他觉得夏小米一向优越惯了，怕受不了那份求职的辛苦与尴尬。尽管小米在海口是个有名气的主持人，可深圳这么大，不知有多少名气更大的人都得从头做起呢。

"我知道，不过这样才更能体现出个人的能力与价值。我想碰碰运气，再试试自己的能力。"小米是经过深思熟虑的。这些天，她总被深圳的繁华，它发展的声势，人才市场竞争激烈的各色新闻吸引，被鼓舞得想尝试一番当年闯海南的滋味。

"那你干脆就到旅行社来吧，做我的助理或是部门经理。"赵霖想了想，建议道，"不是照顾，是需要。在工作上，这儿没有太重的人情味，大家要生存，大家就得从工作出发。试用三个月，不行，你就没资格再继续受聘。怎么样？"

"……赵霖，我还是希望到电视台去或者别的新闻单位，这是我的长项、优势。我想一个人一生首选当是发挥自己的优势，除非此路不通，不应该去做一件陌生的、没兴趣的事情。"小米委婉地拒绝道。旅游方面，她也不能说是完全陌生，在月亮、赵霖、关鹏联手开展深圳—海南旅游线时期，耳濡目染，大概的模式程序还是懂一点的。只是她现在完全没想到改变自己的工作性质和个人爱好。深圳重视人才，那它也就不会忽视任何一个有才能的求职者。

"那好吧。不过我对深圳电视、报纸行业还不太熟，恐怕帮不上你的忙。"赵霖遗憾地摊摊手。

"没关系。只是你得找个人帮我照看几天儿子。我去跑几天，行就留下，不行就回海口再说。"小米做出了决定。

他们找出一份深圳市区地图，在图上查找新闻单位所在位置，坐下来细细商量怎么行动，先找哪家，再找哪家。忽然，赵霖将地图扔到一边，探询道："小米，你想没想过下海？"

"下海？我？"小米指着自己的鼻子，狐疑地看着赵霖。

赵霖笑而不语。

"我能做什么？"小米笑着问，她觉得这个建议很有趣，"除了做主持，我能做什么？！"

"小米，你难道认为自己是天生的电视节目主持人吗？你难道真的认为自己除了做电视就毫无用处吗？"赵霖抚摸着下巴，一手围在腰间，作启发状。

小米咧嘴憨笑着，摇摇头。

但赵霖认为夏小米完全具有下海经商的素质。夏小米初来海南就去了五指山那样一个地方教学，这需要吃苦的精神；她初到《热岛报》拉广告时，曾碰到过许多诱惑而她宁愿放弃也不出卖人格，这作为女人来说，需要坚强、自立的个性，并要有毅力；她由一个普通的闯海女孩子成长为海南著名节目主持人，这不仅是她独特的气质和形象，还因为她具有智慧和应变能力，否则，依她的年龄和资历，她办不好《名流》这样一种文化档次较高、现代气息浓厚又有大特区精神特色的栏目；现在，她面临危机和个人生活低潮，毫不回避将可能出现的困难，反而选择了辞职，这在有些人看来，是不明智之举，可他的看法是，这恰恰表明夏小米是个果断的、有主见的人。"综合这几点，你有独立自强的精神、果敢坚强的品格，才华与智慧、勇气与魄力、冷静理智的处事方式，加上你这么多年来建立的种种人际关系，若是下海，已具备了良好的个人素质和社会机缘。"赵霖慢悠悠地评说着，说一点扳直一个手指头，最后五指已经张开。

夏小米从来就以为赵霖只是中学同学、月亮密友，自己的事他知道一些，但从没有过分地热情关注。而今天，她发觉他对自己如此了解！那独到的看法，夏小米可能自己也无法数说出来。她顿时对赵霖敬重三分，那个一心扑在事业上的赵霖居然是这么一个细致的、善于判断评价一个人的价值能力的人。

"这么说，我真可以下海了？"小米仍然毫无目标，但内心很是感动。

"你只要找一个最佳跳水点，也就是找一个进入经济市场的切入点就行。"

"资金准备呢？"

"你看你看，完全是一副很在行的口气呢。"赵霖击掌微笑，"我不知你自己有多少实力，如果先期投资能贷到款，我相信你只要一运作就会活起来。实在解决不了资金问题，你也可以开皮包公司。凭你的智慧，绝对可行。"

　　"开皮包公司有什么意义？能做成事吗？"

　　"海口成千上万家公司，大大小小，你以为全是货真价实？告诉你吧，我在海口的房地产公司，也就是个皮包公司！"赵霖一副很懂行的样子。他的话倒是不假，夏小米也听过不少有关"皮包公司"的事，遍地都是，有些倒还真能，最后居然能将空空的皮包装得满满的。

　　"都是骗人的把戏嘛！"夏小米的眼睛笑成好柔和的弧形，放出喜悦的光彩。

　　"我是说在筹不到资金的情况下，又不是让你去坑蒙拐骗。再说，若能先以皮包公司混迹商海，做成一两件事，你以后不就可以大显身手了？"赵霖也笑着，但他又装出一副被小米曲解了好意的委屈状，引得夏小米一连声地嚷"教唆犯，陷阱"。

　　赵霖说得口渴，自己去冰箱取饮料。"可乐还是七喜？"他问小米。

　　"我要可乐吧。"

　　赵霖取了两罐可乐，又说开了："可乐这东西，真奇妙，喝着喝着就上瘾了。我怀疑它是不是有海洛因成分在里面。"他"啪"的一声拉开易拉罐开口，递给夏小米，然后才给自己开另一罐。

　　"有本杂志上说，一杯可乐所含的咖啡因是一杯咖啡所含的咖啡因的三倍。它令人上瘾一点不怪。"

　　他们闲扯着，靠墙角沙发茶几上的电话铃响了，夏小米顺手拎起电话筒："喂，你好。"

　　"喂——小米！"那边惊喜莫名地喊。

　　"嗨——你是月亮？！"夏小米高声地喊，她欣喜忘形。真是太好了！前两天听赵霖说，月亮来过电话，当时小米正好带儿子去小区内散步，没能与月亮说上话。

　　两个多年老友仿佛相逢一起，都抢着发问，结果谁也没听清。赵霖显得极有耐心和兴致地站在旁边，任这两个从中学时代起就与他结下不解之缘的女友对着越洋电话发疯般地傻笑。

　　"月亮你来深圳住些日子吧。"小米热切地说。

　　月亮说，她怀孕了，可能暂时来不了深圳了。小米能从她的声音里听出她很幸福。目前，月亮在帮丈夫处理一些财务上的事情。

　　"你还好吗？"月亮关切地问小米，她走前，正是小米与关鹏第一次分手之时。

"我辞职了。"小米老老实实回答。

"赵霖正劝我下海呢。"小米又说,"可我不知所措。"

"我认为你完全可以下海。再说,万一下海后溺水,也可以再上岸。"月亮认真起来,遗憾的是她在美国,怎么说也说不具体。但她完全赞成赵霖的提议,并相信小米会做得像主持人一样出色。在月亮看来,出类拔萃的女人做什么都可以出类拔萃。

放下电话,小米仍处在激动之中。看到赵霖双手抱胸站在旁边,才猛然回过神来:"哦,对不起,忘了让你听电话了!"

"你们两个人啊,简直就是同性恋,别人是重色轻友,你们是重友轻色啊!"赵霖故作酸溜溜地耸耸肩,一副被冷落的样子。

"你敢说我们是同性恋?!"夏小米嗔怒道。她将手中的可乐罐往前一送,做出要泼赵霖的动作。赵霖抬手挡住脸,她的手却收了回来,乐得哈哈大笑。

电话铃又响了。

"你接吧。"赵霖努努嘴。

"你接吧,还是月亮的。"小米不好意思地推让,"这次是找你的。"

果然是月亮的,她刚才也忘了让赵霖听电话了。她问了问小米的事,然后说:"赵霖,我看小米也该下海。为了让她顺利一些,你就将海口的房地产公司交给她做好了,你把女朋友带到深圳就是。小米就是做不好,也亏不到哪儿去。"她知道公司是空的,要做房地产,开始充其量只起中介作用。

赵霖表示同意:"我也是如此打算的,只是正在诱惑她自己提出来,看来我只得马上说这计划了。"他朝小米挤挤眼。

夏小米三天后回到了海口。与她预感到的一样,深圳之行,改变了她的人生轨迹。她在内心深深感激深圳那座带给她全新观念与生命体验的城市,还有两个至真至纯的朋友:月亮与赵霖。

6

夏小米正式接过了赵霖的"地球房地产开发公司"。

李亿军在关键时候,又帮了夏小米一把。由于政策的原因,他不能再兼任房地产公司董事长之职。但是这一点也不影响他的官运,顺利地坐上了一家金融机构总裁的宝座。他利用自己的身份与关系,给夏小米贷到了一百万元的款项,期限为一年。夏小米很激动,她说:"我要争取自己拥有一百万元。"突然,发财的欲望如此强烈。既然投身商海，她觉得成功的标志之一应该是财富。她又感到好笑，一个素来以清高单纯的形象出现的节目主持人，居然也从事起房地产来了——以挣钱为目标。

"如果运气好，你可以用这一百万发家，别说百万、千万，亿万都是有可能的。如果运气不好，也可能赔得一干二净，甚至更惨。"李亿军很冷静地打着防疫针。几个月来，他又胖了一点，一张圆实的脸上，总堆着几分亲切，"所谓运气，我认为就是智慧加机遇；而机遇，又是天时、地利、人和。"

"呀，李大哥像个哲学家一样了。"夏小米搅着服务员刚端上来的咖啡，敬佩中带几分娇嗔地看着李亿军。他们坐在一家新开的四星级酒店的西餐厅里，刚用完餐。

李亿军嘿嘿笑着，替小米撕开一小包咖啡糖放进咖啡里去。对夏小米，他的语言、表情和行动都带着一份浓得化不开的爱怜。小米时常很感动、感激，可也有一种隐隐的歉意。她总觉得李亿军对自己太慷慨和照顾了，而自己无以回报。以前李亿军总是寻找机会表白爱慕之情，这多少还证明他对自己有所图，可以不那么内疚；而现在，他早已遵守了盟约，再也不言男欢女爱，这样更令小米愧疚，认为自己欠他太多。小米想着，神色黯淡了一些。

"你怎么啦？"李亿军见状急忙发问。她的一举一动，全在他的视线里。爱情这东西就是奇妙，你爱着一个人的时候，这个人便时时刻刻牵动你的心扉；你不爱一个人的时候，这个人惊天动地的事情你也只会无所谓地拂袖一笑。

夏小米这才发觉自己走神，赶忙说："没什么，我在想该怎么走第一步。对房地产，我实在是一窍不通呵！"

"现在资金只这么多，你可以像王红那样先做点投机生意，也权当是实习，买进，卖出，赚中间差。房地产陷入低潮已有一段时间了，按正常运行规则，应该在近期会有一定的反弹，抓住这个机会，你定能有所收获。"李亿军分析着。海口房地产突然降温，令许多房地产商一筹莫展，有的血本无归，当然，房地产热令不少人暴富，有些人拿着钱享受去了，有些尝到甜头试图再大赚一笔，不料就如遭遇股市狂跌一样措手不及。抛售手里的房产土地，实在不心甘如此一败涂地，心里暗暗期待再来一个高潮机会。有胆识的，抓住这种心理，仍可以有所进帐。

"但是最主要的，你要知道'经商'是怎么回事。"与小米分手时，李亿军郑重地说。

王红是夏小米拉来帮忙的，毕竟，她在房地产热潮中已摸出了一些在夏小米看来很了不起的经验。王红自与夏小米接上断线了的关系以来，与小米往来密切，什么事都向小米倾诉，对夏小米前一阵的风风雨雨，深表同情和安慰，并给她寂

寞的心灵以精神上的鼓励。这使得小米很信任她。王红是个富婆了，服装店也开起来了，完全可以过一种她自己向往的散漫的、自由的、只有享受和爱情的生活，可她却答应帮小米一把，小米自然感动。问及王红服装店怎样了，她说生意好着呢，男朋友在打理，在新开张的 CAR 商城里，小米你哪天有时间我陪你去挑几套衣服。

可小米一直没有时间去王红的服装店。

王红不停地收集房地产方面的信息，然后挑出一些有价值的供夏小米参考。这天，王红递给小米一套资料，介绍道："我所住的公寓楼现在的房价最高是每平方五千三百元，现在有两套急于出手，估计可降到四千五百每平方米。你看可不可以买？"

"一套多少平方米？"小米翻着资料。

"一百一左右。"

"那么两套就是二百二十平方米。"小米在心里算了一下，"一共是九十九万元。多久可以抛？"

"一买下就可以抛。"王红老练地说，"我们以五千二百元抛出去，定可以成交。这样可以赚十五万多元。如果运气好的话，说不定可以将对方压得再低。"

"那我们明天去看房吧。"

夏小米对那房子很满意，决定做第一笔交易。王红很快就将两套房子以五千二百五十元的价格抛售出去。她们互相庆贺了一番，为旗开得胜赚了十六万干杯。

"小红，你可以拿三万的提成。"小米喝了点酒，脸色绯红，显得青春焕发。钱赚得如此容易，令她喜不自禁。

"这你就见外了。小米，好歹我们也算是共过甘苦的朋友，我来这，是为了在你起步的时候帮你一把，再说，我现在也闲得慌，有事做可以过得充实一点。我有的是钱，你何必这么商业化呢？"王红将酒杯往小米手上轻碰一下，语气中含着责怪与真诚。

"亲兄弟还得明算账哩。"小米摆摆手，不同意王红的看法。

"等你发了大财再说吧。"王红笑道。

"那不行，一是一，二是二。"小米的执拗劲又上来了。

王红变了脸色。她大声说道："好，小米，如果你硬要我拿也可以，你将这个月的工资和提成全给我，我马上走人。想不到你入行还挺快的，才三个月铜臭味就很浓了。"

"哦！"小米怔住了。她迷惑了，难道是自己真的变了吗？

小米不再吭声，心里面很是感动。

没过多久，王红又提供了一个信息，在南大路一个小区里有一栋单身公寓楼刚竣工，尚有一部分房没售出，一次性付款，大概十三万元可以买到一套。

夏小米了解，目前海南的单身汉特别多，白领阶层的单身贵族完全有条件入住单身公寓，一房一厅，是最理想的结构，但海口尚无特别推出的单身公寓。夏小米考虑了一阵，觉得单身公寓将被市场隆重接受，她决定先购买五套，委托王红处理购买事务。

五套单身公寓房最后以六十万元成交。夏小米写了张转账发票，让王红去办理转账手续。王红办完手续回来，交给她一份购房合同，并告诉夏小米，一周后可以办理过户手续。

夏小米很是欣赏王红的办事效率。

第二天，王红走进办公室，两个人亲热地唠了一阵听来的闯海发财或落魄的故事，然后，王红期期艾艾地凑到小米的桌前，嗲嗲地叫道："老板。"

"瞧你那股酸劲！"夏小米打趣道，这是第一次有人叫她"老板"。

"是老板嘛。"王红带着几分娇纵，脸上露着甜人的笑容，"好吧，小米，我可不可以请几天假？"

"请假？"小米放下手里当天的日报，不解其意，随即开心地说道，"你这家伙，我可不是雇佣你啊，你要去办事，尽管去好了，谈什么请假不请假的！"

"Yes，Sir！"王红啪的一声立正，举手齐额，学香港电视中的警察说话，逗得夏小米忍不住笑出声来，她自己也乐了。

"哎，不是去度蜜月吧？"小米善意地打趣道。王红若是单独与男朋友出去，就会戏称为"度蜜月"。

"我去香港进点货。其实不用我操心服装店的事情，是我自己想出去玩一玩了。我已经有半年多没去香港了。"王红口气不小，好像香港是她的家，半年不去就觉得久了。夏小米还从来没去过香港呢。

"那你就好好玩几天吧。等你回来，说不定我已大赚了一笔。"夏小米快活地劝道，她像是一个久经商场、业绩显赫的大老板，在奖赏她的出色的下属。王红望着夏小米，心想这女人有可能会发达成一个大商人，瞧她那份自信和风度真是天赋的，仿佛那商场就是她原来的电视节目，一上场，就游刃有余。王红答应着，低头去看报纸。

"好，我回来后带男友来见你。"

王红走后几天，夏小米去办理房产过户手续。售楼部的人看完她的合同书，说："这不是我们的合同。"

"什么？！"夏小米的心一下子提到了嗓子眼上，她明白这中间出了问题。

如醍醐灌顶，她一身冷汗冒了出来。她看着那份假合同书，觉得王红是个高明的骗子，她的高明，是因为自己过分信任她了。

错！错！错！

夏小米当即打了个的士去 CAR 城。一走进那空调开得很冷的商城，她才发觉自己是处在极度的恼怒之中，连王红的店名、她的男朋友的名字自己一概不知，这几百家铺面，自己如何去找？

她向商场经理打听王红，答说没有租赁人叫王红的。

夏小米意识到，王红是早有预谋的。

她驱车来到王红的公寓，公寓里早已人去楼空。她急急找到小区管理人员，讲明来意，希望开门进去看看。那人领着她往楼道里走，一边回忆道："你说的是五〇八房吧，房主王红对不对？噢，她那房子不是几个星期前卖掉了吗？买家同时还买了王红对面的五〇七房。两套一共是……八十四万元。"

"不是九十九万？"夏小米又是一惊。

那人奇怪地看她一眼，显然没明白她在说什么。"哪里，王红那套是四十八万，她当时买的时候才三十万多一点，她赚得多了！对面那套房子，那家主人带着个女人刚住进去不到十天，另一个女人就找上门来了，大吵大闹，结果，这屋里的女人一气之下上吊了，死了。主人觉得晦气，亏了血本也要卖出去，结果三十六万就卖掉了！"那人喋喋不休，全然没察觉夏小米脸已变得灰白。他打开了五〇八的门。

夏小米一看，不由火往心口上冒。屋子里似乎刚洗劫一空，剩下几把样式很普通的椅子，一张已被睡塌了的席梦思床，还有几个乱扔着的水果纸盒。当初夏小米在这儿看到的高档组合家具、真皮沙发、二十五寸的猫王彩电等豪华场景，全都不见了！

夏小米使劲晃了晃脑袋，感到自己置身于一个梦幻般的场景。

她回到办公室——回到家，站在阳台上，感到束手无策。她从早晨的兴奋点落到了沮丧的深渊，成了一个被缴了武器的俘虏，然后又被敌人放出了战场。王红没能置她于死地，但她骗了她。在夏小米看来，被人欺骗所受到的打击，远比姚肃冬对她的伤害要深，被人欺骗，证明自己智商低下，有种智慧遭到玩弄的感觉。何况王红是自己信赖的朋友。夏小米眺望着远处在阳光下闪着波光的海面，心里面恼怒而冷酷地嘲笑自己：回头是岸，否则像你这样的呆头鹅不淹死才怪呢！

可是，说是如此说，如今离岸已有些距离了，下海的人，只得奋力扑腾游划，否则，被王红卷走的这笔款谁来还贷？

李亿军怕夏小米承受不了这个巨大的打击，顾不得下午要开会，就急匆匆赶来了。

"你对我总是那么好。"夏小米故作镇静坦然。实际上，她心里面很痛，当她讲述着事情经过时，她沉重得只想哭喊。钱款当然不是小事，更重要的就是人格上的受辱。

李亿军早已洞悉了小米的内心活动，他也不安慰她，只说："吃一堑长一智，下次你就可以去骗别人了。"

"我永远不会以诈骗的手段去夺取财富。"小米果然急了。

"你不要以为'诈骗'是耻辱的事情。我说的'诈骗'，不是你想象的那种意思。你去打听打听，生意场上有多少人在经营'诈骗'生意？一些号称亿万的大老板，那些钱还不是从国家的银行里骗出来的？你能将别人口袋里的钱骗到自己口袋里来，这就是本事。再说，这地方人口流动性这么大，这些骗子像游击队一样，骗一处换一个地方，找都没地方找。你看，王红现在一点线索也没有了吧？"李亿军在商场上滚打久了，早就看透了一切，可他没想过要将这些看法灌输给小米。在他看来，夏小米有重友情的一面，但也不傻，不会栽到这样一个陷阱里去。

李亿军的话戳到了夏小米的痛处。她烦躁起来，苦着脸不耐烦地说："王红她要让我找着了，那她就不高明了。但我想她的财富就是这样积累起来的，她高明，十分高明，可以想见，她从未失过手。唉，我该怎么办呢，这么愚蠢，还能做下去吗？"

"你想怎么办？"李亿军反问她。

"我当然不会轻易认输。但是话说回来，万一接下去又因什么原因再亏一把，我岂不是惨了，而且还会连累你！"夏小米忧心忡忡，又不愿就此罢休。

"你不要先想到'亏'，你来了这么多年还不明白这儿的风俗，有些不吉利的话是不能讲的。"李亿军皱皱眉头，责怨小米。

"噢，对不起。可这心里哪敢踏实。"

"一朝遭蛇咬，十年怕井绳？"

"那倒不是。"

"那你就继续做吧，哪有在水里不挨呛的，关键是要从被呛中总结教训，提高水性。"

"你就像个商场上的哲学家。"

"这是事实。我早期也是被呛过的人。"李亿军谦虚地笑着，"不过我觉得你具备大商人的气质。"

"这话怎讲？"夏小米满腹疑问。她来了兴致，脸上的阴云散去了。

李亿军打量着夏小米，笑而不语。

"快讲嘛！"夏小米一顿脚。

李亿军不紧不慢地谈自己对她的看法，连他都被她的胸怀折服了。夏小米下海还不到一个月，就一下子亏了六七十万元。换了别人，也许早就哭天抢地，气得要死要活，要不就趁早做了缩头乌龟，拐了剩余的钱溜之大吉。可她呢，既没有想到去捉拿、报复王红，也没准备抱头鼠窜，撒手不管。这证明她有一种承载大起大落命运的气度。她的失误在于用人的时候出了一点问题，但这次大亏一过，依她的智慧，她量人的目光将会尖锐许多，她会在对人的信任问题上变得精明敏感起来。这样，只要抓住时机，获胜的希望总是大于失败的。

听了李亿军的分析，夏小米开怀大笑起来。她想起了在深圳时赵霖分析她可以下海的几大要素的事情，那时赵霖没有提醒她用人时不能轻信，他大意了，并不是所有的人际关系都可以结网的！

"我同意你的看法。并且我告诉你我此刻的打算：将余下的资金买几套单身公寓房，增值是没有问题的。"夏小米自信地说。损失那么重，她居然除了恼怒和沮丧外，并不伤心发愁。她似乎有种直觉，不久，这笔账会有所弥补。她本来想恶狠狠地诅咒王红，但想起姚肃冬在遭到自己诅咒后不出十天的下场，她放弃了这个念头。她相信王红自有天惩。

李亿军觉得夏小米的念头转得太快，但思路是正确的。他告诫道："买下可以，但要见机行事，不可太贪，价格一回升，立马出手。房地产有一点回升，但很可能就是最后一拨了。抓住机会的话，可赚个七八万。"

但是，他们都失算了。夏小米刚买进四套单身公寓，海南房地产就一落千丈。有些人一夜之间沦为了拥有一大片房产的穷光蛋。

第九章

1

张化冰离开昆明，来到了哥伦比亚。

哥伦比亚共和国，位于南美洲的西北部，西濒太平洋，北临加勒比海，是南美洲唯一面向两个大洋的国家，海岸线长达二千九百公里，水上运输十分便利。人口三千多万，百分之五十八为混血种人，百分之二十为白人。这里矿产资源丰富，绿宝石的产量位居世界第一。

张化冰参观完坤沙的罂粟园后，在金宏远的鼓动与安排下，携未婚妻吴倩倩以及吴府两位心腹于次年一月，哥伦比亚狂欢节期间抵达了哥伦比亚。宝石巨商卡乌罗将他们安置在麦德林市近郊的一幢充满乡村风味的别墅，这里四周栽满了哥伦比亚的国花卡特莱兰花，让人感到这是一个休闲胜地。

麦德林市是哥伦比亚第二大城市，也是哥伦比亚最大的咖啡市场和主要工业中心。卡乌罗先生陪同张化冰和吴倩倩观看了狂欢节的盛大场面后，带他们去北部的古城圣玛尔塔游览，然后沿海岸线走了几座港口城市，又去首都圣菲波哥大的黄金博物馆参观。这个博物馆有两万四千件展品，是世界上最大的金子博物馆。最后，卡乌罗将他们带到离麦德林市约五十公里外的一个小镇农场。这里地处西部安第斯山区的高原地带，人烟稀少。他告诉张化冰，他们的研制工厂将设在农场深处的一片背靠山峦的空地。

工厂的外表看上去很普通，走进去，是一个空旷的咖啡加工厂。卡乌罗诡秘地笑着，将他们领至邻近工厂的一栋两层高的楼房。楼房的二层用作办公，一层是两间大房间，一间用来堆放杂物，一间用来放置床铺，供管理人员偶尔就宿之用。靠山那面墙上，摆放着一台巨大的通风机和一只大衣柜。卡乌罗在衣柜底座摸索着按了一下，那个高大的通风机便移开了，露出一扇与房间瓷砖颜色一致的铁皮门，他微笑着在门边的电钮控制器上按了几个数码，铁皮门往一边移进墙里。原来这部分是空心的！卡乌罗躬身进去，并招呼着张化冰他们跟上。

张化冰好生奇怪，吴倩倩更是睁大眼睛不敢相信这是事实：往里走进二十来米远，有一条宽大的石级路往上走，然后有一片开阔洞穴，很明显洞穴经过人工处理，成了一个地下加工厂。卡乌罗说，这个洞穴还是他十几年前寻找宝石之地时发现的。他不声不响地出高价买下了这片农场，一面在这儿种植咖啡，建立工厂农舍，一面修建这洞中之路，然后巧妙地将洞口封住，在洞外的灌木丛中再加种一些树种，如今，浓密的树阴早已遮蔽了整个洞门。后来他将这里建成了一个小型的宝石加工基地，这儿生产加工的宝石，他用来走私。这个基地为他获取了巨额利润，近几年来，宝石行业竞争更为激烈，而他的业务有所拓展，这个洞中加工厂暂时不用了。现在，缅、泰的毒品行业将使它重生。"它将使你、金先生和我，有一种相当紧密的合作关系，同时，它可能会使我们的事业影响整个人类。"卡乌罗神气地说。

张化冰在洞中行走，装着沉思没有应答卡乌罗的话。这个卡乌罗，并不是金先生介绍的那样仅仅是一个宝石商人，他肯定有一个相当复杂的背景和商业网络。否则，这样一个洞中宝地不可能十几年不泄露。当初，在金三角见到卡乌罗先生时，张化冰为这个刚过四十的白种男人的机智、风趣、刚强的气质所折服。卡乌罗表现得高贵儒雅，有一股不易觉察的傲慢，张化冰喜欢这种傲慢。卡乌罗极少说西班牙语，流利纯正的英语说明他受过良好的教育，言谈之中，透出果断和大智大慧，而且，天文地理、最新科技、人类未来的发展趋势，他都能侃个天昏地暗，张化冰虽然英语说得不怎么地道，但他曾是高等学府的高才生，听还是不吃力的，他觉得这个商人的文化素质已不仅仅是生意场上的定义了。他为此对卡乌罗敬佩不已，而最使他们谈得投机的，是对各国文化风情的透彻了解。张化冰简直像是一个多年来没有找到对手的弈者，突然棋逢高手，不胜欣喜。卡乌罗自与泰国、缅甸有商业往来以后，张化冰也是第一个可以在商业以外的话题中与他有共同兴趣与谈锋的亚洲人，同样，他也无比赏识张化冰。两个人趣味相投又彼此欣赏，这是促使张化冰在很短时间内就决定到哥伦比亚开辟新天地的重要原因，当然，对夏小米追寻的失败，中国警方再掀打击走私高潮，缅泰合作方寻找外向发展以及吴倩倩可以为他消除哥伦比亚官方语言的障碍，都是构成他离开昆明和泰国的外力。但是现在，他隐隐地感到不安，自己甚至是金先生对卡乌罗的了解是不是太少太少？

回到麦德林市，这一夜张化冰没能入睡。倩倩毕竟年轻，兴奋过去，疲倦袭

184

来。聊了一阵就睡着了。望着她那童真的面容，张化冰突然觉得孤独至极，也许身边的这个美女是自己不该得到的。他一支接一支地抽烟，在闪闪灭灭的火光中，他仿佛看到了夏小米，她正带着母爱般的关怀柔情地注视他，爱抚着他一双温暖厚实的手掌，用爱情的呼唤融化他内心的焦虑或是恐惧，引诱他将灵魂深处隐藏着的成熟或不成熟的秘密思想倾诉出来。人的精神有时候就是需要一个倾诉对象，当他在倾诉的时候，他实际上是找到了暂时的支撑点、支持者，也许是找错了，但在当时，只要不是盲目的，他就可以度过思想的茫然时刻。在与夏小米生活的那段时间，他不曾有过思想的迷茫与灵魂的孤独，她和他是一体的。现在，他只能依靠自己。无论如何，吴倩倩总是进入不了他的内心深处。也许完全不同的生活背景使他们可以互相欣赏，但是存在的差异也越来越明显。张化冰成熟，因为成熟而吴倩倩更显得年轻幼稚；而吴倩倩，她所受的教育可以使她心境开明，宽容地对待夏小米在张化冰心中的位置，但正因如此，多多少少又有些忽视张化冰对自己的感觉，她有些放任他的态度实际上造成了对他的疏离。来到哥伦比亚这一阵子，她很快就没有了陌生感，她天性中似乎更多一些西方的素质。张化冰就不同了，他是来这儿开创事业的，而且是那样一番宏伟的事业，目前，他必须独立承担管理者的角色。在这个陌生的国度里，他觉得自己所拥有的智慧与阅历不足以很快地适应新的环境——这倒不是指自然环境，这里自然条件与海南、泰国差不多，他适应不了的是卡乌罗连日来表现出来的神秘气质。这种神秘使得张化冰不得不去想一些本不应去想的事情。他敏感到研制无害毒品只是一个幌子，他们的目的是要通过哥伦比亚开拓更大的国际毒品市场。在这个猜想未成事实以前，他不想妄加评论。但这毕竟不是他所愿的——他不想做一个遭全球人斥骂的大毒枭。

事情并未如张化冰所料的那样迅速发生质变。当第一批由泰国运来的白粉到达农场的山洞时，卡乌罗同时带来了三个研制人员。据他介绍，这三个人都是有着生物学或医药方面的博士学位的，其中一个是美国人，一个是挪威人，一个是瑞士人。他们的目的是要研制出一种"无害毒品"，在白粉中掺入一种或几种别的植物花粉，来达到既要保持住白粉中的迷幻成分，又要削弱它对人体造成危害的元素。原来用作宝石加工的山洞已被改造成一间宽敞的、设备精良的研究室了。

好几个月过去了，研制没有任何进展，也没有任何迹象表明可能停止这项无效研制。而第三批货又运抵了哥国。张化冰再一次忐忑不安起来，研制真的只是一种伪装罢了，就如一个内心邪恶的人，他的笑容只是他脸的装饰。

金宏远也飞到了哥国。在卡乌罗位于麦德林市郊外的花园别墅里，张化冰和他们在一间小型会客室里聚谈。他们面临着"研制工作"是否进行下去的问题。

"研制新品种的时间不是几个月的事情，我们不必要在这样短的时间内结束它。"卡乌罗说。研制经费是由他筹措的，对于山洞的改建也费了一番心思，花了不少资金。废弃不用，以后换作别的用场，又得花一笔资金，这种徒劳无功的事，他以前从来不干。

　　"我们的试验至少有这样一个明显的认识：白粉引人上瘾是因为它的迷幻作用，这种迷幻是高度兴奋导致的，而一旦削弱了它的兴奋剂含量，它就不可能使人上瘾，那么，人们的需求量自然就会减少。你们说呢？"金先生用流利的英语说道，并用汉语强调一些重要的字词，帮助张化冰全面理解他的意思。

　　"这是个很简单的问题，为什么原来没想到呢？"张化冰提出疑问。

　　"化冰老弟，我们想到过，可是，一种好吃的东西，并不一定具有兴奋作用，嗜爱它的人仍然会上瘾，对不对？我们先抱着尝试的心理，就是现在要放弃研制，也不能证明这种设想仅仅是我们脑子里蹦出来的幻想和意念。"金先生往鼻梁上推推眼镜，文质彬彬地说。

　　张化冰吐着烟圈，沉默不语。他的视线落在房间一个钢制的装饰架上，架子上方托着一个玻璃盒子，盒子里面，一块足有拳头大的绿宝石在灯光的反射下，发着绿莹莹的光。他们座位前面的圆形茶几上放着一束卡特莱兰花，这是这间会客室里唯一的摆设品。

　　卡乌罗听了金先生的发言，点了点头。他知道，研制工作一旦停止，他的农场将成为南美洲甚至世界更广地区的加工回收批发市场。这样，比起以前他有过的生意，不知要赢利多少倍。他内心窃喜，脸上却仍很严肃。他对金先生说："但如果要在哥伦比亚设立毒品中转站，我的利润分成比例应该增加一点才是。不管怎么说，我的风险系数已是成倍地增大了。"

　　金先生颔首表示同意。

　　张化冰则呆若木鸡。这么重大的决策就这样轻描淡写地定音了。这更证实了他一直所持有的怀疑态度是对的——研制"无害毒品"只是一个幌子，他们的目的是要通过哥伦比亚开拓更广大的国际毒品市场！他更不理解的是，前不久，大毒枭坤沙已向政府投降，这意味着坤沙的武装力量得以解除。而坤沙势力的削弱，必将使金三角地区的海洛因势力受到重创，卡乌罗的毒品网络活动应该收敛一些才是。

　　"麦克，你认为怎么样？"卡乌罗微笑着征求张化冰的意见。他平时叫张化冰为"张"，在他认为很严肃的场合，他就叫他"麦克"。他的傲慢在笑容里若隐若现。

　　张化冰回过神来。他并不回答卡乌罗，反而问道："卡乌罗先生，我可以单独与金先生谈一会儿吗？"

"当然可以。那你们好好聊聊吧。"卡乌罗礼貌地点点头，从茶几上拿了一支雪茄含在嘴里，起身走出了会客室。

短暂的沉默过后，张化冰直视着金宏远，显得很克制地说："金老兄，你和我是一见如故的朋友，你不该将我骗到这哥伦比亚来。你如果真是需要我来这儿帮你，也应该事先说清楚，让我考虑周全一些。"

"不，化冰，你误会我了。"金先生急忙辩解，"最先我确实是抱着美好的理想的。但后来卡乌罗背着我见了几次坤沙，想得到更多的毒品货源，坤沙也想拓展南美洲市场，便有了后来的变故。这一阵，我经过冷静分析，觉得无害毒品也许真是天方夜谭，不得不改弦更张了。你知道我是做宝石生意的，与毒品有染也是近年的事，卷入这事，也很不愉快。"

"再说，坤沙不是已经向政府投降了吗？以后的货源哪里来？"

"你今天怎么这么弱智呢？坤沙倒了，卡乌罗建网络不是更有意义了吗？至于货源，满世界都是，就看谁的胆子大了。"金先生停顿了一会儿，表情由阴转晴："但是老弟，你我都是生意人，不在乎多赚一点是吧？"

张化冰语气充满了讥嘲："金老兄，我不是个财迷，也不想不择手段地攫取财富。况且我也不缺钱。"

"可你那点钱折合成美金也就不足称为财富了吧？而这个，将可以使你拥有几个亿甚至更多！"金先生听出张化冰话里的不满，也有些生气，但他仍然保持着一个儒雅的大商人的风度。他轻轻点着茶几，又摊开手，感慨万分的样子："是的，这事风险很大，但一个人要想拥有财富，光想取之正道舍弃欺诈等手段，那是不可能的。人们各种各样的竞争，商业的也好，政府行为也好，都包括着欺诈在内。我们只是冒险，需要的是勇气和胆量，承受风险的心理能力。"

"还有道德和良心呢？"张化冰反唇相讥。

"你这老弟，你忘了你在中国昆明是做什么的了？"金先生哈哈笑了，并无挖苦的意思，"老虎机、啤酒机，实际上也是一种赌博形式呀！赌博不也是你们中国政府禁止的！我以为，这些都与道德和良心无关。有人需要什么，就有人生产什么，供应什么，这才使世界有了平衡，物质的、精神的。"

"真是美妙的谬论！"张化冰找不到什么更合适的话来反驳金先生，因为他说的都是大实话。

"不，这不是谬论。"金先生又笑了，"这世界上有许多人的心里时常处在躁动、幻想、混乱之中，可那洁白的粉末可以让他们狂乱的心平静下来。"

张化冰张了张嘴，没再辩驳。他不明白这个金先生大半年不见，仿佛被洗脑了一样，怎么对毒品也变得走火入魔，如痴如醉了呢？他那一套口若悬河的理论从哪儿来的？任何人都会为他自己所做的事寻找到最充分的借口？

"还有，老弟，卡乌罗与吴老大的交情很深呀！"金先生暧昧地补了一句。他希望张化冰能理解得到，在张化冰来哥国之前，吴老大已做好了与卡乌罗合作建立毒品网络的计划。但当时连他也不知晓。他是在后来的进展中才察觉并得到证实的。如果早就将计划泄露，那张化冰肯定是宁愿翻脸也不会到哥伦比亚来的。之所以让他带上吴倩倩，也是为了麻痹张化冰。吴老大老谋深算，年轻的张化冰再高的智慧，又岂是他的对手？何况最初的研制"无毒毒品"，是多么具有诱惑力的远大理想！

张化冰也确实没有意识到吴老大也参与了卡乌罗的庞大阴谋。现在听金宏远这么一说，联想起研制的幌子，他明白自己已经落进一张精心编织的网里了。

"就算你是正确的，我能请求退出吗？你们可以另选人来。"张化冰灰心地说。他不是害怕风险，只是不愿意做一个贩毒机构的负责人。他知道凭自己眼下的力量，无论如何也冲不破那张网，但他不愿意束手就擒。

"这个问题你得与卡乌罗商量。但化冰老弟，我提醒你，假若他执意不同意，你也别太强硬，我们是在人家的地盘上。卡乌罗这个人，在哥伦比亚的势力大得很。不过他也不是不通情达理之人，你慢慢做工作，他会放你走的。记住了，千万别胡来。"金先生重重地按了下张化冰的肩膀，在心里为张化冰捏了把汗。他知道，张化冰是个十分有主见的男人，意志坚强，而卡乌罗又是个少有的傲慢人物，他那复杂的社会背景和身份，金先生也是最近才稍有所闻，他觉得两虎相斗，必有一伤，而在这儿，伤的肯定只能是张化冰。

金先生出了会客室，与卡乌罗小声交谈了一阵，然后与卡乌罗一起走进来，向张化冰告辞后，去了旅馆。卡乌罗微笑着坐了下来。

2

卡乌罗先生无疑是有着欧洲人的血统，并称得上是一个美男子。栗色头发，深陷的双眸，高耸的鼻梁，坚毅而细薄的嘴唇，文明的礼节，都显示着他是一个出身显贵、具有良好教养与绅士风度的男人。多年来，他以一个宝石巨商的身份往来于国际各大都市，同时，他又服务于某个国家的商业间谍机构，并在这个机构需要商业以外的资料时，尽可能地提供可靠情报。他利用自己的特殊身份，几乎垄断了几个国家高层官员太太们宝石首饰方面的业务。现在，张化冰是他手中的一个新筹码，他有可能使卡乌罗在商业巨子以外，再扮演一个更为重要的角色。即使做不到，张化冰也是极有潜力可挖的一个人物，他不愿轻易放弃与他的交往。

他们俩相对而坐，彼此注视着。

"抽一支吧。"卡乌罗从茶几上拿起雪茄烟盒，抽出两支，递给张化冰一支，自己叼一支在嘴里。

"谢谢。我还是抽三五吧。"张化冰欠身将雪茄放好，从自己口袋里掏出三五香烟来抽出一支。卡乌罗连忙为他点火。

"张，希望你能与我合作。"卡乌罗十分友善地说，以往挂在眼睛里的一丝傲慢己被亲密的神情所替代。

张化冰感到奇怪，他们不正在合作？他吸着烟，没有说什么。

卡乌罗对张化冰的欣赏是发自内心的。自认识以来，他们虽然了解不深，但各自的性格、才干、爱好，在这一段时间里也大多有所体现，卡乌罗觉得张化冰和他一样，同属于高智商的人，而且，张化冰比他年轻多了，他的潜力更为广阔。他认为这就是他们可以合作的基础。

"麦克，我并不打算让你与我永远绑在一起。我向你保证，合作是阶段性的。如果你打算开创别的事业，若干年后，你就可以拥有雄厚资金独立经营你的商业王国了。但目前，这个渠道的开拓，必须有一个强有力的助手，你就是。你的形象与气质以及你的冒险经历，都将是你获得名望与地位的资本。我们都可以从合作中获取巨大利益。"

张化冰不解地望着卡乌罗，"冒险的经历"，他不知何所指。

见张化冰发着愣，卡乌罗笑着摇摇头，猛吸了几口雪茄，然后将烟小心地放在烟灰缸上边，走到靠墙的文件柜旁，从柜中取出一盘录像带，插进录像机里，摁了一下电视开关，然后拿起遥控器，坐回到沙发上。

首先是北京火车站的情景，张化冰与于小苹相遇并被她接到香格里拉酒店。紧接着是大量的张化冰与于小苹在一起吃饭、出入宾馆酒店等镜头。

张化冰坐直了身子。

这是张化冰一段从未向人提及的经历，但这盘录像带却将它记录了下来，是巧合还是蓄意？

卡乌罗继续播放着画面，不时地看张化冰有什么反应。

几年前，卡乌罗在美国参加一个商务活动，其间有几个华人代表。休会时，大家谈及中国改革开放以来的经济形势，卡乌罗也很有兴趣地参与了谈话。他了解到，中国政府正在开展打击经济领域里的犯罪活动。中国的改革开放取得了巨大成就，但伴随着经济腾飞而来的，也有一些经济腐败现象。一些领导干部利用职权为自己谋取私利、中饱私囊，尤其是近年来官员子女经商现象越来越严重，在打击经济犯罪活动中曝光的一些大案、要案，不少都涉及一些领导干部子女，在社会上影响恶劣。事后卡乌罗研究了有关的资料，得知于小苹在这批经商者中是个很典型的代表，便做起了她的文章。没过多久，他们的商业间谍将这位于小苹的资料送来了。

画面上是于小苹接二连三的商业活动。她所接触的人，大都是有头有脸的人物，看得出有不少的权钱交易。

张化冰惊愕至极！他盯着卡乌罗，心想，这个人真不是纯粹的商人。但是，即使拥有这样一盘录像带，他又怎么可能在泱泱大国中发现张化冰这个人呢？再说跟踪他有何意义？

"能否告诉我原因？"定下神来，张化冰坦然问道。

"好。"卡乌罗关了电视机，双手伸开搭在沙发扶手上，显得很懒散很惬意。他告诉张化冰带子的来历。

卡乌罗将带子倒回去定格在张化冰出现的镜头上，说："于小姐的父亲你知道，可以说是一位经济大臣，我们想通过于小姐来获取一些来自中国上层的经济动态消息。巧的是，资料中出现了你。我将带子又剪辑了一次，但仍然没有头绪，因为你后来失踪了。"

张化冰回想起吴老大帮他解决了于小苹两百万的事，想起金宏远说过的吴老大与卡乌罗的"交情"。

"是吴老大提供的资料吗？"他直视着卡乌罗。

"不，这事与吴老大没关系。我们不可能让吴老大参与这样一种计划。他太引人注目了。"卡乌罗的话让张化冰心里稍微好受了一些。

卡乌罗讲得来了兴致。他起身到外厅拿了香槟和酒杯，给张化冰和自己各倒了酒。张化冰接过香槟，注意力却仍在他的话题中。卡乌罗咂咂嘴，快意地继续着刚才的话："有一次我在泰国与金先生共商为泰国皇太后的生日定制绿宝石全套首饰之事，兴之所至，金先生邀我参观了他的商务活动资料陈列室。在大量的图片中，我看到了金先生在昆明吴老大先生府邸的照片，那是你和倩倩小姐举行订婚仪式的盛大酒宴。你正在向金先生举杯。你显得是多么洒脱和俊逸。我这个人有个特点，喜欢和长得英俊的人交朋友。我注意到你，忽然想起这模样很面熟，虽然这时你衣着豪华，与录像里的举止也完全不一样，但某种神韵是变不了的。我向金先生随意地打听了你的情况。我知道你已负责吴府缅、泰方面的事务，但对你的过去，金先生也说不清楚。后来我通过其他渠道了解到你曾是于小姐的恋人。这时金先生他们正有一个设想，想寻求我的合作，我觉得这简直是天赐良机，答应了。我的条件是你来负责这个项目的运作，你或许可以助我在政治上有所发展。"

"此话怎讲？"张化冰感觉自己遭遇了电影般的情节。

"你知道，中国的人权问题在国际上一直备受关注。"

"这与我个人有什么关系？"张化冰打断卡乌罗的话。

"当然有。比如说你为什么离开中国？你为什么会受到于小姐的追杀？"卡乌罗笑道，"我希望你能证明你是因为受到当权者的胁迫而被迫离开中国的，你可以发表你对中国人权问题的看法。"

"笑话，我不是因为人权问题而来的，这个你最清楚。于小苹也不是当权者。"

"她父亲是。她那么年轻，凭什么能拥有那么强大的实力？你知道她那个家族在海外的资产吗？这种情况又何止于家？往深里想，是不是机制问题导致的权力集中与腐败？这样的机制又如何能不存在人权问题？"

"你对人权问题感兴趣？"

"不。但我可以借此获取从政治上发展的机会。至少，它有助于我更为有利地开展商务活动。"

"你想从事政治？"

"不瞒你说，我想竞选议员。"

"真有意思，你竞选议员与我们中国的机制有什么关系？"

"这你就不懂了，很多政界人士对中国有看法，我要利用这种看法。"

张化冰若有所悟。他不动声色地问："那我呢？"

"你可以选择你想要的国籍，并且我可以为你想做的事业做投资。多大都可以。"卡乌罗开出的条件不能不说是充满诱惑力的。

张化冰说："卡乌罗先生，我不能接受你的条件。我无权更无心攻击我的国家。"

"你不用急着回答，想想吧。强调人权，对你们国家有好处。"

"不，这是我们中国的事情。况且，中国一向很重视人权问题，很尊重人权。至于腐败现象，哪个国家都存在，中国一直在寻找遏制、消灭它的有力途径。"张化冰说话很慢，很严肃，他尽量将语法说得准确一点。

卡乌罗注视他良久："好，这个问题我们暂且不谈了。但是我希望你能重新建立与于小苹之间的联系，从她那儿获取一些有关中国经济发展计划，我很清楚，那个女人很爱你……算我们之间的私人交易。"

卡乌罗话未落音，张化冰哈哈大笑起来："这不可能。她爱我？你别忘了我曾是被她追杀的对象。"

卡乌罗狐疑地望着张化冰，好一阵，才失望地摊摊手耸耸肩，说："你们中国有句话叫'爱之深，恨之切'，正因为她爱你，才要追杀你。张，你是个有思想而且聪明的年轻人，你当然清楚我这个建议的分量……我可以提供你与于小苹取得联系的'机会'……"

"卡乌罗先生，我和于小苹之间，早已仇浓于情，她不可能对我恢复信任感。我明白一个商业间谍的含义，它可以给我带来巨大利益。但是，尽管我现在是在跟你和吴老大这样的人合作，我也不可能出卖我的国家利益。"张化冰果断地表明态度。

卡乌罗无奈而赞赏地看了张化冰一眼。

"张，你非常有气节！"他冲张化冰竖起了大拇指，"那么第三点，你必须答应我了——联合经营南美洲以及由此向外发展扩大的海洛因市场。"

"如果我也拒绝呢？"

"张，我希望你不要这样。"卡乌罗的傲慢神情又一丝丝地显现出来，"你们中国有句古话，'一失足成千古恨'，你不可糊涂一时。"

卡乌罗说完，走到窗边，"哗"的一下拉开窗帘。窗外无边无际的山地丘陵之中，稀稀拉拉地点缀着一些灯光，那是乡村别墅或俱乐部的所在地。

张化冰沉默着。他明白卡乌罗真正的目的是要将他逼上建立毒品网络这座梁山。

他知道在发表反中国政府的言论、从于小苹那儿窃取信息与从事毒品活动之间，他必须选择其一，他没有中间的道路可选择了。前二者，他可以轻而易举地获得财富与自由生活，后者，他将要在享受巨大利润的同时，冒随时随地的危险。走前者，那就意味着出卖国格、人格，尽管他可以变换身份国籍，但骨子里，他仍然是个中国人，他所具有的肤色和文化气质，都改变不了这个事实。在中国，有他的亲人，朋友，他终会再踏上中国的土地的，如果选择了"自由"，他将再也没有自由去见他的祖国了，他也更无脸面去见甚至去思念为他经受了无数痛苦、这痛苦延续在她日后生活中的夏小米了。而他的女儿，那个正在一天天成长的小女孩，将来有一天，知道父亲的一切和自己的一切都是父亲丧失了国格与人格换来的时候，该如何鄙视他做父亲的尊严？而在那些赐予他"自由"的人的眼里，他将只是一个背弃了民族利益的叛徒与小人，他同样会被歧视被鄙视的……而从事规模庞大的毒品走私，也会给自己造成极大的精神和心理压力。谁都知道，从事毒品生意就是从事一种犯罪活动……

张化冰掐灭了烟头。

他招呼着卡乌罗先生坐下来，一字一句地讲道："我同意与你生意上的合作，但是我有三个条件。"

192

"请讲。"

"第一，我所说的合作，是做你的助手，不是与你联合。在网络初具规模后，我就停止作为组织者的活动，只负责农场加工厂或某一个点的具体事务；第二，网络运作程序化后，我退出，任何人不能以任何形式逼迫我再继续干；第三，尽快帮我取得哥伦比亚公民身份，并向金先生做出保证协议，保证我在从事毒品期间以及我离开哥伦比亚以前的生命安全。我洗手不干后，不能以任何方式加害于我。"

张化冰决定铤而走险。他之所以要哥伦比亚身份，实际上是为了安全起见，他属于哥伦比亚毒品走私组织，卡乌罗是不会轻易拿他的命开玩笑的。

"好！我十分佩服你的透明！我们达成协议。"卡乌罗很干脆地伸出手来。

刹那间，一股热流涌上心头。张化冰几乎有种悲凉与壮烈的感觉。为了捍卫骨子里的精神，他要牺牲掉自己的个性。

他宁愿在危险的道路上跋涉一生，也不愿做精神上哪怕一分钟的囚徒。

他走出卡乌罗的乡间别墅，司机连忙为他打开了车门。他坐进车里，觉得有些阴冷。这西部山地的夜晚，总是这么阴冷。

他非常强烈地想念小米。

3

房地产一落千丈，夏小米万分沮丧。尽管骨子里面有着很古怪的坚定信心，以为自己有能力将这亏进去的钱赚回来，但那毕竟是贷来的一百万啊。国家宏观调控政策说是前年底结束，可两年都过去了，经济形势仍然没见有半点好转的动静。一些眼见撑不下去的房地产商开始大肆抛售高价买来的房产，房地产高潮时两千多家公司早已只剩下几百家了，更多的人在小心翼翼地观望，意志坚定的、相信会好起来的商家也暗地里将眼光转到别的行业上去。夏小米成天翻报纸听广播看电视，所有获知的房地产方面的信息她都收集，没多久，就有了厚厚一个文件夹。

春节在萧条的氛围中到来了。

"看来只能过个穷年了。"夏小米落寞地想。好在儿子小望在身边，他给他们两个人的家带来了生气与活力。她给父母亲打了电话，声称公司很忙，没钱赚但必须运转，不回家过年了。她当然不能说自己其实是囊空如洗了。

阿菊在大年三十的早上打来电话，让小米带儿子去他们家过年。小米本想找

193

个借口推托，可阿菊看透了她吞吞吐吐的原因，爽直地说："你不要犹豫了啦，带着小望来就是了。再说，我们家的小子今年不回国了，你们来也热闹些。还有，李亿军的父母亲都来海南过年了，他们也希望你们来。"接着又说："这样吧，待会儿让你大哥去接你们。小米，谁没有受挫折过，再怎么说，也不能让你们单独过年。"夏小米放下电话，鼻子一酸。她含着热泪招呼小望："儿子，过来，妈妈给你换衣服，我们到李伯伯家过年去。"

"噢，过年啰——"小望牵着个黄色气球在阳台上看邻家小孩子放花炮。听到妈妈的喊声，冲了进来，牵气球的线太长，气球被挡在门框上方，他用力一拉，线断了，气球弹飞出去，向空中飞升。小望并不可惜，反而乐不可支地拍手庆祝气球"自由了"。

"儿子，去李伯伯家要听话。"

"哦。"小望应着，连忙去洗脸，穿衣。

"妈妈，李伯伯家有没有花炮？"小望一双眼睛充满着期待。他的眼睛双眼皮特别明显，专注地看人时，更让夏小米想起张化冰。

夏小米有一刹那的迷惘。

"有吧。没有让李伯伯买。"她打了个激灵，拉回自己的思绪。

楼下响起了汽车喇叭声。她探头一望，是李亿军。

李亿军的车是越坐越高级了，当年的桑塔纳早已换成了凌志。他现在官方的身份是一家赫赫有名的金融机构的董事长。这些年他更是鸿运高照，好事一件件堆到了他的头上，政协委员、银行家协会常务副会长、希望工程基金会会长……报上对他的宣传中，总要罗列一长串他在知名社会组织中的头衔，每一个头衔都是一道光芒，在他头顶上闪烁。他似乎也乐于被新闻界捧着，上电视讲话，在各种会议上发表见解，大幅照片印在大大小小官办或民办的报刊上，显得志得意满，前程无限。他喜欢这些，不忌讳引起别人的嫉妒或非议，又反过来加强了宣传效果，新闻界则认为他这个人不做作，坦率，有些天真可爱。找他办事的人多，找他合作的人也多，他从中获取的机会也随之增多。本来，在不少人看来，他这是不成熟的表现，可由于他天生一副孩子脸，微憨的模样令他人缘极佳，加上他手上操纵着的巨额资金，没有人愿意指责他，公开得罪他。只有夏小米私下里会有一句没一句地开开玩笑："嗯，还是你坐的椅子好，无论高潮低潮，你总是肥佬一个。"

"别那么损。"李亿军也笑。

"谁损你了呢，这又不是秘密。光贷款一项，你就不得了。贷款的回扣是百分之几，谁都知道。"

"我也不是一个人说了算。"

"那一个金融单位也不是几百万的事呀。"

李亿军摸了摸坐在前排的小望的头，笑而不答。他觉得有时候夏小米的玩笑像鲁迅的杂文，辛辣得很。

一会儿工夫，就到了李亿军的家。

李伯父让小望亲了亲他胡须生硬花白的脸，然后十分欢喜地向老伴介绍小米："老伴呀，这就是我常提起的小米姑娘。就是她，一九八八年在火车上救了我一命，和那个三伢子。那时，她还是个有些书呆子气的小姑娘，瞧，现在孩子都这么大了。"不容夏小米张口，李伯母就热情地拉过她的手，一面轻轻拍着握着，一面上下打量着，嘴里赞不绝口："果然是个与众不同的好女孩。我说哪，我一定要来看看我老头子的救命恩人……"她慈眉善目，脸庞圆润，一看就知道是李亿军的母亲。

"伯母，您千万别这么说，这样说折我面子，折我寿的。"夏小米连忙切断李伯母的谢词，抽出一只手来，扶她去坐，礼貌而体贴。

李伯母刚落座又站了起来，拉着小米走进自己和老伴住的房间。她在箱子里摸了半天，摸出一个护身符来给小望挂在脖子上。说有了这个护身符，小望将来就会与父亲团聚的。这话一出口，老太太就知道说错了，要更正已来不及，小望想起了爸爸。他望着夏小米："咦？我爸爸过年了怎么还不回来呢？"

夏小米与李亿军交换了一下眼色，蹲下来给小望整整衣领，哄道："噢，我忘了，你爸爸昨晚打电话来说，他在奶奶家过年了，因为那边有好多事需要他做哩。他要我代他送给你一份新年礼物。"

"是什么？"小望的思维一下子跳开了，众人松了口气。

"暂时保密。你若猜中了，我再多奖给你一份。"夏小米笑嘻嘻地说。她亲了亲小望，在他屁股上拍了拍，让他自己看电视去，那儿正放美国卡通片呢。而她自己，却琢磨着该送什么礼物。

就买《三毛从军记》漫画一套和《星球大战》之类的卡通游戏吧。张化冰肯定希望儿子像他一样具有冒险精神的，尽管他并不知道自己有个儿子。再说，儿子可以接受这类生动形象而且可开拓联想空间的儿童出版物了。

她这样想着，神思有点忧伤。这中国人传统的节目，化冰在哪儿呢？他居然连个问候也没有！

见她好半天走神，李伯母扯扯李老伯衣服，指指小米，使了个眼色，李老伯顿时明了。他招呼道："小米，快过来喝茶，吃瓜子。这是我们从老家带过来的瓜子，香着呢。"

夏小米微红了脸。

厨房里传来了阿菊快乐的喊声："开饭了！"

李亿军应声而去，一会儿，餐桌上就摆满了酒菜。

这时，李亿军的手机响了。他嘀咕道："今天还有人打电话？"打开手机，随即兴奋地"啊"了起来，那"啊"音在空气中拐了几个弯儿，他像是回想起对方是谁了。放下电话，他就对大家说："我一个好朋友，没地方过年，又不愿一个人去馆子里吃，就来了。我下楼去接他，你们稍等一会儿。"

李亿军急匆匆地下楼，不一会儿，领进来一个身材与李亿军差不多，只是脸色更黑红一些、头发烫过的中年男人，满脸疲惫神色。他很热烈地与阿菊打着招呼，又在李亿军的引见下与两位老人握手。夏小米不待李亿军开口，就说话了："我认识你，你叫曾卫明，海发房地产开发总公司的老总，对不对？"

曾卫明握着手打量着小米，高兴得不得了，"啊，怎么是你！夏小米小姐！对对对对，我就是曾卫明。那年我公司盖的海发写字楼落成时，你是我们剪彩仪式的司仪。"他拍拍额头，又继续说："你比那时显得成熟了些。哎，没想到你认识亿军，这家伙这些年鸿运高照，反而见面的机会少了。哎，你们电视台效益可好？我已经很久没看电视了，也不知你是否还在主持那个节目……"

曾总打开了话匣子，一时收不住话头了。李亿军忙推他入座，招呼大家倒酒，倒饮料，自己带着小望去阳台上放花炮。市府已明文禁止居民燃放鞭炮，但一两个花炮还是可以响一响的。

这不是一个大家庭的年饭，吃得又热闹又欢快，胜似一个大家庭。

曾总酒足饭饱，气色好了许多，他又重续饭前的话题，与夏小米聊起天来。

本来，李亿军打算在年饭后陪家人去公园看花展的，见曾总有点醉，话多，便扯住阿菊，让她陪父母亲打的士先去，带上小望，等送走曾总后，他和小米去公园接他们。

房子里一会儿就清静了许多。

"你的生意可好？"夏小米很随意地问。她的脸因喝了点白酒也有些微红。她想，看曾总的样子，肯定已没前年剪彩时的气势了，说不定也是在高低潮之交时跌了大跟斗的。

曾总喝了口泡得很浓的毛尖茶，又接过李亿军递过来的香烟，叹道："我的生意？这年头，你也知道，三十年河东三十年河西，今日是大款，明天就成狗屎臭在路旁，人见了要绕着走。我前一阵亏得底朝天不算，还欠了几百万元大债。这不，四处躲债，过年家也不敢回，租的房子也是三天两头一换。"也许是喝多了一点，在夏小米面前，他将这些在李亿军面前也不曾透露过的实情抖了出来。但马上他话锋一转，眼睛一亮，又换了个人似的神气活现了，"好在天无绝人之路，我曾卫明没有去跳楼跳海，现在又有了转机了——大年一过，就有四千万要到账了。"

"四千万？"李亿军笑眯眯地问。他那张脸，有点黑，笑起来牙齿特别白。

"是的，一家大公司将与我合作，在幸福门那儿建一个海滨娱乐场所。只等我去签合同了。"曾总两腿往茶几上一搭，屁股尖挪到沙发边缘处，头往后一靠，全身就处在一种放松状态。夏小米在一旁捂嘴发笑。

曾总察觉到了，也不变换坐姿。他眯缝着眼睛，懒洋洋地问："你笑什么？"

"没笑什么，笑你。"夏小米连忙解释，将曾总脚旁的茶杯挪开，将烟灰缸放到他的沙发上。

"曾总，还要不要打工的？"夏小米仍然笑容可掬。

"要啊，要推荐人吗？不过首先得是大学生，最好是学工商管理的。还有，总公司不要人了，下面有个才成立还没挂牌的交易所，还没有合适的经理。"

"那就给我做吧。不过我不是学工商管理的。"夏小米不明白自己何以会说出这样的话来，而且蛮认真的样子了。

"你？"曾卫明双腿触电一般的从茶几上挪了下来，屁股尖往沙发后一移，身子坐直了，神经也一下子绷紧了，些微的醉意被小米的话惊散了，"这不是大材小用吗？你那么大名气的人，到我这个小庙来，岂不是委屈了你？别开玩笑了。"

"谁开玩笑？那都是过去式了。"

"她不是开玩笑。"李亿军插话道。他在他们说话的当儿为夏小米削了个美国进口苹果。他将苹果递给小米，又抓起一个准备开削："她早已从电视台出来了，下海试了一阵水了。"

"那太好了。"曾卫明双手一拍，大喜过望，好像是他早就希望夏小米去他公司似的，"只要你不嫌庙小，就是我公司的造化了。别的不说，冲着你那么大的名气，交易所的生意也会兴旺起来。这年头，名气是人的装饰。好，就这么定了，给你年薪八万，怎么样？过完年我回内地去落实资金，你到交易所上班。交易所要弄到气派一点的写字楼去办公才好。"

夏小米没料到曾卫明这个人这么爽快，她本来是半开玩笑的，却真的要给别人打工去了。而自己的一本苦经，名气受挫，下海溺水，他曾总要是知道了，又该如何看待呢？好在他是李亿军的好朋友，一旦认为这许诺是酒后失言，也不为过。

李亿军见夏小米有些发怵，就怂恿道："至少你可以学到许多东西。"夏小米点点头。她的眼睛有些发涩。

而曾卫明却歪在沙发上打起呼噜来了。李亿军和夏小米相视一笑，下楼去公园里接阿菊他们。在楼梯拐弯处，李亿军轻轻搂住夏小米的腰肢。小米的手在他的手上停了一会儿，果断地将它拉开了。

外面的阳光不像往常那么热人了，这是海南冬日的阳光，有些苍白无力，但天气很令人舒服。

今天是春节。小米想。

春节这天玩笑中的决定又一次改变了夏小米的人生。这是李亿军和夏小米都没有想到的。谁也不承想，在海南房地产持续回落的时候，夏小米却一头扎了下去，浮上来时，她成了一颗耀眼的房地产界新星。

4

"人际资源"，连续几天，夏小米脑海里不停地跳跃着这个词儿。那是一些在传销刚进入海南时，几个新闻界女记者走火入魔，在劝说夏小米也加入传销行列时常常使用的术语。她们使用"人际资源"这个词就如同农业部门工业部门人事部门使用"森林资源""能源""人才资源"一样频繁。"你做节目主持人，观众多，影响力大，搞传销肯定有优势！坐着不动，岂不浪费了人际资源！"后来小米名气越来越大，她们也就感到了自己与她之间的距离，也就不好再来缠绕。以前夏小米没太在意这个词，而与曾卫明的遭遇，令她猛省"人际资源"的深刻含义。她搬出数年来得到的名片，一张一张地过目。哎，看看这堆名片，足有好几千张，她从来没去整理过，一般的人，一面之交后名片拿回来就搁在书桌上，累积多了，用自己用过的名片盒装起来，或放到一只大信封里，有交往的人，名字、电话那都是记在随身携带的小通讯本上的。她将一些名字还有印象的名片捡到一边，其他的如果是很重要的职务、很有名或很有特色的公司人士的名片也捡出来，其余的就又都放进大信封里去。这样挑来的名片也不少，她又进行了筛选，将这批名片作为"人际资源"第一轮"开发"使用。

她隐隐约约感到，自己将迎接一场全新的生活，独立、坚韧，还要有一张以自己为中心的人际网络。

夏小米挑出一张名片，这是雅兰美容美发厅的一位名师，大家都管她叫阿美。在电视台时，台里节目主持人是统一在这一家做发型的。虽然认识这位名师，可从来就没有打过人家的电话，去了，她准在就是了。有一次闲聊，阿美说她来海南五六年了，从来没回过家，只是每隔两个月寄点钱回去。问她为何，她说母亲是养母，不仅尖酸，还见不得自己与父亲说话，逢年过节，她更是坚守岗位，以免思亲之苦。夏小米打了美发厅的电话，找阿美，阿美果然在。她就很认真地介绍了一阵自己，声明要理发，阿美连忙热情地说"快来快来"，好像期盼已久了。

夏小米将乌黑柔美的一头长发剪掉了，留了一个时下流行的短发，削得很薄，刘海、耳际和后颈边，都有碎发贴得很紧，后颈边还显得有些乱发，不经意之中，露出几分妩媚。如果说以前在电视节目中她额头宽阔、眼挑冷傲，头发一丝不乱，长发从背后滑到前胸来时也是乌溜溜一把，规矩中有些矜持，让人有难以接近之感的话，那么现在，她是清丽妩媚，自然平易了。夏小米惊讶于发式能如此改变一个人的气质，就自己来说，她更喜欢原来的样子，高贵大方，但这样子，有了些朝气，这正是日下心境所需要的。她很满意地摸摸脑袋，觉得街上的风清清爽爽。行人不多，当地人大都在搓麻将，而移民们大都回大陆过年去了，他们也是，每年都挤在这时候回家，造成车、船、飞机营运爆满，拥挤不堪，票贩子趁机又大发一笔。其实前些年自己也是这样，在新年里出现在家乡那老旧的灰尘满天的公路上。想到这里，夏小米下意识地攥紧儿子的小手。娘俩个在这空旷的海秀道上慢慢散步回家，太阳光穿过椰叶，跳跃在他们身上，并无温热的感觉。儿子的笑脸却很灿烂，让夏小米的心暖融融的。

一回到家，她就站到穿衣镜前，左照照，右照照，又让儿子举个方镜站在身后，自己蹲下来照了照后脑，然后站起来，快乐地自言自语："对，就这样，可以开始了！"儿子不解，问妈妈开始干什么，夏小米搂过儿子亲了亲，问："小望，你妈妈漂亮不？"

"当然，我妈妈是电视里最漂亮的。"小望得意地回答。

夏小米心花怒放。她奇怪自己按捺不住有一种就要干一番大事业的感觉。

整个春节期间，她一头扎进了她所收集到的各类信息资料和李亿军给她推荐的一些书籍里去了。她美其名曰：调整自己的知识结构。

元宵节一过，就是三月份了，回内地过年的人又陆陆续续回来了，但是很明显的，人们都在观望形势是否会有利于自己的发展。曾卫明雄心勃勃地回内地去融资了，夏小米去海发公司报到。为了壮门面，曾卫明临走又给了夏小米一个总公司副总经理的职务，这样，兼交易所的经理就提高了交易所的档次。他们签了两年的合同，年薪八万，她为公司谈成的业务她将获得百分之十的提成。合同自交易所开业那天算起。合同期间，夏小米自己的那家公司即赵霖原来的公司委托三伢子管理——三伢子炒股发了些财，租了五辆出租车，又承包给别人去做，正满怀野心要在不久的将来自己开公司呢，他的理想是开一个出租汽车公司。三伢子自己也开辆车，所谓管理，就是每天去收收信件，坐个把小时，接接电话，还有就是从报纸上收集一些信息。此外，三伢子在周末时开着出租车将小望从幼儿园接出来，周一早上又送去——通过关系，夏小米已将小望送到军区幼儿园里上学前班。夏小米对即将开始的工作充满信心。她知道，无论高潮低潮，任何时候，任何行当都会有人在赚钱，否则这行当就不会存在，而她要在这低潮中站稳脚跟，不说完成原始积累，起码也得将贷款还上。

然而，海发公司实际上也已经空了！除了曾卫明挂在嘴上的四千万以外，公司的财务账上只有五万元钱的余额了。而且，听人说外面仍有好几百万的债务。而交易所挂牌开业，按时下行情至少得花十万。但是等了一个月，曾总那边仍无消息。夏小米与曾总长话联系，得到的指示是，你想办法开业就是了，钱不是问题！

资金问题怎么解决？夏小米召集交易所另外三个人商量，这三个人更是一筹莫展。他们中除一人有上岛三年的经历外，另两位是才上岛不久的大学毕业生，人很聪明，但毫无经验。几个人面面相觑，夏小米的目光渐渐冷锐起来。她要求几个人守好公司电话，注意各类代理、策划方面的信息，随时准备在开业时就有业务。她自己则负责租房子，无论如何，交易所最迟得在五月一日开业。

夏小米按照曾总的意思，在新建的高级写字楼里物色办公室。那天，她在日报看到一条招租消息：写字间招租，每平方米一千五百元人民币。上面还注明只有一层可招租的。这座大厦名气非常大，又面朝大海，离夏小米家也不远，夏小米当即来到大厦，按广告所示楼层房号找到联系人杨小姐。杨小姐十分热情地领她看房子，以为她是要租一层呢，不料她却只要一间，三十平方米就够了。杨小姐热度立即降了许多，可仍然满脸带笑，问她何时签合同。

"一千五百元再没有少吗？"夏小米在杨小姐的办公室坐下来，不紧不忙地问。像一个有耐心的讨价还价者。

"没有。"杨小姐生硬地回答。她大概没想到穿得体面时髦、仪态不俗的买主居然会在这么高级的地方为三十平方米的房间租金压价！她那张好看的脸浮出了一丝轻蔑的笑。穷人摆阔，又没钱，还要在这么高档的写字楼里办公，这样的人她见得多了：绝对不压价，这么好的地方又不是租不出去！

"一点也不优惠？"夏小米仍不紧不慢地问。杨小姐的态度，她装着没看见。

"人家租一整层的都没什么优惠哩，你一间房哪能有？"杨小姐翻了一个白眼。

夏小米看在眼里，心想，这杨小姐若是在我手下，这样的脸色对客户，恐怕要被炒鱿鱼的。在这里上班，就可以藐视没钱摆阔的顾客，若是这个大楼的老总，那尾巴岂不是可以翘到天上，给天顶戳个窟窿？

她忽然想到"老总"一词。她在记忆里努力搜寻着拥有这幢大楼的公司董事长兼总经理的名字，喜上眉梢，她再一次问杨小姐：

"请问，欧阳庆总经理在哪个办公室？"

杨小姐诧异地看她一眼，很快又低下头去整理文件。知道欧总的人多了，并不一定认识的，也会拿他出来做招牌。杨小姐这样分析着，话语又生硬了："欧总在一〇一八号房办公，但没有预约，他是不可能见的。"

"好，那请你现在打个电话，说有位叫夏小米的女士要立刻见他。"夏小米很优雅地笑着，手指在坤包上弹了弹。她下意识地提醒自己友好地对待杨小姐，尽管现在自己对这位接待小姐的态度已有些光火了。假若现在自己是开口要一整层楼的顾客，那杨小姐的脸是不是该贴到屁股上了？

兴许是被夏小米话里软中带硬的气势震住了，杨小姐很不情愿地拿起电话拨给老总。她通报了夏小米的名字。

电话里立刻响起了欧阳老总的声音，是那么的洪亮："夏小米？现在在你那儿？快请她上来！"似乎这世界上就只有一个叫夏小米的女士，这个夏小米必定是他记忆里的夏小米。

杨小姐意想不到老总对夏小米这么热情，听得出他们是很要好的朋友，甚至有更亲密的关系呢！杨小姐不禁为刚才的"势利"而有些惴惴不安，若是夏女士在老总面前臭她几句，自己岂不是又要到公园里的广告牌前去寻找职业？她放下电话，将座椅一推，就领夏小米去见老总。夏小米说自己上楼去就行了，杨小姐却执意要为她领路。

站在电梯里，夏小米一言不发。她要给杨小姐造成一种担忧心理，借以警告她以后待人不要狗眼看人低。

欧阳庆正将客人送到门口。他拉住夏小米的手，就往里让："哎呀，丫头，你可是一方神仙，你一来，我这儿就蓬荜生辉了。"

"还'神仙'呢，我都快吃不上饭了。"夏小米春风满面地说。

"瞧你说的什么反话。"欧阳庆爽朗地笑着。

夏小米就是他认识的夏小米。

欧阳庆曾是《名流》中第三位"名流"。他是一个著名作家，创作历史小说，一九八八年下海，折腾来折腾去，总算创办了以房地产、金融为主的集团公司，成为文人下海少有的成功范例。在录制《名流》节目时，他对夏小米从气质到人品到主持风格赞不绝口，一老一少，聊得十分投机。聊着聊着，居然发现夏小米的父亲曾经是自己的小学一年级同学。不过，那时他不叫欧阳庆，欧阳庆是他的笔名。父亲从不读历史小说，而且早已在"文革"中转行了，坎坎坷坷之后，对世事漠不关心，何况欧阳庆与他才同过不到半个学期的学，欧阳庆的简介中也从来没提到过自己这一段历史，所以夏小米对于他们这层关系并不知情。

但是，因为有了这层关系，夏小米对欧阳庆敬重中增加了几分亲热。这一老一少，如同叔侄。

做完节目那一阵，欧阳庆一个接一个电话打给夏小米，说自己要成立个艺术公司，想请夏小米出任副总经理。可夏小米那时刚因这个栏目声名鹊起，又从来没想过下海经商之事，自然没能合作。紧接着欧阳庆就投入了眼下这栋大楼的投标、筹资、工程事宜，无暇再联系小米。而小米后来更加红火，又经历婚变等一系列变故，自然不曾跟外界有密切的联系了。一晃几年过去，这一老一少又会面了，真是命运的安排。不过，欧阳庆看上去气宇轩昂，比以前更显出成功男人的自信。他差不多有五十五岁了，穿着休闲装，与这样豪华的办公室有些不协调，可这反而更衬托出他洒脱活跃的一面，显得比实际年龄要小去十几岁。

闲聊过后，夏小米简要地谈了谈这两年来的大致情况，以及目前准备为海发公司办交易所的事，然后单刀直入："欧总，我想租一间办公室。"

"那好啊，以后我就可以经常看到你了，还可以聊聊天。哎，这地方人人都比国家总理还忙似的，我现在一切安稳了，又配了几个得力干将，就清闲了一些，不料清闲起来才发觉，想聊天都没人。哎，也许是我老了吧。"欧阳庆感慨万分，但听得出他并不是真的沮丧。

夏小米将话题又扯到租房上，"我想房租优惠一点，每月就算四万吧。"

"可以嘛。"欧总想都不想就答应了。

"还有，我知道你这儿是按季度缴房租的，三个月的押金。我希望欧总能帮个忙，免我交押金，房租按月交。"

"押金可以考虑，但房租必须按季度交，这是财务上统一规定的。"欧总这次考虑了一阵才回答。

"那好吧。"夏小米不再得寸进尺。她看看挂在墙上精美的日历牌，起身告辞："欧总，今天是二十三日，我五月一日准时开业。明天我预付一个月的租金，你让人把钥匙给我们，我想装饰一下办公室。五月一日第一个季度，余款八万全部奉上。"

"行。"

"那就这样，谢谢欧总了。"

夏小米快步走了出去，欧总看着她柔顺地贴住头皮的短发，觉得这女孩变得比以前果断了许多。海南真是能改变人，它让原来那个成天拿个话筒满嘴"文化""现代文明"之类辞藻的夏小米变成一个精于获取"优惠""让利"之道的商人，她没能逃脱商业化社会的罗网。

一个星期的时间很短，而对于夏小米来说，她要利用它来喘气。其实，她心里一点把握也没有，在欧阳庆面前，她装出干脆利落的样子以避免心虚在脸上流露出来。欧总相信了她的公司经济暂时紧张之说，但没想到整个账上也才五万元，她拿什么支付另外八万元？夏小米想的是，万一弄不到钱，就赖着用一个月再说，一个月的租金总可以住一个月吧！

就在夏小米为资金问题苦思冥想时，其他几个职员带回了这样一份资料：一家公司在槟榔路南尾有一块二十亩的地，早已规划设计，只是尚未报建，由于地价迟迟不见回升，公司又无资金建楼，而此地离公路尚有一段距离，稍嫌偏僻，故急于抛售。当下夏小米和几位员工一起围着设计图进行研究、推敲，发现存在这样一个问题——户型全按一百至一百二十平方米设计，这在目前的情况下不太适合。因为目前需要购房的大多是单身汉、工薪家族，若户型太大，一时拿不出钱；如果是一室一厅，则适合一两个人居住，而同居现象的普遍，使得这种小型住户为来自内地尚未干出模样、手头有点积蓄、急需有个安身之处的单身贵族倒是提供了最佳栖身场所。几个人算了一下，按照时价，二十亩土地卖地后最多获利四十万，而若将它建成期房，按两万平方米计，将获利八百至一千万。几个人兴奋异常，打电话约土地方第二天洽谈策划之事，对方却答应得很勉强，话语中有些怀疑这个要到五一才挂牌的交易所的能力，可这边一个个激动得摩拳擦掌，似乎代理权已握在手中了。

这一晚夏小米睡得很迟。

她翻了部分房地产的资料，又从关鹏那里获悉房地产市场一时半会只降不升的走向，将这块二十亩土地的图纸看来看去。她认为按照自己的设想，将户型改小，房价压低，土地方获利八百万绝不是梦话。关键问题在于，根据规定，申请期房预售权必须有土地面积价值总额百分之三十的资金到位。这三百万元何处寻呢？夏小米在宽敞的屋子里踱来踱去，她那淡蓝色丝质睡衣轻轻闪动，与她的焦虑正好形成对照……

第二天早上八点，夏小米和她的三个策划人员准时到达海发公司总部。夏小米将自己的一夜设想和盘托出，举座皆拍手称快。夏小米嘱大家不要高兴太早，一切抓在手心才能算数，但是海南眼下的环境十分宽松，土地政策方面，也是睁一只眼闭一只眼，只要你有办法启动，也难得去追究你的三百万资金到位问题，政府巴不得这种压抑人心的局面能热闹起来，我们可以在此下一着好棋。夏小米在三个大学生面前显得沉稳成熟，俨然精于商道。

夏小米布置工作：学土木建筑的小吕找人去写字楼搞装修——所谓装修，就是将房间用三合板这类的东西隔成四个小间；墙上订几个风景镜框。学企业管理的小赵坐守此办公室，对上门业务进行谈判。有三年白领经历的小桂则和她一起去与土地商签合同——她胸有成竹地说是"签合同"。

在四十万和八百万乃至一千万之间，四十万无疑就成了芝麻。土地方被这片地困得太久，一听能获八百万以上的大利，早已大喜过望，也无心细听夏小米方案阐述，就准备将合同签了。可有两点夏小米重申了一番，并敦促对方慎重作答：一、设计方案图重新起草，由交易所代替，但报建手续由土地方办理；承建方由交易所代找。二、交易所策划费按百分之二点五计，在第一笔资金到位时，有权先留下来。第一条对方没有异议，第二条明显是有些苛刻，土地商当即表示疑问："你们从哪儿获取第一笔资金？"

"这是我们的操作范围，你不用担心。再说，这是我们交易所第一个策划，不可能为了这二十五万砸牌子，我认为你可以信任我。"夏小米微笑着说。音容笑貌之中，又露出做节目主持人的风范来，纯雅亲和，又有一份不可抗拒的女性傲情。

土地方又询问了一些细节问题，然后才唰唰唰地签上了大名，并摁了手印，盖了随身带着的公司大章。他想，反正我也不付一分资金。夏小米在交易所尚未挂牌之前，就顺利拿到第一份合同，不禁暗喜浮动眉间。有时候，奋斗和汗水不能创造奇迹，而机会和智慧却能带来成功，这是对的。她开始懂得李亿军和赵霖经常说到的一句话：机会无处不在，而慧眼却不是人人都有。慧眼识机会，抓住机会，就踏上了成功之途。

夏小米和她交易所的同事们立即投入了方案的实施。

新的设计方案图出来了，两万平方米的建筑面积，以一房一厅结构为主，兼顾二房一厅、三房一厅结构。设计图被张贴在公司办公室墙上。

土地方根据合同报建。

交易所派出一群民工到工地上动土。明亮耀眼的阳光下，铁锹高扬，尘土飞散，装卸车来回奔跑，一派繁忙景象。一块巨大的铁皮广告牌面向公路竖着，上面用醒目的红色字体标着：椰花花苑。旁边是比例扩大了的建筑设计图。在"椰花花苑"下面的空白处，有一行绿色的广告词："也许现在它偏僻了一点，但三两年过去，这里就是城中的花园。"然后就是房价：每平方米一千七百八十元。最后是代理商海发公司地址、预售电话。

每平方米一千七百八十元！夏小米相信，所有看到这个数字的人都会眨眨眼，再睁开眼睛定定地看一看，以确定自己没有看错，广告牌上也没有写错。

椰花花苑房价比目前房地产市场最低价每平米二千二百元低了近五百元！这消息长了翅膀，一下子就飞进椰城大街小巷，飞进正欲购房者的耳朵里。海发公司电话占线、占线，性急的人，就自己跑上门来订房，更有甚者，担心自己丢失这个大好机会，竟向公司临时聘请的三位销售小姐塞红包！

五天之内，椰花花苑三百套期房预售告罄！而它的基地上，只是有一群民工在装模作样地挖土而已，楼房的报建手续还在加盖红色大印的旅程中！这对于沉寂了两三年的房地产业来说，不能不是一次冲击，一次壮举，一次奇迹！而海发房地产总公司也借以抖落阴沉沉的泥土重生，海发公司下属的房地产交易所的名气充满了幽默味：它还没有开业，第一笔代理策划的业务就如此漂亮！

按照购买期房付款方式，第一次付款为总额的百分之五，预售房款达一百八十万元，夏小米提前提取了策划费二十万元。

五月一日上午，夏小米将八万元租金交给欧阳庆的公司。欧阳庆其实早看出了些端倪，夏小米目前很困难，可能要拖欠租金，若这样，他也不打算赶她走，并琢磨着怎样帮她一把。没想到这女子说到做到。而她那被不知情的人称为"空手道"的玩法，已令椰城震惊，他欧阳庆也自愧不如！他将夏小米从刚挂上牌子的办公室里拽到自己的办公室，点着她的鼻子半是宠爱半是威胁地说："快从实招来，你那一套把戏何时学到手的？"

"没有钱生钱，只好靠智慧。逼上梁山，脑子自然转得多了。"夏小米摊摊手，满脸光彩。

夏小米现在说得轻松，当初可是捏着一把汗的，还没报建就敢预售房子，也算胆大妄为的了，弄不好就砸了海发的牌子，自己也会闹个笑话、跌个跟斗。那时是横下了一条心，砸了，大不了交易所不开，总不会没收土地吧。如果怪罪下来，土地商不会损失什么，也不至于将她告上法庭。夏小米这一着险棋算是下着了。

"人生要冒些小小的险才有意义呵！如果不冒险一试，我这房租交不起，这交易所牌子挂不起，海发公司也叫不响了！"夏小米轻松说道，心想其实这商海里也尽是生命哲学哩！

欧阳庆呵呵地乐了："你这小丫头，骄傲了不是？不过这是你值得骄傲的事情。但有一点我弄不明白，你的房价一降就是每平方米五百元，为什么？若是比最低价格低二百元，也会有人买的！"

"不，欧叔，你想，"夏小米一派大家风度，语气中仍流露出十分欣赏自己这一创举的味道，"那块地那么偏，价格不明显有优势是没人愿去的，而购房人总在希望着房地产再往下跌，有头脑的人也看到了，再过两三个月，房价起码也会跌到两千元左右。而对于另外一些买房子做中介、以求房价上涨时抛掉的客户来说，低价购进高价卖出，才有获利机会，这两部分人都争着购房，我才有成功的把握。

而现在正值房地产低潮，我能造成这么一股抢购局面，岂不是比在报上连做三天大彩版广告还有效应？你看吧，海发房地产交易所名声将大噪一时，而接下来，就有事可做了。"

"这倒是，现在谁不在谈论海发交易所。其实空手道人人在玩，就是没想到什么绝招。"

"也算不上绝，不过是灵感突发而已。"夏小米说的是大实话，她确实是突发灵感。她每星期买一次菜，为图方便，就在小区门口的一个长不到二十米的菜市买，若在大菜场里，这样一个菜市只不过占十个摊位而已，菜比市场的贵不少。可小区里大部分人并不在这儿买，他们宁愿走路或骑单车到两三里路外的大菜场去，为什么？他们说，这儿方便是方便，可也太贵了，高出百分之三十，一个人的家无所谓，一大家子就得多花多少钱？夏小米从这儿悟出了道理：在价格上，没有合理不合理的。对于有钱人来说，他眼里没有合理价格，他的合理价格实际上就是行情价格，他什么时候需要买什么，就买，管他价高价低；而对于普通薪水阶层人士来说，也没有合理价格，有的只是承受价格，在他的承受能力范围内，那价格就是合理的。如果小的菜市场比大菜市场的价格只高出百分之十，小区居民们也就不会跑那么远的路了；而她的房价如果只比别的地方少一百元或两百元，人们有什么理由舍近求远，购买地处偏僻的房产呢？两百元，一房一厅才多多少？若在市内，他们可以承受的……

夏小米的价格之道，把欧阳庆听得脸上笑开了花。"呵，你都快成房地产专家了。"

"哪里，海口根本就没有什么房地产专家。"夏小米对于欧阳庆赞美自己的话毫不动心，但她的语气确实是有些狂妄，这连她自己也听出来了，她暗暗将语气缓和下来："不过，我很开心地看到自己确实具有经商的头脑和才能。"

"唔，你这样发展下去，将来不得了。"欧阳庆嗔爱地盯着小米，头轻轻摇晃，"后生可畏呀，我真后悔当初没下番苦功夫将你请到我公司里来。"

"哦，欧叔，您用不着后悔的，以后我们有的是合作机会。"夏小米宽慰道，首战告捷的喜悦仍在冲击着心房，"土地商可是要乐坏了，年底他们就可大捞一笔了。"

椰花花苑年底交付使用。夏小米因在低潮时做出这么出色的代理而被载入这个年度的市工商企业年鉴，她的策划一时传为佳话，人们一提起房地产交易所，六十多家中首先想到的就是夏小米的海发交易所。

第十章

1

椰花花苑的成功设计、销售策划，使海发房地产交易所一举成名，夏小米在房地产界有了不容忽视的一席之地，她像在电视台一样红火起来，电视台经济潮讯节目还将她列为"成功人士"的采访对象。夏小米早已从巨大的胜利喜悦中沉静下来，成功没有冲昏她的头脑，尽管刚开始她确有几分骄狂露在脸上的。但是很快，她发现了自己其实还算不上真正的成功：她只是为土地商创造了巨大的财富，而就财富来说，自己一无所获，交易所也就只赚了二十五万元的策划费。一千万与二十五万元之间，是很长很大的一段空白。土地商也是没有作一分钱的投资，却获得了一千万元的回报！

而夏小米又面临着一系列的问题：自己的公司即原来赵霖的公司贷款期已到，利息都付不起了，别说一百万了；海发老总曾卫明一直就没有回过海南，他所说的四千万分文未到；公司职工走的走，兼职的兼职，几近一盘散沙，唯有自己负责的交易所还能稳定，靠着代理一些小型的业务维持着基本开销；儿子小望眼看已到了入学年龄了，自己完全没时间照管，想将他放到贵族学校去，也是没有资金；而李月亮最近回了一趟深圳，在电话里谈到小望，建议她将小望送到美国月亮家，月亮的女儿已能走路了，月亮和丈夫保罗都很爱小孩，家里有专人照看孩子，小望会得到很好的教育，她希望小米集中精力干事业，完成原始积累后再从长计议。她甚至动员小米加盟她的公司——月亮在丈夫的支持下，创办了一家化妆品公司，来年可推出一种以"月亮"命名的男性化妆品牌，她回中国就是来做市场调查的。一般人只注重女性化妆品，对男性化妆品一向比较淡漠，月亮对打开男性化妆品市场销路，促进男性美容事业充满了信心——加盟的事，实际上就是受聘于月亮，小米不假思索地拒绝了，但儿子的事却让她有点心动。目前的生活，怎么说都是不大适合孩子健康发展的，小米也不想再让孩子回老家跟着外公外婆，她以为老一辈的教育方法与思维习惯已跟不上这个时代了，而现有的教育也是不尽理想的，尤其是在大特区这样的环境里，小孩子之间攀比风日益严重，一不小心小望就会自尊心受挫——别人的父母都有什么什么车接送，而他的父母连面都极少露。更糟的是，小米还没办法让儿子明白其中的道理。可美国，究竟是什么情况自己也只懂得点滴，小望去了，长年累月见不到母亲，又会怎样呢？

这些事集中到一起，使她感到自己实在是力不从心了。她想倒下去，病一场，这样一可以掩饰精神上柔弱的一面，二可以休息一阵，躲开它们的纠缠。可是，独身女人还带着儿子，就是有病也不能病、不敢病啊！她为自己的想法羞愧。每当周末过完，送儿子上了三伢子的出租车，她就又将自己收拾得飒爽英姿，满脸名女人的自信去上班。

办公室里，几个同事早已坐在那里翻看《海南日报》和《工商时报》了。自从搬进交易所并打了一个漂亮仗后，他们对女上司刮目相看，毕恭毕敬。夏小米不是靠情人关系谋得这一职位的；她从著名节目主持人的位置上辞职下海，真算得上有胆量有气派；她毫无经验却一手推出震动椰城商界的花苑策划，不愧为有智慧有头脑的现代女性；家庭破裂，她既不怨天尤人，也不像有些单身女人那样叫喊空虚寂寞……总而言之，他们的女上司是个真正的女强人，骨子里的，精神上的，但她从不虚张声势，指手画脚，要超过所有的女人，并要所有的男人都承认她的强大的样子。他们对她尊敬的原因就在于此，她依旧温文尔雅地笑，淑女一般地装扮，有条不紊地安排一切。很不顺心的时候，她也烦乱、恼火，但她却不迁怒于别人，她安安静静地等烦恼过去。

近段小米的烦心事他们也有所耳闻，可他们想安慰她也找不到合适的词语。一百万不是小数目，而孩子的事，他们都是单身汉，根本就无资格发言。唯有公司的事，尽力去做，多挣些业务，免得夏小米操心。他们总是比夏小米提前一些时间到岗，将报纸上的重要新闻画出来，有的就口述一番，让夏小米在喝茶之际，掌握新的信息。

"有什么动态没有？"夏小米一进办公室就问。她似乎已习惯了他们为她做的一切。

"毫无动静。客户大都要求资金方面的合作，有项目，却缺少资金。报纸上的小广告也尽是这样的内容。可在眼下，谁敢往房地产方面去投资呢？空着的房子已经一大片了，地理位置好，绿化也好，又便宜，可仍然没人买，谁还去造房子呢？"听上去小桂有些灰心，前些年那轰轰烈烈的热潮，恐怕是再也不会有了。

那时一夜之间有人暴发，或一夜破产，都是令人激动的事情。小桂也在房地产热中暴发过一回，给人家做中间人，一个月下来挣了五十万。哎，后来要是不心血来潮去澳门赌了一把，也不至于到现在还在给别人打工。虽是白领，可那时以为钱如此好挣，根本没去想先买上个一室一厅，而是今朝有酒今朝醉，先享乐一番再说。经过了那么热闹的日子，再看眼下的萧条，他真的有些灰心了。

"呵，你泄气了？"夏小米坐到自己那张办公桌前，嘴角浮出善意的笑意，"照你这样说，所有的制造业都应该停下来。人们购买力下降，还用生产那么多东西干吗，反正没钱买，是不是？先生，还不是世界末日呢，怕什么？肯定有人要造房子，那么多城中土地不盖楼干什么？有地就一定有项目设计，不然土地投资不成了落花流水？我们的交易所能维持下来就证明还是有买卖市场存在的。人肯定要有住的地方，而人越来越多，房子也应该增加。世界上有些国家人均住房水平面积已达三十平方米，我们海口平均是多少还没统计，但三十平方米绝对不会有。两周前不是还有栋什么楼要建吗？当时如果我们不犯太急躁的毛病，也不至于让对方明白我们从中可获得大利润，而自己去做策划了。好吧，振作起来，相信我，我们一定会有机会的，而且我们要在除了智力投资、一分钱现金都不垫的情况下创造财富！"

小吕、小赵、小桂见夏小米气色红润，声气畅旺，语气坚定，以为她又拿到什么新项目了。而她只不过是以自欺欺人的方法，给同事们打气，也给自己打气而已。

她决定去见李亿军。

这些年，李亿军虽然退出了房地产界，但始终是个炙手可热的人物。他手上操纵资金的权力便是苦日子里的一块大肥肉，引得人人都想扑上去咬一口。在他那儿，资金的含义超越了资本本身。

李亿军的办公室里，坐着一位年轻的小姐。夏小米没有理会门外秘书小姐的追问，径直闯入了李亿军的办公室，她也不知为什么会这么做。通常，见李亿军是要预约的，来了也得由秘书小姐通报后才能决定是否立即可见。夏小米极少来这儿，本应该更谨慎些，可她一时兴起，想看看李亿军在没有接到求见电话时是副什么样子。他在她面前，永远是权力与能力的集合体，像一尊神，除了对夏小米欲爱不能的困惑外，他几乎没有什么办不到的事。

大概是太突然了，李亿军尴尬得满面紫红，哑口无言。他正握着那个年轻小姐的手，眼里是正在燃烧的欲火。他不能发火，换了别人这么胆大妄为地进入他的办公室，那秘书小姐肯定是要遭辞退的，可眼前站着的是他的小妹——他心里一直被爱梗着的夏小米。他迅速放下年轻小姐的手，给他们彼此做了介绍。那年轻小姐是个记者。

"你这么风风火火，有什么急事吧？"李亿军将小米让到沙发上。

夏小米点点头："当然。"她目不转睛地盯着女记者，直至对方绯红了脸低下头去。那女记者大约二十三四岁，个子不高却很丰满，有些羞涩但能说会道的那种人。空气中弥漫着清新剂与香水的味道，夏小米用力吸了吸鼻子，一种酸溜溜的感觉倏地涌上心头。"我是不是打扰了大哥的好事？"她艰涩地说。

"夏小姐你误会了。"女记者红着脸申辩道。她很聪明，看得出这位叫李亿军为大哥的夏小姐并不是李亿军真的妹妹，但她却能左右李亿军的许多言行，李亿军那紧张、温和、爱慕的目光已透露出一种暧昧的信息。记者小姐悻悻地拿起漂亮的皮制女式坤包，意犹未尽地告辞了。

"啊，你就在这么宽大的高级沙发上接受女记者的采访，还要捏着她的手？"夏小米大大咧咧地揶揄道。她知道李亿军喜欢女人，不放过任何可以勾引女人的机会，但李亿军对于自己的态度，却是很正人君子的。真是一物降一物，李亿军就是拿夏小米没办法。他深爱着小米，即使遭到了拒绝，也没像个俗人似的从此躲避开去，他退而求其次，只要自己温情的目光能不时地罩住她，只要自己在力所能及的范围给她以关照和帮助，他就能感到慰藉。也许他的灵魂深处在等待什么机会，漫长持久的耐心会催化夏小米的感情，让他们兄妹般的情谊进一步升华。说来说去，他仍然没有放弃对夏小米的追求，只是不再在言行里表白而已。夏小米深知这一点，但并不以为然，可是现在，当李亿军与女记者亲昵的姿态映入她眼帘时，她却多多少少受到了刺激，似乎李亿军背叛了她。她并不愤怒，也不嫉妒，可就是忍不住要嘲笑他。

听到夏小米这么说，李亿军竟有些兴奋异常。她嘲讽他，意味着他的行为令她蒙羞，她是在乎他的，否则她就用不着吃醋。瞧她那酸不溜秋的样子，李亿军忽然感到了自己在夏小米心中的地位。

"小米，真的，什么也没发生。"李亿军从小冰柜里取出一瓶矿泉水，打开盖，递给小米，在她旁边坐下来。他一手伸开，搭在小米背后的沙发背上，"女记者崇拜我，爱慕我，打了几次电话要来采访。我今天才抽出空来。哎，在这样的办公室待久了，免不了想放松放松。"

"你这儿很方便嘛。"夏小米继续冷嘲热讽。她弄不清自己究竟是接受不了事实，还是因为李亿军此举破坏了他在她心中近乎完美的形象，"来这儿采访你的记者一定很多，其中不少是女孩子。"

"小米，别太在意，好吗？"李亿军将沙发背上的手耷拉下来，很果断地揽住小米，将她往自己怀里搂，"你知道的，这些都是游戏，我心里只爱一个人，那就是你。"他将她的下巴抬起来，温柔而热烈地望她。

夏小米气恼地说："我有什么在意的？"可她的泪水却汩汩地流了出来。一阵强烈的委屈感令她鼻子发酸，心里难受极了。她突然紧紧地靠着李亿军的肩膀，好一阵啜泣。她咬着他的衣领，不让自己声音过大。她在他肩上留下了玫瑰红的唇印。

"傻姑娘，别哭。真的，我与她什么事也没发生过。"李亿军贴着小米的耳朵，十分动情地吻着她的头发。他这才注意到，她一头乌黑的长发剪掉了，短短的，微微卷曲的柔发贴在她的脑袋上。他激动得心怦怦直跳，多少次，他希望自己能将她这样紧搂在怀里，与她做男欢女爱的一切事情。今天，他终于搂住她了，感到她丰腴的乳房贴住自己的胸，他可以抚摸到她柔软的腰肢，她臀部的曲线，可以呼吸到她的气息……他的手撩开她棉制的碎花长裙，他的唇蚂蚁般地滑行于她的颈部，她的耳垂……

夏小米在李亿军的爱抚下渐渐平息了啜泣，渐渐感受到情潮的起伏，瞬间的酥醉。在多少个寂寞的、孤独的日子静悄悄地流逝以后，她作为女人的需要苏醒了，她渴望男人的胸肌、臂膀、力量，渴望温暖与爱情……她抬起头来，缓缓地揉抹自己的泪痕，想要迎接他激情的召唤时，她看到了他衣领上一个鲜红的唇印，无疑，这是刚才那位女记者的，自己的口红没有这么鲜艳的颜色。她激灵了一下，从眩惑中清醒过来。她迅速挣开李亿军的怀抱，站起来跑到洗手间去，对着镜子，她茫然至极……

过了好一阵，她才整整衣裙，洗去泪痕，轻轻按了按眼角，理理发际，然后才走了出来。她有些难为情，但已平静多了。李亿军失魂落魄地坐在那儿，头几乎瘫软似的靠在沙发上，双手交叠着搁在脑后。小米心里一阵难过，她哽咽着说："李大哥，对不起。"

"小米，什么也不要说好吗？让我们静静地待一会儿吧，我向你保证，我永远不会再试图逾越我们之间的感情界线。"夏小米一声"李大哥"，如针刺一样扎着李亿军的心窝，他几乎是在哀求夏小米不要开口。一种被挫败的感觉越来越强烈。他曾经提醒过自己，不要去寻求与夏小米之间的感情进展，她那颗心容不下自己的爱情。可每次见到她，他又忍不住想表白，想事情可许能按自己的意志转移。越是亲近不了，他越这么想。这一次，他算是彻底承认了失败。

他们就这样沉默不语地坐着。夏小米轻轻伸手掀开墙角的窗帘，灰底蓝花的窗帘里面，还有一层白色印花帘。窗外，是流火的季节，繁忙的市景；而室内，却是如此的阴凉与幽密。夏小米心中的歉意消失了。她回想着刚才的一幕，对自己恼恨不已。若不是从眩惑中清醒过来，那么此刻，自己或许正躺在沙发上，或是这厚厚的、有着红星星图案的草绿色地毯上与李亿军做爱，而这个有厚重窗帘遮掩着的、阳光和喧嚣丝毫也透不进来的宽敞豪华的总裁办公室里，有多少个这么幽密而亲狎的下午？在一幕幕爱情的游戏里，男主角一成不变，女主角或许根本就不用重复！这个男主角，她叫他为"李大哥"，他口口声声说爱着的是她夏小米！啊，她差点被他迷惑，被他占有，被他融化……仿佛掀开了李亿军私生活的窗帘，她看到了隐藏在他心灵中的另一面：夹在权力、地位、能力、金钱之间的色欲春宫图……夏小米将窗帘放了下来，紧闭双眼，不让内心的痛楚流露出来。她刹那间明白了许许多多流传于社会上的说法，关于高官的，关于老板的，关于名流的，总之，关于一切握有实权或身居要职或拥有财力和名望的形形色色的人物，他们生活腐化的例证之一就是风流成性，色欲泛滥。但是，传言只是传言，他们有厚厚的窗帘做他们的屏障。而那些成为他们胯下玩物的女人，长久也罢，短暂也罢，她们绝不会感到耻辱，因为他们头上的光环可以罩住她们的智慧，她们崇拜他们，甚至依傍他们，他们可以给她们一切她们想要的东西，除了在室外亚热带的阳光下、在众人如炬的目光中像真的爱人般散步的自由。一切都是在厚厚的华丽的窗帘遮蔽下进行的，她们或许因为自己的肉体能赢得他们这样的人物的青睐、能满足他们的欲望而有一种殉道者的荣耀，这份荣耀可以让她们获得恒久的满足的感觉，她们在人们的窃窃私语中，神秘地升迁或富有了。

夏小米的思绪活跃起来。她从心底里原谅了姚肃冬的行为。姚肃冬或许就是这样一个女人，她企望从关鹏那儿获取职业和由此带来的一切利益。但关鹏没有厚重的窗帘，关鹏也不太看重自己的职位，或者，他没有太强烈的游戏嗜好。姚肃冬失望了，她献出了自己，却未曾获得想要的一切，她于是歇斯底里……

这样想着，夏小米轻松了，长久压抑在心中的那份女巫式的诅咒观解脱了。她长长地吁了一口气。

李亿军听到了她的吁气。他定定神，也起身去洗了一把脸。他很沮丧，在夏小米面前，他永远是个爱情的失败者。无论她生活中有没有男人，他都无法夺取她那一份感情。

但是人往往就是这样，越得不到，就越有吸引力，就想一些不该想的事情。若是能打开她情感的"潘多拉盒子"，李亿军宁愿献出所有。

不过回过头来想一想，李亿军觉得夏小米也许是对的。正因为她对爱情的坚守，她才显得完美，才引人入胜。如果她放弃原来认定的友情，如果她对李亿军抱有爱情的态度，那么俩人说不定早已分手了。当然，她也许能得到更多的关照。平心而论，李亿军为她做的都是轻而易举就能办到的事情，全在他的权力范围之内，是出于感激，而不是出于爱情。有时候，他会以为夏小米太傻，如果让他追到手，她会获得更多的帮助和好处。可她个性就是如此，绝不会想换取什么而故意释放爱情。但李亿军毕竟是个孝子，他没有因为夏小米的一再拒绝而丢弃因父亲而成的这份兄妹般的情谊。"她的心永远在张化冰那儿了。"李亿军黯然神伤。他一直在这种想得到又望尘莫及、想放弃又欲罢不能的矛盾情感中挣扎。他曾经在夏小米离婚时坦露过心迹，那时就遭到了婉拒，他也痛下过决心，要将小米当成真正的"妹妹"。可男人啊，总想征服一切来证实自己的魅力，满足自己的意志，所以一旦有了一点机会，他就企图突破防线。而现在，他又一次遭到了打击，而且，他已无话可说，拈花惹草的证据已握在她的手里，他即使有十张嘴也辩白不清自己的"专一"。

是的，他将再一次痛下决心，彻底断掉"征服"夏小米的念头。

"好吧，"李亿军无可奈何地说道，声音是多么萎靡，"让我猜一猜，你是为贷款的事来的。"他极力装出已轻松自如的样子。他完全不明白刚才沉默的时候夏小米的思想过程。他只是想，我堂堂男子汉，不会为这么一点事而不管你小妹的事情的，我是宽容的，真正关心你的。我以宽容来化解尴尬，我也以宽容来化解因你而起的悲痛。我只能一如既往，深怀爱心，却又尊重你的意愿，才能让你信任我的一片诚心。

夏小米惊疑不已："你怎么知道我是为贷款的事？"

"你以为我忘了吗？贷款到期了。"

"哦……现在我哪有能力偿还？我已办过一次延期了，再拖下去也不好，可现在，连利息都付不了，李大哥，我该怎么办？"见李亿军稳如泰山，全然忘了十几分钟前发生的一切，夏小米的心也放松了。这样也好，大家都明了真实感情，免得以后再出什么差乱。也许自己真过分了吧，刚才的一番思想是不是也太偏激了一些？李亿军喝了口已放凉了的茶，咂咂嘴，很是坦然了。他扯一扯有些歪斜的领带，恢复了总裁的气派："不就一百万吗？还不了暂时别还，再办个贷款延期手续就是。这年头，几千万上亿的贷款都收不回来，你这不过是小鱼小虾了。急什么！"

不费吹灰之力，贷款之事就卸下了重担。夏小米一双黑艳艳的眼睛，凝聚了感动与感激。啊，这就是李亿军的权力，她相信如果她今后一直还不了贷款，李亿军也会有办法应付的。他有多少个像夏小米这样的关系，甚至比夏小米更亲近或有利可图的关系？国家的财产就这样通过权力之手分流出去，然后化为乌有，化为己有。难怪贷而不还，或资不抵债的故事在社会上不断流传……

夏小米责怪自己有如此的想法，李亿军是在帮自己渡难关呀。一抹歉意的微笑隐现在她的嘴角，她几乎是立誓一般说道："今年年底我一定连本带息还上！"

"噢，有庞大的发财计划了？"李亿军半疑惑半戏谑地问道。他一手竖在沙发扶手上托住脸，坐姿又有点倾斜。大概是肚皮太大的缘故，这样坐着才舒服。

"没有。但不会像以前那样瞎折腾了。"夏小米忆起那年被王红骗钱的事情，仍然不好意思。

"你也真是，房地产这么不景气，你却仍抱着这棵树不放……"

"不，正因为它不景气，撤退的人多，我才有生存的可能。"夏小米老成地说。

李亿军暗暗称赞，在商场上滚爬了两三年，夏小米确实成熟多了。事实上，夏小米一直在做房地产市场研究分析，阅读了大量经济类图书，迅速填补了自己经商方面的知识空白。现在海口又进入了期货热，但不是热就可使所有人赚钱，期货中也有人输得惨痛。房地产持续升温的时候，也不是所有人都只进不出，除非赚一把就不再投入。夏小米很自信地解释道，自己已掌握了基本的市场动态，而且根据资料分析状况显示与市场比较，自己的预测可以比市场运行提前三个月，那么这就是取胜的把握。根据房地产市场调查，夏小米做房地产的计划不会改变：第一，我国住宅业前景广阔。对于一个十几亿人口的国家，城市居民人口是一个庞大的数字，目前，城市居民的人均居住条件离舒适宽敞远远不够，就是海口，与一些先进国家城市居民的居住水平比较，光面积就远远落后。这就为房地产业提供了一个巨大的市场空间。第二，房地产业虽然投入多，但回报率高，这对于夏小米这样的只有智力没有资金的人来说，一旦做成，就有了进一步发展的基础。第三，房地产业的管理人员可以少而精，这就使得人事方面投入的精力相应减少，可以集中优秀人才，优秀势力，发展事业。基于这些认识，夏小米没有理由放弃，现在唯一要抓住的，就是好的项目。

想到这里，夏小米又想起一百万的事情，如果中间没有那些意外，她可能早就有了轰轰烈烈干番大事的资本了。但她不是个喜欢吃后悔药的人，她希望能尽快地改变目前这种被动的局面。

"士别三日，当刮目相看啊！"李亿军欣喜地感叹道。爱慕的目光中，又多了一份敬佩。他醒悟到，眼前的这个夏小米已经是房地产界一颗耀眼的明星了，她不再是那个四处奔跑求职的清纯女孩，也不再是在婚姻的旋涡中沉浮不定孤独无援的人，她已是再度为椰城人瞩目的那个名人夏小米了，只是她比《名流》中的节目主持人更多了几分成熟与高贵气质。

"我唯一能拥有的，只能是她的小妹式的、朋友间的感情。"李亿军在心中说与自己听，感觉有些苍凉与落寞。

2

夏小米在办公室待到六点才下楼。这天是周六，三伢子给她打电话，说他去幼儿园接小望，然后请小米去文明东路吃火锅。这一阵，火锅的兴旺令椰城人瞠目结舌，不明白为什么在这炎热的季节里又麻又辣又烫的四川火锅能如此火爆。从价格方面来说，火锅并不便宜，实质上比排档里的海鲜还贵；从卫生角度看，虽然油锅滚沸，烫死了无数细菌，但那锅底本身的汤水，却是从无数人用过的油汤里提炼出来的，谁能保证在提炼的过程中没有偷工减料，百分之百的卫生？人们很清楚这些问题，可火锅又麻又辣又香的口感却有着挡不住的诱惑，每到吃饭时间，尤其是晚上，食客们趋之若鹜，甚至不少本地人也成群结队前往，海风习习之中，喝着冰冻啤酒，饮着红枣枸杞冰糖茶，在又麻又辣、又烫又香的氛围中，谈生意，论时事，攀人情，一派热气腾腾的局面，犹如前些年海南的经济形势。

"唰"的一声，一辆车顶上立着"出租"标志的深蓝色桑塔纳轿车停在了大厦门口。夏小米背靠圆形门柱，没有在意。

"妈妈！"是小望的声音。

夏小米睁眼望去，只见小望从前排右座上探出小脑袋，挥着小手。三伢子也从车里钻出来，笑眯眯地招呼她上车。

她快步走下台阶，将小望从前排抱到后排与自己坐在一起。"咦，你什么时候开桑塔纳了？"车内空调很凉爽，夏小米环视车内，感觉与原来不一样了。三伢子以前开的是红色夏利。

"租给别人了。那台车空调不好，这样的天气顾客不愿坐。"三伢子将车开动起来，一会儿工夫就拐上了滨海大道。他今天穿一件正流行的佐丹奴T恤，黑红条纹，看上去刚洗过脸，理过发，头上还打了摩丝，显得硬挺、精神。比起刚上岛那阵，他精明老练了不少，从打扮到言谈举止都已经都市化了。夏小米打趣道："今天有什么喜事？瞧你像个新郎官似的。"

三伢子不好意思起来，他微红了脸，样子腼腆得很："我有个女朋友，处了有一段时间了，我想今天让她见见你和我姑妈。这女孩不错，挺单纯的，四川人，二十一岁，长得也好看。"因为同来海南的缘故，加上夏小米多年来的经历，三伢子对夏小米始终有种亲近感，甚至有些崇拜，虽然以前见面的机会不太多，但自从夏小米委托他照顾公司和小望以来，他几乎什么事都不瞒她。

"那太好了。"夏小米由衷地说。

"我们的玫阿姨要来。"小望靠在妈妈的臂弯里，咕哝道。三伢子从后视镜里看到夏小米喜悦的神色，朝小望攥了攥拳头，故作威胁地说："好啊，你这个小坏蛋，泄露秘密，瞧我待会儿打烂你的屁股。"他们原来约定过，暂时不告诉夏小米女朋友是幼儿园阿姨一事，要给大家一个惊喜。

小望"咯咯咯"地笑起来，他仰脸望着妈妈，毫不理会三伢子的恐吓。"天啊，他笑着的节奏感，与张化冰大笑的声音如出一辙！"夏小米望着儿子灿烂天真的笑脸，心中惊呼道。她俯身亲了一下儿子的额头。"你做得对，儿子。玫阿姨要来不应该成为秘密。"她对儿子说。她与儿子相处的时间并不多，但她总是力图通过言语让儿子懂得什么是对什么是错，在他需要庇护的时候，她让儿子觉得母爱是他的安全港口。其实，她心中替三伢子高兴。她与玫只见过一两面，那是小望刚进军区幼儿园的时候，感觉那女孩很可爱。记得当时玫说，自己是生在海南，父母亲都是部队干部，当兵时就来海南了。

"我真的非常感谢你们，夏姐。"三伢子抑制不住得意之色。他说的是真心话，若不是夏小米请他接送小望，他怎有机会结识玫姑娘。每次接送，都要与玫见面，玫得知三伢子只是在帮夏小米，很是感动。她曾问过三伢子，你这样接送小望，不是要耽误一些生意吗？三伢子回答说，不就一星期少挣百儿八十元钱嘛，钱是挣不完的，而夏姐这样的人，我就是打着灯笼也找不到第二个。在海南，有多少女人不是靠男人生存的？这番话使在军营中长大的玫欣喜万分。她认为三伢子这人品质不坏，还没被商海大潮冲击掉纯朴的本性，而夏小米又是她很喜爱的一个女性，当夏小米还是电视台节目主持人时，玫就是她的崇拜者，这样，无形中玫对小望的爱护更多一点，两个年轻人的心在对小望共同的关怀中贴近了，相爱了。

听三伢子一说，夏小米恍然大悟。难怪最近几个星期三伢子周日也将小望接出去玩上一天，说是为了让夏小米安心看书做事！夏小米指点着三伢子，呵呵呵地笑了。

"呃，夏姐，告诉你一件事，"三伢子诡秘地回了一下头，"我见到王红了——我想她就是坑了你的王红。回头你问问我姑妈，她好像就住在我们诊所附近，姑妈说，肯定是那个骗子。"

"噢？"夏小米一震，心中涌上一股怨愤，若不是王红，自己怎会如此窘迫！

说话间，车子已经到了军区司令部大门。玫穿着花色衣裙，光鲜亮丽地站在一棵椰子树下。

因为有了刚才的一番铺垫，夏小米对玫的态度更为亲切。她让玫坐到后排，亲昵地握着玫的手："谢谢你照顾小望。"玫羞涩地笑着，显得有些紧张。她捧住小望的头，轻声问道："小望，见到妈妈开心吗？"

"开心。"小望神气地回答，嘟着嘴，一副可人的样子。他挣开玫的手，双手吊住妈妈的脖子，撒起娇来。

他们一行驱车来到火锅城，三伢子的姑妈刘玉红早已等候在那儿了。

"哎呀，小米，好久不见了，你越来越漂亮了。"玉红先弯腰亲了亲小望，然后热情地牵住夏小米的手，大家热热闹闹地坐下来。

"哎，现在人人都知道说恭维话了。"夏小米接过玉红的话头，愉快地打趣着，"不过看上去你的皮肤倒是非常好，是不是天天做皮肤护理呀？"她称羡着刘玉红的皮肤，确实，刘玉红肤色红润，满脸容光焕发，又新剪了个童头，穿休闲服，比起以前来，倒显得年轻自信了许多。这也许是美容业在海口蓬勃发展的原因所在：它的确能给女士们带来实惠。

"我自己配的'美容秘方'。"刘玉红朗声大笑。她热情地介绍道，每天用鸡蛋清配珍珠粉搅和，加一滴醋，洗脸效果好极了。不过敷在脸上约十分钟后才能用清水洗净。

夏小米对美容之道并不太感兴趣。也许是她惠心兰韵、丽质天成，没有一种皮肤衰老之感，所以不去关心。但她仍十分欣赏玉红："看来我也得学一学美容，要不就要被时潮淘汰掉了。"

"你是越来越漂亮有风度了，说什么淘汰。"

"你要不是奉承，我真是太高兴了。"夏小米惬意地笑道。每个女人都喜欢别人夸自己漂亮，真是一点不假。其实即使是奉承，也能带给人快乐，只要不是太夸张。

刘玉红招呼茶博士倒茶。"茶博士"是这种餐馆特有的茶水服务员。他们倒茶是经过专门训练的，茶壶是铁皮的，茶壶嘴特别长，隔着很远一段距离，茶博士手腕一弯，手指用力下压，一注茶水就从铁嘴里准确无误地落进桌上的某只茶杯里。小望看得出神，抓着夏小米一个劲地发问："妈妈，他干什么呀？"夏小米就耐心地解释给儿子听。

餐桌上，两个年轻人始终没有多话。待到酒喝够了，饭吃饱了，刘玉红就轻握住玫的手，额头上冒着热汗，感慨万端地训导："玫，三伢子是真心地喜欢你。按门第，也许我们家配不上你这高官后代，可三伢子人心地善良，也能吃苦，现在也算是开始闯出了点门道来，日后应该有所出息。他在海南多年本质不变，也实在难得。我做姑妈的，本来没有权力就三伢子的婚姻大事做主，可在海南，我就是他的亲人，还有夏姐，是他最敬重的人了，也胜过亲姐一样。今天，我可以说，我真心希望你们俩相好下去。海南不是流行一句'海南岛没有爱情'吗？我希望将来你们用事实去否定它。我相信你们会做到的。"她说着，又扭头对小米说，似乎要寻求小米的声援："小米，你说呢？"

"你说得极是。三伢子、玫，我和你们姑妈，都是过来人了，知道爱情是什么，婚姻是什么，我羡慕你们能彼此相亲相爱……"夏小米说着说着，竟有些恍惚，一刹那，爱情与婚姻的酸甜苦辣全涌上了心头。

玫见状，私下里扯扯三伢子的衣襟，递了个眼色，对刘玉红和夏小米说："姑妈、夏姐，你们都是我很钦佩的女性，请你们相信，我不是那种水性杨花的女孩。我看重的是三伢子的人品，只要他不做感情游戏，我保证绝不会放弃这份感情。"玫话说得很甜，很干脆，两个长辈女人点头称是。

三伢子趁机插话："我准备不干出租了，去椰海路开一间美发厅——前几天我送客人到那边，看到有一间发屋要转租的启事。我打听了一下，那个地方风水极好，换了几个老板，个个都赚了一把，转而去开更高级的美容美发厅了。我想租下来，这样比做出租要轻松一些，我可以去上企业管理培训班学点东西。将来开个公司，玫也很支持我。你们看呢？"

话虽有征询意见之意，但实际上他已胸有定局，夏小米和刘玉红随便提了些看法，问问行情，算是赞同了。

玫看看时候不早，要告辞。三伢子便起身相送，小望依偎着妈妈，懂事地说"bye—bye"。

出租车一溜烟地开走了。

两个女人一边一个拉着小望的手，慢慢往回走。小米问及王红之事，玉红很爽快，竹筒倒豆子般地讲述了事情的经过。说王红那次来诊所看病，先是要了点感冒药，后来吞吞吐吐地要一些治性病的药。这里人们得了性病大都不敢声张，只到小药店小诊所拿点药。开始刘玉红也不知道她就是王红，问她要药是自己用还是给男人用，女人之间，你无须隐瞒什么。见刘玉红说得诚恳，王红就让玉红的门诊医生给她做了检查，但仍没报真实姓名。检查完，刘玉红告诉她，她得的可能是宫颈炎，须去妇产科医院好好检查一下。过了些日子，王红拎了水果来看玉红，感谢她提醒她，否则发展下去不知会怎么样。这时她才说了真名，说自己就住在后面不远的地方，老公是做房地产的。刘玉红因为听三伢子唠叨过，一个叫王红的骗了夏小米几十万，就留了点心。在没证实之前，玉红嘱三伢子不要告诉小米，怕万一不是，冤枉了人家，也激起小米伤心。前些日子三伢子去帮他们到机场接人，才知道她真是骗子王红。和她住在一起的男人也不是什么老公，她只是人家的姘妇而已。好像王红前不久被别人骗了，将一百多万投资到一个岛上，说是开赌场赚大钱，可钱一转出去，那边合作的就不见了。又听说她曾经养过一个小白脸，开时装店，结果店卖了，人也不见了。而奔驰车，也在一夜之间被盗，振案了却至今也没消息。"她也挺惨的，现在这个男人对她又不爱惜，而且也遇到了资金紧张问题。对了，你可以问问关鹏，三伢子在车上听他们谈到过想请关鹏帮忙策划什么似的。"

真是山不转水转！真是恶有恶报！

夏小米听得一阵快意又一阵酸涩。她匆匆打住刘玉红的话头，说自己还有些事，改天再去诊所一坐。刘玉红看看已近十一点，也就不再挽留，捏捏小望睡眼蒙眬的脸，与他们母子俩告别。

夏小米扬手拦了辆的士。

疲倦不堪地回到家，安顿好儿子洗澡、入睡，夏小米便蜷在沙发上给关鹏打电话。已有一阵没有与关鹏联系了，只知道他现在与赵霖合作的那条旅游线做得有声有色，最近赵霖又有意在海南投资建一个"企业家之家"，属俱乐部性质，也是由关鹏策划。当时夏小米正在策划那笔房地产业务，故没有过问。赵霖继月亮之后，将旅行社办得热火朝天，借助"红月亮"的大名，海南这条线也在沉寂了一段时间后，生意盎然起来。但是关鹏总抱着与夏小米复婚的想法，令夏小米想逃避一阵。

电话铃响了好几声才有人接，"喂——"那边传来一个懒洋洋的女孩子的声音，夏小米惊得一时不知说什么才好。那边"喂"了几声，见无人说话，骂了一句"神经病"，便将电话挂掉了。

夏小米这才如梦初醒，忙拨了重复键。这次是关鹏接的电话。"哪位？"他充满阳刚之气的声音是那样熟悉。夏小米喉咙有些发紧，她低低地叫了一声"关鹏"就说不下去了，她觉得自己如果再开口说话，必定会哭出声来。她沉默着。

"出什么事了吗，小米？小米？！"听得出关鹏一下子急了。

夏小米捂住电话筒，悲从中来，她失声痛哭。

"小米，小米，你冷静点，我这就过去！"关鹏不知出了什么事，在电话里喊道。小米来不及说什么，他就将电话挂了。

夏小米茫然坐着，淡红的灯光令她感到发热。听到电话中传来忙音，她知道关鹏要来。她想打电话去阻止他，可她并不去拨动号码。她觉得自己不可理喻：她竟然希望她的前夫能撇下身边女孩，在这午夜里到自己家来，而自己并无什么急事。

她将空调开了，自己去冲了个凉，穿着那套浅红色的睡衣，呆坐在椅子上。想想，又觉得不妥，换了一套休闲短衣短裤。

楼道里响起了急促的脚步声。是关鹏，他几乎是跑着爬上这门楼的。

夏小米打开门，关鹏冲了进来。他急切地问："快告诉我，出什么事了？"他的目光剑一样在她的脸上巡睃。

"我……我只是突然非常非常难过。"夏小米结结巴巴地说道。她没有抬眼看他，黑深的眼睫毛遮蔽着双眼，令真的痛苦和难为情关在里面。

关鹏提在嗓子眼上的心放了下来。一路上，他想了许多，是小望病了，小米受谁欺负了或被抢劫了，还是屋子被盗了？虽然有一阵没有联系了，可他的心时不时在牵挂着他们。他知道，重新生活在一起的愿望是不可能实现，而自己如果关心得太多，反而会影响她的生活。

"你把我吓死了！"他嚷道，并无责怪的意思。

"真对不起。"夏小米抹了抹眼角，从冰箱里取出一罐可乐递给关鹏，在他身边坐下来．这个人曾经是我的丈夫，她想，心儿平静了许多。在关鹏温情的目光注视下，渐渐地，她心中又起了欲望的波澜，她意识到自己渴望爱抚和温存。

她连忙挑起话题，以转移自己近乎可笑的念头，"哎，你最近与王红搅在一起干什么？"

"王红？"关鹏怔了一下，"哦，是这样，她现在跟的那个人是我很久以前认识的一个人，关系一般，但我曾帮过他。好多年不见，有一天碰在一起，他邀我喝酒，说苦恼死了，老婆马上要来海南了，身边的女人却甩也甩不掉。我送他回家，看到了王红。她并不了解我和你之间还有来往，只知道我们是离婚了的，所以对我还算热情。我后来设了个圈套，让她掉进去了，也算为你出了口气。"

关鹏设圈套的事，有好一阵了。他的几个哥们去"巧遇"王红，其中一个装着爱上了她，他们的关系迅速发展下去，男的就提出想与一个港商合作搞赌场，先期投资两千万，自己若能拿两百万出来，今后可占到百分之二十的股份，半年后就可见利润。可自己只有二三十万，发愁得很。王红那时天天与情夫吵架，一天到晚心烦意乱，见有事可做，又可赢利，就咨询关鹏，那地方有没有可能开赌场。关鹏装着早知此事，说，是呀，有这事，好多家在争呢！完全交给外商不行，国内独资更不行，而目前海南经济不景气，谁也不敢轻易掏出几百万资金来，所以一直搁着，听说最近有人又蠢蠢欲动了。因为关鹏一向跟省里熟，王红就信以为真，决定与那哥们做这个项目，将钱打到了指定账号上。这笔钱现在还在关鹏他们手里，谁也没动，想以后拿来做些有意义的事情。王红找不到哥们了，自然来告诉关鹏这件事。关鹏很吃惊地说："你怎么这么冒失呢，你至少要看看有关文件呀！"王红蒙了。

"这叫'以其人之道，还治其人之身'！"关鹏幸灾乐祸地说。

夏小米眼窝一热，感动得不知说什么好。除了深信关鹏那份深厚的爱以外，她还能说什么呢？

"我听说他们在请你策划又是怎么一回事？"夏小米克制住感情，装着乐不可支的样子。

"这件事是这样，本来准备等谈妥以后再告诉你，我怕太早接你这条线，王红吓走了。"关鹏解释着。刚才上楼太急，出了一身汗，空调又太凉，他觉得有些不舒服，想冲个凉。

"好吧。"夏小米从卧室里取出一条干净的浴巾，又找出一条旧的孕妇裙，以前自己怀小望时穿的，扔给关鹏，"你若要换衣服，就别介意。"

关鹏掂了掂裙子，放到沙发上："算了吧，那会像什么？"他走到浴室门口，又回头吩咐了一句："能给我冲杯麦片什么的吗？我有点饿了。"

夏小米应声走进厨房。如果过了午夜十二点还不睡，关鹏总是要吃点东西，随便什么都行，这已是他的习惯，似乎不吃点什么人就支持不住。夏小米剪开两小袋荷兰麦片放在碗里，又打了个鸡蛋放里面，然后倒进开水搅拌，用盖子盖好，关鹏洗完澡出来，麦片刚好泡熟了。

关鹏将浴巾齐腰系着，上身裸露着。夏小米觉得他比以前瘦了些，却更结实了。"这样子是不是太随便了？"他问道，也不等夏小米反应，端起麦片吃起来。这场景完全像一个家居的男人，在享受着妻子的犒赏。

关鹏边吃边介绍：几年前，他的那个老熟人从河北一个什么区来，与几个小科长一起，办了个公司，也算是官商。当时买了一块地，这地属部队所管，按部队要求，这楼只能盖五层高。他们前期准备工作都做好了，建房工程也启动了，可是遇到了房地产低潮，他们考虑到自己装修档次较高，房做好后恐怕没人要，而这时资金又跟不上了，打好的基地却不能做下去。中间又有人要合作，谈来谈去，也没有个结果。连本带息，到现在他们投进去的钱已将近两千万了，所以正急于寻找合作伙伴。他知关鹏在海南多年，根深叶茂，便请关鹏出面帮忙。但他也很滑头，自己不露面，让王红来跟关鹏谈，这样王红还可以拿一笔中介费。

"那块地在哪里？"

"机场路和椰秀路交界附近。"

"那是个好位置。多少地？"

"五亩多吧。"

夏小米突然一声不吭地走进书房，好一阵才出来，面露喜色。她手里执着一个计算器。

"关鹏，无论如何要将这个项目谈下来。你告诉你那个朋友，说如果让我来做，我保证他除了两千万以外，再赚四百万，看他有没有兴趣。王红那边，中介费我给开个天价，一百五十万，但必须和你五五分成，否则我就告她诈骗。让她权衡一下，三天以后给我答复。现在她没以前那么嚣张了，可以拿钱开路，七十五万，我想她会动心的。你也可从她那儿拿这么多。"

关鹏听她讲神话一样讲这些数字，不由放下手中的勺子："你这么有把握？"

"当然，对方不是急着将这项目谈成吗？谁能在眼下这种经济形势下赚进四百万呢？何况，他们也在算账，如果土地搁在那儿不用，每年起码亏进去八百万，拖下去亏得更多。你对他们说，我不用他们垫一分钱。"

"看样子你也能赚不少。"

"那当然。我能赚八百万到一千万。这次我不能像原来那样只收策划费了，我得将项目拿下来自己做。你谈时，只将几个数字告诉他就行，也不要显得太急，以免人家看出这中间大有文章。要知道，有慧眼的人绝不止我一个。"

关鹏听得一愣一愣，他不认识似的盯着小米："你怎么赚钱？"

夏小米故作诡秘地一笑："商业秘密，恕我无可奉告。不过，任何一个项目，肯定是先算自己能赚多少。商场是战场，但并不是真正的战场。真正的战场是一方吃掉一方，而商场没有输家，只有赚多赚少。真正的商家不可能在一个项目中只求单方获利。也正因如此，我才对王红参与的这个项目感兴趣。"

"如果王红不干呢？或者坚持要更高的中介费呢？"

"她不可能不干。我说了，一百五十万已是天价，创海口中介费最高纪录。她不与你分成，我现在也可以撇开她，她就一分钱也拿不到，你不是说那个男人正伤她脑筋吗？我们可以直接与他打交道。还有，她接下这笔中介费，她不仅免掉了一场官司，骗我的账也一笔勾销了。"

关鹏似乎有些开窍了。他玩笑道："你现在变得又高明又狡猾，了不得，了不得。"

"不是高明狡猾的问题，是现实教会我的，要有野心，也要有与野心并驾齐驱的计谋。以前我与王红结盟，也是为了获利；现在我与她合作，是因为我能从她那儿渔利。大鱼吃小鱼是游戏规则，我现在不是大鱼；但即使是大鱼，若能多放一条小鱼生路，不同样还是一条大鱼吗？也许大度能使人有更多的机会。要知道，现代社会里，我是指商场，我们不再有朋友，也没有敌人，有的只是合作伙伴和竞争对手。"

"嘿嘿嘿——"关鹏看陌生人一样看着小米。夏小米则自负地笑着，灯光下，没有任何化妆的脸上透出一丝疲倦，夜间洗过的头发散发出清新芬芳的气息。"你什么时候学的'商海经'？"

"每天都在学。"夏小米狡黠地说，一点也不掩饰得意之情。

"好吧。看来我们的'企业家之家'不能拉你入伙，而只能将你奉为贵宾了。"

关鹏挠挠头，故作遗憾。

"我还算不上企业家。所以，你们别想甩开我。"

"天啦，我觉得自己落伍十年了！两三年前，你还……"关鹏敏感地打住了话头。往事不堪回首啊。

夏小米没有理这个话头，若无其事地收拾着茶几，又给关鹏倒了杯凉开水，走进厨房。她利用这些时间将骤然间涌上心头的沧桑压了回去。

她从厨房出来，关鹏正除下浴巾准备穿衣服，他要告辞了。见到夏小米，他稍稍有点难为情，赶忙套上西装短裤。夏小米看着这尊曾与自己同床共枕好几年的身躯，脸发红发烫。她怔在那儿，眼睛不知往哪里看好。

关鹏慌乱的目光渐渐沉静下来，内心的情澜却又缓缓地升腾。他一阵冲动，一步跨到小米的身边，将她拦腰抱起，走向卧室。夏小米不反抗，也不挣扎，她贴紧他，一股凄切的欲望撞击着她的胸，伴着爱恨情仇……

真是前所未有地和谐！性爱对于他们俩来说，从来就没达到过如此完美的境界。而现在，他们发现，他们的交合给他们的身心带来了莫可名状的愉悦！

他们暗自惊奇，可谁也不用语言来表达。关鹏喃喃道："小米，我们生活在一起吧，我们一切重新开始，我会使你幸福快乐……我知道你不会答应，可我还是要请求你……"

夏小米心乱如麻。她温柔地将他的头揽在胸前，抚摸着他粗密的头发。沉思良久，她轻声却很决绝地回应道："关鹏，这件事不要再去想了，以后也不要想。即便我答应你，对你也是极不公平的。你这些年为我以及儿子所做的一切，足可以让我答应你任何要求，但你知道，这种感情不是你所需要的那种爱……真是生活在一起了，最后你的心会破碎的，而我也无法将感激永存于心……"

夏小米心头万千情感，表达不清，万语千言哽在喉间，泪水慢慢滚落下来，滴到她的手背，又浸进他的发梢。

关鹏不再说什么，把头埋在她的乳间，他觉得她的乳房永远都会这样漂亮。

清晨，关鹏醒来的时候，夏小米已在阳台上。她躺在吊床里，悠闲地吐着烟圈。身旁的烟灰缸里，已有好几个烟头了。

"你什么时候学会抽烟了？这不好。"关鹏不悦。他趿着拖鞋，上身赤裸，睡眼惺忪。

"偶尔抽抽。这东西好像不用学，一抽就适应了。你放心，我不会上瘾。"夏小米泰然一笑，手指弹着烟灰，让关鹏看得直揉眼睛。

"去洗漱吧，待会儿小望该起床了。"夏小米头往站到身后的关鹏身上靠了靠，催促着。她显得很轻松，但实际上，她思绪乱着呢。

早上醒得极早，她坐在阳台上，目光沿楼下一直慢慢看过去，延伸到海天相接处。楼下，以前是一块划作盖什么公寓房的基地，她刚搬到这儿来时，这里正是机器轰鸣，民工们挥镐挖着地基，热火朝天的局面如同她策划的椰花花苑施工工地。不知什么时候，这里停工了，先是机器停在这里，后来，机器也不见了。小米极少关注这片被冷落了的土地，可今天，她顺眼一望，居然是满眼的青草，间或还有些细碎的白花，满天星一般散落在草地之中。草地就这样蔓延着，直到工地的围墙挡住了它的发展之势。哦，原来是有围墙的，这是很大的一块地啊，夏小米不由得用眼睛丈量这块地的面积，足有十来亩，以前她没有注意到围墙，对，以前这基地前面，还有一大片荒地，是用来停放废旧汽车的。位置这么好的一块地，就这么压着，多可惜啊！

　　夏小米伸了伸懒腰，目光越过草地、密密麻麻的楼房，海边的椰子树，落到海面上。早晨的海是多么平静啊，深蓝色的绸缎一样，被柔风和远岸拉扯着，轻轻地颤动着波纹。极目处，开始有一缕白光，慢慢地，白光加大，扩散，辉映着海面。夏小米暗想，太阳正在东方挣扎。她记得张化冰曾经带自己去香岭看日出的情景，那时，他们五点不到就从岭下出发，到了岭上，海风夹着晨寒刺骨地吹着。那时，化冰正迷摄影摄像，借了一台摄像机，扬言要拍到最壮丽的海上日出场景。他们架好机器，趴在岩石上，等待太阳东升。夏小米冻得牙齿打战，张化冰衣服穿得也不多，他只有紧紧地拥住她，用身体的热量温暖她。比起现在在阳台上的景色，那香岭可要激动人心得多了。好不容易，东方发白、发亮，乌云聚集，又散开，太阳在云层后面冲刺。终于，整个天穹开始发亮，一轮红日跃出海面，带着一圈茸茸的红色光晕，一点也不是想象中的巨大的火球模样，而寒气仍未散尽，海上却起雾了。雾中的太阳，苍白、朦胧，久久传散不出温暖。化冰说："这就是日出，就是太阳，它不可能从头到尾都是火，否则，地球恐怕就被烧焦了。"大概是耳里清晰地回想着化冰的声音，夏小米从回忆中回到现实的阳台，心里感到空落。她躺到吊床上去，这吊床是用尼龙绳结的，她去远郊游玩时十几块钱买回来的，系在阳台的栏杆上。

　　此刻，太阳已经升高十几米了，淡红色的霞光一路铺洒过来，落在这小小的阳台上，映照着夏小米因睡眠不足而有些苍白的脸。渐渐地，太阳的热力加强了，地面的温度上升了。夏小米抓住栏杆，从吊床上下来。哎，人类呀，没有太阳不行，太阳抵挡寒冷，可是，人们又经不起夏天太阳的炙热。

　　关鹏洗漱完毕，精神抖擞。夏小米招呼他坐下，递给他一支香烟，自己也点燃一支，说道："关鹏，有件事我想和你商量一下，也许，还需要你拿主意。"

　　"什么事，你尽管说吧。"

"……月亮想让小望去美国。你看，小望该上小学了，我又没精力管他。可去美国，我又怎么放得下心呢……"夏小米左右为难，又松懈不了，她不由得叹了口气。

这确实有些棘手，关鹏手指在腿上有节奏地弹动着，忽然意识到夏小米是多么艰难，她需要有多大的承受力才能这样子在大特区生活呀！没有男人的家，没有情爱慰藉的女人，以前人们会将这些问题挂在嘴上，给予一种空洞而同情的安抚。可在这儿，人们对这群人漠不关心，关起门来，夏小米该是多么寂寞和孤独！但她在这种环境中，孤身奋斗，抚养儿子，建立事业，获取新的知识……

关鹏轻声问小米："你必须选择其一，你选择哪种？"

"我真是没办法选择。本来我想让小望进贵族学校的。可月亮那儿条件相当不错，对于儿子的个性、智力与知识发展等方面都会起到良好的影响，也可以培养他独立精神，这对我不能不是一种巨大的诱惑。"

"有一点你肯定吗？"

"什么？"

"月亮本人没问题，她能保证保罗以及家里其他人都喜欢小望吗？"

"月亮是征求过保罗意见的。你也曾见过保罗一面，他这个人挺喜欢小孩。再说小望是个讨人爱怜的孩子。"

关鹏手抚下巴，在客厅里踱来踱去。

"我想将小望先送去美国，自己集中精力好好干几年事业，成或败，都认了。以后看情况再决定是否将他接回来。"小米目光巴巴地追随着关鹏。

"如果那时他不能适应这边的生活怎么办？"关鹏停止踱步。这个问题倒是夏小米不曾想到的。

"小米，你的问题是得有个真正的家，你不能这样子生活。"关鹏有些发狠地说。眼前这个女人对情感的固执，真令人无法理喻，本来可以三个人一起享受天伦，她却不，放弃他，又不是有别的男人，就这样苦熬着，无形中给自己添了多少压力和负担。

夏小米当然懂得关鹏的意思，她并不反驳，苦笑着，眼里蒙上了一层幽怨："也许这就叫一个人有一个命，一个人有一个人的生活。"

"什么命啊，命运就是性格造成的。而生活是可以改变的。"关鹏有些生气，他往沙发上一坐，沙发都弹动起来。

"好啦好啦，都是我自己造成的，可现在不要追究这个，你倒说说你的意见嘛，是去美国还是留在这儿好？"夏小米把话题拉风筝一样拉了回来。

关鹏这才意识到方才有些失态，他自我解嘲地笑笑："我大概走进死胡同了，明知道再也拉不回你，却总在固执地期待有奇迹发生。"接着他就果决地表态："让小望去美国吧。但我这样想，更多的是从你考虑。我觉得你确实需要过一段心无旁骛的日子，更多一些空间，这样也许你会改变你如今这种愚蠢的生活方式。再说，月亮那个家，东西方文化相融合，又有孩子做伴，对小望没有害处。"

夏小米舒心地吁了口气，她并未在意关鹏评价她的生活方式，她主要是需要有人赞同送小望去美国的决定——她在心里已做了选择，她要有人证明这选择是正确的。

关于儿子的事就这样定了下来。她想，该给月亮打个电话，月亮说过，决定了就通知她，她来接小望。

"好吧，我该走了。要不待会儿小望醒来，你的假话就穿帮了——爸爸就在海口呀！"关鹏做准备下楼。

"你算了吧，星期天就陪陪他吧。再说，你可以告诉他你回来看我们，明天还要走嘛。唉，没办法，要不停地对孩子撒谎。这些年，也真难为你了。"夏小米挽留道。她并不后悔昨晚让关鹏留宿，所以现在希望关鹏能在这儿与他们过一个星期天。三个人难得有这样一次机会。这对关鹏也许有点苛刻，毕竟小望不是他的亲生儿子。小米忽然记起了什么，冷不丁地问了一句："呃，关鹏，你不回家没问题吧？"

"那会有什么问题？"

"她不管你？"

"谁？"关鹏明显地没有反应过来。

"昨晚接电话的那个女孩子呗。"夏小米不快。

关鹏哈哈大笑起来："你呀，吃的哪门子醋啊，那是我姨妈的小女儿，大学马上毕业了，她跑到海南来，看能不能联系个工作。我房子那么大，用不着请她去住宾馆吧？"他说完又补充道："不过我很乐意你关心此事。"他重又坐下来，很快乐的样子。夏小米还是在乎他的。

"关心你，希望你有个女人照顾不好吗？"夏小米有些尴尬，忙狡辩着，"你也该有个女人了不是？"

"谢谢。"关鹏调侃道，"独身男人比独身女人的日子好过，你还是操心你自己吧。不为别的，光为生理考虑，也得有个男人，否则，你会枯萎的。"关鹏又发起牢骚来。他觉得夏小米这样子过简直在浪费生命，糟蹋生命。在现代社会，夏小米没必要这样封闭自己，即使心里面酷爱张化冰，现实生活中，她也应该有性爱，有男人。张化冰只是一个幻影。再坚强的女人也会在孤独中倒下去的。他见过不少这种独身女人，大多数是不把男人当回事的，偶有一两个如夏小米的，慢慢地，心理多少就有些异态了。

"我也这么想啊，可没有人能够吸引我。"

夏小米无可奈何地做了个手势，进到儿子房间里去。她在小望屁股上拍了几下，小望睁了一下眼，伸了个懒腰，又睡过去了。她怜爱地摇摇头，又走出来。

"恐怕是你太挑剔了，或者就是不给别人以任何机会。"关鹏挖苦着。

夏小米不理他，径直去厨房弄早餐：煮牛奶，煎鸡蛋。

关鹏悻悻地跟进去。

"说说看，关鹏，为什么还对我那么好？我们已经不是夫妻了。"夏小米玩笑着说，她的心情渐渐放松了。早晨的阳光透过窗玻璃映进厨房，小小的厨房显得很明亮。其实她很清楚，关鹏很爱自己。如果他不爱自己，他们又是分了手的夫妻，也没有任何经济上的、子女上的牵扯，他有多大的理由来关心过问自己的生活呢？

关鹏一手支在窗台上，一手叉在腰间，随意散漫地斜站着，想了想，叹口气，很有几分慎重地开了口："小米，为什么，你明白。我对你一直抱着幻想，你一天不找到他人，这幻想就多存在一天，况且我也没有碰到合适的人。我知道你的性格，迈出去的步子不会再退回来，可我也有我的个性，我总想我能击败你心中的影子。可我现在醒悟了，我永远战胜不了你。在这一点上，你的性格硬过我。不过怎么说呢，我现在已经理解你那份感情了，真正的爱是排他的，一点不错。我目前就是这样，很难有别的女人能进入我的心灵。话又说回来，事实上又不是所有的人都能为自己所爱的人付出一切的，他付出，是建立在有所企图的基础上的。我也知道李亿军很爱你，但因为你不开窍，使得人家的感情得不到回报，所以他实际上对你只尽到了百分之一的力，这是任何一个朋友都能帮得到的忙，只是别人没有那么好的位置罢了。虽然他贷给你那笔款子，且是低息的，但如果你迎合了他的情感，接受了他的爱情，他甚至可以让你得到一百万现金或更多，你信不信？我了解男人比你多多了。没有实惠，哪有那么多女人去攀权贵，去傍大款？而又有多少有才有德的女人不付出自己的感情而能得到梦寐以求的财富地位？别天真了，小米。李亿军对你之所以还显得慷慨大方，一是手中有权，二是他有个人的企图，三才是出于对你当年的感激。我可以告诉你，李亿军这个人很喜欢女人，每个跟他有过关系的女人，都会得到不少的好处。特别是有真感情的，从他那儿得到的直接利益起码是百万以上，什么股票啦，项目啦，中介啦。比如说，我要贷三五十万，我贷不到，而你是他的女人，你去贷，贷回来，我得给你多少回扣？所以我说，小米，你不要太古板，该利用的人就好好利用一把，过了这个村没有那个店，没人会耻笑你，反而会认为你很了不起。这就是今天人们的价值观了。我对你的感情跟他们不一样，你是我生命中的女人，我们曾是一家人，我没有什么要把你'搞到手'或游戏一场的花招。我爱你是想与你真正生活在一起，与你一起度过一生，就如你爱张化冰一样，只想与他长相厮守。但你必须看清你目前的生活，我，你不会再接受；张化冰，又杳无音信；别的人，又走不进你的心。你唯一的寄托就是儿子小望和事业，儿子去美国以后，你将会更孤独，你何不从事业的角度考虑，放松一些，灵活一些，将你的事业尽快发展起来？就说李亿军吧，你与他发展发展又怎么样？他也许想个法子就从哪儿给你划笔款子过来，你的项目启动了，获利不就……"

似乎是好不容易才逮着个说话的机会，关鹏的话像关不住的水龙头。

"住嘴吧，你！"

夏小米将煎鸡蛋盛进碟子，锅铲一扬，喝道。她心中像打翻了五味瓶，她品不出味重味轻。好像被刺痛了隐情，打碎了偶像，她茫然、愤怒、颓废，但因为这些道理事实上在她心中一直不清不楚地浮游着，她又没办法指责关鹏的残酷阐述。她必须承认，他说的是对的。自己是从来不会把握男女之间那种微妙的关系的，在刚上岛时是如此，在电视台干得最红火的时候也是如此。那时，她随便挑一个垂涎她的大款或是权重之人，她早已不知发到哪一步了。可她有她身为女人的原则，爱情在她的生命哲学里是那样神圣高洁，那是永恒的东西，它永远是情爱与性爱的完美结合。她无法想象自己不爱一个人而会与这个人有身体上的接触。这也就是她始终对关鹏不能进一步的原因所在。而在与关鹏的关系中，她还能为自己找到开脱的理由：是为了小望，为了她和张化冰的爱情结晶，归根到底也是因为爱。关鹏是她生命中的男人，而不是爱情。光与关鹏的感情就常令她自责，她怎么可能为了经济利益的目的投身于李亿军或别的什么男人的怀抱呢？关鹏关于李亿军的看法她并不认为有什么过激，李亿军那次在办公室里的事情足可以证明他对女人的态度，但这仍深深地伤害了她，因为她无法找借口来批驳关鹏话语的真实性。而张化冰，也确实只是一个幻影而已，他好像是一颗被黑暗吞噬了的太阳，夏小米再也享受不到他的温暖与光亮。夏小米想到这些，像只霜打的茄子，脸上快慰的光彩尽失。

关鹏犯了重大错误似的立在一旁，准备接受夏小米的批驳。但他也庆幸终于将要说的话大胆地说了出来，伤她的自尊也好，伤她的感情也罢，她总会清醒一些吧。他真不愿意看到她生活得这么累，工作和事业毕竟不是生活的全部，儿子也不可能带给她亲情以外的欢乐。他不刺痛她，她会一直麻木下去，而不敢承认的。

然而夏小米再也没说什么。她平静地叫醒儿子，在有些凝重的气氛中吃早餐。然后她吩咐关鹏带小望去逛公园，并说最好是去万绿园，自己借口要睡上一觉留在家里。关鹏明白，她的情绪糟透了。

第十一章

1

卡乌罗和张化冰达成协议后，便不再于小苹等问题上谋求进展。他凭眼力，可以识得张化冰是何等有主见的人士。作为一个有着多重身份的人物，卡乌罗有阴鸷的一面，也有原则性的一面。他认为，只要张化冰在对海洛因利益问题上与自己达成共识，并愿意付出努力，他们就有可能成为世界网络中的蜘蛛人物。他明白，他必须给张化冰一定的自由度，而且他也相信，像张化冰这样的男人，一旦答应，是不会出尔反尔的。

张化冰致力于"结网"工作。他很快拿到了哥伦比亚护照，并有了一个英文名：麦克·法伦。

麦克·法伦先生在经过近五个月的英语强化和西班牙语训练以后，开始在一张世界地图上区分海洛因分布地区和尚未形成气候的地方。卡乌罗交给他一份海洛因分布情况表格，列出一批他们即将网络起来的国家或城市名单。

一张详细的海洛因分布情况图诞生了。在各个重要口岸，法伦用粗重的红线画出，并用箭头标明上岸路线。而同时，各口岸的联系人名单也已确定。卡乌罗重重地握住法伦的手，神采飞扬地宣称："我们将征服整个人类！"法伦一脸严肃地望着地图，他的网络上，没有任何一个中国的城市。

麦克·法伦先生，一个亚裔哥伦比亚珠宝商，开始在除东南亚及中国之外的世界范围内开展业务活动。

这一段时间，他与吴倩倩在一起的时间明显少了。有卡乌罗在身边，张化冰也用不着她做西语翻译，而待的时间长了，普通的西语也能抵挡一阵。为了不让倩倩寂寞，他让倩倩去上学，学什么都可以。倩倩选择了《世界文学史》，经常沉溺于那些引人入胜的文学境界中去。她是他的未婚妻，但实际上他们只是同居的关系。随着与外界接触日益增多，加上倩倩本来就会西班牙语，所以她很快就融入了哥伦比亚社会之中，有了一批朋友。在张化冰这边，他不希望吴倩倩知道自己在干什么，也不想将她卷进来，所以绝不会在工作时间内见倩倩，在家里，即使客人多一些的时候，也会找个借口将倩倩支开。属于两个人的时间少而又少，他们几乎只在周末的时候才单独相处一阵。倩倩对张化冰一颗渴慕的心渐渐冷却下来，她不傻，感觉得到工作带给张化冰的压力，和那个远在中国最南方的女人始终盘踞在他的心里，即便他喜欢自己，但在与自己做爱的时候，那个女人的阴影也没有离开过他。她终于明白，自己就是付出全部身心的爱，也不可能得到一颗完整的心，一份完整的感情，她并不痛恨他们任何一个，只是有些伤心。在张化冰面前，她变得有些沉默与不安，拘谨与矛盾，所以她也宁愿终日待在学校里。在那里，她那东方美女的神韵与气质令许多哥伦比亚籍男同学神魂颠倒。当张化冰满怀歉意说自己对她照顾不周时，倩倩一本正经地说："你用不着道歉，我是你的未婚妻，按道理，应该是我照顾你。"那口吻，全然是一个成熟贤惠的妇人，不再是那个吴府里骄狂天真的小姐了。张化冰赞赏地拥她在怀，内心的负担减轻了几分。

张化冰随着卡乌罗去他们在地图上标明过的那些国家与地区进行考察。当然，他们的公开身份是珠宝商。

网络发展非常顺利。他们俩迷人的风度和出色的才智以及拥有的权势使得追随者众多，而他们又以金三角白粉高纯度的品质和经过哥伦比亚研制生产的"药丸"式成品赢得了信誉和青睐。当各地网络初步形成的时候，卡乌罗隐退了。渐渐地，在同道里面，法伦的名字成了一种实力的象征。

因为公开的身份是珠宝商，所以张化冰仍经常以宝石商的身份参加一些活动。

这年十月，他带着还是从吴府带来的助手阿南出席了在麦德林市举行的南美洲珠宝展销会。

参观蓝宝石展厅时，张化冰被一位胸前挂着采访证的小姐礼貌地拦住了："先生，能与您说几句话吗？"她的中文说得并不好，可她很认真。

"当然。"张化冰以为是让他就展销会发表什么看法，朝阿南使了个眼色，跟随女记者来到一旁。

"谢谢。"女记者爽朗地笑了，"先生，您的领带真漂亮。"

"哦，是的。"张化冰深感意外。

"但您为什么不除下墨镜？"

张化冰微笑着，透过墨镜看着她。在长期的毒品网络活动中，他已习惯了在任何公众场合都戴着墨镜。

"这是不合时宜的。或者您认为在室内戴墨镜是一种新的时尚？"女记者追问道。她的头发高高地扎起，白 T 恤，蓝牛仔，显得清爽、干练。

张化冰将墨镜摘下。

"对不起，我想是有点不合时宜。谢谢你的提醒。"他彬彬有礼地答道。

"您是张化冰先生？"女记者打量着她，有些不能确定地问。

张化冰收起笑容："请问小姐……"

"我叫张一沙，西文名伊莎贝尔。我是《时尚生活》周刊的记者。"张一沙热情地伸出手来。

张化冰握了握张一沙的手，越发迷惑。他看看四周，谨慎地说："啊，我们三百年前是一家。张小姐，可否赏光在会后与我喝杯咖啡？"

"好，那就说定了。"

整个下午，张化冰没有就张一沙的发问理出个头绪。当他在酒店的咖啡厅等候她时，他仍然如坠九天云雾。

张一沙如约而至。她一袭粉色亚麻长裙，头发飘在背后，柔曼十足的女性风采，仿佛变了一个人。

"张先生，今天我是不是很冒昧？"一坐下，张一沙就歉意地说，有些顽皮。

张化冰毫无表情地看着她，不语，将一杯咖啡推到她面前。

"我祖上是潮州人。祖父当年漂洋过海去到南洋，最后在印尼发了家。我父亲十来岁时，印尼反华浪潮高涨，祖父率全家逃啊逃，逃到了哥伦比亚，在这儿扎了根。父亲后来娶了个哥伦比亚女子，生了四个儿女，我最小。也奇怪，就我长得没有一点混血味儿。这似乎时时让我明白自己是亚洲人，是中国人。"张一沙喝了口咖啡，滔滔不绝地说开了，"有时候有拍电影电视的要我去串个角色，演不是懦弱就是傍在肥佬怀里的华人妇女。什么呀，我就不信，亚洲人、华人就只有这个样？对不起，给我多少钱我都不演。"

"我可不是要让你演什么角色呀。"张化冰觉得这女孩子很可爱，但他仍摸不着头脑。

"当然。可你为什么不问我为什么知道你？"

"好吧，我现在问你：张小姐，你为什么知道我的名字？"张化冰笑了。

"我祖父、父亲是珠宝加工商，那手艺可是一代一代传下来的。那年泰国皇太后大寿，大珠宝商卡乌罗亲自来找我父亲加工首饰，说是要献给皇太后的，并邀请我父亲去泰国参加皇太后的生日庆典。在我父亲拿回来的那张放得很大的照片上，你就站在卡乌罗旁边。我父亲说，这个人是卡乌罗非常赏识的人，叫张化冰，中国籍，是亚洲珠宝界了不起的后起之秀。我不知为什么就记住了这番话，尽管后来父亲再也没谈起过你和卡乌罗。没想到能在这里碰上你。"

张化冰想起来了，确实当时认识了一个叫张志的宝石加工商，但那时他风光得没有时间与他多交谈。

"那时我不戴墨镜吧？"张化冰风趣地说。

"是的。所以开始我不敢认你。听说你有一位美如天使的未婚妻？"

"是的……"张化冰突然意识到自己的真实身份，不由打住了，不能让张一沙知道自己现在实际上就在这座城市里。看来，她对他的真实身份毫不知情。

"你从来没去过中国吗——哦不，没回过中国吗？"他漫扯着。

"没有。这些年，祖父老了，经常念叨着要回中国，回他的潮州。可父亲没时间，我倒很希望跟祖父一起回国。怎么说我的肤色都改变不了，我的根在中国也改变不了，难道我不应该回去看看？"张一沙说这番话时，有淡淡的伤感，又有一种豪情。

张化冰若有所悟。他觉得张一沙是个很特别的华人女子。

"看到你，这么纯正又这么俊逸的中国人，我真感到亲切。自小生长在这里，血液里也有着他们的血，受的是西方式的教育，可不知为什么，我总融不进他们的文化，这让我觉得自己和这里的人不一样。你呢，你还想过回中国发展吗？"

"当然。我迟早要回去的。"

"你会选择中国的什么地方？"

"海南吧。你知道在哪里吗？"

"知道。中国地图我都可以画出来了。"

"那就找个机会回去吧。"张化冰劝慰道，心里突然浮起一种对中国的向往。他觉得不能再与张一沙聊这个话题了。她浓厚的中国情结，让他对自己目前的生活突然产生了一种不屑的感觉。

"谢谢你能理解我，张先生。"张一沙感动地说，"我可以在我的报道里提到与你的相识吗？"

"不，不，如果你将我看作一个中国人，一个中国朋友的话，绝对不要。因为……"张化冰连连摆手。

"好，我明白。你放心好了，我会只字不提，对任何人。"张一沙伸出手，与张化冰击掌承诺。

分手时，他们感觉真成了好朋友。张一沙给他写了电话与地址，诚恳地说："请记住哥伦比亚有你一个年轻的中国朋友。"

"我会与你联系。"张化冰送张一沙出了酒店大门，为她叫了一辆出租车。

他这才想起，阿南坐在咖啡厅的另一隅等他。

张化冰从展销会回到农场，卡乌罗正在等他。他刚从欧洲回来，看上去有些不悦。

"张，你知道你是不宜在麦德林市的这种场合抛头露面的。"

"珠宝商是我的合法身份呀。"

"正因如此，在这里才更要谨慎。你会成为麦德林市媒体的焦点的。"

张化冰思忖了一会儿，说："你说得极是，以后我会小心的。"

卡乌罗点点头："我的意思是，你不能因为一时半会的疏忽酿成大错，影响我们的事业。这年头，人们都好追根究底，特别是媒体。"他意味深长地在"媒体"字面上加重了语气。

张化冰不露声色地在心里打了个问号：卡乌罗知道自己与媒体有过接触？难道有人充当他的耳目？他去参加这个展览会，除了助手阿南和阿雄外，没人知道。因为卡乌罗不在哥伦比亚，他也就没与他打招呼。

如果真这样的话，自己待在卡乌罗身边就太危险了。

"卡乌罗先生，你看，现在网络已基本建成，根据我们以前的君子协定，是否可以考虑我的隐退之事了？"张化冰漫不经心地问。

"张，我当然不会违背我们的协定。但目前这种状况还需要你带一带，再稳定一段时期，你看呢？我的意思是你再坚持一两年再说。"

"一两年？！"

"没有你，恐怕网络马上就会垮掉。不过你放心，我会尽量早一点物色到接替你的人选。"卡乌罗兄弟般地坦诚，让张化冰真不敢相信他会派人监视自己的行动。

"那好吧，我希望如此。"张化冰很仗义地答应了。

2

张化冰怀着警惕心过了好长一段时间，也没发现卡乌罗什么可疑之处。

卡乌罗又去欧洲了，这一次，他要待上半个月。

张化冰秘密吩咐阿南和阿雄，将别墅、汽车检查了一遍，没有发现窃听装置。

"奇怪！难道是我多心了？"张化冰有点费解了。

他叫来阿南与阿雄："今晚我们去市里的中国餐馆吃饭去，好久没吃中国菜了。你通知一下司机吧。"他想放松一下绷得很紧的神经。

233

可说到"司机"时，张化冰心里"咯噔"了一下。在农场，除了司机罗西，其他人极少有机会知道他的行踪。张化冰来后，罗西一直给他开车。听卡乌罗说，罗西是一个连英语都不会说的本地青年，原是个孤儿，十几岁时被卡乌罗手下的车撞倒过，后来被卡乌罗收养，一直跟在卡乌罗身边。

张化冰叫住阿南，轻声交代了几句。

阿南过了一阵才上楼。他说，罗西正在厨房与女佣下跳子棋，接到阿南通知后，起身到小餐厅，拿出手机拨电话，讲的是西班牙语，声音很轻。

张化冰沉默半晌，点了一支烟，缓缓地说："弟兄们，我认为他们想操纵我们，怎么办？"

阿雄做了个扼脖子的动作。

张化冰竖起食指摇了摇。

"不。今天吃饭时你们要想法让罗西喝酒，多喝点，喝醉，然后尽量拖延时间，我要去办点事。注意，我现在怀疑他是懂英语的，你们说话一定用泰语或汉语，不能露出任何破绽。"

来到中国餐厅，阿南悄悄塞给一个服务员一张大钞，说请她待会儿来敬酒。服务员接下钱，惊喜地答应了。

敬酒的阵势罗西哪里见过。两个漂亮的亚洲女孩一左一右地站在他的旁边，一边说着不地道的西语，一边端着小酒杯递到了他的唇边。他想推托，可张化冰说，这是中国餐厅里的最高礼节了，不喝是不礼貌的。"没事，喝！大不了今晚不回去了！"

罗西很紧张，半推半就地喝了两杯。

张化冰扬了扬手，说："阿南，今天我高兴，能在中国餐厅里受到这么样的礼遇，大家尽情地喝，不回去了！"

阿南会意，与阿雄一杯一杯地开始碰杯，接着就向张化冰与罗西敬酒。两个服务员也一轮一轮地敬酒，喝酒的气氛甚为浓烈。罗西招架不住，越喝越兴奋了。

张化冰朝阿雄使了个眼色，阿雄走过来："老板，你喝多了，先去休息吧。我这就给你开房间，马上来接你。"

阿雄开好房间回来，张化冰摇摇晃晃地站起来："你，阿雄、阿南，陪罗西喝好酒，我……我自己去……去休息了……"

阿雄连忙扶着他出去，好一阵才又回到餐厅。

在房间里，张化冰给张一沙打了个电话，说自己来麦德林市办事，有点时间，想求见一下她的祖父与父亲。当然，还想见见她。张一沙喜出望外。

张一沙家住在离市中心较远的一幢典型的哥伦比亚式别墅里，庭院里种满了芙莉与卡特莱兰花。张祖父七十多岁了，可精神矍铄，一看就是个历经沧桑看淡了一切世事的老人。张一沙的父亲张志热烈地拥抱着曾有一面之交的张化冰，感叹世界真是奇妙，将张化冰带到了他的面前。介绍了他的夫人后，他吩咐女佣泡茶。

"泡功夫茶！"他叮嘱道。

张家的陈设大都是西化的，唯有客厅中一尊财神爷体现着浓郁的潮州风情。而功夫茶，是用来招待中国的客人的。

"每次一喝功夫茶，我就想回中国。"张祖父一口喝干了杯中茶，"乌龙的味道好像只有这样喝才正。"

张化冰与张祖父聊了一阵茶道后，张志对女儿说："沙沙，让爷爷休息吧，不要太累了。"张一沙懂事地应了一声，搀着祖父进他的房间去了。他的夫人，也称有事走开了。

张志叹了口气："这些年，回国的事成了老人家的心病。其实，我又何尝不想呢？长着一张中国人的脸，却连中国是个什么样子都没见过。只是手头总有接不完的单，不知什么时候才能真正脱身啊！张先生若有机会回中国，代我到潮州一行如何？我想我也是迟早要回到那儿的。老人是叶落归根，我则是想给家乡做点什么，算是完成父亲的心愿，尽一份中国人倡导的孝心。潮州人在外发达了，总不会忘了家乡的，这是潮州人的传统。"

"我一定去，张兄。为你有这样一份情怀。"

两个人从家乡扯到珠宝，从珠宝扯到泰国皇太后，扯到卡乌罗，越谈越投机。

"卡乌罗这人在这儿是不是势力很大？"张化冰顺口问道。

"应该是，这个我不太清楚。我平时很少与他有来往，上次合作他算是慕名而来，但我总觉得这个人很神秘。你要去拜访他吗？"

"也许吧。我想看看这儿有没有发展机会。"

"老弟，听我一句，别在这儿发展。"

"为什么？"

"为什么不回中国去呢？中国是一头正在苏醒的睡狮啊！这些年，中国的改革开放搞得轰轰烈烈，经济正以惊人的速度发展，你回去肯定大有作为的。在这儿，以你的才智，恐怕是曲高和寡，久而久之，精神上会很孤寂的。"张志诚心诚意地劝道。

张化冰感激地点头："张兄说得在理。我想有一天我会回到中国的。"

"宜早不宜迟啊，老弟。"

不知不觉，两个人已是称兄道弟一阵了。

张化冰告辞的时候，张志让张一沙开车去送他。

"不，不用送了。这么晚了，张小姐一个女孩子……"

"车开到酒店，也就十来分钟，不碍事的。她呀，天不怕地不怕……"

坐在车里，张化冰问张一沙："你怎么不出来和我们一起聊天？"

"你是来拜访我父亲的呀！再说，我有电视要看呢！"张一沙大大咧咧地一笑。

"喜欢肥皂剧？"

"什么呀，那是名片《外交官太太的情人》。"

"唔，意大利电影。"

"你也看过？"张一沙欣喜地看了看张化冰，"张先生，你……很迷人。要不是我知道你有个漂亮未婚妻，我可要追你的。"

张化冰哈哈哈地笑起来："你这小姑娘，是不是太多人追，想找点刺激？"

"可不。嘿，说正经的，将来我要是去中国，能不能见到你？"

"能。"

"中国最让你留恋的是什么？"车到酒店门口停下了，张一沙还在发问。

张化冰站在车门旁，沉默了许久才开口："中国，有我深爱的女子。"夏小米的形象一刹那充满了他的脑海。

大概是被他突然变得深沉的态度震住了，张一沙盯着他看了一阵，说了声再见，将车子开走了。

他目送着车子远去，脚步沉重地上到酒店房间。阿南正着急地等着他，他说，罗西早已醉成一团烂泥了。

"那太好了。"张化冰吐了一口长气。

3

麦克·法伦的名气与威望在同时扩大。与任何国家的贩毒组织一样，他们拥有严密的制度、森严的防卫措施和一批可以在关键时刻庇护他们的人物。麦克·法伦，准确地说，只是一个代号，一种品质纯正、颗粒微小的海洛因药丸的代号，人们没办法抵制它的诱惑力。而作为进入毒枭级行列的法伦先生，他手中握有的权力仅次于卡乌罗，但除了组织里几个头面人物外，很少有人确知他的真实身份，他们甚至不知道在西方市场活跃着的法伦先生，原来是一个黄皮肤的亚洲人，原籍中国。

有一批货要在哥伦比亚境内交付。

卡乌罗与张化冰商量："麦克，这批货量较大，对方要求在临海的一个半岛形的山上。这地方除了我，只有你去考察过，地形比较熟悉，为慎重起见，这次我希望你亲自督阵。"

　　张化冰沉思着。自从网络建立后，他从不曾为毒品交易活动亲自出马，一般情况下，都是由阿南或阿雄作农场方代表。这一年来，由于张化冰怀疑卡乌罗对自己有监视行为，对卡乌罗也失去了信任，两个人多少有些心照不宣。卡乌罗表面上是个合作者，而实际上成了整个网络的主宰。张化冰并不计较，他早就想退出了。

　　"那好吧。但仅此一次，下不为例。"张化冰表情严肃地说。

　　"一言为定。"卡乌罗也很认真地承诺。

　　张化冰带着阿南和阿雄等人到达了指定地点。

　　这个三面临海的小山并不高，但因为偏僻，少有人来，看不清有明显的路通往山里。张化冰凭记忆找到了当初考察时走过的路线，来到了朝南方向、山势稍为平缓的一侧。海面上，有两条渔船在游弋，船头上插着一面有个小八卦图案的白旗。张化冰一看，让阿南挥动同样的一面旗帜。船舱里立即走出来两个人，将船往山脚下划来。阿雄忙指使人将绳子一头绑到树上，抛到海里，吊上一个人来。来人将一个密码箱放下，催促他们将货交给他。就在他们将来人与货包放下山脚时，忽然从海湾处开来了几艘用绿色树枝伪装了的快艇，呈包围之势向两条渔船快速开来。阿南说："老大，我看我们是中埋伏了，怎么办？"

　　"撤！"张化冰命令道。

　　"货怎么办？"

　　"砍断绳子！"

　　阿南一刀将绳子砍断。

　　几个人沿着来时的路急速奔走。

　　一路上，他们没有遭遇到狙击。

　　张化冰回到农场，急匆匆地找到卡乌罗。

　　"你为什么设计害我们？"

　　"这话从何说起？"卡乌罗故作惊讶，神色却有几分掩藏不住的愉悦。

　　"第一，这批货并不是如你所说的'量大'，用不着找那样一个地方；第二，这个地方只有你我知道，泄密的不是你又会是谁？第三，那样一个半岛，如果堵住山口，我们就是死路一条。"

　　"张，可没人堵你出山的路，对不对？也就是说，没有对你构成威胁，对不对？"卡乌罗微笑着说。

237

张化冰恍然大悟：卡乌罗控制着局面！

"为什么要这样做？"张化冰很气馁。他实在不明白卡乌罗这样做的目的，是在炫耀他的势力还是以玩人于股掌为乐？

"张，你们中国的孙子说'兵不厌诈'，我这样做只有一个目的：希望你能一心一意做下去，建成我们的白色王国！你已看到了我的力量，我还想用我的白色王国去操纵一切，操纵许多国家的政府集团……"卡乌罗狂傲地说。

"不，卡乌罗。如果你想操纵一切，留我是个错误，我会是个不安定因素。因为我不想建立什么白色王国，我也不想操纵什么……"

"可事实上你已经参与了这个王国的建立。"卡乌罗阴沉沉地打断他。

"是的，正因如此，我越来越有一种罪恶感。"张化冰迎着卡乌罗的目光，语气一点也不含糊，"这种罪恶感会导致心理防线的崩溃，危及你的王国。"

卡乌罗盯着张化冰，狠狠吸了几口雪茄。

"张，真是太可惜了，我是多么欣赏你。"卡乌罗仍很傲慢。

张化冰望着卡乌罗，觉得这个人真是不可思议。他有坦率的一面，也有阴鸷的一面，他阴鸷的一面因为他的坦率而同样具有魅力。

"我知道，但我也知道你并不信任我。"张化冰在嘴角挂出一抹笑来，"很遗憾，我真的很希望你物色的人能尽快到位。"

"我会考虑你的意见。但在新人到位以前，你要一如既往。"卡乌罗将雪茄掐灭在烟灰缸里。

两个人僵持了一段时间后，彼此达成了协议：张化冰停止网络交易活动，但也不言隐退。他坐镇农场，负责网络总调度工作。

这样一来，张化冰与倩倩可以经常在一起了。

然而，当圣诞来临的时候，张化冰却发现吴倩倩已陷入了另外一场恋情，她爱上了她的哥伦比亚同学阿里桑多罗！她坦言道：她知道张化冰并不爱她，而且，长时间以来，她寂寞难耐。本以为在异国他乡孤独漂泊的感觉会令他们相互依靠，理解更多，感情加深一些，然而，几年了，她仍然只是他的"未婚妻"！张化冰的忙碌和内心时常被往日恋情纠缠的事实渐渐改变了她的想法。她不能生活在一口泉水干涸的井里，她爱他而不能拥有他的心，甚至不能与他相守，这令她十分痛苦。阿里桑多罗热情奔放，体贴多情，形象正派，是一个好情人。倩倩还说，不用张化冰担心婚约的事情，等时机成熟的时候，她会向父亲吴老大解释一切，并承担他们分手的所有责任。张化冰闻听一番肺腑之言，大惊失色。他也有一种放下了一件了不起的心事之感，但是，毕竟吴倩倩跟随他已有多年了，虽然他一直回避结婚的话题，但他喜欢她的单纯活泼，聪明伶俐。在初来哥伦比亚时，她还是他出外交际的助手。人待在一起是有感情的，或者说是一种责任。他很内疚，因为自己没尽到责任，导致了吴倩倩的孤独寂寞，另觅情枝，实际上是自己将她推到了一个陌生的异国青年的怀抱。隐隐的醋意又令他光火，他责问倩倩为什么不早说，为什么不指出自己对她冷淡。吴倩倩轻蔑地一笑："化冰，我是个成年女子，我爱你，这一点你又不是不知道，难道要我点拨你的感情问题？我只叹自己没有夏小米的福气，可以令你牵肠挂肚。别以为我不知道你周游世界购买过无数种首饰与工艺品，和那些色泽亮丽的宝石之事……而我，每次也能得到一些礼物，俗不可耐的衣服，遍地开放的花朵，满世界都闪光的黄金饰品，可这些你总是临上飞机前才想到的，如果同行的人不问及你买什么礼物给未婚妻的话，恐怕我是连一束花也得不到的了……我不是爱嫉妒的人，但任何一个女人置身这种情感，都会受到伤害的。"

张化冰无话可说。

倩倩一直不能忘记，张化冰说夏小米是他的太阳时的情景。她曾经将张化冰也当成太阳，英俊潇洒的外表，刚毅成熟的气质，处变不惊的性格，沉稳睿智的风度……使她爱他，崇拜他。来到哥伦比亚，几年过去了，她终于可以说，幼稚的、迷人的、盲目的冲动过去了，这些不再是她所需要的。对她来说，张化冰只是一颗秋天的白色太阳，即便就在她的身旁，她也感受不到他的温暖。

"化冰，原谅我，我太脆弱了，我需要火热的爱情，需要我爱的男人对我说'我爱你'……"吴倩倩蹲在他的面前，握着他的手，眼睛里有一种不得不舍弃的忧伤。

张化冰将她拥在胸前，几近麻木的心灵掠过一阵尖锐的疼痛。他这才明白，其实自己是需要她的。但他也无意挽留什么，他知道她是对的。他的心，突然感到沧桑和孤寂。

很长一段时间，张化冰陷入了一种近乎可怜的境地：他发现夏小米影响了他生活中的一切。他想摆脱她的影子，过一个正常男人的生活，可他对她的思念却日臻强烈；倩倩虽然每到周末，仍会抽出时间来与他一起吃饭、散步、打打网球，甚至也会与他亲热一阵，可她的情感已明显地发生了质的变化，让张化冰感到那不过是在施舍；他想象卡乌罗一样在出入一些奢华场面的时候享用为他们提供的美女，可除了满足性的需求外，他的心灵越发空虚。他又开始以宝石商的身份外出，甚至参与一些网络活动，每一次，都得到一种冒险的刺激，而后平安地归来。他在一次一次寻觅宝石的过程中平复了感情的迷茫。

到了秋季，张化冰觉得劳累，他停止了奔波。

然而就在这时，在哥伦比亚北部港口的一次交易中，他们的人马遭遇了一次意外的海上巡逻。一小部分毒品来不及转移，被查出了。这是哥伦比亚警方第一次发现这种新型的海洛因制品，如果不是卡乌罗从中斡旋，制品源地就有被查出来的危险。当即几个人紧急商议，决定暂停对外交易。

闲来无事，张化冰决定驱车去看望倩倩。有一段时间没见到倩倩了，他想她或许仍然在生他的气，要不，就是彻底坠入了情网，完全将他忘记掉了。

他精心挑选了西装、领带、皮鞋，令自己看上去比平时更潇洒迷人。他平时极少去学校看倩倩，她在学校附近租住的房子他也就去过一回。现在，她也许是与阿里桑多罗，那个漂亮的哥伦比亚青年住在里面了。张化冰想到这，下意识地摇摇头，自嘲道：我可不是要将她夺回来。

张化冰手捧一大束鲜花，敲开了吴倩倩的宿舍。

吴倩倩打开门，见是张化冰，惊愕的表情久久平定不下来，她租住这儿六七个月了，除了阿里桑多罗外，几乎没有人来拜访，张化冰也就来过一次。她站在门口，不知是该让他进屋还是自己赶快出来。好半天她才支支吾吾地说"请进"。

张化冰闻到了一股异香，类似于他曾经在吴老大家里闻到过的香味，只是更浓烈一些。他警觉地察看着房间，见小桌上有一张锡纸，上面还有一些残剩的白色粉末。吴倩倩惊惶失措地望着他，想去收拾桌子，可不敢迈步。她的脸上油光水亮，仿佛刚抹过一层橄榄油。

"天哪，你吸毒？！"张化冰指着锡纸，颤抖着、气愤地问。

"……"吴倩倩不敢看他，可在他目光逼视下，最后还是点了点头。

"多久了？"张化冰心中犹如遭到电击，一阵麻木。他提醒自己要冷静。

"小半年吧。"

"谁让你吸的？"

"……同学中有几个都在吸。"

"你从哪儿弄到的毒品？"

"我们已经分手了，你凭什么审问我？！"吴倩倩突然不悦地反问道。

张化冰一时语塞。可是，倩倩是跟着自己来到哥伦比亚的，在感情上，自己确实对不起倩倩，在生活上，也未尽到照顾之责，现在眼看着倩倩吸毒，他怎能袖手旁观？关于毒品的危害性，他比谁都了解，这也就是他自己从来不沾毒品的原因。他万万没想到，吴倩倩近段时间不跟自己见面，原来是躲在这儿享受海洛因！

他慢慢站到倩倩对面，双手捧住她的脸——那美丽的姣好的面容此刻正沉浸在毒品的快乐之中。"倩倩，快告诉我，谁帮你搞到毒品的？"他心里十分担心，如果倩倩是从农场弄到的毒品，那后果不堪设想。

"阿里桑多罗。"

吴倩倩啜嚅着。

张化冰心中的一块石头落了地。但是对于倩倩的担忧随之又将他的心提了起来。

"你现在每天都吸吗？"

"是的。不过用量不算太大，最多两片。"

"两片？！"张化冰骇然变色。只有他们的产品才是以"片"为单位的，"快给我看看。"

吴倩倩从抽屉里拿出一个瓶子来，上面注明"阿斯匹林"字样。他从中间倒出一片，用手使劲一捏，药片就碎了。

张化冰直感到头皮发麻。这药片果然就是在卡乌罗和他领导下研制成的海洛因产品！

他不敢问吴倩倩更详细的问题。因为吴倩倩根本不知道他在做毒品生意，她也根本不知道这种药丸式的产品在哥伦比亚是极少出售的，一旦被缉毒警发现，就有可能毁了张化冰和卡乌罗的阵地，也就是毁了缅泰经哥伦比亚到世界各地的经营路线！前功尽弃不算，还有生命安全问题。

"你真是太不自爱了，倩倩！你想毁掉你自己吗？你让我怎么回去见你父亲？！"张化冰狮子般暴吼起来，他临出门时的美好心境全被破坏了。他不知道该用什么办法来制止吴倩倩发展下去，他的眼里满是隐藏不住的气愤和焦虑。

吴倩倩反而安静下来。想当初，她还不是一听"毒品"二字就躲瘟疫一样？可是，当她终于尝试吸食了一次海洛因以后，她就着了迷。当然，也许她对海洛因的热爱最早也有一些报复张化冰、想引起他注意的成分，但后来她就控制不住自己了。她居然认为吸毒是人最自爱的一种方式，它不需要借助任何人的情感、想象就可进入凡俗的理想达到不了的境界。她用一种使人着迷的语调优柔地说道："法伦！"——她非常喜欢这样称呼张化冰，"如果你曾尝试过、领略过它的美妙，你就不会这么说了。生命并不是永恒的，我体验到了真正的快乐，短暂又有何妨？所以这谈不上是毁掉的问题。生命幸福不幸福，快乐不快乐，全在于自己的感受，外界的评判是毫无理由并且是可笑的。法伦，我选择它，是因为它可以使我忘却你及一切令我伤感而无奈的人和事，你无须负任何责任。父亲那儿，没关系，我们家，吸毒的人见得多了，不会因为我吸毒而降罪于你的……"

吴倩倩面带从容灿烂的微笑，宛若一位优雅的、心态平和的少妇。张化冰叹口气，摇摇头，口气带着半恳求半威胁："跟我回别墅，我们好好谈谈。"倏地，在金三角参观过的罂粟花园的情景浮现于脑海，他觉得此刻吴倩倩的笑就像那正盛开的花朵。

"好吧。"

倩倩将张化冰扔在桌上的鲜花插放到花瓶里，然后顺从地应道，虽有些无奈，却不失温柔。趁化冰不注意，她将那瓶药片放进了提包里。

卡乌罗衣冠楚楚地坐在客厅里等候着张化冰，阿南他们在陪他聊天品茶。见到吴倩倩，他忙站起身来拥抱她："啊，美人，你永远这么漂亮！"他亲亲她的脸颊，才放开她，跟着张化冰来到小会客室。这是他自上次北部港口交易被查后第一次来到别墅。张化冰敏感到，他们的危险期已过了。

果然，卡乌罗说，小小的风头已平息，我们该"工作"了。并且，他要将张化冰引见给一位大使先生。张化冰警觉地看着卡乌罗。自从吴老大受坤沙事件的影响不再参与卡乌罗的计划以来，这个人变得越来越强硬了。

"麦克，在上次的风波中，是这位大使暗中帮忙才令我们化险为夷的。他希望见你，并希望与你有合作的机会。"卡乌罗恳切地说，一双淡褐色的眼睛期待地望着张化冰，"他认为你是一个非常有胆识的中国人，你从中国的一位权贵小姐手中逃过一劫，投身赌博行业，又远道来到哥国，才智与勇气均属非凡之辈，理应发挥更大的作用。"

张化冰沉思良久，才斟酌着回答卡乌罗："卡乌罗先生，我们除了合作关系，也算是好朋友了。我现在想开诚布公地与你谈一谈，你认为如何？"

卡乌罗点点头。他穿一套浅蓝色的西装，系着黄底蓝花的领带，看上去优雅而精神。

"我现在是哥伦比亚公民。我要申明的是，我目前所从事的事情与我的中国籍无关。"张化冰正襟危坐。

"我同意。"

"好。我是个敢于冒险的人，但是我们事先有过合约，网络一建立，我就隐退，只做某一项具体的工作，对不对？"

"对，对。"

"这个你已经违约了，到今天，我还在为网络工作。好，现在我告诉你，无论你同意不同意，我都要退出……"

"张……"

"请转告大使先生，我非常感激他的赏识，可我却很抱歉，我不能与他合作，我绝不会参与任何有政治或是军事因素在内的活动或交易，我已厌倦了无论何种形式的争斗。"

张化冰记不得是从哪部书里看到过关于这方面的论述，他特别欣赏，觉得它恰如其分地表达了自己的心声，"从政治的角度来说，我看清楚了，任何一个当权者都只代表了一个集团的利益，当他攫取的权力最高的时候，他所代表的集团利益更为集中，到后来，民众的利益已集于他一身。这样的政治，如果我们不是第一，那么我们终只是这个集团的一分子，到最后就会被逐出局去。所以，我不会为任何一个当权者服务，我也不会服从他们的意志，我只用我自己的脑袋思考。至于军事，你知道，现在世界总体上处于和平时代，但战争的火焰随时都可以被点燃。不管是出于什么动机爆发了战争，它带来的结果是一样的：丑恶、流血、死亡、毁损、硝烟……这些，对于每一个个体的人来说，谁希望是这样的呢？而我如果搅在战争或为战争做准备的某种计谋里，我就是在为丑恶助威，我不愿这样。人生是很短暂的，建立都来不及，为什么要去摧毁呢？这是我希望你转告大使先生的……"

"张……"卡乌罗摆了摆手。他好几次想插话，都被张化冰用手势制止了。

张化冰没有理会他，"至于我要隐退的原因是，卡乌罗先生，我非常沮丧，今天我发现倩倩已染上了毒瘾！她吸的海洛因就是从我们的农场研制成的、运送出去的药丸！这是让我内疚自责而且恐惧的事情，一方面，这说明我们的产品已在市场上出现，势必引起警方的注意，加上上次被查的事，我们应该有强硬的对策才能不至于被动；另一方面，倩倩那么年轻美丽，我相信你也不愿看着她毁于这该死的白色药丸……我要尽一切努力帮她戒毒。卡乌罗先生，倩倩吸毒的事对我影响太深，刺激太大，同时也让我警醒，我仿佛感到自己的双手在扼杀一个个如倩倩一般的生命，因为那异香的迷人，他们甚至感觉不到生命的沉沦与毁灭……"

在张化冰说话的当儿，卡乌罗那双深邃的、灰褐色的眼睛一直注视着他。他有些迷惑、惊异，法伦，这个表面风流俊逸的中国男人却是如此沉稳刚韧，骨子里潜藏着这么深刻丰富的内涵，果决而柔弱，理智而激情……

卡乌罗两肩随意地耸了耸。

"法伦，谢谢你将我看成好朋友讲你的心里话。不过，我还是希望你考虑一下，在声名如日中天的时候，你抛弃它，不会后悔吗？何况，你的事业与你的感情并不构成矛盾……"卡乌罗力图表达得明白一些，可是张化冰已用冷峻的眼色阻止了他。

张化冰要了两个酒杯，倒了点威士忌。他举杯与卡乌罗碰了碰，说："我的首要任务是帮倩倩戒毒，你可得帮我。"

卡乌罗将酒抿一口，左手在张化冰肩上重重一拍："我会的。我也不愿意倩倩小姐被毁掉。"他神色凝重，还有些忧虑："可我们目前还需要你掌管大局啊！"

"这没问题。肯定还有段时间是属于我们合作的这些事情的。我有一个提议，你看行不行？以后尽量不走或少走水路，用直升机，既快速，又安全。而且，要确保知情人绝对能保守秘密。"法伦沉吟着说。

卡乌罗颔首称是。但他仍然希望张化冰见一见大使。大使认为，现在，全球经济化已是一个趋势，中国加入世界贸易组织也是一个必然。他希望张化冰能与于小苹取得联系，目的是在中国加入世贸组织之际就经济的某一个领域尽早抢滩中国市场。卡乌罗与大使他们已掌握了大量的于小苹的资料。这些年，于小苹与丈夫分手后一直没有再婚，她利用其父亲的关系，承建高速公路、安居工程，并参与汽车、音像制品走私，获利肥厚，已引起了有关机关的高度注意。她自己正在寻找脱身之计，这个时候张化冰与她接触，她必定会前嫌尽释。他们可以确保她的财产安全与签证便利，条件是她提供一套有关中国"十五"经济计划的资料。

张化冰在心里冷笑了一声。

"再说吧，我先要倩倩戒毒。其他一切我都不会有心思的。"

卡乌罗看他毫无兴致的样子，没有再坚持。

"那好吧，等等再说。"

但倩倩的戒毒却并未如期成功。每当她毒瘾发作的时候，人就变得暴躁异常，吼叫、抓咬、痛哭、低声下气、了无自尊，令张化冰心似刀绞。至最后，屈服的是他——他打开药瓶，按她的需求量掐出一片或两片捏碎了，放在锡纸上。看着看着，倩倩就消瘦了下去，她无心再与阿里桑多罗在一起，她也没办法去上课了，她成了海洛因的俘虏。

终于有一天，张化冰实在是又痛恨又无奈，他给吴老大打电话通报了倩倩的情况。好几次，他都因歉疚与自责哽咽着说不下去。自从张化冰与倩倩离开昆明，尤其是坤沙投降政府以后，中国政府在云南也搞了几次大规模的缉毒行动，他的事业与生活就开始走下坡路，原计划与卡乌罗的联合也放弃了。再加上自己上了年纪的原因，他对于黑道上的事也越来越淡漠了，他渐渐习惯并喜欢上了平淡的生活。接到张化冰的电话，吴老大开始无法相信，他咳嗽着，声音一下子变得孱弱无力。他的爱女，他的女婿——他一直将张化冰看作是自己的女婿，他们俩早已分手的事他也一直被蒙在鼓里——感情上无法亲近就罢了，居然还发生了这样的事情！由于他溺爱他们，他无法埋怨与责备，他只有痛惜。他也知道海洛因那东西是沾不得的，特别是吴倩倩这样的年轻人。吴老大冷静下来，急忙令张化冰派人送倩倩回昆明，他说他会想办法给倩倩戒毒。

张化冰一点也不敢耽搁，连忙派人护送倩倩回国。他去送行，倩倩开始有说有笑，并向他保证一定将毒戒掉，下一次见他时，她又会是那个美丽丰满的倩倩。可当真说再见的时候，她抱着他哭了。"法伦，吻我，快吻我……我非常爱你，知道吗？我爱你胜过爱任何人……"她托张化冰交给阿里桑多罗一封信，她将在信中向他道别。

张化冰拥抱着倩倩，心中忽然涌起了一阵生离死别般的感觉。他含着热泪，动情地说："倩倩，如果你真的爱我胜过爱任何人，你要证明给我看，好吗？你戒了毒就是证明……"

倩倩在他的怀里使劲地点着头。

就这样相拥了好久，直到空姐站在舷梯上催促，倩倩才依依不舍地向飞机走去。走上舷梯，她又飞奔下来，搂住张化冰不愿撒手。她伏在她肩上，耳语着："你要警惕卡乌罗。昨天阿里桑多罗告诉我，药丸就是他的人提供的。他们不知通过什么渠道接触到了他。"

张化冰感到头都要炸了，他真正感到了卡乌罗的阴鸷与狠毒！

他好不容易才让自己镇静，然后向机场外走去。阿南和阿雄在出口处等着他。

张化冰决定结束自己的毒品生涯。

第十二章

1

夏小米将儿子送往美国之后，经历了一个激动人心的时期。她凭着对市场形势成功的把握和对人际关系的完美处理，又一次创造了奇迹！

几经周折，王红审时度势，接受了夏小米关于中介费的条件，夏小米得以顺利地与土地方取得了谈判机会。当她看到设计图纸时，立即表示这图纸有问题：一是户型结构不合理，清一色三房两厅，太大；二是楼层太少；三是装修标准太高。对方说，这是不能动的，必须这样建，再说五层高这是部队的要求，这里毗邻机场，楼房不宜太高。见他们为难、退缩的样子，夏小米不失时机地提出了自己的条件：由海发公司承建该楼房，修改设计与施工管理负责到底。建成后，按六四分成，海发得四。对方早已从关鹏那儿获悉六四分成方案实施后自己的利润，可以不费一分力气进账两千多万，除了几年来投入与亏损的，还能纯赚个几百万，何乐而不为？没几个回合，合同就签了下来。

夏小米表面上不动声色，唯恐对方发现这实际上是个大买卖而毁约，心中则按捺不住地激动：这将是自己真正迈向成功的第一步！

这一次，她吸取了上次的教训，不只单纯地收点策划费了事，她要借此机会奠定自己的经济基础，建立自己的实体。她马上打电话给海发公司的老总曾卫明。曾卫明为了四千万，居然一次也没回过海南。夏小米知道，他不回海南还有另一层原因，他欠了好几百万的债，弄不到钱，到海南来除了被追债，他无路可走。在关于为公司创收问题上，夏小米曾不止一次地与他谈过分成的事，最后达成了协议：若是夏小米揽得的项目，公司出资的话，分成比例为一比九，夏小米只得一成。但夏小米上任以来，公司未曾有过垫资行为，而在所有的交易所业务里，夏小米没有提取过分文，相反，曾卫明许诺过的薪金也未兑现过，夏小米每月只领到两千元的工资。现在，夏小米提出借用公司名义来操作项目，与公司分成，曾卫明说五五分成。夏小米不同意，她在电话里说："曾总，从过完年到现在，是我支撑着你公司不至于倒闭。我以公司名义来做项目，是从公司的利益着想，也是看在你和李亿军的交情上，还有我在困难时你对我的信任。可你到现在都未落实资金问题，我完全有理由离开交易所，况且我自己也有公司，我可以以我自己公司的名义与人合作。但我希望能帮你一把，毕竟你的公司曾经名震海南，就这么垮掉了实在可惜。如果你愿意，我来做项目，一切资金问题我来解决，分成为八二，公司得二；如果你不愿意，我就正式向你辞职。"曾卫明不知她究竟是真有项目还是真想离开公司，他考虑了几天，给夏小米回电说同意她的分成意见。夏小米当即做了电话录音，权作协议。

此后，夏小米表面上风平浪静，暗地里紧锣密鼓地行动起来。她一面请人设计图纸，一面找到原土地主商谈。果然不出她所料，对方最终妥协了，房子可以加高到八层。夏小米的理由很简单但很充分，对方没有理由反对：周围的建筑都已不止五层高了，而且不久的将来机场是要搬迁的，不存在影响飞行问题。当然，她许诺房子建到三层高时，她会向对方酬谢。她说得很诚恳，将目前的资金困难毫不隐讳地托出，令对方为她的诚意所动。对方一点也不傻，房子建起来了，夏小米不会在乎十万八万的红包给人；建不起来，红包拿不到，于他们也是毫发无损，夏小米还得赔偿他们。而图纸设计方是原来为她设计椰花花苑的公司，对她一个月后付设计费的请示没有异议，他们完全相信这个女人的能力。这样，夏小米顺利地拿到了设计图纸，她将公寓命名为"蓝宇公寓"。

夏小米拿着设计图纸去找在海南很有信誉的、知名度很高的一家建筑公司。承建过无数座楼房宾馆工程的施工头头丁总瞥一眼柔发贴额的夏小米，以为她只不过是一个想拉工程的中间人，根本没把她放在眼里。找他们合作的，谁不是轿车手机前呼后拥的以显示实力增加可信度，哪有像夏小米这样单枪匹马手执一卷图纸就找上办公室的，连请吃饭的意思都没有。他不等她开口陈述，挥挥手说自己正忙，改天再谈。夏小米不急不恼，往丁总对面的沙发上一坐，柔柔地说了一句："您忙吧，我不急，我等您忙完就是了。"

丁总奇怪地看她一眼，心想这女人真有意思。她并不像个生意人，不过这年头谁不在往钱眼里钻？看上去很文化气的，骨子里还不是一心想挣钱。他这样想着，心里已轻看了她几分。但他刚刚从一个大工地巡视回来，实在也没什么大事。他装模作样地打几个电话，吩咐一些并不重要的事情，黑红的脸膛开始挂出了一丝和善的笑意。他下意识地干咳了几声，期期艾艾地坐到夏小米对面的沙发上，抬了一下下巴："嗯，什么事，说吧。"

"我是海发房地产总公司的副总经理夏小米，现在有一个建筑项目想与贵公司合作。"夏小米礼貌地说道。

丁总暗暗吃了一惊。夏小米，就是那个曾让房地产界精英们大跌眼镜的夏小米，椰花花苑的策划者？他装着并不知道夏小米是谁的样子，仍然冷淡地说："唔。"

夏小米在心里笑了一下。施工头瞬间的神态丝毫没能逃过她的眼睛。她将图纸小心地铺展在宽大的办公桌上，请他过目。丁总闷头看了一阵，问她有什么条件。

"我要求你们能垫资到四层。四层后，我付你百分之七十，竣工后，付尾款。"夏小米直率地说。她谈了自己的打算、困难、预期获利情况。她直视着黑脸膛的施工头，一双清澈的眼睛不失坚定与期待。

"夏小姐，你知道我们重合同，讲质量，求信誉，可像这种垫资情况从来没有过，尤其在海南，垫资几乎是一种愚蠢的行为，许多人为此担了风险吃了大亏。"他两只大手掌合拢来又散开，一时拿不定主意。

"丁总，就是因为你们出了名的重信誉，我才直言我的困难，请求你垫资。我想你是个有眼光的人，垫资有风险，但对于这个工程来说，获利是明显的事情，它说到底不存在什么风险，何况，风险越大，回报率才越高。"夏小米温言和语，连吹捧带蛊惑，将黑红脸膛的施工头说得有几分飘飘然。但是，垫资四层，实在是不敢轻易拍板的事。

"我和公司研究研究吧。"丁总说。

"好吧，我给你两天时间考虑研究。你知道，不止一家在盯着这个工程呢。"夏小米后退半步，又前进一步。她说的也是海南建筑业的现实状况，房地产低潮，好不容易有个土建项目，必是好多家施工单位竞争的目标。

丁总定定地看着夏小米，突然笑了起来："看你的样子，你是势在必得了。这样吧，明天我请你吃晚饭，唱歌。然后再谈。"

夏小米有些措手不及。她很明白这黑老总的意思，又不好发火，只得也笑着答道："那我们明天再约吧。"

不料第二天这黑脸老总约的已不是吃饭，而是一家宾馆。他说他开了个房间，在恭候她呢。夏小米恼火至极，但思前想后，终于还是抱着豁出去的念头去了。很多女人不就是凭着这一招发家的吗？一路上，夏小米脑海里浮现出许多女人的故事。与男人上床，带给她们以实惠。

丁总笑容可掬地迎接着她。门一关，他就顺手搂住了她的腰肢，将她揽至床边坐下，然后去给她泡茶。夏小米斜眼一看，见枕头上放着一本杂志，便拿起来翻看。那是一本香港的色情杂志。她连忙放下了，一路上的心理准备一下子被一股屈辱之火冲飞了。她叫着黑脸老总的名字，站起身，尽量克制着语气："我以为你是一流企业的负责人，人品也会是一流的，想不到你不过也是一个流氓小人，利用手中的职权贪色贪相占女人便宜而已！可我，告诉你，我是夏小米！你看错人了，我不会在床上做交易！我知道，只要我今天顺从你，这工程的事就妥了，可这样赚来的钱，我会嫌脏，我一生都会觉得自己可耻。对不起，请你给我把门打开！"

施工头震惊得将茶水都泼了一地。他一时摸不着头脑，连忙去开门。夏小米高傲得像个公主似的阔步走了出去。

她回到家，颓然倒在沙发上，仿佛大病了一场，全身软绵无力。

没过多久，黑脸老总的电话来了。他的声音有几分尴尬，但更多的是真诚："夏小姐，你果然名不虚传，佩服，佩服！对不起，刚才冒犯你了。请圣者不计凡人过，你选个地点，我们将合同签了吧。"

夏小米不屑地"哼"了一声，尚沉浸在那屈辱的感觉之中。

丁总诚恳地道歉着。他从内心深处对夏小米刮目相看了。今天夏小米若与他上床，工程合同他也会签，但他从此会从骨子里瞧不起夏小米，就像瞧不起那些为拿工程想方设法与他套近乎与他睡觉的女人一样。夏小米的反应反而让他惊喜地看到还有一种人格存在着，还有一种人不愿堕落。

"真的对不起。我早就知道你就是那个椰花花苑的策划者，我出此下策是想证实一下自己与一些传言中的猜测。谢谢你，夏小米小姐。就是为了这样一种人格，我答应你，蓝宇工程我来垫资做。"

夏小米忽地坐直了身子，委顿的神情一扫而光。放下电话后，她静静地流泪了，她内心满是感动，为自己，为那个黑脸膛的老总。

施工合同一签，夏小米来到一家名不见经传的小广告公司。这个公司开业不到十天，老板是她原来电视台的同事，最近下海挂起了广告公司招牌。以前，他们的关系并不十分密切，却也没什么芥蒂。夏小米坦陈自己目前的资金困难，诚恳地希望老同事能为她垫资在日报上做四次半个版的广告，广告做完后一星期内她付全款，并加百分之五的报酬。她拿着设计图纸和施工合同，让他分析这几栋楼房是否有利可图。老同事知道她有过让人侧目的纪录，将资料看了半天，又听她谈自己的策划方案，当即允诺垫付四次广告费用，共计十六万。他知道，此广告效应肯定不错，这对于他公司的业务进一步开展，也是一个极好的广告。

在工地开工的那天，日报推出了二分之一版"蓝宇公寓"剪彩动工的广告。剪彩者与劳动者均喜气洋洋，配上红花框边，令读者感受到一种久违了的热火朝天的气息，紧接着，连续三天，以半个版的广告刊出了蓝宇公寓预售广告，画面清晰，字体美观，图文并茂，引人亢奋。最醒目的是那一行套红斜体字：每平方米一千八百八十八元！这个售价比市区黄金地段的市场最低价还少二百元，对于急于购房又害怕房地产回升的市民来说，这个价真是一种诱惑。广告一登，海发房地产交易所的电话就响个不停。夏小米旧戏重演，第一期房款百分之五，三个月后缴百分之三十……而且她还利用自己新闻界熟人多的优势，在三天后召开了新闻发布会，将购房情况公布于众，各家报纸、电台、电视台争相报道，称"在房地产如此低迷的情况下，海发房地产总公司却成功地推销了他们的蓝宇公寓，不失为一个奇迹"。

施工队以惯有的全速高效推进着工程，夏小米沉浸在成功的喜悦中。椰城被这个传奇般的房地产界新星弄得沸沸扬扬，而她在体会着一座高楼在自己手中即将拔地而起的感觉。外界称她为"智慧的女人"，她却只在心里感到幸运。这是机遇，很多人遇到过，但没有抓住，她碰巧遇到了，并且抓住了。她如此解释着自己的成功，当然，她也承认计谋也是相当重要的。假若有个人与她一样看到了这块土地的价值，并具有自筹资金的能力，那自己肯定就没有了竞争能力。她的成功，在于她效率高，在人家还来不及反应过来的时候，她就开始执行合同了。再有就是，她遇到了好人。想着当初自己也差点走上权色交易之路，她后怕而且羞愧。

夏小米坐在办公室里，神采飞扬地听她的下属们传播外界的信息。她心情非常愉快，头发有一阵没打理了，有些长而乱，可一点也没影响她的神韵与气质，看上去她比以前更开朗更神气了。

电话铃响了。

小吕去接电话。"米姐，你的。"小吕将电话递给夏小米。在办公室里，他们早就亲切地称她为"米姐"了。事业的兴旺，令这间面积不大的办公室溢满了豪情与亲密。

"欧叔？！"夏小米十分意外地叫道。电话是欧阳庆打来的。

放下电话，夏小米向同事们匆匆交代几句，就称有事要出去一趟。她喜滋滋的，仿佛去赴一个亲爱的人的约会。

2

一推开欧阳庆办公室的门，欧阳庆"嗬嗬嗬"的爽朗笑声就飞向了夏小米：

"后生可畏，后生可畏呀！"他感叹着，伸出手迎接夏小米。他依旧那么精神，只是头发掺了些白色，"你这个丫头，上次你师腾的椰花花苑人们还记忆犹新哪，今年又将海口来了条大新闻，你的气势太'汹汹然'了！"

"这样不好吗？"

"好，好，当然好！我看你得上今年的《海口年鉴》了！"

"是的，有人来索要过资料了。"夏小米笑盈盈地，一点也不掩饰那份成就感。

"我真为你老父亲骄傲。"欧阳庆由衷地说，"好吧，言归正传，我今天请你来，是想让你这个明星人物帮我策划一个项目，能合作当然更好。"

"怎么回事？"夏小米兴致更高了。

欧阳庆详细地解释着。

原来，还在一九九二年的时候，欧阳庆的公司在金贸区征了一片地，当时准备与另一家公司建一座保龄球馆，以保龄球运动为主，兼顾壁球、台球等项目。可对方的资金迟迟到不了位，就搁下来了。那时候地价是高昂的，何况又在金贸区。由于当时欧阳庆的资金也不够，土地方不愿买断，他要求与欧阳庆的公司各占百分之五十，项目建成后均有利可图。可这地一荒着，得利的却只有土地方，因为公司是支付了部分资金的。第二年，有人要这片地做十层高的高级公寓楼，谈来谈去房地产低潮就来了，按照原来设想的造价，那大家都获利微弱，于是，工程停建了，等待有反弹的机会。至此，欧阳庆的公司前后已付出了好几百万。公司陷入了矛盾之中，修嘛现在空房子那么多，这房子的造价那么高，能卖出去吗？不修嘛那就是白白扔进了好几百万。所以他想请夏小米的交易所策划一下，或者看能否帮他们找到一个最佳方案或合作伙伴。

夏小米反应非常快："您能不能带我去看看地？"

"当然可以。"欧阳庆欣然允答。

那块地就是天天在夏小米眼皮底下展览着的那片荒芜地！

夏小米的心激烈地跳了一阵，她感到莫可名状的欣喜。

经过几年的操练和实践，如今的夏小米对土地在设计后的形象有了异样的敏感。她头脑里出现了欧阳庆他们十层楼的公寓房的规模。她试探性地问："如果我们将这里建成一片公寓式的普通居民住宅区呢？"

"那得向市政府、房产局等单位申报。我们也有过这种意见，可一般说来，这种面向市民的住宅都是由政府统一规划的，我们这是民营企业，性质不一样，不大有可能被批准，后来也就不了了之。"

"如果可行呢？"

"那是再好不过的事了。在这种低潮的情况下，能有政府行为参与，住宅楼入住率就等于有了保障。"

"那好，欧叔，您将您公司与土地方一切有关材料给我，我以您公司的名义去重新报批。如果能办成，您就与我自己的公司合作。还有，在楼房现有的设计规模下，我如果将建筑容积率提高了，提高的部分我和你按九比一分成。其他的，我们按各自的投资数来定。"

"行，详细情况我们以后再谈，我保证我的条件十分优惠。"欧阳庆也许并未听懂夏小米的意思，就满口答应了。他现在迫切希望的是能让眼前这块土地沸腾起来，让他有所获利。

夏小米带着一叠资料回到了家。

站在阳台上，她俯视着那片原来属于欧阳庆的土地。她感到有些激动，这块土地现在的命运又握在了自己手里。

她已经预算过了，她必须在原有的设计基础上加高六层，且降低装修水平，而且要将户型大小区别开来，才能充分适应普通居民的水平，而自己才能大功告成。

夏小米的眼前，幻化出一栋栋普通公寓楼来，这块地由荒地变为商人野心的蓝图再到富人公寓再到平民住宅这一过程，竟经过了海南房地产热、房地产高潮、低潮、冷眠期这些阶段，时间与形势的变迁都一样的快速。而现在，她夏小米要将荒地变成真正的住房！

啊，那个时候，站在这阳台上，也许就望不到海了。夏小米惆怅地想，发觉自己已陷入成功的幻觉之中，不由笑出了声。

3

蓝宇公寓的工程进展相当顺利。

夏小米这次独自行动，悄悄地去为欧阳庆豪华公寓转为普通住宅区而奔波游说。她几乎调动了新闻界所有房地产线的报社记者朋友、电视台旧同行，商界、企业界上过她的节目的赢家等一切关系，了解当前海口居民住宅的规模与发展空间，她自掏腰包请他们去有名的酒家吃饭。当她自以为有了充分的陈说理由后，便径自越过几级部门直接叩响了分管房地产的副市长的办公室大门。她知道，在海南甚至在整个中国，有时候，上面一个字的批复，可以使人省去无数磨嘴皮跑印章的工夫。

副市长曾在出席一些重要晚会的时候接受过夏小米的即兴采访，对夏小米印象相当深刻，作为分管全市房地产工作的副市长，他对夏小米在房地产低潮时期的成功策划——很多人称之为"空手道"的故事也早有所闻。但他并不认为那是时下意义的"空手道"。人们所说的"空手道"常常指的是骗子的行径，而且大多数是盗用权力占有国有财产，而夏小米从头到尾没骗取一分钱的利益，是智慧促她由零开始，反手攫取财富。平心而论，他是十分欣赏这样的经营之道的，如果房地产界多一些像夏小米这样的成功运作者，房地产形势恐怕也不至于这么糟了。他听完夏小米做报告式的、条理清楚的陈述，开玩笑地说："莫不又是一个'空手道'？"他不愧为副市长，注意到夏小米从头至尾关于为什么要建住宅区的原因申述，几乎无懈可击，可是，她却没有提到过资金的问题。

"不，我将是投资的一方。"夏小米粲然一笑，印堂都发亮了，"三个月后，我会具备动工能力。您知道，我的蓝宇公寓进展情况良好，不瞒您说，这些审批手续并不属我来办，是我为了拿下这个项目而要求出面的。如果按照我的条件，最后他们与我的分成比例是三比七，甚至我会更多一点。到时，我再来答谢副市长大人的支持之恩。"

夏小米推心置腹的样子，副市长没有理由不相信她能做到一切。他会意地点点头，在报告上批了一行字，要求有关部门研究决定，民营企业投资居民住宅，应该支持。

"我看你可以将这个工程当作向新千年献礼工程来做！"副市长递给夏小米他批好了字的条子。

"市长英明！"夏小米接过条子，激动地说。

有了"支持"二字，夏小米畅通无阻。

一切按照夏小米的意愿进行着。

新年来临之际，向洋公寓——夏小米坚持将与欧阳庆共同投资的这片住宅区叫作"向洋公寓"——破土动工了。按夏小米的意思，工地上扎了个高而宽的牌楼，牌楼上挂着一幅大红标语，上书"向新千年献礼工程"几个大字；工地上，飘扬着五颜六色的旗帜，热烈非凡。奠基仪式搞得甚为体面，请了不少头面人物和在批复住宅修建计划过程中给予过方便的各方朋友。第一期投资六百万，夏小米准备从蓝宇公寓第二期房款里挪用，现已挪过来三百六十万。她心里很清楚，按蓝宇前期的赢利，自己与海发公司的分成比例，她可以进账六百多万的。虽然现在用这笔钱也许早了点，但她必须将向洋公寓动起来。欧阳庆在合同里签了这样一条，开工半个月或最迟一个月后，夏小米才能发预售广告。他的理由是，他不想让人认为自己是在做"空手道"，尽管他明白，这批期房是可以预售的。夏小米同意了，她认为，即使不准预售，她也要想办法筹集到全部资金。有了这块土地，就有了资本去贷款，她已看好了此项目的利益。一个月的时间，足可以使她与建筑方协商好再拨个三百万过来，蓝宇公寓的工程款尽管有约在先，但也可交涉，先少付一些，工程完工之后才结全账。作为对建筑方的回报，她将向洋公寓的工程也交给了黑脸丁总去做。

然而，第二期房款陆续到账近四百万时，海发总公司老总曾卫明从天而降，出现在海口，并转走了三百八十万！

夏小米仿佛挨了当头一棒，顿时晕头转向。按照合同，建筑方垫资四层以后，海发公司必须付百分之六十，现在只需先付百分之二十，但后期资金不再垫付，这一下子怎么周转得来呢？用在蓝宇，那向洋公寓刚开工就会出现资金跟不上的问题；再挪三百万，那蓝宇就要停工。而蓝宇原计划十个月完工，十二个月交付使用，停工的局面购房者一旦察觉，要求退款，又如何是好？而政府部门则完全可以以公司无力建房的理由将已启动的这个住宅区停掉。这个曾卫明，招呼都不打一声，叫夏小米如何想得通，而且，即使他认为这是他账上的钱，他也没理由划走这么大一笔款啊！按照协议，他的公司等完工以后才获一百六十万！可事到如今，夏小米有口难言，因为自己挪用了三百万资金也是违背原则的。她急得像热锅上的蚂蚁，眼看建筑方第四层楼马上完工，第二期房款所剩无多，她去哪里弄几百万来应这个急！

情急之下，夏小米只有打电话四处求告。可是那些商界的熟人，公司撤的撤，垮的垮，尚在撑着的，又有谁有这么多的资金在账上，就是有，也不可能冒险解她这个难。

夏小米无可奈何地去找李亿军。她想以工地作抵押进行贷款。

没料到，李亿军的情绪前所未有地消沉。前一阵，有人往省里告他，检举他有经济问题。这一下弄得他和与他有关联的人都相当紧张。谁都知道，像他这种位置的人，要查个经济问题还不是易如反掌，就看上面有没有决心。以前也不断地有人告状，但没有将别人带出来，这次据说是将他的后台也一起告了，而且省里非常重视。李亿军很是紧张，连日来，他一面暗地里活动以解除"警报"，一面又小心谨慎以防出现新的不利情况。夏小米听罢，口都没敢开了，说了一些安慰的话，就出来了。她哪好意思再给他添乱。

夏小米为贷款的事跑了几天银行，可注定该她不走运了，银行近段时间以来，已经重新制定了贷款规定，按小米目前的条件，贷款几乎是没有指望的事情。

夏小米绝望地站在阳台上，望着眼前刚动工的土地发愣。

难道这块工地要成为一个"半拉子"工程？

一想起"半拉子"工程，夏小米就很痛心。近几年来，这种半途而废的工程到处都是，疮疤似的展露在城市之间，成了一道道与城市文明极不和谐的音符。

她决定先将蓝宇工程停下来，保证向洋公寓的顺利进行。蓝宇那边是关鹏的关系，她希望能通过关鹏通融一段时间，实在要成"半拉子"，影响也小一些。向洋是民营企业投资居民住宅的第一次尝试，又是副市长提议的"向新千年献礼"的工程，意义非同一般，一定要保证它的运作。

夏小米知道这样做将面临的风险，但这是最佳的选择了。

关鹏最近在奉总社之命组建中国商报南方办事处，办事处设在广州，所以他三天两头跑广州，忙得不亦乐乎。据说，他很有可能升任副社长。此外，他找了个有北京户口的女朋友，估计在他调回北京后就会结婚。

关鹏答应与蓝宇那边周旋，但他把握不大。他认为小米应该将曾卫明告上法庭，对这种人，绝不要姑息。

夏小米苦笑着否定了这个意见，她不是没想过这个问题。她咨询过律师，要与曾卫明打官司的话，她是赢定了的，可是，去哪里找曾卫明？就是找到了，曾卫明又去哪拿得出钱来？现在的经济案子太多，一场官司还不知道要拖多久呢。再说，也是裁决下来容易，执行起来难，还不如省些时间和精力想办法打资金。

"我到北京想想办法，看能不能弄笔款先解燃眉之急。"关鹏安慰着小米。海南这边的经济形势，也确实让人很为难，他这个"关神通"也不灵了。

"你对我总是那么好。"夏小米感动地说。

"傻瓜，你我之间还说这话干吗？"

"谢谢你，来世再报答你吧。"夏小米眼睛红了。

"别那么悲观，一切会好起来的。真贷到款了，工程完工了，你要给我分红哟。"关鹏用力拥抱了一下小米，洒脱地说。

关鹏到北京活动期间，夏小米也软磨硬缠地让欧阳庆先用土地去抵押贷款，并动用副市长出面疏通银行方面的工作，总算贷到了一笔款。签订合同的那天，关鹏居然也从北京打来了电话，说他贷到了三百万，过两天就会到账。这样一来，原来因为资金问题造成的紧张局面不仅得到了缓解，还有了后续能力。

夏小米绷得紧紧的神经一下子放松了，她再一次绝处逢生。款到账的那天，她面对着向洋公寓工地上强烈如探照灯一样的灯光，激动得热泪盈眶："命运之神啊，让我如何感激你的照临……"

夏小米两个工地一齐抓，居然如鱼得水。尽管蓝宇工程推迟了近三个月才完工，可一点也没影响到她的个人信誉，反而认为她有非凡的化解危机的能力。椰城，到处都在议论这个女人是如何卓尔不凡，她的存在，让人们看到了一蹶不振的房地产业中尚有一线光明。

第十三章

1

新千年到来之际，海南房地产仍未走出低迷阶段，向洋公寓的如期落成，却使夏小米的事业进入如日中天的境界。在一些非官方报纸的评选活动中，她被评为海南十大企业家之一，她还被推选参加世界妇女代表大会。

就在夏小米为各种荣誉活动应接不暇的时候，从美国传来了月亮遭遇严重车祸的不幸消息。月亮右腿骨折，搞不好还要截肢；脑震荡，目前已失去记忆，医生说暂时还不能诊断什么时候能恢复。保罗在电话里伤心至极，希望小米尽快赶往美国。

夏小米放下了手头所有的事务，在关鹏的全力帮助下，火速办妥了出国护照，飞往美国加州月亮的家。

眼见得月亮遭受的苦难，夏小米内心受到了强烈的震撼。月亮那庞大的化妆品市场计划刚刚投入推广阶段，遭遇如此不测，夏小米无法坐视不管。在保罗和月亮的一再请求下，她答应出任月亮化妆品公司代理总经理之职。而小望在美国已完全适应，这也改变了她原来要让小望回国上学的打算，倒是产生了要远离海口，与儿子共同生活在一起的愿望。她的这个想法得到了月亮与保罗的支持与赞赏，他们早就希望她出国了，只是这些年见她风头正足而没有动员她。但夏小米并不愿意移民美国，她说她更喜欢加拿大，而且加拿大现在的移民手续简化，办起来不复杂。在经过反反复复的讨论后，移民的事就定下来了。在保罗的协助下，夏小米很快就了解了一切程序，与加拿大移民局取得了联系。

月亮的失忆症比较严重，可能一年半载恢复不了。夏小米决定从长计议，先回海南处理家事和公司事务，然后去美国生活一段时间。赵霖得知她的计划后，自告奋勇地提出，在她回海南的这段时间，他去美国照顾月亮。保罗当即表示感谢，并说医生也希望月亮最熟悉最亲近的人能在月亮身边，这有助于月亮记忆的恢复。

夏小米在美国待了近三个月后，回到了海南。

才几个月的时间，她却有了一种物是人非的感觉。关鹏终于调回了北京，坐上了副社长的宝座。与他的升迁完全相反的，则是李亿军的前程不保。夏小米一方面为关鹏高兴，一方面为李亿军悲哀。听一些传言，李亿军似乎还不只是前程不保，恐怕是身家性命的事了。夏小米预感到，自己一旦离开海南，与李亿军也许就是永别了！

这样一想，长期以来郁积于心的对李亿军的感恩转化成了一种留恋与歉疚。她可想着自上岛以来他对自己的情感、爱、慷慨的支援等等，她觉得自己欠他的真是太多太多了。随着这种歉疚感的日益加深，带来的竟是她对张化冰的一种痛彻心扉的爱与恨。

像打理海南事务一样，她清理着自己自上岛以来的一切记忆。人生真是没有不散的筵席啊，瞧现在，关鹏、赵霖、李亿军……张化冰就更不用说了，一个个不都散落如星？孰悲孰喜，孰苦孰乐？

夏小米心中有一股大江东去，浪已淘尽般壮怀激烈之感。

多么动人情怀的南国风情啊，多么让人流连的温暖情谊！

夏小米要离开这一切的一切了！也许她早就应该撤离这块热土，可她被一种割舍不了的情感牵绊着，不停地让自己坚持。除了辉煌的成就外，她一直坚守的，是一份爱呵，可它到底在哪里？！多年来内心的期盼难道真的只是一个梦幻了？

一切的一切，让它如海潮般退去吧……

她要见李亿军。如果知道自己的生活将不再有炽热白亮的太阳照耀，一向无所不能的李亿军会怎样萎靡？

但是，她要见他并不是为了看他萎靡的精神状态。连日来，拥挤在脑海里的，除了李亿军对她的关爱，就是李亿军对她一次又一次表白遭到拒绝的经过。李亿军没有怨恨过她，没有冷淡过她，如果不是一份真爱，他完全可以远离自己的生活！他忍受了那么多次的拒绝，他骄狂的心在她这儿一次又一次受到挫败，却仍然一如既往地给自己的生活播洒片片阳光。自己为什么不给他一次机会，给他机会，也是给自己回报他的机会。她希望带给李亿军生命最后一线温暖。

她选择了新开张的阳光海岸大酒店与李亿军见面。

李亿军依然春风满面的样子，令夏小米几乎有些怀疑自己的所闻所想了。但只一瞬间，她保持了镇定。处变不惊是李亿军一贯的作风，她装着什么都不知道，

257

内心里要偿还他对她的最大心愿，了却一份不解之缘。

在与李亿军有了非同寻常的一个下午后，她的去意更加坚定。

但是，当她站在自家的阳台，迎着早晨的太阳放眼眺望远海，她的心中又会升起对海南无限的依恋。这里，有她的汗水，有她的足迹，眼前高高耸立的向洋公寓群楼，就是她在这块土地上飞翔过的痕迹。对海南来说，这楼群只是沧海一粟，可在她，是她一生的丰碑啊。

就在这反反复复的情绪里，夏小米对李亿军的预感变成了现实。

事情发生得比预料的要早得多。不到一个月，李亿军就被抓了。许多与他的案子有牵连的人不由得惊慌起来。夏小米匆匆去李亿军家，想安慰安慰他妻子阿菊，不料阿菊很坦然，说这是迟早的事。她只是担心李亿军的老父老母受不了，也不知该如何向正在新加坡上大学的儿子解释此事。

夏小米提出去看看李亿军，阿菊说，现在谁也不允许见面，大概是怕串供吧。他的案子已惊动了高层。

夏小米闷闷地回到家，为李亿军感到惋惜。一个那么精明的人，终究淹没在泡沫经济里了。海南这些年没以前有人气，但贪官倒是一个一个扑通扑通地落井了，这是不是希望重来的征兆？

那么，上次的见面真就是永别了。与夏小米的亲密接触是否会成为李亿军记忆中最后一抹亮色？

夏小米不由得感到落寞与沉痛。她点燃一支烟，在面海的阳台上坐下来。每当她有什么心事的时候，她就要点燃一支烟，有一口没一口地吸着，似乎这样有助于思想。

她的目光穿过城市高楼，望着远处海面上的渔火出神。

电话铃响了。因为房间太静，铃声显得特别的响亮。

她懒懒地拿起话筒，不经意地"喂"了一声。

"米儿！"她听到了一声低沉的、深情的、稍带了鼻音的呼唤。

她全身的热血沸腾了。"你在哪里！"她高喊一声，那泪水就如泉水般喷涌而出。她连声问着："是你吗？化冰！"不敢相信给她打电话的是张化冰。多年来，她只在梦中听过他，见过他。

"是我，宝贝。我刚到，住在太阳岛。"

夏小米放下电话，顾不得化妆换衣，穿着休闲短裙就下了楼。她的心急速地跳着，喜悦和伤感一齐挤满了她的心。

她开着车，风驰电掣地开往太阳岛。呵，幸福来得太突然了，让她承受不起，让她在幸福中也感到疼痛。

不知为什么，今天的海滨大道这么晚了车还这么多。

往前开一点才知道，今天来了个大人物，正要从这条道上经过。夏小米不得不将车速降下来。

这样也好，她可以稍稍理一下思绪。

夏小米摇下车窗，呼吸着清爽的海风。眼前，椰子树夹道而立，一条条横幅广告拉在椰树之间，红底白字甚为醒目：

"支持北京申办二〇〇八年奥运"

"建设新椰城迎接新世纪"

"告别二〇〇〇年迎接二十一世纪第一缕阳光"

"世纪婚礼尽在三亚南山"

"让世界了解海南，让海南走向世界——亚洲论坛即将在博鳌召开！"

……

前方三角地带，平时熟视无睹的电子显示屏上闪烁的字幕今晚也特别耀眼："离二十一世纪还有四十六天。"

呵，新世纪就要来临了！在这新旧世纪交替时分，在自己就要远离这块土地之际，张化冰从天而降，难道这是命运给自己开的一个莫大玩笑？夏小米忽然有些激愤。她一踩油门，超过了前面的车子。

来到张化冰的房间门口，夏小米稍稍平静了一下自己的情绪，举手按响了门铃。

房门打开了。张化冰朝她张开双臂。从最后一次见面算起，有多少年了？七年、八年还是九年？九年不见，他还是那么俊拔，只是浑身散发出一种成熟的中年男人的魅力。

"化冰……"夏小米愣在门口，迈不动步子。她只轻轻地喊了一声，就泪如泉涌。

张化冰大步上前，将她拥入了怀中："亲爱的，我回来了……"他想说什么，可鼻子一酸，再也发不出声了。

仿佛等待了百年，寻觅了百年，在这一刻他们相会了。爱情的火焰燃烧起来，吞噬了这一对受尽了相思之苦的爱人。

他们长时间亲吻着、拥抱着、缠绵着，内心交织着酸涩与幸福……

张化冰将她抱到卧室那张宽大的床上，满怀深情地注视她。他缓缓俯下身子，将头埋在她的双乳间，慢慢褪去了她的短裙，抚摸她，亲吻她，吮咬她。多年过去，那个单纯清雅的女孩已变成了成熟高贵的妇人，他惊讶岁月没有改变她的容颜，反而使她更加丰满圆润。她的皮肤如玉一样清滑凉爽，腹部和腰部的曲线起伏有致，显得柔和流畅。他轻轻拂开她柔软卷曲的毛发，像爱抚一朵刚刚盛开的荷花，不，是罂粟花，亲吻着他的花蕊。湿润的、腥香的花味儿在房间里弥漫开来，令他想起那一片让人目眩的花地。小米战栗着，娇媚地呻吟着，那饱满的、坚挺的乳房羞涩而热烈地迎着他，享受着久违了的爱的沐浴……

他们完全投入、沉醉在性爱之中。性爱曾给予他们多少亲密幸福的时光！彼此都懂得给予和享受，并在性爱过程中将爱情一点一点地表现出来，既得到快乐的释放，又能感受心灵的交融，只有两个真心相爱的人才能体会到这种幸福。

"亲爱的，我爱你……我们再也不分开……"他喘着气，断断续续地说着，眼睛红润起来。

小米凝看着他，泪水再一次汩汩地涌了出来。那是幸福的泪水，这泪水曾浸透了张化冰的胸膛。

他们不知缠绵亲爱了多久，才相拥着静静地躺了下来。

"怎么这么晚才到？你坐船吗？"夏小米这才想起来问问题。

"不，是海口今天下午暴雨，飞机降不下来，飞到三亚去了。"

"那你为什么不打电话？"

"我想给你一个惊喜。"

"你从哪里搞到电话的？你这些年都去了哪里？你还走吗？"夏小米慢慢地、一个接一个问题地提着。

"宝贝，今天不谈这些，好吗？你放心，这次我们有的是时间。"张化冰含蓄地说。

夏小米"唔"了一声，往他身上更紧地靠了靠，不再发话。

这样默默地待了一阵，张化冰起身去浴室冲凉。小米躺在床上，一动不动地看着他。

张化冰走到浴室门口，猛地折转身："嘿，你这坏东西以为我忘了是不是？"他使劲挠着小米的腰，直至她笑得一个劲地求饶，这才抱起她走进浴室。时间愈久，往日相处的细节就愈深地印在记忆里，像是储得愈久的烈酒，打开来，酒香就会醉人，那共浴的温馨只有亲密爱人才知道经久愈烈，永不嫌醉。况且现在，他们都已卸下世俗事务，只为了心的相聚，他们要从头到尾回忆相爱的日子，那些回忆对于他们今后的岁月，意味深长。

也许是太疲劳的缘故，他们一觉睡到了天亮。

张化冰睁开眼，看见了夏小米一双万千柔情的眼睛。见他醒来，她一根手指头竖在唇边，示意他躺着别动，不要出声。她轻轻抚摸着他的发，他的额，他的脸，他的唇，无法说出她的动作里包含了多少的情和爱。几年来，她无时不在思念他，梦想他，牵挂他，而今天，在漫长的等待过后终于相逢，她除了感谢上帝的神明，她无语！可是，她知道，这相逢亦是再次相别，对于她这个骨子里爱恨强烈的女人来说，岂不是一种折磨？她要仔仔细细地看他，要把他再一次刻在脑海之中。

化冰只感到心一阵一阵地酥痛，他抬手拂开她散乱的头发，将她轻轻拉近自己，轻轻地吻她，似乎害怕再重一点就会弄伤她……"米儿，我亲爱的，感谢上帝，我终于又见到你了。这些年，无论我在哪国哪乡，我没有一天不想你……"他突然将头紧紧贴在她的胸前，再也说不下去了。

小米的下颏抵着他的头，默默地揉搓着他的头发，很久没有吭声……

他们就这样无声地坐着，好久，才得以重新对话，重新对视。

忽然，窗玻璃响了一阵被风刮过的声音。夏小米猛地跳下床，拉开了窗帘。窗外正下着大雨，刮着大风，城市的灯光在风雨之中显得微弱无力。

"哦，今晚有台风。"小米重又拉上窗帘，坐回床边，很兴奋地说，"你回来得真是时候，这台风，将使我们哪儿也不用去，就这样相守相望几天，多好啊！"

"宝贝，我这次回来，不打算走了，你我可以相守一生。"张化冰身子一移，将头枕到了小米的腿上。

小米闻听此言，心里震颤了一下。她眉头一皱，欲言又止，从地上拿起衣服穿上，问化冰："我们叫早餐到房间吃还是下楼去吃？"

"随便你，好吗？"

"那好，叫上来吃吧。我们就在床上吃，吃完我们再做爱。"小米笑道，拿起电话叫餐。

张化冰笑着点头，宠爱的目光追随着小米的身影。以前生活在一起时，生活上他总是由着她，把她宠得像个小孩子。"以后我们天天在床上吃饭好了，只要你喜欢就行。"他用力地在她的鼻尖上刮了一下。

"你真的不走了？"

"不走了。米儿，这么多年来我一直不能忘记你，现在，我好不容易找到你了，我不会再让我们分开了。"

小米鼻子一酸。她沉默着，任往事浮现出来。

"亲爱的，我知道我让你吃了很多苦，我一定要补偿给你。"他扳过小米的脸，注视着她。一股久违了的亲密的暖流又开始在他们之间流淌，恣肆流淌。小米相信，此刻张化冰说的每一个字都是真诚的，且充满了爱情。他曾经也说过，他们永远不分离，可是一走就好多年没有音信！

小米的心突然感到了伤痛，那漫长而痛苦的期盼要结束了吗？可自己即将离开这块土地！往事再一次创痛了她的心灵。她几乎是冷笑着说："化冰，有些苦是永远无法补偿的。你还记得那首歌吗？那首我们第一次跳舞时你为我点的《一生何求》？"

"当然。"张化冰应着，轻轻哼唱起来，"'冷暖哪可休，回头多少个秋，寻遍了却偏失去，未盼却在手。我得到没有，没法解释得失错漏，刚刚听到望到便更改，不知哪里追究，一生何求，常判决放弃与拥有，耗尽我这一生，触不到已跑开，一生何求，迷惘里永远看不透……'"

夏小米怨愤地摇着头："我想这正是我这些年生活的真实写照。这么多年了，你无影无踪，现在突然冒出来，说什么补偿，说什么再也不分开！没想过'承诺'这个词的分量，没想过然后呢……"

小米的声音渐渐高亢，有一种压抑不住的气恼与伤楚。张化冰哑默无语。今天的米儿已是一个完全独立的女人了，她不可能再为自己要死要活，她已经能坚强地承受生活中的一切。

"但是有一点，亲爱的，至今，你仍然是我的至爱。"夏小米声音又慢慢低落了，脸上弥漫出温柔的神态。事实上，她感到自己只有在张化冰面前，才是一个真实的、生动的女人。算起来，他们在一起的时间也就半年，甚至可以说他们并不完全了解，她却爱他至深，连她自己也奇怪，经历这么多年，面对张化冰，自己仍然无法抗拒。而她曾经很多次以为，她会仇恨他一辈子……不过，现在一切都不重要了。"化冰，我已经办好了移民加拿大的手续，很快就要启程了。"小米缓缓地说着，温柔与平静反而加重了她的忧伤。

"你说什么？！"张化冰震惊了，"亲爱的，这不是真的吧？你不要吓我！"

"是真的，我正在处理海南的事务。再说，月亮他们需要我。" 小米声音中有一种不忍。

张化冰什么也不说，重新拥她入怀。他感到一颗心几近碎裂似的疼。

这时，门铃响了，是服务员送来了早餐。

2

在太阳岛十五层楼上的一间套房里，夏小米从巨大的喜悦中冷静下来，情绪迷茫。

台风肆虐着海南。据报道，这是自一九六三年以来最大的一次台风。整个海口仿佛成了一座水城，许多房屋进水，窗户破碎，一些简易铁皮工棚瞬间倒塌、断水、停电，损失不计其数。人们的物质力量与精神力量在强风中经受考验。

夏小米和张化冰厮守在一起。两天来，他们没有离开过房间一步。他们不停地彼此诉说着这些年来的经历，回忆着往日相爱的每一个细节，感受着对方的痛彻心扉的爱情，不停地亲热，似乎要把分离的时间弥补回来。心酸、幸福、悲伤、快乐……种种情感交织着，不时地吞噬着他们。

听着贴墙而过的狂风的呼啸，望着窗外狂飞乱舞的椰树枝叶，以及在水中艰难行驶的汽车，不断倒塌的建筑物，夏小米心中空落落的。她觉得，在大自然面前，人类的一切苦难都算不了什么，大自然才是最神秘可怕的，它总是时不时地给地球与人类带来灾难和危害。地震、洪水、干旱、风暴，几乎每年都会发生。在海南，年年搞建设，可年年有台风。台风一到，人们又得重建家园。建立、毁坏、再建立、再毁坏，人们在与自然的斗争中，收获甚微，疲倦满怀。她记得那一年与张化冰、月亮经历的那一场台风，看着路边的橡胶树生脆地响着被折断了生命，那些农家茅舍，更是经不起折腾而成了片片废墟的情景，恐慌中还有几分刺激与新鲜的体验，而现在，她有的是忧虑和无奈。她明白，虽然有很多人在台风中战斗着，抢救着国家与集体或是个人的财产，因为卓有功劳而成了英雄；但也有不少的人是蜷缩在自己的房子里，吃着饼干、方便面，祈求台风赶快过去，太阳重新出来，好晒干自家的家具地毯。有些有钱人或是有闲人，便去条件好的宾馆开上一个房间，打麻将、扑克度过这灾难性的台风天气。以前，台风来临时，夏小米如果在海口，她会开着车子去公司查看情况，与员工们一起，尽量避免公司财产受损。台风过后，她会捐款给重灾区。而现在，她与自己所爱的人在一起，不再去想台风中的事情，她隐隐地感到内疚。但她知道，就是这样幸福的时光，也不会太久了。

张化冰拥着小米，躺在床上，一条腿重重地压在她的腰间。他们刚刚午睡了一会儿。他抚弄着她散乱的头发，动作是极轻柔的。橘黄色的台灯光映着卧室，温暖的感觉与室外的阴冷天气形成鲜明的对比。他神往地说："米儿，这场风暴过后，你带我回家好吗？"

"当然。"夏小米依偎在他的怀里，一动不动。

"然后我们去看海。"

"去哪里看海？"

"我们常去的那片海。"

"那儿早就是公园了。我们再也找不到那个景致了。"夏小米怅然道。

"哦。"张化冰也很失望。记忆一下子穿过岁月的隧道，回到了那个午夜的海滩上……

他们就这样不断地回忆或倾诉，又不时地被席卷而来的感动或伤痛打断。往事就像经历了台风劫掠过的橡胶林一样，只剩下伤残和破败的景象。所有的伤痛是如此深刻，以至于连记忆也无法贯穿始终，而要在某个关键的段落处停顿下来。夏小米从张化冰的怀里起来，全身裹上一条毛毯，倚到窗边，凝望着窗外。不知道什么时候风停雨住了，天空灰净，大街上有了人影，一些商店开了门，店员们在往外清扫着积水或破碎的玻璃。经历了台风的洗礼，满街的椰子树却仍然秀丽挺拔，难怪人们会将它们看作这座城市灵魂的象征，它们是使这座远离内地的南方孤岛万众向往的魅力所在啊。小米记得，当时十万人才下海南的时候，包括自己在内，有许多人就是被这刚柔相济的椰子树的幻象迷惑住的，它是完全异于整个内地的风景。椰子树，它经受住了漫长岁月的考验，烈日没有晒枯它，狂风没有折断它，以它为标志的一座崭新的城市，必将前景广阔，他们在这里必将大有作为！十二年过去了，这座年轻的城市也确实接受了不少考验，开发、高潮、低潮、拓展、冷寂、复苏……就在这曲曲折折的发展过程中，它像椰子树一样，仍然令世人瞩目和向往。当然，当初的闯海者也有失落的人，他们捎起行李，打道回府，那也只是青翠中的一片片枯叶。走了许多人，又来了许多人，生存代谢，适者生存，不适者淘汰，自然和社会的规律而已。夏小米想到这里，心境开阔了许多。毫无疑问，她是一个胜利者。改革开放的大潮中，她是一个弄潮儿。但是，她不再是一个坚守者——她就要向外发展了。在新世纪的阳光就要照临大地之际，她却要移民远去——她第一次怀疑自己的这个决定。是的，人是有情感需求的，离开这里，是因为这里给了她太多的伤害与屈辱，是因为自己不愿意再在这块如此熟悉的土地上孤独地生活。但是，如今化冰回到这块土地了，自己是否想过，在异国他乡会更加寂寞无助，像化冰一样又来追寻真爱的踪迹？

　　夏小米神情忧郁地看着张化冰。他仍旧躺着，抽着烟。当他与小米的目光相遇时，他掐灭了烟头，掀开被子，将厚厚的睡衣穿上，跨步站到小米身边。他双手撑在窗台上，将小米挡在自己的身躯里，窗外的天光映出了小米的轮廓，而室内橘红色的灯光又将化冰的身影投影到她的身上，使她看上去成了一个虚幻的影像。

　　她伏在他的胸前，不时地抬头亲舔着他的喉结，心中又涌起一阵要命的、绝望的感动与酸楚。

　　沉默了一阵，张化冰低声说："亲爱的，你老实告诉我，你是不是很恨我？"

　　"当然。在那一年见到你以前，我恨你入骨。……你在我最幸福的时刻离我而去，像丢弃一片树叶一样。当我发现自己有了身孕，整个天都要塌下来了。"夏小米哀怨地说。不过，她早已不再追究什么了。

"宝贝，对不起。"张化冰更紧地抱了她一下，"其实离开你对我何尝不是一种折磨？有时候我觉得自己想你想得快发疯了……"

"我不明白那次见面你为什么不肯解释你离开海南，离开我的原因？"

"那时你与关鹏生活得那么幸福……"

"你是个懦夫。"

"不，米儿，你恨着我，才可以一如既往地幸福下去。我已铸成了一次错，怎可再破坏你的家庭？"

夏小米苦笑了一下。

"你为什么不告诉我儿子的事？"

"我想告诉你，可你又不见了。我不敢想象如果你知道了事实真相，那会是怎样的结局。"

张化冰想起关鹏到他入住的酒店找他的事，他想告诉小米他再次"失踪"的原因，可没说。

"至少我会知道自己有个儿子……"张化冰一阵心痛，喉咙就哽住了。

夏小米轻轻咬住他的肩肌，身子紧紧地缠绕着他。

窗外，台风尖叫着擦过墙面，撞响了窗玻璃，被弹了回去，又疯狂地刮向天空。

3

张化冰是在美国得知了小米的下落的。

送走倩倩后，张化冰一度有些萎靡不振。人一面在世界各大都市飞来飞去，一面思考着脱身之计。卡乌罗觉得他是被倩倩吸毒的事弄得心灰意冷，也不多说，心想过一段时间会好起来的。

这次，张化冰前去美国加州参加一个商务会议。说是会议，实际上是卡乌罗安排他出来散散心。他这是第一次来加州，会议结束后，他突然萌发了要在这儿停留一天的想法。

晚上，他让阿南陪他到市区商业街走一走。对于他来说，这种随心所欲的时间是相当有限的，也潜藏着危险。但他越来越不在乎这些，甚至有意地让自己放纵这种心态。他的心早已处在一种半流浪的状态了，他觉得自己没有了根，也没有了方向。

大街上，各种各样的商品广告扑面而来。他饶有兴趣地看着，被一个交替闪烁着红、黄、蓝光的大灯箱广告吸引住了："月亮牌化妆品，带给你柔如月光的肌肤。""月亮"两个字深深地触动了他。他刹那间记起了夏小米的好朋友月亮，她有一个叔父在美国加州。她曾有一个美国情人。仿佛被注射了一针兴奋剂，张化冰精神为之一振。他急忙让阿南记下广告中的电话号码与地址，转头回到酒店。

他心情紧张地拨打那个电话。

接电话的是一个讲地道的美语的女孩子，一听，就知是训练有素的公司职员。

"董事长不在，请问您需要留言吗？"

"噢……"张化冰失望中犹豫了片刻。

"先生？"电话那头礼貌地等待着。

"小姐，我想请问一下，你们董事长是不是叫李月亮，来自中国大陆？"

"……是的。"

"是这样，我是她的朋友，有好长一段时间失去了联系，我想知道怎样才能与她通上话？"张化冰尽量放松着语气，他知道，找到月亮，就意味着找到了小米。

"……董事长现在在家休养。几个月前她出了车祸。"

张化冰愕然。

那女孩怎么也不愿告诉他月亮的家庭地址。张化冰只好找到公司去，他一双看上去脉脉含情的眼睛灼热地、专注地看着那美国女孩。美国女孩被他看得迷迷茫茫，最终给他写了一个地址。

"非常感谢你，小姐。"

张化冰手捧一大束鲜花来到了月亮的私人住宅。

为他开门的是一个黑人女佣。她愣愣地看了他一会儿，把他领到二楼月亮的房间，一个中年美国妇女正在给月亮读报。见到他，那妇女也很吃惊，她停止了阅读。月亮挪了挪身子，打量着他，说："先生，请问你是保罗的朋友吗？我好象也见过你。"

"月亮，我是张化冰。"张化冰上前去握住月亮的手。

月亮礼貌地笑着，对美国妇女说："安娜，将这位张先生带到客厅去吧，给保罗打个电话，说有客人来了。"

月亮不认识他了！他正想说什么，安娜朝他使了个眼色。他跟着她走出了月亮的房间。

"太太失去了记忆。"安娜将他带到客厅，说。

张化冰大惊失色！

安娜给保罗挂电话。张化冰要过电话，与保罗通了话。他们没见过面，但彼此都不陌生，"保罗，我是张化冰，月亮的朋友，夏小米的……"

"我的上帝，你终于出现了！……我会尽快赶回来，请你耐心地等一等。"保罗的声音有些沙哑，兴奋中带着忧郁。

张化冰在客厅里抽着烟，心情复杂极了。他不愿相信月亮不幸的事实。

抽完一支烟，他起身来到房子外面。这是一个带花园和游泳池的别墅，三层楼高。花园里正开着一片他叫不上名字的花。看着这个漂亮的住宅，张化冰心中涌起了一阵乡愁——他没有家，他的家在遥远的中国。如果当初不离开海南，说不定自己和米儿也会有一个美好的家了。"啊，米儿，我的米儿！"一股强烈的思念之情淹没了他。他感到自己的眼睛有些潮润发热，不由轻轻地叹息了一声。

大门外，响起了汽车的喇叭声，张化冰向门口看去，一辆红色的轿车慢慢开进了院子，停在车库边。一个个子高挑却不显单瘦、看上去十岁左右的男孩子从车上下来，身上背着个蓝色书包，胳膊肘夹着个足球，边走边回头看着车子缓缓倒进车库去。张化冰看着他的脸，血液都快凝固了。

"嗨，Boy！"他冲那男孩叫道，并快步走了过去。

小男孩站住了："你好，先生！"他用纯正的英语问候着张化冰。他觉得眼前这位先生非常漂亮、有风度，他被他吸引住了。

张化冰微微躬下身子，眼睛一眨也不眨地看着男孩："告诉我，你叫什么名字？"

"中文名还是英文名！"小男孩反问道。

"都要。"张化冰的心都要跳出来了，这个小男孩仿佛就是自己的模子里倒出来的，这不会是巧合吧？

"中文名叫关望，小名叫小望，英文名叫 Sun，太阳的意思。月亮姨妈说，太阳永远象征着希望。妈妈说太阳让万物远离了黑暗。"小望有点卖弄地说。他奇怪这位先生使自己一点也不觉得陌生，反而很亲切，令自己想把什么都告诉他。

"唔，你的名字真有诗意。你妈妈在哪里？"

"中国。"小望的声音低落了一些。

张化冰不知道该不该再问下去，他的心已被自己的猜想激动得波涛汹涌。

"化冰？！"赵霖从车库走过来，见到张化冰，又惊又喜地喊了一句。张化冰，这个昔日浪荡不羁的男人，如今是气度非凡的绅士风范了。

"赵霖！"张化冰连忙站起来，朝赵霖张开了手臂。两个久别重逢的朋友激动地拥抱在一起。

"我的老天！你要早来个把月，该多好！"赵霖在张化冰肩上使劲擂了一拳。

"你的意思是……"张化冰的心又是猛烈的一跳。

"是，小米在这里待了有三个月。"赵霖会意地说。

"小望他是我的……"张化冰想起他让月亮家的两个佣人见了他都很吃惊的事，她们都觉得他很面熟。

"化冰，我们都是中年人了，有些事欲速则不达。你不要冲动，慢慢来。"赵霖截住张化冰的话，冲小望看了一眼。

张化冰点点头，跟着赵霖进屋去。他伸手牵住小望的手，拼命克制住悲喜交集的情感。

紧接着，保罗也回来了。

"月亮他不认识我了。"张化冰说。

"没关系，小米、赵霖刚来的时候，她都不认识，慢慢地就记起来了。但很多事，她仍然没有记忆了。这也就是我希望小米和赵霖能在她身边的原因，他们与她那样亲密，应该能促进她的记忆恢复。"保罗忧郁地说。月亮的车祸对他的打击太大了，他的情绪也是最近才有所好转的。如果不是小米，他简直不知道该怎么度过生命中这一段如此黑暗的日子。

张化冰在美国逗留了一个星期。每天，他和赵霖去接送小望，断断续续地，他知道了夏小米这些年的生活。但保罗害怕小米见到张化冰后又改变主意，与赵霖商量说暂且不告诉他夏小米已经决定移民的事。

张化冰决定回海南找小米，他不能再有半点犹豫和耽搁了。

临走前那个晚上，他与小望待了很久。他感到欣慰的是，几天下来，那孩子对他有了一种依依不舍的情感。

"你看看我们俩长得像不像？"张化冰将小望拉到一张宽大的穿衣镜前，脸紧贴着小望的脸。

小望调皮地看看镜子，又看看他，若有所悟地点着头："嗯，你和我是很像。那么，你为什么这么像我呢？"他摸着张化冰的脸。

张化冰笑了："小傻瓜，是你像我，不是我像你。"

"哦。那么我为什么这么像你呢？"小望歪着脑袋，思考着。

张化冰真想告诉他，我是你的父亲！但他害怕吓着了小望，不敢吭声。

"我的同学皮特与他的爸爸长得也像极了……"小望说着，忽然停了下来，他认真地看了看张化冰，说，"对，儿子像父亲。可我爸爸是关鹏啊……不对。你不会是我爸爸。"

张化冰的心像针扎一样难受。自己的亲生儿子就在怀里，可却不能相认！他也没有勇气对儿子说"我是你的爸爸"！儿子都要上中学了，而自己居然没有尽到过一天责任，没有给予他丁点儿的父爱，有什么资格对儿子说"我是你的父亲"呢？

"我和你妈妈是非常非常好的朋友。"张化冰小心地说。

"是吗？那为什么妈妈从来没有讲过你的故事？"小望摊开双手，很疑惑。

张化冰的心又被刺了一下。他不敢再贸然试探与儿子进一步发展，他害怕一不小心伤害了这个敏感的小男孩。他觉得，当务之急是回海南！

第二天，他飞回了哥伦比亚。

4

张化冰主动向卡乌罗提出了见那位大使的要求。

卡乌罗喜出望外。前一阵，张化冰消极的状态让他有些担心，现在看来，到加州的休闲还是有效的。在他看来，一个干大事业的人不应该如此在意美人的离去。他以前所做的一切如故意制造"缉毒"事件、让吴倩倩染上毒瘾，等等，可以说是考验张化冰意志的一种手段。他希望张化冰能成为与他一样的铁血男人。但张化冰也有他顽固的一面，他顽固地认为自己眼下从事的事业实际是在犯罪，这让卡乌罗不得不提防他，他不能让他这种想法发展下去，那真的会毁掉网络。现在张化冰自己提出要见大使，说明他已有了成熟的想法。张化冰会成为他的志同道合者，成为他真正意义上的盟友——卡乌罗愉快地想。

在农场别墅里，卡乌罗拿出一沓中文的、英文的报纸。他说，见大使目前是没有意义了，前不久，于小苹牵涉到一桩惊动中国高层的腐败大案中，已被公安机关收审。"你看看这些报纸，哪一天不在报道此案的进程。可惜呀，于小苹已退居二线的老父亲也因女儿东窗事发被揭出了问题。你上网看看，中国的网络因为此案热闹得都快炸锅了。"

张化冰愕然。他这才想起，很久了，他没有上过一次网，也不再看报，不再关心任何事。

"你要想搞经济情报，现在不是时候。虽然明年中国要召开两会，这期间我们可以大做文章，但失去了于小苹这条线，我们不能太冒险。你的身份一旦暴露，就完了。我认为你既然已度过了困惑期，不妨还是将精力投入到我们的网络中去。自你盘踞农场、我们那次在北部港口遭警方缉查以来，我们的网络已呈松懈之势。我们不能让这种局面持续下去。这也是你重建信心、重塑形象的大好时机。"卡乌罗习惯性地点燃了一支雪茄。

"你希望我怎么做？"张化冰显得心悦诚服地征询道。他走到窗边，遥望着天空中的灿烂星辰，脑海里浮现出倩倩被毒品缠绕的形象和卡乌罗儒雅笑容后面的用心。

"健全我们的网络。你利用你昔日的影响力，重振旗鼓，整肃一次网点。那些存在不安全因素的网点，撤掉！"卡乌罗站到他的身旁，心情好得像这晚的夜空。

"好，我要将这一条道走到黑！"张化冰神情激昂地说。他推开窗户，任清凉的夜风吹进屋子。

"哈哈哈……有气派！这才是中国的张！"卡乌罗开怀大笑，笑声飞出窗外，在夜空里回响。

话是这么说，在日后的行动中，卡乌罗却以加强张化冰安全为由，配备了一个助手给他。他强调说，阿雄熟悉农场运作要领，他可以代管农场事务。

张化冰没有表示出任何的反感。

他带着阿南和新助手，沿着当初考察、建网的线路启程了。

这一次，他更细心、更用心。每一处的地点、人数、人员结构、来往的业务，等等，都很详细地过问、督查。到了深夜，当确定隔壁的新助手已经入睡后，他才起身打开手提电脑，将白天考察的内容输入文档，先拷贝一份，再保存到自己的一个秘密邮址。然后，他将文档作了删除。

他们撤销了五个网点。这一举措，使网络的安全性大大增强，同时，张化冰威信不仅得以重建，而且比以前更高了。

回到农场，卡乌罗为他设宴接风洗尘。从他那开阔、大气的笑声中，张化冰知道，他心中对张化冰的存疑与戒备已经化解。

卡乌罗要去美国。临走，他交代让他们在农场做好准备，可能近期有交易："等我回来，我们再共商新的情报大计。"他友好地揽着张化冰的肩膀。

卡乌罗一走，张化冰就提议去市内的中国餐馆吃中国菜，他想"解解馋"。新助手一听"中国菜"便直皱眉头，司机罗西想起上次在餐馆喝酒的事，更是连连摇头。

"那好吧，阿雄和阿南陪我去。"张化冰一点也不勉强他们。

一到市里，张化冰就吩咐阿雄和阿南在餐馆等着，同时注意周围有没有耳目。自己要了一辆出租车，直奔张一沙家。

张一沙和张志都在家。对于张化冰的突然来访，张志又惊喜又不安。

张化冰与张一沙打了个招呼，开门见山地对张志说有事要谈。

张志领着他来到自己的办公室。办公室里有不少首饰图案，那都是他加工制作的名贵首饰，图片下面标注着由哪个名人佩戴或拥有。

"我可以租用你的私人飞机吗？"张化冰直言不讳。

"我的飞机正在修理，但我可以帮你走水路。"

"走水路时间太长。"

张志不作声了。

"张兄，有些事我不好向你说白。但我不说你也应该知道大概，希望你能帮我。在这里，只有你能帮我。"

"化冰，要不这样吧，我父亲和沙沙正准备回中国，他们已与老家联系上了，你与他们同行如何？"

"他们几时走？"

"大概两个月后。我父亲想参加明年在中国海南举办的亚洲论坛，见见东南亚的老朋友。"

"那不行。再说，万一我这边出什么事，岂不是连累了他们？"

张志摸了摸下巴。其实，张化冰上次在麦德林市出现，他就敏感到了他与卡乌罗之间有联系，这次突然来访，更让他坚信了这一点。他不点破，是因为他知道张化冰肯定是遇到了麻烦。他内心很矛盾，既想帮张化冰，又不想搅进他的麻烦中去。

"你几个人走？"

"两个。"

"什么时候？"

"最好十天左右。"

"好。到时我将你送过边境。如果飞机修好了，则可以直接飞墨西哥。"

张化冰紧紧地握住张志的手，眼眶湿润了。

张志仍然叫张一沙开车送他。

在车上，张化冰将一张软盘交给张一沙："一沙，如果你在回中国以前收不到我的电子邮件，你就将这个盘想法交给国际刑警组织。但你不能让任何人知道你认识我并有这张盘，明白吗？你能做到吗？"

张一沙听着张化冰那么凝重的语气，扭头看他。

"张化冰，你是什么人？"她好奇而又有几分紧张，有种要永别了的感觉。

张化冰这才感到自己过于严峻了，连忙放缓了语气："等你回到了中国，我将我的故事都告诉你。"

一星期后，张化冰接到卡乌罗通知，说有一笔交易要在北部港口进行，让阿雄和新助手去办，并让阿南留在农场，张化冰飞美国，有重要应酬。

张化冰迅速叫来阿南和阿雄，研究对策。

"他这么做，是想分散我们的力量，他是不是察觉到了我们要走？"阿南说，他们三人，还从来没有如此分开过，怎么也会有一人跟着张化冰的。

"我想他最多只是怀疑。这样也好，我们就利用这次机会，赶快撤！"张化冰果断地拍了一下茶几。

三个人打开地图，围坐着分析撤离的路线。

"阿雄，为了不引起注意，你与新助手明天上午去港口。一切全靠你自己了，你要见机行事，一定抓住这次机会。"

"我们泰国见。"阿雄自信地说。

"不，我们在这儿会合。"张化冰指着地图，"如果你不能按时来，就飞泰国。一刻也不能停留，明白吗？"

阿雄点头。

"阿南，你让罗西帮我订一张明晚飞纽约的机票，然后打电话通知一下卡乌罗那边的人。我们明天晚上行动。在我去机场的时候，你赶到中国餐馆，那里会有人接你。注意，除了重要的文件资料之类，不要带任何东西以免引起他们警觉。"张化冰转身对阿南说，"明天下午，我们仍然像平时一样在农场里面转一转。"

"还有，阿雄的行动不能过早，你在我快到机场的时候出发。这样，当他们发现的时候，我们谁也不会受到牵制。"张化冰补充说。

撤离相当顺利。

当张化冰坐着张志的飞机飞离了哥伦比亚上空的时候，他内心里充满了苍凉之情。多少年炼狱似的生活啊，终于结束了！

5

台风终于过去了。

夏小米帮张化冰收拾着行李，说："我带你先绕海口转一圈，让你看看海口的变化，再回家。"

"遵命，亲爱的。"张化冰愉快地说。他拿起电话通知总台结账。

"好了，我们走吧。"小米提起一个大塑料袋。

"米儿，你快来看。"他正要关电视机，却被电视内容吸引住了，发现了新大陆似的高声叫着小米。

电视午间节目正播出"专题报道"：武警指战员决战海堤大决口。画面真实感人。

"昨天晚上不是播过？"

"昨天我没看仔细。好像有一个人是阿符。"张化冰拉住小米，坚持要看完这则报道。很久不见海口的人和事了，电视里出现一个熟悉的面孔也能令他激动。

报道说，台风过后，一些地方遭遇了洪灾，灾情严重。尤其是新兴港附近的近十个村庄、几千人口和近两千亩良田即将被大水吞没，镇政府被迫将海堤挖开一个十余米宽的小口泄洪。谁知转眼之间，汹涌的洪水就将海堤冲开了一个六十多米宽的大决口。根据海潮规律，三天后海水开始涨潮，最高潮位将达到三米多，如果不能抢在这个潮位之前堵住决口，回灌的海水将使这一带陷入一片汪洋。灾情就是命令，武警数百名指战员立即投入到决战海堤大决口的战斗中。他们在洪水中打桩、扛沙包、填堵决口……经过近四十个小时的奋力拼搏，用近四万多个沙包新筑的海堤终于合龙，决口堵住了，稻田保住了，被洪水围困的村民脱险了。

报道特别提到武警新闻干事阿符不畏艰险，在洪水中顽强奋战，拍摄了大量灾情、险情和军民堵住海堤大决口的珍贵镜头。由于运用了现场同期声和朴实的解说这一表现形式，专题更富有感染力。电视里的险情比他们在房间里看到的情形要严重得多。

"那个把摄像机扛在肩上，在没过腰深的水中艰难行走着摄像的就是阿符，我认识他时他刚入伍。"张化冰指着电视说。

"我也认识。我在电视台时，他来送过稿。他是本地人，很优秀的小伙子，现在是武警专搞电视摄像的新闻干事。"夏小米拉起张化冰往外走。

"通常，阿符这种情况又得大做文章了。"

"没错，这将是精神文明的一个典范。"

"这在国外新闻界是很普通的事情，任何场合下，记者首先想到的是采访新闻，抢第一手资料，职业道德问题。想一想，不抢拍最真实的镜头如何出名，如何能成大器呢？"张化冰到了电梯里仍在发表议论。

夏小米白他一眼，手一摊："你又不是不明白，这就是我们的新闻。一个人做点好事，非常自然的事，就会被传媒当成新鲜事大肆宣扬，因为这种人越来越少了。这就是现实，而这只是现实的一个最表层的痼疾。你指望在这里发展什么呢？"

说话间，他们下到了一楼。他们亲昵地挽着，宛如一对蜜月中的夫妻。因为冷，小米在一身休闲服外面套上了张化冰一件西装上衣，肥肥大大，显得很诙谐。

张化冰结完账，取出了一只大旅行箱。

夏小米将她的红色奔驰开到了酒店门口。裹着头巾、留着大胡子的黑皮肤的印度侍者为张化冰殷勤地打开了车门。

"好啦，亲爱的，我们现在去海滨浴场看看吧。"夏小米将车开动了。

"好的，宝贝，我任你把我拉到哪儿，只要你不下车就行。"张化冰充满爱意地说着，自觉地系上了安全带。夏小米一见，乐不可支。因为在海口，是看不到人们系安全带的，无论是开车的还是坐车的。张化冰明白她笑的意思，也不理，只说："习惯了。但我想我很快也会忘了这一点的。"他又拾起刚才的话头，"宝贝，我只是因为你才回来的，这里的新闻政策与我没多大关系。无论我做什么，我的事业发展是自然的。"

"哦？这么说，你当年留下的'遗物'用不着了？"

"什么'遗物'？"

夏小米轻轻摇了摇头，不再理会他。她叹了口气。

"你这傻瓜。可惜你回来，我却要走了。"车子很快拐上了通往海边的大道，直驶海滨浴场。一路上是台风肆虐过的痕迹。

"我会说服你留下来的。"张化冰自信地说。关于这个问题，他们已讨论了好几遍了，当他得知夏小米已办理移民之事时，开始非常沮丧，他回来，小米离开，对于一份历尽沧桑的爱情有什么意义呢？他一定要说服她，总而言之，他们不能再分离。

夏小米莞尔一笑。

迎面是一个石砌的门廊，提示着从这儿开始就归属浴场管理范围了。道路尚未修好，一派泥泞。夏小米迟疑了一下，加大油门冲了进去。

浴场到了。他们下车沿着水泥路慢慢往前走。

海已经很平静了，空气冷郁、纯净而空灵。很显然这里遭受的破坏程度比市区更甚，一派残垣断壁的破败荒凉景象。这是一个正在修建中的浴场，应该说，是离市区最近、风格最为独特的集旅游度假、文化娱乐于一体的大型海滨游乐场所。从那块被暴风掀倒了的巨大广告牌上和现有的场景可以看出，这儿要完工还得有相当长一段时间。那些被风刮得几乎连根拔起的矮小椰子树实际上才栽种下去不到半年。这片海域是海南帆板训练基地，海滩相当平缓，风起时，海浪高而急。据说，当初参加竞标的设计方案中，有好几个更精彩更具品位的方案，但都被一位有权势的人物的家族企业挤败了。其间这个人物因在工程招标中作弊遇到了被人告状的麻烦，工程停建了一段时间。等到雨过天晴，权力毫发无损，工程才重新开工。"这就是海南，它认金钱和权力，而权力，永远是获胜者。我这个人，一生与权力无缘，可是也尝到过被权力所胁迫的滋味，感到过权力的微妙……我说，亲爱的，你真的不要回来。"夏小米紧靠着化冰的臂膀，有些愤世嫉俗又无可奈何地说着。海风吹拂，似乎还带着些台风的阴冷。她打了一个寒战。

"再说吧，我们先回车里去，不要冻着了。"张化冰搂紧了她，往车子走去，"我来开车，好吗？"

小米乖乖地坐到副驾驶的位置上，"慢慢开，亲爱的。"

张化冰应着，可是车一过了那段泥路，越过门廊上了公路，就箭一样地射了出去，碰到积水的地方，溅起的水花有几米远，车速表上的指针一下就跃过了一百码，直指一百二十码。夏小米惊得眼也不敢眨地盯着路面，生怕从哪个路口拐出车或人来。"慢一点！慢一点！"她吼道。瞧她那紧张得变了色的脸，张化冰嘿嘿笑着减速了。

"天啊，你还是那样，开起车来像玩命。可这不是高速公路呀！"夏小米按着胸口，嗔怒道。

张化冰并不反驳，他伸出右手在她的后脑勺上拍了一下，疼爱地说："宝贝，我不是要吓你，我只是想让你看一看，我还是那个爱冒险爱刺激、野马无羁的张化冰。无论我对人生对社会的看法如何，我始终还保持着这绝对个性化的一面，这是你曾经热爱过的性格。"

是的，夏小米无法想象张化冰一旦磨蚀了这样一种性格，会是什么样子。她无法否认，当年她曾为他野性的、激烈奔放的一面如痴如醉。当他在午夜骑着摩托，带着她在龙昆路上风驰电掣来回兜风的时候，所显示的绝不仅仅是勇气和车技，而她，紧抱着他的腰，脸贴着他的背脊，任长发在风中翻飞，心中涌起的又岂止是骄傲和幸福的热流……

夏小米下意识地噘了噘嘴："啊，你行——"她拉长声音，娇嗔着。

车子沿着海边的大道平缓地行驶。路上的车辆稍稍多了一些，马路两旁，有行人稀稀拉拉地走动了，只是车辆和行人都像路旁的房子和树木，焉了吧叽，还没有从台风的淫威中清醒似的。大自然啊，当它展示它灾难性的一面时，它就变得如此的残酷。它磨炼人的意志，它也摧毁了人类许多信念，一次一次摧毁了人类辛苦建造的家园……

"嗨，宝贝，发什么愣？"张化冰扯了扯小米，她正神情肃穆地望着车窗外，好长时间一语不发。

"啊，没什么。"夏小米回头一笑。

"我们上龙昆路兜一圈好吗？"

"但你不准开飞车。"夏小米警告道。爱情使她即使在发命令也显得柔情似水。

"Ok。"张化冰心情极佳，他不由扯开嗓子唱起来，"宝贝，你爱人流浪归来回到你身旁……我的宝贝……"

夏小米开心得孩子似的往椅背上一靠，灿烂的笑容犹如一朵盛开的太阳花。她摇下车窗，任张化冰磁性的声音飞出车去，引得行人讶然地扭过头来，看疯子似的看他们。

这段路被海潮倒灌上来遍淹过，大片大片的积水仍未退去。在建省时栽种的椰子树早已挺拔英秀了，叶片茂密宽阔。经过台风的洗礼，它们仍是傲气十足地挺立着，丝毫也没示弱。立交桥下的景象却要惨烈得多，积水很脏，行人在小心翼翼地蹚水寻路。而水沟两旁，则坐满了钓鱼的人，他们起钓频繁，丰收的喜悦代替了台风的阴影。据说，每次台风或台风一过，或是连续几日大雨过后，这水沟就遍布了游鱼，随便将鱼钩往里一扔，就会有鱼上钩。立交桥下，两道带状花圃顺水沟延伸，鲜花绿叶的丽影，与大桥雄姿相辉映，已成为椰城又一处风情胜地。

过了大桥，可能是下水道出了问题，前面一大片积水。车辆在这儿犹如汪洋大海中的一条船，有几辆车熄火抛锚了，更造成了堵塞，骑自行车的人过马路时只好将车扛在肩上。"若是有摄像机，这是很漂亮的一条新闻特写。"张化冰从车窗探出头，兴奋地嚷着。他的新闻敏感症犯了。

"赶快打道回府吧，要不过一会儿车越来越多，我们就得挨堵了。"夏小米并不理会他，转头看看车后，提醒道，"掉头，赶快掉头。"

"这是单行道。"张化冰一边说一边打方向盘掉转车头。

"没关系。"夏小米指挥着张化冰，车子逆行到桥下十字路，拐来拐去，拐上了另一条道，"好了，这样的路没办法兜风，先回家吧，改天再出来。"夏小米松了口气。

"听你的。"

6

"啊，我回家了！"

夏小米刚打开房门，张化冰就感慨万千地喊道。他将那只笨重的旅行箱往里一推，一把抱住小米，凑在她耳边说："亲爱的，打开箱子。"

夏小米蹲下，心突突地跳得厉害。

张化冰捉住她的手，伸到密码锁上。"来，八、二、八，好了，打开它。"

夏小米抬起头："八月二十八号，我们认识的日子？"

"是的，宝贝。"化冰用下巴抵住她的头，温柔应道，"现在打开它吧。"

夏小米缓缓地掀开上盖。上盖有些重量，是化冰的衣服，用隔衣板挡着。她将盖子放平后，小心地揭开箱子里的一张彩色薄膜纸："这些是什么……噢，我的天，全是首饰！"她用手抓了抓，真的，全是首饰，有些首饰还是极为别致的工艺品！

"来，亲爱的。"张化冰搂着小米坐到地毯上，将首饰一件一件地往外拿。多年来，无论他走到哪里，都要抽时间到当地的工艺品市场去挑一件或几件最有特色的饰物，日积月累，就有了这一箱子的宝贝。这些首饰，有很多小米没有见过的式样：皮制的，银制的，包金的，木头的，有指环，挂件，手链……"这是中非的乌木手镯；这是巴基斯坦的幸运绳；这是威尼斯的玻璃树；这是印度的檀迦发夹；这是哥伦比亚的国花……"每一件工艺品，都用小小的透明塑料袋包着，贴着它的出售地标签。天哪，这堆东西来自世界各地。

"我记得有一次我们看一本杂志，彩色封面，杂志上的姑娘身上戴满了各种各样古怪的饰物，你说，你喜欢它们，美观，灵性，不仅具有风情故事，还有纪念意义与收藏价值。你说这话的时候，眼里是一种浪漫的梦幻的色彩。我带着这梦幻游遍世界，今天，我把这满世界的风情奉献给你，我的爱人……"

夏小米眼里闪着晶莹的泪花，脸上挂着甜蜜的笑容。她不能想象，他是如何执着地踏在异域的土地上寻觅着这些宝贝饰品……

她一扭头，伏在他的肩上，抑制不住地哭了起来。

"嗨，宝贝……"

"我……我是太激动了。"夏小米笑着，抬起泪眼。她真希望他能明白，在他带着她的梦幻穿越千山万水的时候，她在孤独煎熬中期盼。她不敢肯定，有一天她的梦想可以飞翔至他的梦里，她的期盼会如期实现，可今天，她终于又拥有他了……

"化冰，快告诉我，这一切真的不是梦吧？"

"我向你发誓，亲爱的，这一切绝对是真的。我们现在回家了，我就在你的身边。不信，你感觉一下痛不痛？"张化冰动情地说，轻轻掐她的肌肉。说着说着，他的双眼也红润了。漫长的思念，漫长的分离，谁能想到他们还会如此相聚呢？一个是曾被视为浪子的天涯游客，一个是历经磨难的孤身女人，也许他们骨子里期待的重逢还不会在世纪之交的这个金秋来临，也许他们还认为，即使到了人生尽头，爱人也只是一个心中的幻影……

"米儿，我爱你，我永远爱你。"他捧住她的脸，深情地吻她。在热烈而缠绵的肌肤相亲中，他们再一次寻觅到失散经年的感情。

不知过了多久，他们停止了接吻。化冰从箱子底部掏出一个饰有镂空黄金标志图案的深蓝色丝绒首饰盒，从中取出一副缀有九颗颜色各异的宝石项链，要给小米戴上。这是他从做宝石生意那天起就计划的一件事情。他收集宝石，他要最漂亮的颜色，最纯正的品质，一直到今年元月才算完成。他自己设计了项链的形状。

"亲爱的，我现在告诉你，这么多年我在干什么：我在寻找宝石。我是一个珠宝商人。"

"这一行也要冒不少风险。"

"当然。比如说遭遇假珠宝呀，被珠宝大盗跟踪呀，但都已经成了过去。现在我觉得那些冒险都是有意义的，它让我真正拥有了宝石，拥有了你。"

张化冰将项链托在手掌上，让小米细细欣赏。链选用的是意大利十八K金链，九颗宝石做成一朵花的形状。

"这是罂粟花刚绽放时的形状。我觉得罂粟花是我见过的最美丽最奇异的花朵。"

"你怎么会见到罂粟花？"

"啊，那是在一个哥伦比亚的朋友家里。他种了一株供观赏。"张化冰差点说漏嘴，赶忙补了一句。在讲述自己这些年的经历时，他隐瞒了自己从事毒品网络的事实。他不希望夏小米知道他真正的危险生活。

"真美。"夏小米轻轻赞叹一声，陶醉了。她相信，这是世上绝无仅有的一副项链。

张化冰将项链戴到她的颈项上，拥着她走进卧室，站在穿衣镜前。

"真是美极了。"夏小米抚摸着宝石，惊羡宝石那艳丽的色彩。

"亲爱的，这是很多年以前你向我'索要'的礼物。那时，我说没办法，现在，我做到了：一条各种各样宝石镶成的项链。"张化冰双手环着小米，从镜中望着她。

夏小米一听，神情变了。她幽怨地说："那时，我还说我要你的心，我要你的一生……"

"对不起，宝贝，这么多年，你受折磨了……但是我告诉你，你一直就拥有我的心，而我的一生，也将属于你。"张化冰将小米揽到床边坐下，自己单腿跪到地上。他凝视着她，握住她的手，深情地、温柔地说："米儿，嫁给我。"

片刻的迷情过后，夏小米警觉地看着张化冰。

"不，化冰，你我是要天各一方的人。"她不太肯定地说。

"这和婚姻没关系。"

"你不要说孩子气的话。不生活在一起，那婚姻有什么意义？"

"我们为什么不生活在一起？米儿，我选择回到海南，当然是因为你。"

张化冰将第九颗宝石寻到手时，他就想要寻找到她，但他并不曾奢求与她共同生活。他想回来，回到小米的身边，他并不想介入夏小米和关鹏的生活，他只要能经常见到她。当他在美国见到儿子时，当他得知小米早已是独自一人时，他是如何地感谢上帝的厚爱！他一直以为，她和关鹏是非常幸福的。他不敢惊扰小

278

望，他怎样才控制住自己没把真实的身份告诉儿子，那已经不重要了，重要的是他知道了他们，他回到了小米的身边……但他不知道为什么小米竟然会犹豫。

想到这里，张化冰激动起来："你难道能放弃这样一种生活，放弃你等待了多年的爱情？还是你骨子里仇恨我，要放弃我以报复我？"

夏小米觉得化冰的想法很奇怪。在她看来，她当然向往有一种完整的生活，但是，张化冰回来得不是时候。片亮目前非常需要她深爱的人、她熟悉的人在身边，她怎么能袖手旁观？而且，她的移民手续刚办，海南这里的事务都快处理完了，她怎么好变卦？这么重大的事可不是儿戏。但这也并不是事情的关键。小米激动地说："你这么多年无影无踪，像从地球上消失了一样，现在突然冒出来，让我嫁给你，好，我嫁给你！可我怎么敢相信你不会在某一天又神秘地失踪？是的，我爱你，我从骨子里爱着你！就因为爱，你就有权力操纵我的命运掌握我的一生是不是？但谁能保证你不再突然杳无音信……"夏小米声音越来越高，她趴到床上，大哭起来。

张化冰惊惶失措！愣了好一会儿，才俯下身去，趴在小米身旁，哄她："好了，宝贝，如果你认为我们一起生活会给你造成这么多困扰的话，你就走吧。我不好，我太自私，让我的米儿生活在水深火热之中……米儿，你走吧，我绝不纠缠你，只希望你能幸福快乐，不再有磨难……"

"谁说你纠缠了？你这个魔鬼，你让我走是不是？"小米举起拳头，擂着张化冰的胸，眼泪扑簌簌地往下落。

张化冰顺势捉住她的手，往怀里一拉，用吻堵住了她气恼的叫声。

7

窗外，太阳光苍弱无力地照耀着，似乎仍穿不透台风过后的阴冷空气。在这样的天气里，张化冰与小米度过了一个缠绵缱绻的下午。微弱的外界光线和卧室壁灯透射的柔和的红晕交相辉映，房间内的一切都蒙上了一种温暖浪漫的色彩。装修潮在海口经久不退，可夏小米除了给墙壁贴了一层浅白色墙纸外，对房子没做任何改动，只有那厚实的、花色雍雅的地毯覆盖了地面的原色，墙上稀散地挂着的绒布画线条抽象，图像诡异，在浪漫之中，折射出主人热爱艺术、崇尚氛围创意的品好。张化冰仿佛厌倦了流浪而终于找到了休养之地的游子，安闲地倚靠在他的女人的怀里，双腿尽情地伸展着，带着一种满足感翻看着儿子的照片。夏小米刚从性爱的激情中平静，满面温柔红润的光泽。多么温情的下午啊，这种有爱情飘溢的氛围，多年来，她只在梦中营造过啊！而现在她握有着爱情，却又要放开他的手？她柔情地抚爱着化冰的脸，心绪纷乱如云。

"亲爱的，你能不能考虑与我和儿子在国外生活？"夏小米带着撒娇的口气说。

"宝贝，只要能与你们在一起，在哪里都无所谓。问题是我想在海南建立我真正的事业。我觉得只有在这里，我才能很快地实现我的理想。如果你实在不打算再留下来，我也得在几件事办妥后或至少有了些眉目后才能与你们团聚……"

"几件事？"夏小米语气游移起来。

"是的。当我看到小望时，当我得知你在海口时，我就产生了这样的想法。可以说，近年来我一直计划做这些事，可一直找不到合适的地方，也许冥冥之中就是要等到你有消息后才做决定吧。"

"你还是大男子主义？"

"不是。但作为男人，我总得做点事情，尤其像我这样经历的男人。"

"好吧，男人，你想做什么宏伟大业？"夏小米故意醋意地说。

张化冰坐了起来。

"米儿，我希望你能理解我要做的一切。"他神色严肃地看着小米。小米点点头。

"第一件，我想在海口捐建一所戒毒所。"

"我理解，你这是受吴倩倩吸毒的影响，但不失为明智慈善之举。"

张化冰默认了。尽管他内心里说这不只是明智慈善之举。那些年，作为缅泰与西方毒品市场的桥梁，他所受到的道德谴责是多么深重，他自己最清楚。现在流行的"摇头丸"就是受他们最初的研制启发而成的。回国后，张化冰了解到，中国的吸毒人群远比他想象的要严重得多。禁毒、缉毒将是中国政府、警界一项长期而艰巨的工作，倡议戒毒将为全民接受，戒毒所只会少不会多。他要开办规模不小的戒毒所的目的，在于减轻一点自己的心理压力，也从此真正了却自己从事毒品的生涯。"

"第二件嘛……"

"等等，我猜一猜。"夏小米打断张化冰的话，"肯定是广告方面的事。"

"你怎么知道？"张化冰真有几分愕然。

"我会算。"夏小米淘气起来，"我做梦时听你说的。"

"你既然算出来了，也在梦里听我说了，我看就不讲了吧。"张化冰故作相信，反身一倒，又躺到小米的腿上。

夏小米忍耐不了他真的缄默，嘻嘻笑了："记得吗？有一次你想找一个广告范例，怎么也找不到，你就发牢骚说，等你有钱了，你一定要建一个广告艺术博物馆，将所有成功的广告资料收集陈列于此。我想你现在该实现这个愿望了。"

"你真是我的宝贝知己。"张化冰在小米腿上亲了一下，"是的，你说对了。不过更确切地说是一座广告艺术大厦，我想将它叫作'红太阳'，'红太阳广告艺术大厦'，你看如何？"

"为什么叫'红太阳'？叫'太阳'就行。一提到'太阳'，就有了色彩与光亮的感觉，加一个红字会不会是多余？"

"不，我叫它'红太阳'，这可以给人以更直接、更生动、更真实的影响。"

夏小米想了想，也觉得有道理。至少它会区别于"白太阳"。

"这几年，中国的广告事业蓬勃发展，但广告作为一种艺术仍是任重道远。我要将'红太阳'的外观建成海口一景的效果，既要集现代广告艺术之大成，又要展示海南广告业的发展历史和未来前景；内容嘛，则以各式各样的广告设计为单元，分设产品广告、商业广告、影视广告等等，设立广告艺术展示厅、研究中心……"

"很美妙，但不知能不能如愿以偿。"

"为什么这么说？"

"你不知道，如今仍有许多人一谈到广告就想到是拿钱去报纸买版面，到电视台买以分秒为单位时间的图文广告，而不会想到它能与'艺术'挂上钩，甚至连其他形式的广告都想不到。"夏小米叹息着说。

"正因为这样，潜在市场才大。"张化冰倒蛮有信心。

夏小米点点头："那倒是，我都有些动心了。"

"那你就留下来和我一起创业吧。"张化冰"唰"地一下坐直了身子，目光如炬地盯着小米。

看张化冰期待与自信的神态，小米含着笑，不置可否。

"还有第三件吗？"她问。

"第三件，我想搞一个大面积的橄榄种植基地。"

"种植业？！"夏小米诧异起来。她怎么也没想到张化冰会对种植业感兴趣，而且还不是时下热门的瓜果蔬菜之类。

见夏小米很意外，张化冰故意卖弄地说："你不知道，在国际市场上，橄榄制品前景非常广阔。我这些年去过的地方，几乎百分之九十的国家都流行橄榄制品。橄榄不仅可以食用，而且具有防晒、美容功效。就说橄榄油吧，我们对它的认识相当肤浅，可在西方，它是女性常用的护肤美容之油，被誉为'天赐人类健康之佳品'和'植物油的皇后'。在西欧古国和埃及金字塔壁画中，各种美女出现的场面，都有一个共同之处，即美女的身旁总有小心翼翼地捧着陶罐的侍女，罐内盛着的就是神秘的橄榄油。在美容风久盛不衰的时代，抓住橄榄种植开发就等于抓住了一个美容市场。"张化冰顿了顿，"瑞典一项最新调查结果表明，妇女经常食用橄榄油可防乳腺癌。"

"宝贝，这些年你不是一直在经营珠宝商吗？"夏小米狐疑地笑着。

"是呀，但是你要知道，作为珠宝商，我一直置身于国际市场最活跃的地区。"

夏小米凝看着张化冰，眼里是当年那种近乎崇拜的渴慕。她想，他不仅是自己所爱的人，他还是一个最佳的商业伙伴。毫无疑问，他的计划一旦实施，在海南，他就树立起了一个慈善家与商界骄子的形象。夏小米为美好的憧憬心仪不已。

"当这一切都完成后，我要建一座老年人康乐园。"

"这个主意妙。海南的气候与环境太适合颐养天年了。"

"嫁给我，与我一起共创生活，共创事业，我保证我们将是世上最幸福的一对人儿。"张化冰握住小米的手，诚恳地、动情地说。

"你不要诱惑我……"夏小米柔媚地摇摇头。

"我只想你做我的妻子，我们再也不分离。"

夏小米从恍惚中回过了神："亲爱的，我爱你。但是，我害怕再经历一次失败的婚姻或是情感的挫折，我宁愿就这样心怀爱情独自生活。再说，我已经做出了决定，你为什么不早回来几个月……还有……"

"还有什么？"张化冰见夏小米欲言又止，急得催促着。

夏小米凝看着他，内心里充满了矛盾。

不管怎么说，她已经不是当年的夏小米了，虽然她仍然爱他，甚至更深地爱他，但对于生活和爱情的看法不再是那么简单了。真正的爱情，它应该是宗教，给人以永恒与安全感。现在这样，夏小米觉得很好，她知道化冰仍然爱着自己，他们彼此相爱，她已非常感恩了；如果与他生活在一起，这种感觉也许会被破坏。天各一方，也许爱情才能天长地久铭刻于心……说白了，她不想再受到任何方式的伤害。

"化冰，这些年，我对你有过无数的猜想，就是没想过你会跟毒品有关系。你要知道，这让我一时难以接受。"

那一刻，张化冰的思维真是停止了转动！这些天来的感觉骤然黯淡了许多！小米她是深刻了还是精明了？是淡泊超脱了还是悲观媚俗了？连日来，他们耽于爱情，偿还着相思之苦，他以为只要自己努力，就能将她留住，从此相守相爱，永不再别离。她的行为绝不是伪饰出来的，她为爱激动、迷醉，在爱中快乐、幸福，可谁能想到她还潜存着这样一种敏感的心思……他不能说她没有道理，但他认为，他们不是超人，不是神，在伤害没有到来之前，在爱情的永恒与安全感没有遭到破坏之前，他们只能选择生活在爱情之中而不能选择为了爱情而逃离……

夏小米见张化冰久不作声，不由有些紧张。她以为自己的话伤害到张化冰了，连忙解释道："亲爱的，我这样说，不等于是要结束我们的爱情。等月亮好起来时，我会考虑回来与你一起生活……"

"你说话可要算数。"张化冰转忧为喜。

夏小米嗔笑着，点点头。"这样，趁我在海南还有段时间，你要不要我帮你跑腿做事呀？"她玩笑着说，令张化冰又一喜。

"那太好了，我们明后天就行动。先落实戒毒所的事，再选定广告大厦的地址。至于种植基地，时间来不及就往后推推。"张化冰兴奋地说。

"好。戒毒方面的事要找公安部门吧？公安我可不是很熟。"

"那没关系。我这是做公益事业，应该得到大力支持才对。"

"那谁知道。你以钱开道，也许会快一点。"夏小米不屑地"哼"了一声。

"唔……能不能找找李亿军？他各方面的关系应该很到位。"

张化冰突然提到了李亿军。这是自回海南以后第一次提到李亿军。

夏小米心里面感到有些不太自在。就在张化冰回来之前没多久，她竟然与李亿军有了性关系！张化冰回来后，她好几次差点要向他忏悔了。所以张化冰不提及他，她也尽量不去提到他。

"李亿军已经被隔离起来了。他因为经济问题正接受审查。唉，他的数目太大，牵扯的人又很多，怕是难得翻身了！"夏小米沉重地叹息着。自从那天与李亿军分手后，她就再也没见过他。

张化冰听完小米的讲述，也是一个劲地摇头，叹息李亿军风光不再。作为一个金融家，在一个经济发达的时代，他本应该有更大的作为。

"那么关鹏呢？他不是个海南通吗？"他闷声问道。从小米对往事的叙述中，他明白了，上次他回海南时，关鹏是背着小米去找他的，但他不露声色。事情过去了，还计较那么多有什么意义？他很责怪自己，要是当时怎么也等到小米来见自己，也许事情完全是另一种样子了，自己也不会走上毒品这条路。老实说，有时候他很恨关鹏。在美国见到小望时，他才从心底里原谅了关鹏，并对他充满了感激与敬意。尽管如此，他还是尽量避免提到他。

夏小米奇怪地看他一眼，感觉到他的神态有些不大自然。"关鹏刚调回北京，并升任副社长了。"她心不在焉地说，"你放心，没有他们，我们也能搞定的。"

"我不是那个意思，我是想请他们聚一聚。既然这样，这就不是问题了。"张化冰轻轻吁了口气，"亲爱的，除了你，在海南我一无所有了。不，应该说你就是我的所有。"他把头埋在小米的腿间。

"嗯，你这家伙，你就好好地拍我的马屁吧。"万千柔情涌上夏小米心头，不知为什么，她突然感到自己对眼前的这个男人无比的依恋。她站起来，拉着张化冰来到书房，从书架上方取出一本记事本和一沓打印好的稿子，递给他。

张化冰认得那本记事本。那是他的《中国广告业前景之探索》，他当年广告理想的结晶。

他抚摸着记事本，思维一下子飞回到那个想做广告大亨的时代。

"这就是我说的你当年留下的'遗物'，你还要不要？"小米盯着他，似乎有些紧张。

"米儿，有些经历是一辈子也无法抹去的，有些理想也不会因时间久远而褪去色彩。"张化冰语气很沉重，"我当然要，要不，当年我也不会那么慎重地请你保管它。"

夏小米松了口气："要不要拿去发表？"

"它的观点可能过时了吧，而且发表不发表并不重要。社会不可避免地要向前发展、要进步。广告业同样如此。说实话，在国外这些年，我有时也思考一些问题，但不再是广告，而是作为一个中国人应该具有什么样的精神。我体会到，中国强盛、中华民族强大是我们一代又一代人的理想，它不会灭，也不会弱。当然，理想的实现不是一天两天就能完成的事，有时需要穷尽一生的精力，甚至生命。"

"你说话像个思想家了。"

"是。这归功于我这么多年的浪迹生活。"

夏小米是不会明白他话里的深意的。正是这些年的与众不同的生活，才使张化冰有了思想家般的成熟。当他在卡乌罗面前做选择的时候，他才知道自己也是这样一种理想的追随者，这理想是融在自己的血液里了。在铤而走险的岁月里，他才掂量出"祖国"二字的分量与"民族"的意识有多强烈。

夏小米目不转睛地望着他。

"化冰，这是你回来的真正目的？"

"应该说是。服务于国家，不应该只是停留在嘴巴上。亲爱的，我所说的三件事是很具体的。目前，中国正致力于发展经济，随着经济的发展，必然会产生并崛起一批中产阶级。他们会从更深的层次上体会到一个国家经济的强盛意味着什么，你所看到的那些让人失望与沮丧的社会痼疾，他们会建立起全新的铲除它们的理念，以促进社会的进步与发展。"

夏小米感觉着胸中有一股力量在冲撞。自己早已是中产阶级的一分子了，但她没有像化冰想得这么深刻。正因为如此，她选择了移民，也许在很多人眼里，是选择了逃避。

"你为什么不早些时候回来？"她幽幽地说。

"人在江湖，身不由己啊。"张化冰将记事本放回书架，感慨道，"但人一旦有了目标，并为这目标坚持不懈地追求，就会越来越接近甚至实现它。像张一沙，她和她的祖父，一直没有放弃回中国的追求，这不，终于如愿以偿地回到潮州了。"

"噢，他们回来了？"在张化冰的叙述中，夏小米早已看到了两颗不死的中医心。

"是，本来他们要来海南参加亚洲论坛会议的，可张老先生一回来就病了，大概是年老了，远途劳累，身体吃不太消。他们还邀我去潮州做客并共同谋划一些项目呢。有时间，我一定去。真希望你能陪我。"他伸出手，把小米揽入怀里。"要是你不走，多好，我们一起做所有的事。"

小米沉想片刻，安慰着："这样吧，回头我们给赵霖打个电话，看能不能让他在美国多待一阵，我过完年走，我陪你落实你的前期工作再走。"

"那太好了，亲爱的。"张化冰在小米的额上重重地亲了一下，心情顿时晴朗起来。

尾　声

1

　　夏小米和张化冰驱车来到离市区近十公里的郊区。这里面临大海，视野开阔，后靠一片郁郁葱葱的灌木丛，风景独秀。同时，这儿也是海岛东线的必经之地，地理位置相当不错。但是这一带却人烟稀少。当初房地产热时，传说这片地方将会建一个开发区，于是，这儿成了一些商家的竞争之地。这片土地就是在那片呼声中被圈下的，要建一个度假村。没料到很快热潮过去，建开发区的传说成了一个泡沫梦想，几栋刚起了一两层的别墅就成了一个半拉子工程群，后来被称为"烂尾楼"。像这样的"烂尾楼"在岛上太多了，废弃时间长短不一，大多是在房地产热中兴起，又在宏观经济调控中冷却的。造成这种局面的原因是，在房地产热中，很多人认为前来投资者，不管是内资还是外资，都有相当的实力，其实很多投资者只是带了很少的资金，工程启动后，就想在当地或自己的关系银行贷款。经济一紧缩，贷不到款了，工程只得停下来。当然，某些政府部门在对到位资金并不了解的情况下就盲目审批也是造成"烂尾楼"的原因。前一阵搞房地产清理整顿，有大批的"烂尾楼"被炸掉或拆除了，这几栋"烂尾楼"是这个地段一个刺眼的伤疤，也属于被炸之列的，可是它原来的主人坚持说他能在半年内让自己起死回生，加上这里远离市区，也就暂时搁下了。

　　"几百个亿砸在这个岛上啊，真让人痛心。"夏小米慨叹一声。

　　"有时候建设也是破坏，违反经济规则就只能导致这样的结果。"张化冰倒显得很冷淡，"我们还是想想看能不能通过我们这个项目，真的让这片土地起死回生吧。"

　　张化冰指的"这个项目"，是他的戒毒所。他们想在这里建所。

夏小米与赵霖沟通后，就滞留下来协助张化冰了。但她没料到开办戒毒所是一件如此麻烦的事。在工商手续早已简便到只需几天时间就可办妥一个公司注册的情况下，申办戒毒所却有一系列复杂的程序。就业资格、挂靠单位、药品渠道、病员收治可行性报告……然后才是审批。东跑西颠了两个月，最后一个红色公章才算盖妥。"你瞧瞧这是什么效率。"当时夏小米直埋怨。张化冰却只笑了笑，不理会她。开办戒毒所当然不如办个艺术广告公司那么简单。他的艺术广告公司的注册就很快，钱往指定的账号上一打，填完相应的表格，出具相关的证件，一切就妥了。戒毒所时下除了官方有两三家外，个人开办戒毒所尚无先例，有关部门为他们的申办报告光开会研究就花了好几天的工夫。好不容易审批下来了，原来那家挂靠医院又要将分成比例提高，不然就不提供场地。这反倒正中了张化冰的下怀，他早就计划自己独立选址建一个正规、单纯的戒毒所，以避免许多不必要的干扰。戒毒所若置于医院的眼皮底下，肯定会影响收治效果的。他考察了好几处地方，对周边环境都不太满意，有一天从报上得知这儿有一片差点成了废墟的"烂尾楼"，感觉不错，便来了。

　　张化冰观察了一阵地形，捡了块尖尖的石头，蹲下来，在地上画着："米儿，你看，这里如果是这样，两栋别墅用作医护人员的办公室，一栋用作化验室，两边各建一栋两三层高的楼房，用作收治人员的宿舍和娱乐活动室，中间建一个大操场，一个花圃，你想象一下环境会不会很怡人？"

　　夏小米也蹲下来："你是想建疗养院？"她赞许地点点头，调侃了一句，"干脆再建个游泳池得了。"

　　"那倒不必，海就在那儿。"张化冰往几百米外的大海一指，微笑着，"我就是想让那些吸毒者感受到生活美好的一面。我要让每一个来治疗的人都感受不到寂寞——有时候，他们就是耐不住寂寞而去尝试让他们感到好奇的东西的。倩倩当初若不是太寂寞，就不会吸毒。"

　　张化冰提到了倩倩，脸上起了一片阴云。

　　"呃，我想问一下，吴倩倩后来怎么样了？"夏小米沉默了一阵，吞吞吐吐地问道。其实，这个问题梗在她心里很久了，但她明白，那是张化冰的心病，她不想去揭它。怎么说呢，对这个她未曾谋面却对自己深怀好感的女孩，张化冰眼中的美女，她有一种复杂的感情，嫉妒、感激、同情、怜悯、惋惜。她感激她爱过又离开了张化冰，同情她作为一个吸毒者的处境。

　　张化冰顿了顿，简要地告诉她，说倩倩现在仍在戒毒。刚回昆明时，吴老大爱女心切，就让倩倩在家里进行戒毒。可看着她毒瘾发作时的疯劲，又会心软，最后，不得不将她送到强制戒毒所去。张化冰从哥伦比亚回来后，还去看过她。

正是倩倩被毒品残害的形象使他矢志尽快建立戒毒所。"唉，看上去她是没办法彻底戒断了……她其实是个心眼非常好，心胸非常宽的女孩子。"张化冰伤感地说，眼睛红了。

"也许你一直没与她结婚也是让她陷入深渊的一个原因？"

"从某种意义上来说确实如此。人就是这么奇怪……如果那时我多关心她一些，让她感到爱情与温暖，也许就不会有什么阿里桑多罗，更不会有吸毒的事了。"张化冰眼睛盯着前方，呆滞着。小米看得出他深深的内疚。

"……要是她自身认识到毒品的危害性，可能也不会走这条路。"她想安慰他。

"可人有时候是经不起诱惑的。许多人就是抱着试一次，感受一下的心态吸毒上瘾的……"张化冰苦笑着。

夏小米好奇地说："哎，我真不明白，都说吸一次两次就会上瘾，这毒品究竟有什么样的魔力？真能让人'如入仙境'，'如痴如醉'吗？"

"那都是遮遮掩掩的说法。说白了，它是一种性快感。海洛因效力快如闪电，人一旦吸食，整个身体，尤其是头部神经就会产生一种爆发式的快感，也就是全身心性高潮感，而且可以持续两至三个小时，身体肌肉处于半麻醉状态，唯有快感存在……你想，一个人若沉迷于色会是怎样？久而久之，他们就无力自拔了。"张化冰望着茫茫大海，咬牙切齿地说，"我一定要组织人研制出一种戒毒的特效药品，挽救那些被毒品夺取了健康的人。"

夏小米默默拥抱着他，让他感受到她的力量。

"化冰，你注意到没有，这一片土地太肥沃了，从前火山喷发时，这儿也被火山灰淹没过，对了，说不定原来这里的居民就是因为火山爆发而搬走了——这么肥沃的土地种什么都会有收获，但不知种植橄榄会怎么样？"夏小米打破沉默。

"橄榄要求的气温条件还不一样。不过，你倒是提醒了我，我们可以在周围建一个小型农场，让戒毒病人在这儿可以过一种自食其力、自给自足的生活，这种生活有助于他们建立自信、健康的心态。"

"这个设想很美妙。"夏小米跷了跷大拇指，"如果戒毒所地址就选定在这儿，我过完春节就可以安心地走了。"

"走？去哪里？"也许有一阵没提及去美国的话题了，张化冰一时没反应过来。

"去美国呀！"夏小米对张化冰的迷茫深感意外。

"米儿，你看这一阵我们生活得多么愉快，事业进展得也很顺利，我看你就别走了吧。啊？"张化冰依恋的口气像个孩子。

"那怎么行，都已经拖了这么长时间了。赵霖该怪我不够朋友了。"

"唉，我真不明白为什么我们国人要一窝蜂地往国外跑，往美国跑？尤其是这几年，还未成年的孩子也都一个一个地往外送！是不是现在国人有钱了？可大把大把的资金，用在国内，早就发了，个人发了，中国也发了，中国的教育也早上去了！"张化冰突然感到窝火。

"你别说风凉话，你自己不也在国外混了这么多年？"

"那不是一回事。"张化冰白了小米一眼。

"怎么不是？你待久了，待不下去了，想家了，想祖国了？啊，你是个爱国者！"见张化冰莫名其妙地恼火起来，夏小米忍不住挖苦了几句。

"亲爱的，你别这么话里带刺好不好？你知道在国外生活,祖国是什么概念？祖国就是家乡的一片云，是亲人的一句牵挂的话，是朋友的一次聚会……"张化冰发觉自己情绪不对，放温和了语气。

"对不起。"夏小米低下眼睑，"可我已经办妥了手续。再说，你看到了，海南现在的经济状况。你看看这些'烂尾楼'。"

"这是暂时的。何况现在政府正在着手改变这种状况了。这么美丽的一个岛屿，地球上还有几个？米儿，是金子就要闪光，这样的宝地总有一天要让人认识到它的价值的，而且再不会是泡沫。"

"哼，你倒挺乐观。"

"你别哼，你去了美国，你会发现那儿并不是天堂。"

"那至少是自由女神矗立的地方。"见张化冰越来越认真，夏小米倒放松了。她有意与他斗斗嘴。

"是,某种意义上来说,那个国家会给你许多自由,思想的、个性的、言论的……可是，你永远会感到自己是一个局外人，是一个二等公民。永远不会是主人。"

"月亮可从来不这样想。"

"月亮是一个特例。她的婚姻稳定，叔父家业庞大，还有她原来就是学英语的。依我看，那也不是她融入了美国社会，而是因为保罗融入了她的家族。每年出国的有多少人？可成功的又有几个？小米，不是我泼冷水，为什么不能考虑在自己的国家发展？"张化冰越说越激动，"现在中国正一天天强大，只要经济发展上去，中国会让世人震惊的，它是一头睡狮，如今醒了。你难道不明白这一点吗？卡乌罗为什么千方百计要夺取中国经济情报，抢滩中国市场？因为他们害怕中国的发展速度超出他们的想象！"

夏小米望着化冰，眼中弥漫了爱意："亲爱的，我看你应该举办一次爱国主义大演讲了！"

"有机会，当然可以。"张化冰听出了夏小米的话外音，自负地说。他狂傲的一面又表露了出来。

一阵海风吹来，夏小米感到有些凉意。她打了个寒战，双手抱拢了一下。张化冰见状，紧紧拥抱住她。"宝贝，所址就是这里了，我们明天就着手联系这块地的主人，你看好吗？现在，我们回去吧。"

夏小米顺从地向车子走去。

"好啦，亲爱的，不管怎么说，我得在春节过后走了。"夏小米温柔地看张化冰一眼。

张化冰发动了车子。

"走吧。也许这就是命运吧。命运如此安排，谁与争锋？"他长叹一声。

"你信命了？"

"以前不信，现在不得不信。"张化冰悲观地摇摇头。

夏小米见状，"扑哧"笑了。她看见了他一颗深爱自己的心。

2

下午的万绿园，空旷，清爽。青绿的草地漫无边际地延伸，各种树木一看就知栽种期不长，嫩叶稚干，在清润的海风吹拂下和温煦的阳光朗照中，呈露出亚热带植物随处可见的青春气势。园里偶有花香鸟语，人影却很稀少。几位散步的老人，几对散落在绿地中石椅上的恋人，勾勒出一幅悠闲、亲密的图画。夏小米依偎着张化冰的肩头，活脱脱一副懒散赖皮的样子，有一步没一步地往海边走去。

他们刚从三亚度假回来。新世纪第一个春节，他们是在一起过的，这让张化冰稍稍有了点安慰。但是，再过两天，夏小米真的要启程了，他真是恋恋不舍。

万绿园自向市民开放以来，夏小米这是第二次来。前年初海口换花节时，她和在海口过年的父母亲来看换花的盛况，三伢子和他的姑妈、妻子玫也来作陪，三伢子拉着玫拼命往人群中钻，好不容易换出来几枝花，他们将花分送给两位老人。人实在太多，几万十几万人一个劲地往万绿园赶，马路上汽车都无法通过，不少人怨声载道，说不应该将换花节移到万绿园来——以往是在府城换花的。换花节的风俗由来已久，这是个节中节，每到元宵节的晚上，全城人就为了与某一个自己心仪的人，或看得顺心的陌生人换朵花而疯狂地赶赴这个盛会，真正是万人空巷的壮观啊。夏小米弄不明白，为什么看上去相当淳朴的海南男人和温驯的海南女人会演化出这么一个浪漫色彩浓郁的节日来。看着如潮的人流，人们兴奋莫名的表情，夏小米心里涌起了一阵酸涩与孤独，她知道，在这人流中，她是找不到换花的对象的。她默默地回忆，在这个万绿园的某一角，当这还是海滩和小树林的时候，她和她所爱的人有过浪漫的夜晚，如今，它已不再。

没料到还能与张化冰重新踏上这块地方，尽管它已变了模样，踩不到沙滩，听不到潮声，可他们知道，他们的爱还在。人真是奇怪透顶的动物，人类的爱也是奇怪透顶的。很多事都会成过眼烟云，唯有爱情却会在心里日益沉积，愈久弥深。但是，现在的现实是，爱情的发生越来越频繁了，爱情的破裂也越来越快捷，此外，还有许多并没有掺杂爱的成分的感情游戏，爱情的分量时常无足轻重了。男人四处追寻女人，女人也无所顾忌地更换男人。想到这，夏小米不寒而栗。她双手紧紧撑在张化冰的手掌里，为自己与他持久的爱情而感动不已。她以为多年的离别会使双方改变，她以为这爱情不会影响到自己对事业的选择，可她现在知道了，她与他默契依旧，温存依旧，深情依旧，爱依旧！她几乎理解了，什么是刻骨铭心！

一瞬间，她在走与留的问题上又犹豫了。海口有她值得留恋的一面，她人生中最坎坷最精彩的一段，是在海口发生的，她的爱情、家庭、事业也都是在这里沉沉浮浮。但仅仅是一瞬间，她的心又坚定不移了。在这个岛上，曾与她紧密相关的人，来往密切的人，并不是很多了。关鹏走了，赵霖走了，李亿军正处在人生最大的危机当中，他的案子牵扯的官员越来越多，已成了全国关注的大案了。三伢子早已结婚生子，成家立业，生意日益红火。爱情的创伤、家庭的裂变、友谊中人格的分裂，人际中虚伪欺诈、丑恶肮脏的一面常常藏匿在心的一隅，在她孤寂与艰难的时候，魔鬼般地蠕动时，她就想逃遁，到一个陌生的地方去，认识一些陌生的面孔，接近一些新鲜的文明。尽管她明白，这世上是不会有一个绝对明净单纯的人文环境的，世外桃源永远是古人构想出来的虚幻境界。但是，当现实不尽如人意时，逃离是人本能的欲望，只是有些人有能力逃离，有些人不能而已。事隔经年，张化冰又回到这块土地，他不也是逃离吗？在国外，他找不到自己真正的价值所在，所以他要回来，回到海南来实现自己的梦想。一个人有一个梦想，他们的梦想有一致的地方，但总是擦肩而过，只能永远处于独立状态。如果没有多年的离合悲伤，夏小米会毫无怨言地跟随在张化冰的身旁，与他同甘共苦，共建未来。但现在不同了，她早已在生活的风风雨雨中独立，具有了独自承载一切苦难的能力，她必须完成自己的既定目标。她是多么渴望有一份爱情包围着的生活啊，这些，只有张化冰能给予她，可他回来得真不是时候！也许自己坚持移民的做法，根本就在于泄心头之气？张化冰，这些年，你到哪里去了？她要让他也经受一番等待与思念与绝望的煎熬。夏小米矛盾至极，不知何去何从何是对。

张化冰感受到了小米的情感信息变化。他不再劝她留下来，他只是用更多的爱来补偿这十几年的怀恋，营造出一份浓酽的爱的氛围，包围住她。他停住脚步，在草地上坐下来，将小米揽在怀里。

"我爱你，米儿。"他属于那种善于用身体和语言表达感情的男人，适时适地的表达总能让小米体验到温情与爱。

"我爱你。"他继续喃喃耳语道。

"我知道。"她应着，迷茫地仰视着他，思绪好像还没回来。

"你知道的只是一点点。"他说。他的手柔情地抚在她宽阔得显得高傲的额上，话语不像是说出来的，而是一字一字地从心尖上流出来的。在哥伦比亚，在一出门就有美女接待的日子里，在面对倩倩美丽的身体而心无涟漪的时候，他醒悟到夏小米对他的影响是多么深刻。如今，张化冰更确信，小米改变了他整个情感的一生，她让他认识到真正的爱情是一生一世的这样一个事实，它不是传奇，它存在于许多懂得真爱并奉献了真爱的人们的心里。他的脑海里时常浮现出《鸳梦重温》那部电影故事，并一次次被它感动。如果不是刻骨铭心的真爱，那史密斯和波拉就不会在经历十二年的痛苦后重新走到一起。史密斯失去了记忆，可冥冥之中那份爱情控制了他一切感情行为，而波拉，是真爱使她一直怀抱着希望。这就是爱情，一生一世的爱情。他之所以回到这里，不仅仅是为了事业的建树，这里更有他遗落的信念，他失散多年的亲人——他的至爱和他的儿子。回到海南的这一阵子，张化冰有时很羞愧，为自己曾经那么深地伤害过他们，作为男人，他理应保护她，保护小米和儿子，可他远离了她，他甚至不知道有个儿子，更不要说责任了！现在，他希望自己能加倍地补偿给他们，与他们共同生活，相亲相爱，永不分离。"可是，我也明白，真的爱情不只是彼此的占有，它必须相互尊重。好吧，既然你坚持要离开这里，我不再要求你留下来，知道你仍然深爱我，这就够了。当然，这是非常遗憾的事，这不是完美的爱情。"

夏小米静静地注视着他。没有激动，也没有哀怨。张化冰沉浸在理性的平静之中，脸部轮廓映在太阳光里，柔和而温情。他嘴唇轻闭，下巴上一条浅平的沟纹这时明显了一些，这使他看上去具有一种高贵的气质。当年那个放荡不羁的青年如今变得睿智而稳健了，浑身散发出中年男人的魅力。她明白，他此刻的倾诉毫无矫饰的成分，对她的爱情，是刻在他的骨子里的。

她的心里一阵刺痛。她迷恋这个男人，迷恋他的身体、他的思想、他激烈的一面和平和的一面。她甚至觉得，随着自己比以前更了解他，这种迷恋更甚。恍惚中，她觉得自己的意志已被撼动。她站起来，慢慢往前走。

张化冰跟上来。夏小米开始谈气候，海南的阳光，远处海水的颜色，话题躲避着爱情，心境渐渐开阔："我也许是属于海洋的，注定要在有海的地方生活。每当我望到大海，就觉得生活中的一切都简单化了，在极其苦恼的时候，只要看看海，就轻松了。亲爱的，你就在这海边住着吧，我累了，就飞回来看海，看你。"

"加拿大也有海啊。"

"但那里没有你。"说着说着，她发现话题很快又回到了他们之间，连忙止住了。

张化冰拥着她，内心涌动着感动，舌头有些僵硬："宝贝，我唱一支歌给你听，歌名叫《旧金山》，你也许看过一部同名美国电影，这是那部电影里的主题歌。我在外面老想唱它。如果你想我，想海南了，你就唱一唱它吧，你还可以将其中的歌词修改一下。比如将'旧金山'改成'海南岛'。"

张化冰轻轻唱起来：

> 旧金山快敲开你的金门
> 莫让客人在门外等待
> 旧金山你的游子归来
> 说我不再流浪
> 在他乡只能使我对你更加热爱
> 你是整个金色西部的心脏
> 旧金山欢迎我归来
> 回到家乡我不再徘徊

歌的旋律是欢快的，可张化冰的唱腔却不无忧伤。夏小米默默地靠紧他。

海风吹起她齐肩的柔发。下午的海风，有些腥涩了。他们沉默着，相握的手心里，传递着心灵的感应。

他们手拉着手向前漫步。这里已是万绿园尽头了，海风明显地大了一些，夏小米红色的棉质长裙顺风向后飘摆，如一团火。窄袖的黑色紧身上衣裹出了她的身材轮廓，使她浑身上下透出一个成熟女人的风韵，性感而不失温婉，妩媚而不失端庄。

"天啊，宝贝，你多么美丽！"张化冰惊呼道。他退后几步，欣赏着小米在海风中宛如一幅充满动感的油画般的丽姿。春天的背景，夏天的神韵，秋天的灿笑，冬天的冷媚，四季的内容囊括其中，层次丰富，色泽艳丽，一种震荡经久不息。

夏小米笑着，恣肆，生动，脸上洋溢着爱情的光芒。

他们相拥着在一棵尚未长高的椰子树下坐下，十指相缠，四目相对，一切爱情的信息在沉默中到达彼此的心灵。

"你是我生命中的太阳。"张化冰深情地凝看着小米。

"嗬，你这个比喻不太恰当，你看，太阳正要落山呢！"夏小米诙谐地指指西天。他这才注意到，太阳西沉了，天际是灰蓝的，被一些白色的光线划成各种各样毫无规则的图案，而不是那种常见的满天红霞飞挂的景象。是啊，这个时节的太阳早已失却了夏天烈火般的锋芒。

张化冰毫不在意："但太阳还是那颗太阳，明早它又会升起……"

是的，可不知它会不会有绚丽的彩霞。夏小米在心里说。她突然想起了自己曾经看到过的白色太阳的景象以及感受。那还是在内地时，十月里，那种阴不阴、阳不阳的天气，早晨大多会起雾，太阳在大雾里穿行，被茫茫白雾蒙住了光辉，洒给大地的，是潮湿与寒冷。她和化冰一起看到的香岭上的日出不也是如此吗？

夜幕很快就垂挂下来。这不是夏天，太阳落去以后不再会有长时间的光亮。海潮的节奏渐渐明朗。

"我已经不知多久没有听过海潮声了。"夏小米感叹道。世事就如太阳沉浮，如海潮涨落，在起起伏伏的生活中，她听到的是更为激烈更为惊心的海潮声。再过几天，她就走了，踏上另一片土地，融入另一群人潮，真不知会有怎样的心境。天空中的太阳是一样的，而那里的海水与这里的海水也是相连的，可人群与风俗就完全不同了。不知道自己能不能习惯，不知道自己会不会唱《旧金山》……

夏小米伤感起来。她的记忆一下子穿过悠长的岁月，回到第一次与张化冰在一起的那个晚上。一夜的浪漫，而后是一个季节的狂热，然后就是无休无止地磨难和爱恨交加地思念。那是张化冰造成的，而现在，是自己要去延续这份长相忆长分离的历史。曾经幻想过与相爱的人荣衰与共过一生，可是注定要做分飞雁，在生活的天空中擦翅飞过。飞翔的痕迹却是落在心空之中，让彼此牢记飞翔的英姿，期待再一次相遇吧，但相遇了，天空中哪有停歇之地？自己的选择或许是错误的？

她紧紧拥住张化冰，忽然失声痛哭。湿润的海风将她沾泪的脸儿吹得沁凉。

张化冰将小米整个儿搂在怀抱里，他背朝大海，高大的身躯挡住海风。"别难过，宝贝。相信我，分离是短暂的，听懂了吗？我再不会让我们长时间分离了。"他温柔地吻她的泪眼，"月亮好转时，你就回来，带着儿子回来。你要是实在不能回，我就放弃这里的……"

夏小米伸手捂拄了他的嘴唇。点点头，又摇摇头。也许生命中有很多东西是注定的，逃不掉。她逃不掉与他的爱情了，终有一天，相思了尽，他们就能完完全全地走到一起，生活在一起。

"好，现在我们回家吧。"张化冰的声音低沉柔哑，几乎被海潮声淹没。

"不，我们在这儿坐到天明好吗？我想看早晨的太阳升起来。"

"傻瓜，那样会冻病的。海风太大，太凉了。回家吧，啊……我保证，我们会看到明天的日出。"

张化冰哄着她，声音摩擦着她的耳垂，透着一份浓酽的爱意，引诱着她……

她心中涌起一种深深的依恋之情。她喃喃道："其实，我内心最大的愿望是想搞电视。我出去的最终目的，是想做一个真正的国际意义上的节目主持人，当然，这个想法尚未成熟。就这一点来说，我出去是完全必要的。但是，亲爱的，我不想离开你……"

张化冰一阵惊喜："那就太好了！你看，如果我们一起，力量岂不是更大，发展岂不是更快！米儿，我亲爱的，先别急，我们再好好策划策划好吗？"他拥抱着她，心中激动万分。如果小米真的选择电视，他完全可以说服她留下来了，她在这块土地上，也能实现心中理想的……

她转过身，靠在爱人的臂弯里，缓缓往回走。草地是如此柔软，空气是如此沁凉，而她的心被爱情蛊荡着，感动得发酸发烫，一双脉脉的眼睛在远处射来的灯光映衬下盈满波涛，晶莹美丽。他们就这么相依相拥着默默朝前走着，灯光越来越明亮。体育馆、宝华、黄金……这些海口著名的建筑，像一颗颗明珠嵌在城市的夜色之中，光华闪烁。而高大、葱郁的椰子树夹护着的海滨大道，朝东西方漫无尽头地延伸着，道旁的路灯明亮炽烈，形成了一道光的长河，往来穿梭的汽车在长河中流动，给海口的夜晚注入了无限生机与活力……都说海口的夜晚比白天更美丽，是因为夜色遮蔽了白天的浮躁，灯光编织出繁华，南国特有的风景又为夜晚营造着温情与浪漫的情致……

沿着来时的路，他们牵手穿过遍布灯饰的夜色，爬上高楼。

还在楼梯口，他们就听到了电话铃声。张化冰拽住小米，飞快地往上爬。"我接电话！"夏小米打开门，嘻嘻地笑着抢着拿起了话筒。

"嗨！"她愉快地问候着对方。

"噢，你已经回来了？！"

"是吗？这简直是个奇迹！"

"她要带他来度假？天啊，我的心激动得要跳出来了！"

张化冰在忙乎着泡茶，听着小米一惊一乍的说话声，笑着摇头。

"亲爱的，你猜是谁来的电话？"夏小米放下电话，扑过来，用身子缠绕着他。

张化冰想不出是谁，她那么多朋友，他还来不及都认识呢。

"宝贝，月亮要带我们的小望回来度假！赵霖在电话里说，月亮已恢复了记忆了！赵霖今天已经回国了，他说，他陪她聊天，有一次聊到我们去环岛、在香岭看日出，月亮就突然什么都记起来了！"夏小米激动得不知怎么才能表述清楚了，张化冰一个劲地让她慢慢说。

"月亮的腿还没好利索，但她就想回来看看，看你看我。"小米说着，眼角闪出了泪花。

"My Gad！"张化冰高呼道，紧紧地拥着小米，好半天才撒手。

他们被月亮恢复记忆、并要带小望来海南度假的消息激动着，度过了一个不眠之夜。他们反复讨论如何安排这次度假，要让月亮在腿伤未愈的情况下玩好，不是一件容易的事。他们谈得更多的是怎么让小望开口叫"爸爸"。兴奋之中，天色已发亮。

"走，我们到阳台上去，我让你看太阳升起来！"夏小米牵着化冰，来到阳台上。她几乎每天都要在这儿坐一会儿。

太阳很快就升起来了，周边洁白的云彩浸染着太阳的光芒，呈现出淡金色的光晕，整个天空显得空阔、明亮。海面上风平浪静，波光万顷，一个美好的、明朗的一天已经来临。

伴着《快乐老家》的乐曲声，清脆的门铃响了起来。

他们相互看了一眼。小米从化冰的怀里起身，愉快地去开门。

"夏小米女士吧？我们找张化冰。"

门口站着三个男人。一个穿着制服的中国警察，两个穿便装的是外国人。中国警察介绍说，他们一个是国际缉毒警察，一个哥伦比亚缉毒警察。

张化冰闻声来到客厅。

他刹那间明白了一切。

"张化冰先生，你让我们找得好苦。"哥伦比亚警察戏谑了一句，站到张化冰的旁边，那架势好像怕他逃跑。

张化冰平静地指了指自己的睡衣："请允许我换身衣服好吗？"

警察们点头同意。一个警察跟着他走进卧室，一会儿又跟着他走了出来。

"你被指控犯有制毒、组建哥伦比亚国际毒品网络罪。你可以保持沉默，从现在起，你所说的一切话都将作为呈堂证供。"国际缉毒警察用英语先说了一遍，中国警察又用中文翻说了一遍。

"对不起，我可以问一下吗，你们是怎么知道我的？"张化冰盯着那个哥籍警察，脑海中掠过卡乌罗迷人的笑脸和张一沙问他"你究竟是什么人"时狐疑的表情。

"国际缉毒组织收到过一张匿名邮寄的软盘，上面是哥伦比亚国际毒品网络的主要成员，但上面并没有你的名字。我们后来在调查中发现了还有你这样一个重要人物。"

"卡乌罗呢？"

"他当然是比你更重要的人物。对付他很困难，但我们已经掌握了确凿的证据。" 哥伦比亚警察自负地说。

"唔。"张化冰轻轻吁了口气。

"现在请你跟我们走。"他们亮出了手铐。

张化冰在他们的挟持中往门外走。

也许是这一切发生得太快，夏小米一直没有反应过来。看她的眼睛，张化冰知道她处在一种深度迷惑的状态中。

"米儿！"在楼梯口，张化冰叫道。

夏小米如梦方醒，冲了过去。她扑到张化冰怀里，孱弱地问道："为什么……"

"亲爱的，告诉儿子，你是我的太阳。"张化冰耳语着。

夏小米仍然孱弱无力："为什么……"

警察将她拉开，带着张化冰下楼。

"等一等，请你们等一等！"夏小米突然高声喊道。他们站住了。

夏小米飞快地跑进家中，又飞快地跑出来。

她搂住张化冰，将他们在香岭亲吻的照片和她与小望的合影放进他衬衣的口袋，然后吻他。泪水不由控制地涌流而下，一种生离死别的感觉揪紧了她的心。

警察给了他们几分钟后，咳嗽了一声，示意他们分开。

"……告诉月亮，给我请全世界最好的律师……"张化冰附在小米的耳边，低语道。

警察催促他走。

夏小米站在那儿，看着她的化冰一步一步走下台阶，脑袋里一片空白。

"米儿，相信我！"张化冰隔了一层楼梯，忽然喊道。

夏小米木然地回到家中，感觉自己置身于一场噩梦之中。直到听到警车的声音，她才奔到阳台上，往下边的道上看。警车拐了个弯，消失在她的视线里。

她这才明白发生了什么，明白了张化冰对她隐瞒了什么经历。

她痛苦不堪地坐在阳台上。就在刚才，她与化冰还相依相偎坐在这儿看太阳东升。

太阳光热烈了一些，可是夏小米却感到有一种冷袭上来，寒彻心扉。

她告诉自己要坚强。

迷迷蒙蒙之中，她听见张化冰的誓言：

"小米，我爱你。我对这天空、大地、海洋，对着这初升的太阳发誓：我爱你！"